dtv

In Estland fliegt eine Amphetaminfabrik in die Luft. Beinahe zeitgleich werden in einem Sommerhaus in Island drei brutal zugerichtete Leichen gefunden, und der Tatort ist übersät mit rätselhaften Zeichen. Als Kommissar Víkingur Gunnarsson die Ermittlungen aufnimmt, gibt es einen weiteren Toten: Víkingurs verschwundenen Stiefsohn Magnús. Seine Frau Þórhildur erleidet einen Schock und stirbt wenige Tage später an einer Überdosis Tabletten. Während das Team von der Kripo Reykjavík ohne Erfolg im Drogenmilieu fahndet, erweist sich einzig die Website »Wohlverdiente Strafe« als eine vielversprechende Spur. Sie führt die Polizisten zu Magnús' Freund Karl Viktor, der auf einem abgelegenen Bauernhof lebt.

Þráinn Bertelsson, 1944 in Reykjavík geboren, ist Schriftsteller, Filmemacher, Journalist und Politiker. Seit 2009 ist er Mitglied des isländischen Parlaments. Sein Film ›Magnús‹ wurde beim Europäischen Filmpreis für den besten Film und und das beste Drehbuch nominiert. Für die Tageszeitung ›Fréttabladið‹ schreibt er eine wöchentliche Kolumne. Bei dtv ist von ihm bereits erschienen: ›Walküren‹ (dtv 21032), der erste Krimi um Hauptkommissar Víkingur Gunnarsson und sein Team von der Kripo Reykjavík.

Þraínn Bertelsson

Höllenengel

Ein Island-Krimi

Aus dem Isländischen
von Maike Hanneck

Deutscher Taschenbuch Verlag

Von Þraínn Bertelsson
ist im Deutschen Taschenbuch Verlag erschienen:
Walküren (21032)

Vorbemerkung:
Island ist der zweitgrößte Inselstaat Europas
mit nur rund dreihunderttausend Einwohnern.
Das bedeutet: Jeder kennt jeden, man duzt sich ganz
selbstverständlich und spricht sich ausschließlich
mit dem Vornamen an. Wir haben beschlossen,
diese Form beizubehalten.

Ausführliche Informationen über
unsere Autoren und Bücher
finden Sie auf unserer Website
www.dtv.de

Deutsche Erstausgabe 2010
© 2010 Deutscher Taschenbuch Verlag GmbH & Co. KG,
München
© 2007 Þraínn Bertelsson
Titel der isländischen Originalausgabe:
›Englar dauðans‹ (JPV Útgáva, Reykjavík 2007)
© 2010 der deutschsprachigen Ausgabe:
Deutscher Taschenbuch Verlag GmbH & Co. KG,
München
Umschlagkonzept: Balk & Brumshagen
Umschlagfoto: gettyimages/Regis Vincent
Satz: Greiner & Reichel, Köln
Gesetzt aus der Stempel Garamond 10/12,5˙
Druck und Bindung: Druckerei C. H. Beck, Nördlingen
Gedruckt auf säurefreiem, chlorfrei gebleichtem Papier
Printed in Germany · ISBN 978-3-423-21240-3

Der Zündfunke der auf den Seiten dieses Buches lodernden Feuersbrunst sind reale Ereignisse. Die von den Flammen umzingelten Personen sind hingegen Erfindungen des Autors und haben keine lebenden oder toten Vorbilder.

Das Treibholz, das ich an den Stränden der Literatur sammele, hielte einem Vergleich mit den dicht belaubten Eichen der dunklen Lebenswälder niemals stand.

Þráinn Bertelsson

Schlafe, mein Kindlein, schlaf ein.
Draußen weint der Regen.
Mutter verwahrt deinen Schatz,
altes Gebein in rundem Schrein,
wacht über dich in dunkler Nacht.

Der Dunkelheit Wissen ist unergründlich.
Mein Herz ist so schwer.
Ich sehe den schwarzen Sand,
die grünen Wiesen verbrennen,
der Gletscher abgrundtiefe Spalten klaffen.

Schlafe ruhig, schlafe süß,
schlafe in den Tag hinein.
Mühsal wird geschwind dich lehren,
noch bevor der Tag sich neigt,
dass die Menschen lieben, verlieren, weinen, entbehren.

Jóhann Sigurjónsson: Wiegenlied

1

Um 09:53 Uhr am 24. Juni, dem Johannistag, legte die Stockholmer Fähre M/S Romantika am Kai in Tallinn an.

Jaanipäev, Mittsommerfest in Estland.

Die Johannisnacht ist der Moment des Jahres, da die Liebenden *Koit*, der Sonnenaufgang, und *Hämarik*, die Abenddämmerung, sich endlich begegnen; eine kurze Umarmung, Lippen, die sich in einem brennend heißen Kuss einen Augenblick lang berühren, dann reißt die Nacht sie erneut auseinander.

Die Fahrt über die Ostsee hatte etwa 15 Stunden gedauert, wenn man einen kurzen Aufenthalt in Mariehamn auf den Åland-Inseln ausnimmt.

In weniger als einer Stunde gingen 2416 Passagiere von Bord, davon ein Drittel in fast dreihundert Autos, die sich eins nach dem anderen aus dem Gedärm dieses 26000-Tonnen-Ungeheuers schlängelten.

Die Zöllner baten pro forma 17 von den 1684 Fußgängern, ihre Taschen oder Rucksäcke zu öffnen.

Als einer der Ersten von den 1667 Reisenden, denen die Zöllner keine Beachtung schenkten, kam Nordpol an Land, ein gut aussehender junger Mann in Turnschuhen, schwarzen Jeans und schwarzer Lederjacke, mit einem großen Rucksack und einer Sporttasche in der Hand. Als er Terminal D verließ, hielt er einen Moment inne, um sich zu orientieren. Sah ein Taxi sich nähern, winkte es heran, nahm den Rucksack ab und warf sein Gepäck auf den Rücksitz.

»Central Bus Station, Lastekodu 46«, sagte er und tat so, als sähe er die Reisenden nicht, die in einer Reihe bei einem Schild warteten, auf dem Takso-Taxi stand.

*****

Der internationale Flughafen von Tallinn liegt am östlichen Ufer des Ülemiste-Sees etwa vier Kilometer von der Innenstadt entfernt und trägt denselben Namen wie der See.

Um 12:17 Uhr landete Ulrich mit dem SAS-Flug SK846 von Kopenhagen, den er am Vorabend von Amsterdam aus erreicht hatte. Er war wie Nordpol zwischen zwanzig und dreißig, dunkel gekleidet, ein schlanker junger Mann, der die Aufmerksamkeit der Zöllner nicht auf sich zog.

*****

Der Letzte des Trios war Karl. Er nahm den Lufthansa-Flug LH2266 vom Flughafen Tegel in Berlin, flog nach einer Zwischenlandung in Warschau mit der neuen Flugnummer LH2290 weiter und landete um 13:55 Uhr in Tallinn.

Karl brach um 15:35 Uhr in einem der Reisebusse auf, die vom zentralen Busbahnhof am Lastekodu 46 halbstündlich zum Nationalpark Lahemaa in der Nähe von Tallinn fahren. Die Fahrtzeit betrug nicht mal eine Stunde, sodass ihm noch genug Zeit blieb.

Das Rendezvous war um 23:00 Uhr auf einer Waldlichtung knapp acht Kilometer westnordwestlich der Fremdenverkehrszentrale von Lahemaa geplant.

*****

Entsprechend bestimmter Normen im Fernmeldewesen wird ein sogenanntes Buchstabieralphabet verwendet, um Durchsagen im Flugverkehr oder beim Funken zu erleichtern.

Das Alphabet, das die Deutschen im Zweiten Weltkrieg benutzten, lautete wie folgt:

A – Anton, B – Berta, C – Caesar, Dora, Emil, Friedrich, Gustav, Heinrich, Ida, Julius, *Karl*, Ludwig, Martha, *Nordpol*, Otto, Paula, Quelle, Richard, Siegfried, Theodor, *Ulrich*, Viktor, Wilhelm, Xanthippe, Y – Ypsilon, Z – Zeppelin.

2

Der Wächter war stolz auf seinen Beruf.

»Schiphol ist der einzige Flughafen Europas, der ein eigenes Leichenschauhaus besitzt«, sagte er gut gelaunt. »Jährlich reisen hier fast 50 Millionen Menschen durch. Die meisten kommen glücklicherweise lebendig an, aber manche geraten doch für kürzere oder längere Zeit in unsere Verwahrung. Slobodan Milosevic ist zweifellos unsere berühmteste Leiche. Er besuchte uns kurz nach seinem Tod und blieb über Nacht. Wir kamen auch in die Nachrichten, als in einem Mülleimer des Duty-free-Shops eine mumifizierte Babyleiche mitsamt sieben Schädeln gefunden wurde. Ihr Besitzer hat sich nie gemeldet. Wir vermuten, dass es Souvenirs aus Peru waren, mit denen sich der Reisende nicht durch den Zoll traute. Ich kann Ihnen die Mumie des Kindes zeigen, wenn Sie Interesse haben, aber die Schädel werden beim NFI in Den Haag aufbewahrt. Es sei denn, die haben sie schon verschlampt.«

Der Wärter verstummte, als Hoofdinspecteur Derk van Turenhout ihm seine Pranke auf die Schulter legte und auf Holländisch etwas zuflüsterte.

»Entschuldigen Sie«, sagte der Wärter und sah Þórhildur an. »Ich wusste nicht, dass die Dame ihren Sohn sucht. Die Idioten vom DIP haben nichts davon gesagt, dass es sich um etwas anderes als einen normalen Polizeibesuch handelt.«

»Das war ich, der angerufen hat«, bemerkte van Turenhout.

»Darf ich Sie bitten, hier zu warten?«, fragte der Wärter, der plötzlich das Interesse an einer weiteren Unterhaltung verloren hatte. »Bitte nehmen Sie Platz.« Dann eilte er hinaus und ließ die Tür offen.

»*Klootzak*«, murmelte van Turenhout, »Scheißkerl.«

So standen sie zu dritt in dem fensterlosen Raum: van Turenhout, Hoofdinspecteur vom DIP, einer Abteilung für internationale Zusammenarbeit der holländischen Staatspolizei, und die isländischen Gäste, die Eheleute Þórhildur Magnúsdóttir, Gerichtsmedizinerin, und Víkingur Gunnarsson, Polizeidirektor im Großraum Reykjavík.

Neonlicht an der Decke. Anstaltsgrüne Wände.

Van Turenhout wies Þórhildur auf vier weiße Plastikstühle mit metallenen Beinen hin, die an der Wand gegenüber der Tür standen. Sie schüttelte den Kopf.

Aus dem Gang hörte man fröhliches Pfeifen, Türenknallen und Schritte.

Víkingur betrachtete Þórhildur. Sie starrte auf die Tür und schien gedanklich woanders zu sein. Plötzlich blickte sie auf und sah den besorgten Ausdruck im Gesicht ihres Ehemannes. Er machte sich Sorgen um sie. Eine winzige Kopfbewegung reichte, um Víkingur zu verstehen zu geben, dass seine Fürsorge nervte, sogar demütigend sei. Er versuchte, ihr mit den Augen zuzulächeln, sie wie ein Kind zu ermutigen. Sie antwortete, indem sie durch ihn hindurchblickte.

Nichts von dieser subtilen Kommunikation entging van Turenhout, auch wenn der riesenhafte dunkelhäutige Polizist aussah, als wäre er so feinfühlig wie ein Nashorn. Er schloss die Augen und dachte an seine Maaike. Um ihr einen Gefallen zu tun, hatte er mit den Mordermittlungen aufgehört und sich einen Bürojob in der internationalen Abteilung besorgt. Und kaum erschien er abends regelmäßig zum Essen, entwickelte sie die Marotte, dass er dringend eine Diät benötige.

Van Turenhout dachte manchmal an das, was Wiet van Broeckhoven einmal im Spaß gesagt hatte: »Meine Frau führt ein Doppelleben: ihr eigenes und meins.«

In jedem Scherz steckt eine Spur Wahrheit.

*****

Van Turenhout spürte die angespannte Atmosphäre zwischen seinen isländischen Gästen. Unangenehme Schwingungen, wie man sie eigentlich nur zwischen Eheleuten findet. Mijnheer Polizeidirektor Gunnarsson und Mevrouw Gerichtsmedizinerin Magnúsdóttir. Ein Ehepaar ohne einen gemeinsamen Namen.

Er hatte sie morgens am Bahnhof in Den Haag empfangen und zum dortigen Leichenschauhaus begleitet, um ihnen den Toten zu zeigen, der am 31. Mai im Rotterdamer Hafen gefunden worden war; ein männlicher Leichnam, der Kopf, Hände und Füße verloren hatte, verpackt in einer Reisetasche.

Van Turenhout hatte die isländische Polizei auf diesen Leichenfund aufmerksam gemacht, weil sich in der Tasche ein Papierbrei befunden hatte, von dem die Spezialisten des NFI sagten, dass es sich um Zeitungsreste handele. Denkbar, dass die Zeitung zum Abtupfen verwendet worden war, als die Leiche zerteilt wurde. Es stellte sich heraus, dass es isländische Zeitungen waren, und zwar drei oder vier Ausgaben des ›Fréttablaðið‹ vom vergangenen März.

Diese Zeitungsreste waren der einzige Hinweis, den die holländische Polizei auf die Herkunft des Mannes hatte. Die Tasche der Marke Samsonite aus dunkelgrauem Kunststoff stammte aus der Produktion von 1996, die in Geschäften rund um den Globus verkauft wurde. Man würde ihre Herkunft kaum zurückverfolgen können. Der Torso war der eines Mannes von 30 bis 35 Jahren, plus/minus etwa drei Jahre. Übliche Methoden der Identifizierung ausgeschlossen. Einen Toten ohne Kopf kann man nicht am Gesicht oder an den Zähnen erkennen. Von einem Leichnam ohne Hände kann man keine Fingerabdrücke nehmen und eine Leiche ohne Füße gibt keine Informationen über Körper- oder Schuhgröße preis.

Der Tote hatte bereits eine Weile im Leichenschauhaus

in Den Haag gelegen, als van Turenhout Víkingur und die isländische Polizei benachrichtigte.

Als Þórhildur erfuhr, dass möglicherweise eine Verbindung zu einer weiteren Leiche bestünde, die auf dem Flughafen Schiphol aufbewahrt wurde, beschloss sie, nach Holland zu reisen. Und zwar weil sie seit Wochen kein Lebenszeichen von ihrem Sohn Magnús erhalten hatte. Zuletzt hatte er angerufen und erzählt, er sei in Holland und würde sich in Kürze wieder melden. Víkingur bestand darauf, sie zu begleiten.

»Der 30–35 Jahre alte Mann, der tot im Hafen von Rotterdam gefunden wurde, kann unmöglich Magnús sein«, sagte Víkingur zu seiner Frau. »Außerdem sieht man auf den Fotos dieses Toten seine Speckröllchen, Magnús aber ist gertenschlank.«

»Das ist kein Körperfett, sondern *Adipocire*«, sagte Þórhildur, »auch Leichenlipid oder Leichenwachs genannt. Es entsteht in sehr feuchter oder nasser Umgebung, wenn sich das Körperfett in Fettsäuren verwandelt. Ich schätze es ähnlich wie du ein. Der Tote ähnelt Magnús nicht, aber die Fotos allein reichen mir nicht. Ich muss ihn sehen, um endgültig sicher zu sein. Das musst du verstehen.«

Ja, Víkingur verstand es.

Tatsächlich brauchte Þórhildur nur einen Augenblick, um ihre Einschätzung zu verkünden, kaum war das grüne Tuch von dem stinkenden Stück Fleisch gehoben worden, das einst Teil eines lebendigen Menschen gewesen war:

»Das ist er nicht.«

»Möchten Sie nicht auch die Haut betrachten?«, fragte der Leichenschauhauswärter.

»Man sieht die Einschnitte so schlecht. Die Haut ist so lose wie ein Pullover.«

Löchriger Pullover wäre eine bessere Beschreibung gewesen, denn die Haut war schon großflächig verrottet. Aber man sah dennoch deutlich, wo das Mal oberhalb der rechten Brust eingeritzt worden war.

»Seitdem dieser Bezug zu Island auftauchte, hat man das am ehesten mit Runenschrift in Verbindung gebracht«, sagte van Turenhout, der bemerkt hatte, wie erleichtert die Frau war.

Er war auch froh darüber, dass sie nicht näher nach der Todesursache fragte und ihn nicht bat, das Bruchstück des Billardstocks sehen zu dürfen. Er wollte nicht mit einer Frau darüber fachsimpeln müssen, was geschieht, wenn ein Billardstock mit solcher Kraft in den Enddarm eines lebenden Mannes gestoßen wird, dass er zur Speiseröhre wieder herauskommt.

Obgleich es diese Frau offensichtlich nicht sonderlich mitnahm, menschliche Überreste in einem Zustand zu sehen, wie er nicht einmal in den schlimmsten Albträumen normaler Menschen vorkommt. Sogar Inspecteur Joost Langendyk, der sich als eine Art Antwort Hollands auf Bruce Willis empfand, war sein Mittagessen auf der Mole in Rotterdam losgeworden, Sekunden nachdem er angeordnet hatte, die Tasche an Ort und Stelle zu öffnen.

*****

Van Turenhout schreckte im Leichenschauhaus des Flughafens Schiphol aus seinem angenehmen Sinnieren über Langendyks Schwäche auf, als der redselige Wärter wieder erschien, mit einer Bahre vor sich, die er kraftvoll gegen die Flügeltür des Wartezimmers rollte.

»Verzeihen Sie die Verzögerung«, sagte er, »aber es ist nun mal so, dass die Leiche sich nach der Obduktion nicht im besten Zustand befindet, sodass nicht sicher ist, ob die Dame …«

»Ich bin Gerichtsmedizinerin«, sagte Þórhildur, ging zu der Bahre und hob das Laken von Gesicht und Oberkörper des Toten. Sie sah, dass der Leichnam nach der Obduktion nicht wieder hergerichtet worden war. Brustkorb und Bauchhöhle hatte man auf die übliche Weise mit einem Thoracoabdominalschnitt geöffnet, dem Ypsilonschnitt, einem bogenförmigen Schnitt von der Schulter hinunter bis zum Rippenbogen und wieder hoch zur anderen Schulter, und dann führte ein Schnitt als gerade Linie vom Rippenbogen herunter bis zum Schambein. Die Organe waren entfernt, der Schnitt aber nicht wieder vernäht worden. Auch der Kopf des Toten war nicht wieder hergerichtet. Der Gerichtsmediziner hatte einen Coronalmastoidschnitt knapp hinter den Ohren quer durchs Haar gemacht, von Ohr zu Ohr, und dann die Kopfhaut abgezogen, den Schädel aufgesägt und seinen hinteren Teil, das Calvarium, entfernt, um das Gehirn entnehmen zu können.

Víkingur betrachtete das Gesicht und ließ sich dabei von der Nachlässigkeit des obduzierenden Arztes oder des Leichenschauhauswärters nicht beeindrucken, der dem Toten nicht direkt im Anschluss an die Autopsie die übliche Versorgung gegönnt hatte.

Auf den ersten Blick schien es das Gesicht eines alten

Mannes zu sein, faltig und aufgedunsen. Bei näherer Betrachtung stellte sich aber heraus, dass es sich um einen jungen Mann handelte, wahrscheinlich unter dreißig, schlank und knochig mit auffallend dichtem, gelocktem Haar, das kohlrabenschwarz gefärbt war. Der Haaransatz und der spärliche Bart ließen auf ein helles Rot als ursprüngliche Haarfarbe schließen. Das Antlitz kam Víkingur bekannt vor, aber er konnte es gedanklich nicht einordnen.

»Könnten Sie mir Handschuhe geben?«, bat Þórhildur den Wärter, der van Turenhout fragend ansah und dann durch die Flügeltür eilte, um nach kurzer Zeit mit einem grünen Umhang und Gummihandschuhen zurückzukehren.

Þórhildur lehnte den Umhang ab, zog sich aber die Handschuhe an und postierte sich am Kopfende des Rollwagens. Sie umfasste den Haarschopf, der die Stirn bedeckte, mit beiden Händen, drückte die Finger ins Haar und zog vorsichtig daran. Die Falten verschwanden, und als sich die Gesichtszüge des Toten, die wie eingefroren wirkten, glätteten, erschien nach und nach ein bekanntes Gesicht.

»Das ist dieser Kerl aus dem Vogar-Viertel. Ási ... Áskell, oder wie der heißt, der da jahrelang bei den Motorradfreaks herumgehangen hat«, sagte Víkingur. »Mir kam es so vor, als würde ich den auf dem Foto kennen. Nein, er heißt Ársæll Jódísarson und wird wegen Brandstiftung mit Todesfolge gesucht. Nun ist er also aufgetaucht. Aber ist es nicht seltsam, dass ein Mann, der versucht, sein Aussehen zu verändern, indem er seine Haare färbt, dann doch wieder auffallen will und sich eine Tätowierung auf die Stirn machen lässt?«

»Das ist keine Tätowierung«, sagte van Turenhout,

»sondern irgendeine Tinte. Das ist mit einem Filzstift gekritzelt und scheint dasselbe Zeichen zu sein wie auf dem
Torso in Den Haag. Seltsamer Zufall. Deswegen wollte
ich, dass ihr euch den Jungen mal anseht.«

Víkingur nahm einen Zettel mit einem Bild des Zei-
chens, das sie morgens in Den Haag gesehen hatten, aus
seiner Tasche. Er reichte van Turenhout das Papier und
bat ihn, es neben den Kopf der Leiche zu halten. Dann
machte er ein paar Fotos mit seiner Handykamera.

»Das ist dasselbe Zeichen«, sagte van Turenhout. »Aber
was zum Henker bedeutet es? Ist das etwas Isländisches?«

*****

Die durchschnittliche Lebenserwartung isländischer
Männer ist weltweit die höchste, nämlich 79,4 Jahre.

Ársæll Jódísarson aus Keflavík, der sein Leben auf
einer öffentlichen Toilette des Amsterdamer-Flughafens
beendete, wurde 27 Jahre alt. Die Todesursache war eine
tödliche Dosis Amphetamin, das intravenös gespritzt
worden war. Die Obduktion ergab eine Konzentration
von 0,9 Milligramm pro 100 ml Blut.

Eine Putzkraft des Flughafens hatte den Toten in einer
verschlossenen Toilettenkabine gefunden.

Im Protokoll der Polizei wurde erwähnt, dass weder
Ausweispapiere noch Geld bei der Leiche vorhanden
waren. Aber weil es sich offenkundig um einen Drogensüchtigen handelte, schien Raub eher unwahrscheinlich.

Rätselhafter war es, dass keine Spritze, weder in der Kabine noch in der Toilette, gefunden wurde. Das konnte allerdings verschiedene Gründe haben. Vielleicht hatte man auch nur nicht gründlich genug danach gesucht, schließlich gibt es, wenn ein Junkie stirbt, selten Anlass zu der Vermutung, dass sein Tod durch einen Zweiten verursacht worden sein könnte.

Da keine Spuren am Leichnam auf Tätlichkeiten hinwiesen, wurde als Todesursache ein fatales Versehen beim Drogenkonsum festgestellt. Es wurde keine polizeiliche Untersuchung angeordnet, schließlich gibt es nicht genug Personal, um den vorzeitigen Tod eines jeden Drogensüchtigen zu untersuchen, selbst wenn er irgendeine Kritzelei auf der Stirn hat.

3

Seine Intuition sagte van Turenhout, dass die Ehe von Þórhildur und Víkingur schwierig sei. Doch es war ganz im Gegenteil eine glückliche Ehe.

Die Þórhildur, die van Turenhout an diesem Tag beobachtet hatte, war nicht die Þórhildur, die Víkingur kannte. Kühl, schweigsam, gereizt, negativ, gestresst.

Wenn er seinen Arm um ihre Schultern oder ihre Taille legte, wich sie ihm aus. Wenn er etwas sagte, schwieg sie und tat so, als habe sie ihn nicht gehört, oder sie antwortete ihm einsilbig.

Nie zuvor hatte er sich in ihrer Nähe überflüssig gefühlt. Jetzt war es, als habe sie einen Schutzwall um sich herum errichtet und ihren besten Freund ausgeschlossen.

Sie hatten frühmorgens den Zug nach Den Haag genommen und von Den Haag hatte van Turenhout sie zum Flughafen Schiphol gefahren, dann zum Hotel in A'dam bzw. Mokum, was, wie er ihnen erklärte, Kosenamen der Einwohner für ihre Stadt Amsterdam waren.

Víkingur verkniff sich die Bemerkung: »Habe ich es dir nicht gesagt?«, als Þórhildur mit eigenen Augen sah, was sie beide schon vorher wussten, nämlich dass die menschlichen Überreste in Den Haag nicht von Magnús stammten.

Er wurde von Gewissensbissen geplagt, weil er es erträglicher gefunden hätte, wenn die Leiche des verlorenen Sohnes und Stiefsohnes aufgetaucht wäre. Bei dem Gedanken, dass die nagende Ungewissheit jetzt weiterginge, sank ihm der Mut. Möglicherweise spürte Þórhildur diese Gedanken.

Er schämte sich dafür. Natürlich waren die Gefühle von Þórhildur ihrem Sohn gegenüber ganz andere als seine. Magnús war Þórhildurs Sohn. Ihr Kind, das sie im Bauch getragen und neugeboren im Arm gehalten hatte, lange bevor Víkingur die Szene betrat.

In Wirklichkeit war Víkingur nur vom Namen her Stiefvater. Der Junge war bei Brynjar, seinem leiblichen Vater, aufgewachsen. Genauer gesagt, bis er dreizehn Jahre alt war, und danach bei sich selbst, auf der Straße. Er hatte seiner Mutter klargemacht, dass es sie nichts angehe, wie er sein Leben lebte: »Du hast dich nicht um mich gekümmert, als ich klein war, also wieso sollte ich mich dann heute um dich kümmern?«

Sie erreichten das Hotel um Viertel vor fünf. Als sie sich von van Turenhout verabschieden und ihm für die Begleitung danken wollten, sagte er:

»Es kommt gar nicht in Frage, dass ihr Holland verlasst, ohne mit mir anständig Rijstaffel essen zu gehen. Ich muss schließlich dafür sorgen, dass ihr nicht in irgendeine Touristenfalle geratet. Ich hole euch um sieben Uhr ab.«

Víkingur versuchte, zu widersprechen, aber van Turenhout wandte ein:

»Ihr müsst doch ohnehin etwas essen, und wenn ihr euch mit mir gemeinsam einen Happen genehmigt, würdet ihr mir einen großen Gefallen tun. Seit meine Frau in irgendeiner Zeitschrift eine Methode fand, gesunde Menschen in unterernährte Knochengerüste zu verwandeln, werde ich zu Hause wie ein Mannequin ernährt.«

Diese zuvorkommende Einladung konnte man natürlich nicht ablehnen.

*****

Þórhildur sprach kein einziges Wort, als sie im Lift nach oben fuhren. Kaum waren sie im Hotelzimmer, sagte sie, sie wolle unter die Dusche, und Víkingur hörte, wie sie die Badezimmertür hinter sich verschloss. Das war neu.

»Wenn es dir nichts ausmacht, möchte ich mich hinlegen«, sagte sie, als sie im weißen Hotel-Bademantel aus dem Bad kam.

»Mach das ruhig, Liebling«, erwiderte Víkingur. »Ich will ein Bad nehmen und wecke dich dann, sodass du genug Zeit hast, dich für das Abendessen fertig zu machen.«

»Die Einladung möchte ich nicht annehmen«, sagte sie. »Ich hätte nicht gedacht, dass du es überhaupt in Betracht ziehst, mit dem Mann essen zu gehen.«

»Das hättest du vielleicht vorhin erwähnen sollen«, sagte Víkingur. »Ich kann keine Gedanken lesen.«

»Ich dachte, du siehst, wie müde ich bin.«

»Ja, aber Liebling, du musst doch verstehen, dass das zu meiner Arbeit gehört. Ich konnte die Einladung nicht abschlagen. Es geht hier nicht um dich und mich, sondern um die Gastfreundschaft, die der isländischen Polizei entgegengebracht wird. Es wäre richtiggehend unhöflich von mir gewesen, abzulehnen.«

»Das verstehe ich«, sagte sie. »Aber dann dürfte dir auch klar sein, dass es nicht direkt zu meinem Aufgabengebiet gehört, im Namen der isländischen Polizei ins Restaurant zu gehen. Ich bin müde und würde die isländische Polizei nur blamieren, und das wollen wir doch nicht.«

»Meinst du damit, ich soll ohne dich gehen?«

»Bingo!«, sagte Þórhildur und zog sich die Bettdecke über den Kopf. »Ihr zwei Jungs habt sicher jede Menge Spaß.«

Víkingur blieb zögernd am Bett stehen.

»Und was wirst du essen?«

Þórhildur lag still unter der Decke und antwortete nicht.

Er sprach weiter: »Irgendetwas wirst du wohl essen müssen.«

Þórhildur setzte sich im Bett auf. »Hör zu, ich traue mir sehr wohl zu, festzustellen, ob ich etwas essen möchte oder nicht. Mach dir da mal keine Sorgen.« Sie sank auf das Kopfkissen zurück und zog sich die Decke über das Gesicht.

Víkingur wollte sich gerade auf die Bettkante zu seiner Frau setzen und in Ruhe mit ihr sprechen, als er sie unter der Decke raunen hörte: »Immerhin erinnerst du mich nicht daran, einzuatmen.«

Er sagte gar nichts mehr, dachte sich nur, dass Þórhildur hoffentlich bald selbst bemerken würde, mit welcher Gehässigkeit sie die Sorgen um ihren Sohn an ihrem Mann ausließ. Er ging zum Fenster. Die Sonne stand immer noch weit oben am Himmel. Johannisnacht. Der Zeitpunkt, an dem das Licht einen kurzzeitigen Sieg über das Dunkel feiert. Und dann dringt die Dunkelheit wieder vor.

Er zog die schweren Gardinen zu, sodass es im Zimmer dämmrig wurde.

Þórhildur rührte sich nicht. Er wusste, dass sie wach war und jede seiner Bewegungen belauschte. Am meisten verlangte es ihn danach, sich seiner Kleidung zu entledigen und zu ihr unter die Decke zu kriechen. Sie zu umarmen. Ihr zu sagen, dass er sie liebte und sie selbst entscheiden dürfe, ob sie einatme oder nicht; nur dass sie sich nicht einigeln und ihn ausschließen dürfe.

Wie können zwei Menschen, die einander lieben, so ungeheuer einsam sein?, fragte er sich und ging ins Badezimmer, um Wasser in die Wanne einzulassen.

4

Das Restaurant, in dem van Turenhout einen Tisch reserviert hatte, war eine kleine indonesische Gaststätte in der Nähe des Rembrandtplein an der Utrechtstraat und hieß Tempo Doeloe.

»Ich rufe dich an, wenn du uns abholen sollst«, sagte van Turenhout zu seinem Chauffeur und wandte sich dann Víkingur zu. »Wenn ich mit Gästen essen gehe, dann entweder in dieses Restaurant oder ins Hotel Plaza. Ich habe diesmal das Tempo Doeloe ausgesucht und hoffe, dass du nicht enttäuscht sein wirst.«

»Lässt du den Zufall entscheiden, welchen Ort du wählst?«, fragte Víkingur.

Van Turenhout lächelte. »Nein, das nicht. Ich versuche zu erraten, ob die Gäste mehr Wert auf gutes Essen oder fabelhaftes Ambiente legen.«

»Mir gefällt das Ambiente hier sehr gut«, sagte Víkingur.

»Das freut mich, denn das Essen hier ist besser als im Hotel Plaza. Tempo Doeloe bedeutet eigentlich ›Damals‹«, sagte van Turenhout. »Soviel weiß ich, auch wenn ich in der Sprache meiner Vorfahren nicht gerade gut bin. Ich bin sozusagen ein Kind der europäischen Kolonialpolitik und ein ehelicher Sohn der Vereenigde Oostindische Compagnie, der Niederländischen Ostindien-Kompanie. Meine Familie stammt von Tidore, was eine der Molukken-Inseln in Indonesien ist. Man nannte sie die Gewürzinseln, und die Immigranten von dort sind das Gewürz in der holländischen Gesellschaft, die meiner Meinung nach auch dringend Würze brauchte.«

Víkingur hörte van Turenhout mit einem Ohr zu, während er in der viersprachigen Speisekarte hin- und herblätterte.

*****

»Wenn du magst, bestelle ich für uns beide«, bot van Turenhout an. »Wenn jemand dieses Restaurant zum ersten Mal besucht, verschwendet er oft wertvolle Zeit damit, die Speisekarte zu lesen, bestellt dann doch der Einfachheit halber das ›Rijstaffel-Angebot‹ und hat am Ende keine Ahnung, was er da eigentlich isst.«

Víkingur gefiel der Vorschlag, also rief van Turenhout den Kellner und diktierte ihm eine Zahlenreihe so schnell, dass der Schwierigkeiten hatte, die Bestellung mitzuschreiben.

»Kannst du alle Nummern der Speisekarte auswendig?«, fragte Víkingur.

»Nur die der besten Gerichte«, antwortete van Turenhout. »Wir haben Glück, denn der Kellner sagt, die King Prawns seien frisch und lecker. Außerdem habe ich uns Bier zum Essen bestellt. Wo war ich bei meiner Autobiographie angekommen?«

»Kurz vor der Geburt«, sagte Víkingur.

»Also, ich bin in Rotterdam geboren und dort aufgewachsen. In Indonesien war ich nur einmal«, fuhr van Turenhout fort. »Als Jugendlicher beschloss ich, entweder Verbrecher oder Soldat zu werden. Ich entschied mich für die Armee. Irgendetwas in mir wollte einer starken, verschworenen Gemeinschaft angehören, einer

Gang von Kriminellen, der Armee oder eben der Polizei. Ich wollte zum Militär, fiel aber bei irgendeinem Persönlichkeitstest mit Pauken und Trompeten durch. Die Psychologen meinten, ich sei zu gewaltbereit, um in die Armee aufgenommen zu werden. Also habe ich mit der Schule weitergemacht und danach sogar angefangen, Psychologie zu studieren, vielleicht, um herauszufinden, was die Psychologen an mir auszusetzen hatten.«

Es überraschte Víkingur, wie gesprächig und offenherzig sein großgewachsener Kollege war. Van Turenhout machte eine Pause, während der Kellner zwei Halblitergläser Bier auf den Tisch stellte.

»Ich habe Theologie studiert«, sagte Víkingur, um auch irgendetwas zu dem Gespräch beizutragen. »Ich war anscheinend auch zu gewaltbereit, denn schließlich bin ich nicht Pfarrer, sondern Polizist geworden. Du bist also Psychologe?«

»Nein, von Psychologie verstehe ich nichts«, entgegnete van Turenhout. »Ich habe viel zu viel geraucht, um mich bei den Prüfungen an irgendetwas zu erinnern. Dann wurde mir langsam klar, dass Psychologe für einen Mann wie mich vielleicht nicht der geeignetste Beruf ist.«

»Warum nicht?«

»Prost«, schob van Turenhout ein und hob sein Glas. »Wenn du eine empfindsame Seele mit Weltschmerz wärst, würdest du dann zu einem riesigen Molukken mit Rastazöpfen gehen, um über deine Existenzangst zu sprechen? Ja, auch wenn ich jetzt eine Glatze habe, früher hatte ich eine regelrechte Haarpracht. Ich hätte vielleicht als Medizinmann arbeiten können, aber nicht als Psychologe. Aber du sagtest, du hättest Theologie studiert. Wie kam es, dass du bei der Polizei gelandet bist, statt Pfarrer oder Papst zu werden?«

Víkingur lächelte. »Während meines Theologiestudiums arbeitete ich als Aushilfe bei der Polizei. Vielleicht erschien mir der Kampf gegen das Verbrechen nicht ganz so aussichtslos wie der gegen die Sünde.«

»Glaubst du an die Sünde?«, fragte van Turenhout.

»Es gibt nur noch wenig, an das ich glaube«, antwortete Víkingur. »Nein, ich glaube nicht an die Sünde. Nicht direkt. Es ist schon lange her, dass ich darüber nachgedacht habe, woran ich in Wirklichkeit glaube.«

»Aber du glaubst an etwas?«

»Ich weiß es nicht«, sagte Víkingur. »Ich möchte daran glauben, dass die Wahrheit die stärkste Kraft der Welt ist – und dass wir alle tief in unserem Inneren wissen, was die Wahrheit ist. Und du, glaubst du an irgendetwas?«

»Ich glaube an Ordnung und kleinbürgerliche Tugenden«, sagte van Turenhout. »Ich glaube an warme Mahlzeiten, am besten zwei am Tag. Ich glaube an saubere Unterwäsche, Fleiß, Toleranz und Genügsamkeit in allen Bereichen – außer beim Essen und Trinken.«

*****

Als die Kellner die Speisen auf den Tisch stellten, sah es nicht so aus, als sei bei dieser Mahlzeit Genügsamkeit vorgesehen.

»Die armen Touristen rühren normalerweise alles zusammen und machen aus einer Rijstaffel einen ekelerregenden Reismatsch«, erzählte van Turenhout. »Der Trick ist, sich oft und dafür wenig auf einmal zu nehmen und den Geschmack eines jeden einzelnen Gerichts zu genießen. Hier haben wir von allem etwas: Da ist Sateh Ajam, Hähnchenspieße mit Erdnusssauce, hier gegrillte King Prawns, Oedang Madoera und Oedang Piendang, mit

Kemiri-Nüssen und auch mit süßsaurer Zitronengrassauce. Dort gibt es Ikan Goreng, das ist Rotbarsch, in der Pfanne gebraten in milder Kräutersauce, und Scholle in Tamarindensauce, genannt Ikan Mangoet. Meine Leibspeise ist Goalee Kambing, das ist Fleisch vom Zicklein in Kokosmilch mit einem Hauch von Kräutern. Wenn du die Gewürze zu stark findest, dann nimm dir vom weißen Reis, um deine Geschmacksnerven zu beruhigen. Wir haben hier auch gelben Reis und süßsauren Rohkostsalat, Gado-Gado-Gemüse mit Nussdressing, und Kroepoek, also Krabbenbrot. Ich glaube, das ist alles. *Selamat makan*, guten Appetit!«

»*Selamat makan*«, erwiderte Víkingur.

Unter der umsichtigen Anleitung van Turenhouts probierte Víkingur von allen Gerichten. Einige Gewürze von den südpazifischen Inseln waren für die Geschmacksnerven eines Mannes vom Nordpolarmeer fast zu stark. Beide Polizisten waren hungrig und langten ordentlich zu.

*****

»Bevor ich es vergesse«, sagte Víkingur. »Was die Leiche am Flughafen Schiphol betrifft: Ich vermute, der Junge hat keine Angehörigen in Island gehabt. Dennoch werde ich prüfen, ob eine Rückführung eingeleitet werden soll. Sein nächster Angehöriger ist wahrscheinlich der Konsul in Amsterdam. Oder gar die isländische Botschaft in London.«

»Wurde er in Island nicht sogar gesucht?«

»Ja, oder so ähnlich. Wir hätten ihn gerne verhört wegen eines Brandes in Kópavogur, bei dem drei Menschen starben. Drogensüchtige. Wir haben sehr deutliche Hinweise bekommen, dass er daran beteiligt war.«

»Und die Runenzeichen?«

»Ich wüsste nicht, warum Runen irgendeine besondere Verbindung zu Island haben sollten. Alle germanischen Völker verwendeten ursprünglich Runen. Als sie das Christentum annahmen, wurde dann das lateinische Alphabet eingeführt. Dennoch berichten die Tageszeitungen von Verbindungen nach Island, sodass wir die Zeichen natürlich sehr gründlich untersuchen werden.«

Van Turenhout schien kein gesteigertes Interesse an einem Gespräch über Leichen zu haben, sodass Víkingur entschied, die Unterhaltung in eine andere Richtung zu lenken. Er wollte gern wissen, wie sein holländischer Kollege zu der liberalen Drogenpolitik stand, die die Holländer Ende des vergangenen Jahrhunderts eingeführt hatten.

»Vorhin sagtest du, dass du unter anderem an Toleranz glaubst«, sagte Víkingur. »Wer würde dir da widersprechen? Trotzdem wirkt es manchmal so, als würde die Realität nicht ganz zur Vision passen.«

»Ich verstehe nicht ganz, worauf du hinauswillst.«

»Ich verstehe es selbst kaum«, fuhr Víkingur fort. »Toleranz als Lebenseinstellung ist die eine Sache. Toleranz als politische Richtung ist etwas anderes.«

»Und die holländische Toleranz ist ein merkwürdiges Phänomen«, sagte van Turenhout, als er verstand, worauf sich Víkingur bezog. »Beim Einkaufen in einem Geschäft möchte man keine Moralpredigt des Verkäufers. Eine Nation, die vom Handel lebt, weiß, dass sich Toleranz auszahlt. Dreißig Jahre lang hat die holländische Toleranz gegenüber Rauschgift anderen Nationen als Vorbild dienen sollen.«

»Und was, meinst du, hat es gebracht?«, fragte Víkingur.

»Darauf gibt es im Grunde keine allgemeingültige Antwort«, sagte van Turenhout. »Willst du nicht noch ein bisschen von der Ziege?«

»Nein, danke. Es schmeckt alles phantastisch, aber ich mag den Fisch am liebsten.«

Van Turenhout schüttete den Rest des Ziegengerichts auf seinen Teller und kratzte die Sauce aus der Schüssel.

»Ich bin nur ein Schreibtischbulle«, sagte er, »aber mich widert die Durchseuchung der Gesellschaft an, die der Toleranz folgt. Es ist übrigens ein weitverbreitetes Missverständnis, dass Rauschgift bei uns legal sei. Weder Haschisch noch Marihuana sind hier legal. Persönlich sehe ich Haschisch und Marihuana auch nicht als ›weichen‹ Stoff. Ich bin vom Kiffen losgekommen, bevor alle meine Gehirnzellen verschmort waren. Ich hatte Glück. Denn schon vor vielen Jahren begannen meine Bekannten in den Leichenschauhäusern des Landes aufzutauchen. Ich will diese Verseuchten aus meinem Land loswerden, die Gangs loswerden, die Haie, die Kleinkriminellen und die vielen jungen Leute, die aus ganz Europa hierherkommen, weil man hier so gemütlich vor die Hunde gehen kann. Wenn es Toleranz ist, möglichst viele verschiedene Methoden anzubieten, wie man sein Leben zerstören kann, dann nehme ich zurück, dass ich an die Toleranz glaube.«

»Ein Rauchverbot für öffentliche Orte dient nicht dazu, Raucher am Rauchen zu hindern«, sagte Víkingur.

»Es ist dazu da, die Nichtraucher vor dem Passivrauchen zu schützen. Passiver Drogenkonsum ist viel gefährlicher als passives Rauchen. Jeder Drogenabhängige zieht Eltern, Kinder, Partner, Freunde oder nahestehende Angehörige mit sich in den Kummer und die Dunkelheit. Jedes Jahr sterben zehntausende junge Menschen in Europa an den Folgen von Drogenkonsum. Was glaubst du, wie groß die Menge von Trauernden ist, die diese Jugendlichen hinterlassen?«

»Dieser Junge, den ihr sucht, ist er nicht dein Stiefsohn?«, fragte van Turenhout. »Ich versuche, mich nach ihm zu erkundigen.«

»Es ist nicht einmal sicher, ob er hier ist«, entgegnete Víkingur. »Wir wussten beide vor der Anreise, dass er nicht die Leiche in der Reisetasche ist. Aber wenn die Verzweiflung einen bestimmten Grad erreicht …«

»Der Kaffee hier ist so schlecht, wie das Essen gut ist«, bemerkte van Turenhout. »Aber schlechter Kaffee ist immer noch besser als gar keiner.«

»Nicht für mich«, sagte Víkingur.

»Wie wäre es mit einem Schluck Cognac?«

»Nein, danke, auch nicht«, sagte Víkingur.

»Kräutertee?«, fragte van Turenhout. »Abgekochtes Wasser?«

Víkingur lächelte. »Ich bin kein Asket. Aber in der letzten Zeit hat mir eine Tasse Kaffee nach dem Abendessen gereicht, um schlaflos zu sein, und Cognac möchte ich nicht, weil ich mich noch mit meiner Frau unterhalten will.«

»Und Frauen lehnen Alkohol ab«, sagte van Turenhout. »Besonders, wenn ihre Männer eine Fahne haben.«

»Ja und nein«, erwiderte Víkingur. »Die Menschen, die nicht trinken, haben für ihre Ablehnung von Alkohol einen triftigen Grund: Wenn man mal betrachtet, dass der gesellschaftliche Schaden, den Alkohol verursacht, in den meisten Ländern ein Vielfaches der Zerstörung beträgt, die durch Drogen entsteht.«

»Du bist kein Calvinist«, stellte van Turenhout fest. »Du bist Moslem.«

»Wohl kaum«, entgegnete Víkingur. »Aber ich bewundere den Propheten, dass er dieses Verderben schon im achten Jahrhundert erkannt hat. Er hat sich getraut, Maßnahmen zu ergreifen in einer Gesellschaft, die vom Alkohol durchtränkt war. Als die arabische Welt ausgenüchtert wurde, blühten Kultur und Bildung auf, während Europa besoffen am Boden lag.«

»Interessant«, sagte van Turenhout. »Aber was geschah dann? Sie sind immer noch abstinent. Wir saufen. Trotzdem geht es uns besser als ihnen.«

»Von unserer Warte aus betrachtet ja«, sagte Víkingur. »Wir haben einiges verloren, das sie sich erhalten haben. Der Grund dafür, warum ich einen klaren Kopf haben will, wenn ich meine Frau nachher treffe, ist der, dass sie Alkoholikerin ist.«

»Alkoholikerin?«, fragte van Turenhout. »Das tut mir leid.«

»Kein Problem«, sagte Víkingur. »Ihr Konsum ist in unserer Beziehung kein Problem. Seit ich Þórhildur kenne, habe ich sie nie angeheitert erlebt. Der Konsum ihres Sohnes ist das eigentliche Problem. Das meinte ich, als ich von passivem Drogenkonsum als Pendant zum Passivrauchen sprach. Seine Krankheit hat Einfluss auf uns. Der Rauschgiftkonsum des Jungen verursacht seiner Mutter wahrscheinlich mehr Leiden als ihm selbst.«

»Ich verstehe«, sagte van Turenhout.

»Und das Leiden meiner Frau macht wiederum mir Sorgen. So infiziert man sich mit den Folgen von Drogenkonsum, einer beim anderen. Weil du so freundlich bist, dich nach dem Jungen umzuhören, möchte ich dir ein bisschen mehr über unsere Situation erzählen. Þórhildur, seine Mutter, studierte Medizin. Während des Studiums heiratete sie einen Ingenieursstudenten. Sie gingen beide gern aus. Er hatte mehr Durchhaltevermögen als sie und erholte sich nach den Wochenenden auch schneller. Þórhildur fand heraus, dass sie länger feiern konnte, wenn sie Amphetamine nahm und den anschließenden Kater mit Beruhigungsmitteln bekämpfte. Das funktionierte ganz hervorragend. Dann wurde Þórhildur schwanger, und weil sie den Alkohol- und Drogenkonsum ohne große Schwierigkeiten während der Schwangerschaft einstellen konnte, betrachtete sie sich als offensichtlich nicht süchtig.

Als Þórhildur das Studium beendet hatte, bot man ihr eine Stelle als Oberärztin einer großen Region in Nordisland an. Das war eine gute Gelegenheit, viel Erfahrung zu sammeln und in kurzer Zeit viel Geld zu verdienen. Aber das junge Ehepaar langweilte sich in dem kleinen Dorf weit entfernt von den Freunden und Angehörigen in Reykjavík. Er musste sein Studium unterbrechen und sich um den Haushalt kümmern. Die einzige Abwechslung war, sich am Wochenende kräftig zu betrinken und große Partys zu feiern, wenn Besuch aus dem Süden kam. Þórhildur begann auch wieder Drogen zu nehmen, um sich sowohl den Gästen als auch der Arbeit gewachsen zu fühlen.

Eines Sonntagmorgens im Dezember wurde die Oberärztin wegen eines Notfalls auf einen entfernten Hof gerufen.

Þórhildur hatte sich gerade ins Bett gelegt, nach einem Hausfest für ihre Freunde aus Reykjavík, die über die Weihnachtsfeiertage bleiben wollten. Um wenigstens ein bisschen Schlaf zu bekommen, hatte sie eine ordentliche Dosis Beruhigungstabletten genommen. Sie hatte damit den Effekt ihrer nächtlichen Erfrischung durch Amphetamin dämpfen wollen. Sie schaffte es, aufzustehen und sich Amphetamin aus dem Medizinschrank zu holen, um klar im Kopf zu werden. Dann, noch bei Dunkelheit und Schneefall, brach sie in ihrem großen Geländewagen auf.«

Víkingur schwieg. Er wunderte sich über sich selbst. Diese Geschichte hatte er lange in seinem Inneren verwahrt und nie in Betracht gezogen, sie mit jemandem zu teilen. Und jetzt saß er in einem Restaurant in Amsterdam und vertraute sich einem vollkommen fremden Mann an.

»Dunkelheit und Schneefall«, sagte van Turenhout mit einem verträumten Ausdruck im Gesicht. »Island.«

»Als es schon fast Mittag war, kam ein zweiter Anruf von dem Bauernhof mit der erneuten Bitte um ärztliche Hilfe. Da kontaktierte Þórhildurs Mann den örtlichen Rettungsdienst, der einen Motorschlitten zu dem Kranken schickte. Nach ihrer Rückkehr berichteten die Mitglieder der Rettungsmannschaft, die Ärztin unterwegs nirgendwo gesehen zu haben. Dunkelheit hatte sich breitgemacht und der Schneefall war zu einem schweren Schneesturm geworden, also waren die Bedingungen für eine Suchaktion miserabel. Als der Suchtrupp kurz vor dem Abmarsch stand, kam ein Lastwagenfahrer an und berichtete, dass das Auto der Landärztin umgestürzt in einer Felsschlucht etwa zehn Minuten von dem Bauernhof entfernt läge – aber an einer völlig anderen Route als der, die man normalerweise dorthin gewählt hätte. Þórhildur war im Auto eingeklemmt. Sie war bei Bewusstsein und kam mit ein paar Knochenbrüchen und kleineren Wunden erstaunlich glimpflich davon.

Damit war der Aufenthalt der beiden an dem Ort beendet. Sie verlor ihre Zulassung als Ärztin. Die Ehe, die wohl auch nicht mehr besonders glücklich war, endete mit einer Scheidung, und in Anbetracht der Vorgeschichte bekam der Vater das Sorgerecht für den Sohn.

Island ist ein kleines Land, und über diesen Vorfall wurde ziemlich viel geredet. Þórhildur beschloss, unterzutauchen, und ging nach Australien. Sie arbeitete als Reinigungskraft in einem Krankenhaus und setzte alles daran, trocken zu werden. So verbrachte sie einige Jahre in Australien, wo sie die Anonymen Alkoholiker kennenlernte, und Mut fasste, eine Fortbildung in forensischer Medizin zu beginnen. Auf diese Art und Weise konnte sie ihr vorhandenes Wissen nutzen, ohne wieder Verantwortung für lebende Patienten tragen zu müssen.

Als schließlich ein Gerichtsmediziner in Island gesucht wurde, bewarb sie sich und bekam die Stelle. So haben wir uns kennengelernt.

Magnús, der Junge, von dem wir sprachen, wuchs bei seinem Vater auf, der ein unsolides, ausschweifendes Leben führte. Nachdem sie zurückgekehrt war, versuchte Þórhildur, ihrem Sohn wieder näherzukommen, aber er war voller Zorn, denn er fühlte sich von ihr verstoßen, als sie das Land verlassen hatte. Schon jung begann er mit dem Trinken, flog von der Schule und hat sich mehr oder weniger selbst versorgt, seit er dreizehn war.

Er hat sich bei seiner Mutter immer nur gemeldet, wenn er Geld brauchte. Sie hatte immer das Gefühl, ihm etwas schuldig zu sein, wobei sie bis heute nicht weiß, wie sie es wiedergutmachen soll, und das hat er ganz geschickt auszunutzen gewusst. Bis jetzt. Vor einigen Wochen rief er an und sagte, er sei in Holland. Seitdem haben wir nichts mehr von ihm gehört.«

»Wie alt ist er?«

»Siebenundzwanzig. Wird achtundzwanzig diesen Sommer.«

»Wovon hat er gelebt – abgesehen von seiner Mutter?«

»Von diesem und jenem, genau wie alle anderen Kleinkriminellen. Er war Geldeintreiber und Dealer. Und er
hat sich mit Geschäften wie dem Import von Autos be-
fasst. Er sagte, er sei Mitbesitzer eines Nachtclubs, der
sogenannte Revuetänzerinnen aus dem Baltikum holt. In
seinem polizeilichen Führungszeugnis findet sich nichts
außer einem Führerscheinentzug. Er ist ein intelligenter und gut aussehender Junge. Aber das hilft ihm auch
nichts, im Gegenteil, ich glaube, dass seine Intelligenz
ihn eher hemmt.«

»Er ist zu intelligent, um aufzugeben und aufzuhören?«

»Ja, genau. Mir scheinen die Menschen ihren Mist immer weiterzumachen, solange sie sich nicht in eine exis-
tenzielle Krise bringen. Wenn sie die Familie verloren
haben oder im Job gekündigt worden sind, dann geben
sie auf. Magnús hat keine Familie und auch keinen Beruf.
Er hat nur durch seine Cleverness überlebt und kann
sonst nichts. Für ihn gibt es keinen Grund, aufzuhören.«

*****

»Dunkelheit und Schneefall«, sagte van Turenhout. »In
dieser Geschichte kommen Dunkelheit und Schneefall
vor, und sie spielt in Island. Ansonsten ist sie haargenau
so wie viele andere Geschichten. Sogar der Junge gleicht
dem Sohn meines Bruders aufs Haar, auch wenn der bei
seiner Mutter aufwuchs und nicht beim Vater.«

»Und er ist auch in der Drogenszene?«

»Nein, er liegt auf dem Friedhof. Er wurde vorletztes
Jahr in einer Diskothek erschossen«, antwortete van Turenhout. »Wegen einer Meinungsverschiedenheit über

ein paar Gramm Kokain. Du kannst dich darauf verlassen, dass ich versuche, herauszufinden, ob euer Junge in Holland ist. Dann werde ich schon einen Grund finden, ihn einsperren zu lassen, sodass er Zeit hat, über die Dinge nachzudenken. Unser Frank wäre vielleicht noch am Leben, wenn ich nicht gezögert hätte, meine Stellung zu missbrauchen, um ihn aus dem Verkehr zu ziehen.«

*****

Víkingur verabschiedete sich vor dem Restaurant von seinem Gastgeber und lehnte das Angebot, zum Hotel gebracht zu werden, ab.

»Ich möchte einfach gerne noch einen Spaziergang machen.«

In den Straßen pulsierte das Leben und die Menschenmenge war so dicht, dass der Abendspaziergang zum Hotel länger dauerte, als er gedacht hatte.

Es war exakt 22:56 Uhr, als er das Foyer des Hotels betrat, und 22:58 Uhr, als er die Zimmertür öffnete.

Vor elf wieder zu Hause, dachte er.

Drinnen war es dunkel und er zögerte, das Licht einzuschalten. Þórhildur schlief sicherlich. Er schloss die Tür hinter sich und trat in die Dunkelheit.

Er scheiterte mit seinem Vorhaben, leise zu sein, als er sich den Fuß an einem Stuhl stieß, strauchelte und aufs Bett stürzte.

»Entschuldige, das bin nur ich«, sagte er, damit Þórhildur nicht glaubte, ein ungebetener Gast sei zu Besuch gekommen. »Ich habe mich an einem Stuhl gestoßen«, fügte er hinzu. Nicht dass sie dachte, er sei betrunken und könne sich nicht mehr auf den Beinen halten.

Keine Antwort. Niemand lag im Bett. Im Dunkeln

tastete er nach der Nachttischlampe am Kopfende, fand die Schnur und machte das Licht an.

Es war niemand im Raum außer ihm selbst.

Þórhildur war verschwunden.

Zuerst erschrak er.

Dann sah er wieder auf die Uhr. 23:00 Uhr.

Þórhildur musste irgendwann aufgewacht sein, nachdem er gegangen war. Vermutlich war sie hungrig geworden und etwas essen gegangen.

Sie ist gleich wieder da …

5

Exakt um 23:00 Uhr standen drei schwarz gekleidete Männer auf einer kleinen Lichtung im Lahemaa-Nationalpark in Estland.

Nordpol, Ulrich, Karl.

Es war die Johannisnacht, *Jaaniõhtu*, und obwohl sie sich tief im Wald befanden, drangen die Geräusche von Zechgelagen und Lärm von den Grillplätzen bis zu ihnen durch.

Im Halbdunkel konnte man die Johannisfeuer lodern sehen, denn in der hellsten Nacht des Jahres brennen Freudenfeuer im ganzen Land. Der Volksglaube besagt, dass das Glück denjenigen begleitet, der das Feuer durchschreitet oder darüberspringt.

Wer an diesem Abend kein Feuer entzündet, riskiert,

dass ihn das Feuer heimsucht und dass sein Haus und sein Besitz durch Brände zerstört werden.

Eine tausendjährige Magie wird in der Johannisnacht wach. Und aus den Flammen steigen Glaube und Bräuche lang vergessener Generationen auf und tanzen in den Herzen der Menschen.

*****

Die drei Männer hockten inmitten des Lahemaa-Nationalparks und beugten sich über eine Landkarte, die Karl auf dem Boden ausgebreitet hatte. Im Westen des Nationalparks war das Wort »Rebasekasvatus« unterstrichen.

»Das bedeutet Pelztierzucht oder Fuchsfarm«, sagte Karl. »Bis dahin sind es etwa 14 Kilometer durch Wald und Sumpfland. Wir wissen nicht genau, wie viele Leute an dem Ort sind und ob sie bewaffnet sind. Wir haben genug Zeit. Nordpol geht voraus und wird den Ort erkundet haben, wenn Ulrich und ich kommen. Gegen Ende der Johannisnacht sind hier in Estland die meisten wahrscheinlich entweder sternhagelvoll oder schlafen.«

Nachdem Karl den Plan mit wenigen Worten erklärt hatte, hob er die Landkarte auf und faltete sie zusammen.

»Ziehen wir uns an«, sagte er.

Die Kleidung bestand aus schwarzen Jogginganzügen, Handschuhen und Skimützen. Die Schuhe waren estnische Kampfstiefel. Alles neu und noch in der Plastikverpackung.

»Wir dürfen weder die Handschuhe noch die Skimützen verlieren. Und es wird nicht geraucht. Wir haben kein Interesse daran, Spuren zu hinterlassen.«

Die Männer zogen die Jacken an und schnürten die Stiefel.

»Nordpol, du informierst mich, wenn du fertig bist.«

Nordpol lief auf und ab und stampfte mit den Füßen auf, wie jemand im Schuhladen, der herauszufinden versucht, ob die Schuhe bequem sind.

»Muss ich unbedingt diese Riesenlatschen tragen?«, fragte er. »Kann ich sie nicht einfach anziehen, kurz bevor ich den Ort erreiche?«

»Darf ich deine Schuhe mal sehen?«, fragte Karl.

Nordpol öffnete den Rucksack und nahm seine schwarzen Turnschuhe heraus.

»Siehst du«, sagte Karl und hielt Nordpol die Schuhsohlen entgegen. »Ist das dasselbe Muster wie das der Stiefel?«

»Das weiß ich nicht«, sagte Nordpol. »Welche Rolle spielt das? Wir werden wieder zu Hause sein, wenn die Polizei hier einen Abguss von unseren Fußabdrücken macht. Sie werden meine Fußspuren wohl kaum bis nach Island verfolgen.«

»Jeder hinterlässt Spuren«, sagte Karl. »Überall. Das tun wir auch. Wenn wir alle die gleichen Schuhe tragen, wird es aber schwer zu sagen, wie viele wir waren. Wir sind eine Einheit und die Spuren, die wir hinterlassen, sollen das bezeugen. Wir sind die Höllenengel.«

»Und wer hat gesagt, dass die Höllenengel estnische Armeestiefel tragen?«, fragte Nordpol. »Aber wenn das so ein Big Deal ist, dann mache ich es natürlich für euch.«

»Für uns?«, fragte Karl. »Glaubst du, dass du mir persönlich damit einen Gefallen tust?«

»Beruhige dich, Mann«, sagte Ulrich. »Wir haben das doch schon besprochen. Wir halten uns an die Organisation. So ist das halt.«

»Hör mal, ich wusste nicht, dass das alles so eine wahnsinnig große Sache ist. Stiefel, Decknamen und alles. Wir sollten das alles schnellstens vergessen«, sagte Nordpol und nahm Karl seine Turnschuhe aus den Händen, steckte sie in den Rucksack und lief los.

*****

Þórhildurs Hand ragte aus dem Treibsand heraus und versank langsam. Es ging um Leben und Tod. Er robbte auf dem Bauch zu ihr, so schnell es ging, ohne dabei im Schlamm einzusinken.

Hörte Sirenen in der Ferne. Hilfe nahte.

Schaffte es, ihre Fingerspitzen zu packen, die seinem Griff entglitten und im Schlick versanken.

Er versuchte zu schreien, aber es kam kein Laut heraus.

Grub mit den Händen im Treibsand und ergriff ihr Haar. Zog fest daran und scherte sich nicht darum, dass er selbst einzusinken begann.

Das Sirenengeräusch näherte sich. Bloß nicht aus dem Griff verlieren. Er zog jetzt mit aller Kraft und schaffte es, seinen Schatz aus dem Pfuhl zu ziehen.

Entsetzen erfüllte ihn, als er sah, dass es sich nicht um Þórhildur, sondern den rothaarigen Kerl von Schiphol handelte, der an die Oberfläche kam. Der Junge war quicklebendig, hatte aber einen wütenden Ausdruck im Gesicht, spuckte schwarzen Schlick aus und sagte:

»Hab ich etwa kein Recht auf Sommerferien?«

Er ließ los und versuchte, von dem Kerl wegzukommen, der gerade einen Tobsuchtsanfall bekam.

Der Lärm der Sirenen machte ihn wahnsinnig.

Víkingur erwachte schweißgebadet und in seine Decke gewickelt. Das Sirenengeräusch draußen entfernte sich.

Er versuchte sich zu orientieren. Er hatte sich aufs Bett gelegt, um auf Þórhildur zu warten, und war eingeschlafen.

Es war 01:34 Uhr.

Er war allein. Sie war immer noch nicht da.

6

Als er herunterfuhr, konnte er nicht vermeiden, sich in den Spiegeln des Aufzugs zu sehen. Schlaftrunken, mit zerzaustem Haar, geröteten Augen und verknitterter Kleidung. Über seine Wange lief eine rote Linie wie eine Narbe, ein Abdruck von dem zusammengeknüllten Kopfkissen. Er bereute es, sich keine Zeit genommen zu haben, sein Aussehen kurz zu richten, bevor er aus dem Zimmer gestürmt war.

Der junge Mann und die junge Frau am Empfang hörten zu lachen auf, als er in ihre Richtung ging, und schauten ihn mit höflicher Erwartung an.

Die Rezeptionistin fragte, ob alles in Ordnung sei.

»Ja«, sagte er. »Also, eigentlich nicht. Ich bin in Zimmer 408 und musste heute Abend weg. Meine Frau blieb zu Hause. Als ich um elf Uhr wiederkam, war sie fort. Ich dachte, sie sei kurz ausgegangen, um sich etwas zu essen zu besorgen, sodass ich mich hinlegte und einschlief. Jetzt bin ich aufgewacht, es ist fast zwei Uhr und meine Frau ist immer noch nicht da.«

Die beiden an der Rezeption hörten dieser Erzählung mit Interesse zu.

Der junge Mann hatte im Computer nachgesehen.

»Hier ist es. 408. Heißt Ihre Frau Magnúsdóttir, Herr Gunnarsson?«

»Ja, sie trägt nicht denselben Nachnamen wie ich. Isländische Frauen behalten ihren Nachnamen, wenn sie heiraten.« Víkingur war nicht danach, weitere Erklärungen zur isländischen Namensgebung zu machen.

»Ich wollte fragen, ob sie vielleicht eine Nachricht für mich hinterlassen hat, als sie das Hotel verließ.«

»Hier im Computer ist keine Nachricht und im Fach auch nicht«, erwiderte der Hotelangestellte. »Wann ist sie denn losgegangen?«

»Das weiß ich nicht«, sagte Víkingur. »Ich war nicht hier. Sie muss irgendwann zwischen sieben und elf losgegangen sein.«

»Gestern Abend?«, fragte die junge Frau.

Einen Moment lang schien es ihm, als glaube ihm das Mädchen seine Geschichte nicht. Aber sie starrte ihn mit großen Augen voller Pflichtbewusstsein und Anteilnahme an.

»Ja, genau. Gestern Abend. Hatten Sie gestern Abend Dienst?«

Die beiden sahen sich gegenseitig an. Wollte der Mann sie jetzt in irgendeiner Form verantwortlich machen?

»Seit neun Uhr. Da beginnt die Nachtschicht«, erklärte der junge Mann. Willem stand auf einem Namensschild an seinem Revers. »Sie könnte das Haus vor dieser Zeit verlassen haben. Wir haben niemanden gesehen. Kann es sein, dass sie oben im Zimmer eine Nachricht hinterlassen hat?«

Víkingur gab auf. Sie hatten Þórhildur offensichtlich

nicht bemerkt und fanden es offensichtlich genauso nervig, seine Fragen beantworten zu müssen.

»Wenn sie eine Nachricht hinterlassen hätte, müsste ich jetzt nicht hier stehen und Sie fragen«, entgegnete Víkingur.

»Entschuldigen Sie«, sagte Willem und nahm einen bedauernden Ausdruck an. »Ich versuche nur, zu helfen.«

»Ja, das verstehe ich. Nein, oben ist keine Nachricht. Entschuldigen Sie. Ich mache mir einfach Sorgen.«

»Hat sie denn kein Telefon?«, fragte die Empfangsdame. Sie schien erst seit Kurzem hier zu arbeiten, denn sie hatte kein Namensschild an der Brust.

Víkingur schämte sich dafür, dass er die Auffassungsgabe dieser großäugigen jungen Frau in Zweifel gezogen hatte. Er selbst war es, der geistig zurückgeblieben war.

»Doch, natürlich«, sagte er. »Ich verstehe nicht, wieso ich nicht selbst darauf gekommen bin.«

»Bitte sehr«, sagte Willem und hob einen Telefonapparat auf die Theke der Rezeption. »Bitte rufen Sie sie an. Ich bin sicher, dass es sich nur um ein kleines Missverständnis handelt.«

Ich weiß nicht, was mit mir los ist, dachte Víkingur, als er die Mobilnummer eingab. Werde ich alt? Wie gut, dass keiner weiß, dass ich mich Polizist schimpfe.

Der Anruf blieb erfolglos. Eine Computerstimme wie aus einem weit entfernten leeren Raum teilte ihm mit, dass Þórhildur entweder außerhalb des Versorgungsgebiets sei oder ihr Telefon abgeschaltet habe.

Þórhildur hatte ihr Telefon noch nie abgeschaltet. Sie war nahezu besessen davon, es immer dabeizuhaben, um ständig erreichbar zu sein.

»Wenn ich ein Handy gehabt hätte, als ich mich mit dem Auto überschlagen habe, hätte ich wenigstens Bescheid geben können«, hatte sie einmal zu ihm gesagt. »Ich will nicht noch einmal den Kontakt abreißen lassen.«

»Sie macht das Telefon nie aus«, sagte Víkingur und legte den Hörer auf.

»Warum antwortet sie dann nicht?«, fragte die junge Frau.

»Weil das Telefon abgeschaltet ist«, erwiderte Víkingur.

Er konnte es ihren großen Augen ansehen, dass sie ihn für nicht ganz richtig im Kopf hielt.

»Sie sind sich also sicher, dass sie nicht oben in Ihrem Zimmer ist?«, fragte Willem vorsichtig und fügte hinzu: »Und auch keine Nachricht?«

Víkingur sah ihn an, ohne zu antworten.

»Ich könnte hochflitzen und schauen, ob ich eine Nachricht entdecke«, bot Willem an.

»Wenn Sie wollen«, sagte Víkingur. »Ich werde mich hinsetzen und hier unten ein Weilchen warten.«

Er nahm auf einem großen Sofa Platz, das dem Hoteleingang genau gegenüberstand. Ohne aufzusehen hörte er, wie die beiden hinter ihm leise miteinander sprachen. Dann Schritte. Die Türen des Aufzugs öffneten und schlossen sich.

Sie wollten offenbar ausschließen, es mit einem geisteskranken Mann zu tun zu haben, der behauptete, seine Frau sei verschwunden, während diese tief schlief. Möglicherweise hielten sie ihn für gefährlich, vielleicht hatte er der Frau etwas angetan und sie war entweder geflohen oder lag bewusstlos oben im Hotelzimmer.

Es war ihr Job, ihren Mitmenschen das allerschlimmste zuzutrauen.

Sein Job auch.

Schneller als erwartet kam der Lift wieder. Víkingur sah auf und sah Willem heraustreten.

Der lächelte entschuldigend, senkte den Kopf und streckte die Hände so aus, dass die leeren Handflächen zu Víkingur wiesen. Keine Frau im Hotelzimmer. Keine Nachricht.

*****

Nordpol sah auf seinem GPS-Gerät, dass er nur noch etwa drei Kilometer bis zu diesem Rebase-irgendwas laufen musste.

Die Stiefel verursachten ihm Schmerzen. Was war das für ein Quatsch, allen zu befehlen, in diesen vorsintflutlichen Stiefeln umherzulaufen?

Nordpol sah die Notwendigkeit ein, Befehle zu befolgen und sich einer Führung unterzuordnen. Nicht zuletzt, weil Ulrich ihm mitgeteilt hatte, dass Karl seine Schulden in Höhe von zehntausend Euro übernehmen würde, und das für einen Gelegenheitsjob, den auch ein beliebiger Pfadfindertrupp würde erledigen können. Andererseits hatte er nicht damit gerechnet, dass er seine guten Schuhe gegen ungeeignete Latschen eintauschen musste, um sich damit so schnell wie möglich durch Sümpfe und Wälder zu bewegen, als Ein-Mann-Vorhut vor einem Zwei-Mann-Regiment.

Sicher glaubte er an die Sache und all das, aber der arrogante Wicht, der glaubte, diese Aktion zu befehligen, war offenbar größenwahnsinnig geworden und wollte durch idiotische Anweisungen seine Vorrangstellung demonstrieren.

Nordpol hielt an und nahm den Rucksack ab. Er war nicht außer Atem, obwohl er sich schnell bewegt und angenehm geschwitzt hatte. Er setzte sich auf den Stamm einer umgestürzten Buche und öffnete den Rucksack.

Nahm seine Laufschuhe heraus und löste die Schnürsenkel der schweren Stiefel. Er war kurz davor, diese blöden Schuhe an einen Ast zu hängen, für den Fall, dass der Führer Karl hinter ihm denselben Weg einschlagen würde. Er konnte sich jedoch zurückhalten. Bloß keine Verachtung zeigen. Lieber nichts sagen und trotzdem sein eigenes Ding machen. Vernunft walten lassen.

Nordpol rieb sich die Füße. Allem Anschein nach war es höchste Zeit, sich vernünftiges Schuhwerk anzuziehen. Die Stiefel hatten ihm die Haut an der Achillessehne wundgescheuert. Er zog sich die Adidas-Schuhe an, die speziell für Geländeläufe entworfen worden waren und eine ordentliche Summe gekostet hatten.

Er steckte die Armeestiefel in seinen Rucksack und stand auf. Ging ein paar Schritte, um herauszufinden, ob er die Wunde an der Ferse spürte. Nein. Gut.

Nordpol grinste, als er daran dachte, was Karl wohl sagen würde, wenn er ihn jetzt so sähe.

Er knallte die Fersen zusammen, richtete sich auf, streckte den Arm aus und sprach:

»Heil Karl!«

Dann lief er los.

*****

Auf einem alten Schild am Abzweig der Nationalstraße stand »Karusnahakasvatus«, Pelztierzucht, und zur näheren Erklärung stand darunter »Rebasefarm«, Fuchsfarm. Die Buchstaben waren abgeblättert, sodass die Wörter kaum lesbar waren. Das war auch nicht weiter schlimm, denn die Informationen auf dem Schild waren schon lange überholt.

Der Abzweig lag gute drei Kilometer im Wald, der

zum Nationalpark Lahemaa gehörte. An dessen Rand in der Nähe der Ostseeküste stand ein Bauernhof, der zu Sowjet-Zeiten eine staatliche Pelztierzucht beherbergt hatte.

Am Abend des 20. August 1991, als Estland seine Unabhängigkeit und das Ende der sowjetischen Herrschaft erklärte, hatte Siim Raudsepp, der letzte Leiter der Fuchsfarm, alle Käfige geöffnet und die Füchse in den Nationalpark laufen lassen. Er hatte vorgehabt, sich nach dieser Maßnahme zu erhängen, das aber dann zu tun vergessen; er trank noch eine Wodkaflasche leer und sah dabei zu, wie sein Lebenswerk, eine strenge Zucht, in die Freiheit und in ein ungezügeltes Sexualleben im dunklen Wald entschwand. Als er an einem sonnenhellen Tag in einem freien Land erwachte, war er von dem Gedanken abgekommen, sich das Leben zu nehmen. Also sammelte er die Pelze, die noch da waren, ein, stapelte sie in den Transporter der Farm und machte sich auf den Weg, auf dem freien Markt den Höchstbietenden zu suchen.

Siim Raudsepp erhängte sich allerdings zwei Jahre später an einem Ast in einem öffentlichen Park in Viljandi, sodass keiner behaupten kann, er habe nicht zu seinen Vorsätzen gestanden. Denn er erlebte schließlich, wie in den vormaligen Ostblockländern schnell die westliche Vorstellung modern wurde, dass es unmenschlich sei, Tiere zu einem anderen Zweck als zur Nahrungserzeugung zu züchten. Siim Raudsepp war der Auffassung, es sei aus der Sicht der Tiere einerlei, ob sie nach ihrem Tod eine Pelzmütze oder ein Steak wurden. Diese Anschauung traf auf wenig Verständnis und so kam eins zum anderen.

Nachdem der Kommunismus zusammenbrach und die Füchse die Freiheit erhielten, schwirrten Pläne zwischen den Behören hin und her, das Grundstück dem Lahemaa-Nationalpark anzugliedern, bis ein attraktives Angebot einer Firma aus Luxemburg kam, die vorhatte, die Gebäude als Untersuchungsanstalt für Bodenproben und zur Düngemittelentwicklung zu verwenden. Nachdem geklärt worden war, dass diese Firma sich nicht im Besitz von Russen befand, sondern eine Aktiengesellschaft von estnischen und isländischen Beteiligten war, wurde die Immobilie verkauft.

Zum Angebot gehörten ein einstöckiges Wohnhaus mit 14 Zimmern und Dachgeschoss, ein großer Fuchsstall und ein ähnlich großes langes Gebäude, das unter anderem die Pelzverarbeitung und den Maschinenraum beherbergt hatte. Die Häuser bildeten drei Seiten eines Vierecks und die offene Seite wies zum Meer. Die Küste war gut einen Kilometer entfernt. Dort gab es eine kleine Anlegestelle.

Wie im Kaufvertrag festgehalten, war der Fuchsstall zu einem Chemielabor umgestaltet worden. Allerdings nicht für Boden- und Düngemitteluntersuchungen, sondern zur Herstellung von Amphetamin. Drei Produktionszeilen wurden rund um die Uhr betrieben, von denen jede im Durchschnitt um die vierhundert bis vierhundertfünfzig Gramm reinen Amphetamins hervorbrachte. Ein Produktionszyklus dauerte zwei Tage und Nächte – abgesehen vom Trocknen. Somit konnte der gesamte Ertrag der Anlage bis zu vier Kilo in der Woche betragen.

Der Endverkaufspreis von Amphetamin ist je nach Land verschieden. In Island kostete ein Gramm unterschiedlich stark gestreckten Stoffs etwa viertausend Kronen, sodass eine Wochenproduktion, wenn sie auf die Straße gelangte, mindestens sechzehn Millionen wert war und eine Jahresproduktion etwa achthundert Millionen. Daran verdienten auch viele Mittelsmänner hervorragend, und es galt als gutes Ergebnis, wenn die Hälfte dieses Betrags in den Taschen der Hersteller landete.

Wegen der Saufgelage, die die Johannisnachtfeiern in Estland normalerweise begleiteten, hatte die Chemikerin beschlossen, mit der nächsten Inbetriebnahme der Produktionszeilen bis zum folgenden Tag zu warten. Die letzte Stufe im Produktionszyklus war, den Stoff aller drei Zeilen zu mischen, in einem Trockenschrank zu trocknen und ihn kristallisieren zu lassen.

Am Trockenschrank saß diese Nacht Baldur Jónsson, ein Isländer, der von Beginn an als eine Art Vertrauensmann des isländischen Besitzers in der Produktion gearbeitet hatte. Baldur war früher Seemann auf einem Trawler gewesen, er war verrückt nach Büchern und nutzte jede sich bietende Gelegenheit, um zu lesen. Er war wählerisch, was seinen Lesestoff betraf, und interessierte sich nicht für irgendwelchen Romanfirlefanz, sondern las nur Bücher über tatsächliche Ereignisse und hatte am meisten Freude an den Biographien vom Schicksal gebeutelter Prominenter. Seine Lieblingsbücher waren ›Hitlers letzte Tage‹ des britischen Historikers Hugh Redwald Trevor-Roper und das Buch von Maurice Lever über Donatien Alphonse François, besser bekannt als Marquis de Sade.

In dieser Nacht hatte Baldur ein Buch über den Gründer der Oakland-Abteilung der Hells Angels, Sonny Barger, gelesen, das von Keith und Kent Zimmermann verfasst wurde und den Titel ›Hell's Angel‹ trug, Höllenengel, und er fand, dass es die Hetze und Ungerechtigkeit, die ein freier Geist ertragen muss, treffend beschrieb.

Es war warm in der Nähe des Trockenschranks und sein bester Freund lag zu seinen Füßen. Das war Vampír, der zur Rasse der deutschen Schäferhunde gehörte. In der Luft lag der starke Geruch von entflammbaren Stoffen, die bei der Trocknung von Amphetamin freigesetzt werden. Vampír war an diesen Geruch gewöhnt, seit er denken konnte, und mochte ihn. Normalerweise wurde er an Trocknungstagen von einer angenehmen Trägheit befallen. Er döste stets in der Nähe des Trockenschranks und seine Augenlider zitterten jedes Mal, wenn sein Besitzer mit den Zähnen knirschte. Das war Baldurs Tick, von dem manche sagten, er stamme vom zu starken Konsum der produzierten Ware.

In der Wärme des Trockenschranks träumte Baldur davon, eine eigene Firma zu gründen. Er kannte den gesamten Produktionszyklus in- und auswendig und wusste haargenau, wie man am besten an die nötigen Rohstoffe kam. Er wusste auch, dass es in den meisten Ostblockstaaten ein Überangebot an Akademikern gab, sodass es kein Problem sein dürfte, einen guten Chemiker ausfindig zu machen, der für ein anständiges Gehalt in Dollar als Produktionsleiter fungieren würde, statt für fünftausend estnische Kronen im Monat dahinzuvegetieren. Auch ein kleines Labor mit nur einer Produktionszeile, das nur etwa ein Kilo pro Woche produzierte, könnte ihn in kurzer Zeit zum Multimillionär machen. Zweiundfünfzig Kilo reinen Amphetamins eins zu eins mit Traubenzucker gemischt, macht einhundertundvier Kilo im Jahr zum Preis von, sagen wir, vier Millionen Kronen für das Kilo. Das ergäbe vierhundert Millionen im Jahr, und das fünf Jahre lang. Zwei Milliarden. Die Hälfte davon ginge für Rohstoffe drauf, für Löhne, Bestechungen und *overhead*. Bliebe eine Milliarde übrig, die spielend bis zu seinem Todestag für alle notwendigen Dinge in seinem Leben reichen würde. Selbst wenn er hundert Jahre alt würde.

Bei dem Gedanken an ein ruhiges Leben, bei dem es ihm an nichts fehlen würde, knirschte Baldur so wahnsinnig mit den Zähnen, dass Vampír die Augen öffnete und seinen Herrn anschaute, wie er sich weißen Schaum aus den Mundwinkeln leckte. Von außen drang ein Geräusch von etwas Zerbrechendem herein, so, wie wenn man auf einen Zweig tritt. Vampír spitzte die Ohren und winselte leise. Manchmal durfte er hinaus und frei im Wald umherlaufen. Am schönsten war es, die Hirsche zu überraschen und hinter ihnen herzujagen.

»Ach, sei still, mein Freund«, sagte Baldur, der sich durch das Winseln des Hundes nicht von seinen Berechnungen abhalten lassen wollte.

Tatsächlich war es kein Reh, das auf den Zweig getreten war, sondern Nordpol, der den Waldrand erreicht hatte und die Gebäude mit seinem Nachtsichtfernglas betrachtete.

Es war Viertel vor drei.

*****

Víkingur war sehr unruhig geworden. Es war mittlerweile schon weit nach Mitternacht und Þórhildur ließ sich nicht blicken. Was nur eins bedeuten konnte. Ihr musste etwas zugestoßen sein.

Er hatte das Hotel kurz verlassen und seine Nase in ein paar Restaurants und Bars gesteckt. Dabei war ihm bewusst geworden, wie zwecklos es war, ziellos nach einer einzelnen Person im pulsierenden Nachtleben Amsterdams zu suchen. Er eilte deswegen ins Hotel zurück, setzte sich aufs Sofa in der Lobby und ließ sich nicht davon beeindrucken, dass den Angestellten am Empfang seine Anwesenheit offenbar unangenehm war.

Er spielte sogar kurzzeitig mit dem bizarren Gedanken, die Polizei zu kontaktieren.

Wenn ein isländischer Polizist die Kollegen bäte, nach seiner Frau zu fahnden, die seit wenigen Stunden abwesend war, würde man sich davon lange erzählen.

Gleichermaßen versuchte er, den Gedanken zu verdrängen, dass Þórhildur einen Unfall gehabt haben könnte. Sie trug ihren Ausweis und den Namen des Hotels im Geldbeutel, also wäre er bestimmt benachrichtigt worden, wenn sie bewusstlos in die Notaufnahme gebracht worden wäre.

Die Untätigkeit war unerträglich.

Willem von der Rezeption fragte, ob er Víkingur irgendeine Erfrischung, Kaffee, Tee oder Bier, bringen dürfe. Ja, danke, eine Flasche Mineralwasser.

In dem Moment, als Willem ihm das Wasser brachte, fuhr ein Taxi vor. Leider schien der Fahrer allein zu sein. Er stieg aus und ging in Richtung Eingang, klein und beleibt.

Der Taxifahrer öffnete die Tür des Hotels halb und streckte den Kopf herein, entdeckte Willem und sagte etwas auf Holländisch. Willem sah Víkingur an und antwortete dem Fahrer, der wieder zu seinem Auto zurückkehrte.

»Was will der Fahrer?«, fragte Víkingur.

»Er hat einen Fahrgast auf dem Rücksitz, der behauptet, hier zu wohnen, sich aber weigert, auszusteigen«, sagte der junge Mann. »Könnte es vielleicht Ihre Frau sein?«

»Ist sie krank?«

Víkingur wartete die Antwort nicht ab, sondern lief los. Der Fahrer hatte die rückwärtige Autotür geöffnet und betrachtete die Person, die auf dem Rücksitz auf dem Bauch lag. Víkingurs Herz machte einen Sprung, als er sah, dass es Þórhildur war.

»Was hat sie denn?«, fragte er den Fahrer auf Englisch. »Ist sie krank?«

»Betrunken«, sagte der Fahrer. »Sturzbetrunken. Sie hat mein ganzes Auto vollgekotzt.«

Das war nicht übertrieben. Der Geruch von Alkohol und Erbrochenem erschlug Víkingur fast, als er sich ins Fahrzeug beugte und den Arm seiner Frau umfasste, um ihr beim Aufstehen zu helfen.

Ohne sich umzusehen, schlug sie mit der Hand nach hinten, als er sie berührte.

»Fass mich nicht an«, rief sie mit rauer Stimme. »Siehst du nicht, dass ich versuche, mich auszuruhen?«

»Liebling, Þórhildur, komm aus dem Auto«, sagte Víkingur. »Du bist im Hotel angekommen.«

Sie wandte ihren Kopf und schaute ihn über die Schulter hinweg an.

»Ach, du bist das, Schatz, was machst du hier?«, lallte sie.

»Ich habe darauf gewartet, dass du wiederkommst. Komm jetzt, Þórhildur, Liebling.«

»Ich hab dem Fahrer Bescheid gesagt. Jemand hat hier auf den Boden von diesem verdammten Auto gekotzt. Wie kann man seinen Kunden so etwas Ekliges anbieten?«

»Jedem kann einmal schlecht werden«, sagte Víkingur. »Komm jetzt.«

»Ich komme nicht«, murmelte Þórhildur. »Wir reden morgen weiter.«

»Es ist schon Morgen. Komm jetzt.«

Víkingur fühlte sich, als stünde er neben sich und verfolgte ein unwirkliches Ereignis, wie im Traum. Er hatte seine Frau nie in diesem Zustand gesehen, zerzaust, die Augen stumpf und feucht, die Stimme heiser und unfreundlich. Er hätte nie gedacht, dass Þórhildur jemals wieder Alkohol anfassen könnte, und schon gar nicht, dass sie sich um den Verstand trinken würde. Ihm schoss durch den Sinn, dass er gehört hatte, dass Alkoholiker, die wieder zu trinken anfingen, schnell wieder da landeten, wo sie waren, bevor sie aufgehört hatten. Offensichtlich war Þórhildur schon weiter abgerutscht, als er sich klargemacht hatte.

Sie standen an der hinteren Tür des Autos, Víkingur, Willem vom Empfang und der Taxifahrer. Willem und der Taxifahrer schauten abwechselnd Víkingur und Þórhildur an und warteten allem Anschein nach darauf, dass er zur Tat schritt. Er, der ungewöhnliche Situationen gewohnt war, wusste nicht, wie er sich verhalten sollte. Die Frau lag bäuchlings auf der Rückbank, brabbelte irgendeinen zusammenhanglosen Unfug und weigerte sich hartnäckig, auszusteigen.

Víkingur war ratlos. Er fühlte seinen Puls rasen. Er hatte einen Kloß im Hals und seine Gedanken waren ohne Zusammenhang. Vertrauen und Sicherheit, in vielen Jahren entstanden, waren plötzlich wie weggeweht und hinterließen Unsicherheit und Furcht.

Er steckte seinen Kopf wieder in das Auto.

»Komm jetzt, liebe Þórhildur. Bitte, Schatz. Wir stehen hier und warten auf dich.«

Er streckte sich hinein, konnte ihre Hand ergreifen und zog sie zu sich. Sie leistete keinen Widerstand, sodass er die Gelegenheit nutzte, um sie mit einem Ruck zur Tür zu ziehen, dann beugte er sich hinab und nahm sie, wie der Bräutigam seine Braut, auf den Arm.

»Was ist los? Wieso trägst du mich?«, murmelte sie, nicht unfreundlich. »Glaubst du, ich kann nicht selbst laufen?«

»Doch, aber ich möchte dich dennoch stützen«, antwortete Víkingur und wandte sich an Willem. »Reichen Sie mir bitte ihre Handtasche? Ich werde sie hochbringen. Darf ich Sie bitten, das Taxi zu bezahlen und die Summe auf meine Rechnung zu setzen?«

Willem reichte ihm die Tasche und sagte: »Er möchte einhundertfünfzig Euro für die Reinigung des Wagens haben. Er sagt, es wird schwer, den Geruch loszuwerden.«

»Würden Sie das mit ihm regeln?«

»Selbstverständlich.«

Víkingur stand der Sinn nicht nach Feilschen. Er machte sich mit seiner Bürde auf den Weg zum Aufzug. Willem lief neben ihm her und drückte auf den Liftknopf.

»Soll ich mit hochfahren, um zu öffnen?«

»Nein, danke. Das ist nicht nötig. Ich komme zurecht.«

Willem streckte sich in den Lift hinein und drückte auf den Knopf.

»Gute Nacht«, sagte er, und die Tür schloss sich.

Was er auf dem Weg nach unten im Spiegel gesehen hatte, war ein Fest im Vergleich zu dem Anblick, der sich ihm auf dem Weg nach oben bot: ein Mann in mittleren Jahren, zerzaust und mit sorgenvollem Blick, mit einer sturzbetrunkenen Frau in den Armen.

Þórhildur ruhte kraftlos wie ein Waschlappen in seinen Armen. Sie wiegt achtundfünfzig Kilo, dachte er und bemerkte, dass sie barfuß war und ihre Füße schmutzig. Er wusste nicht, ob sie schlief oder nur so tat.

7

Víkingur legte Þórhildur auf das Bett und begann sie
auszuziehen. Sie schien wie in einem tiefen Schlaf. Ihre helle
Sommerjacke war mit Flecken übersät. Wo war diese
Frau gewesen?

Er breitete die Decke vorsichtig über sie und strich ihr
das Haar aus der Stirn. Sie blieb eine kurze Zeit auf dem
Rücken liegen, wälzte sich dann auf die Seite und wickelte sich in die Decke ein.

Víkingur setzte sich auf einen Stuhl am Bett und versuchte seine Gedanken zu ordnen. Nichts hätte ihn mehr
überraschen können als das, was geschehen war. Natürlich war ihm klar gewesen, dass auch die Abstinenz von
Menschen, die seit Jahren nichts mehr getrunken haben,
Risse bekommen kann. Dennoch wäre ihm nie in den
Sinn gekommen, dass Þórhildur sich jemals wieder betrinken würde.

Was für ein Unsinn, dachte er. Þórhildur ist natürlich
ein Alkoholiker wie jeder andere. Man erhebt seine eigene Frau einfach zu etwas Höherem. Glaubt, dass sie einzigartig und anders als alle anderen Menschen ist. Vielleicht sind auch nicht alle Alkoholiker gleich, sondern
die Krankheit selbst, die Abhängigkeit, nimmt alle in
denselben Würgegriff. Menschen sind verschieden, aber
die Krankheit macht keinen Unterschied zwischen uns.

Er hörte ein Rascheln und sah, dass Þórhildur aufgestanden war. An die Wand gestützt, ging sie vorsichtig

Schritt für Schritt zum Fenster, griff nach den Vorhängen und zog daran.

Er stand auf und ging zu ihr.

»Was ist los, meine Liebe? Was möchtest du?«

Sie hatte die Augen halb geschlossen und nuschelte:

»Hier ist doch eine Toilette?«

»Sie ist da vorne«, sagte er, nahm sie bei den Schultern und brachte sie bis zur Tür des Badezimmers. Als er sich anschickte, ihr hineinzufolgen, hielt sie inne und raunte:

»Willst du mit mir auf die Toilette gehen?«

»Ich will dir nur helfen«, sagte er. »Dich stützen.«

»Niemand muss mich stützen«, sagte sie und drückte die Tür zu.

Er blieb davor stehen und wartete. Hörte, wie sie den Wasserhahn aufdrehte. Im Kulturbeutel kramte. Die elektrische Zahnbürste anmachte. Wie ihr mit Geklimper etwas aus der Hand ins Waschbecken fiel. Nach ziemlich langer Zeit machte sie die Zahnbürste aus. Er legte das Ohr an die Tür. Kein Laut.

»Ist auch alles in Ordnung?«, rief er halblaut.

Dann hörte man etwas zu Boden plumpsen. Sie war anscheinend umgefallen.

Schnell öffnete er die Tür. Þórhildur lag auf dem Boden neben der Toilette. Die Unterhose war auf Höhe der Fersen gerutscht. Es sah aus, als sei sie von der Toilette gefallen. Er griff ihr unter die Achseln und half ihr auf die Beine.

»Bist du verletzt? Hast du dir den Kopf gestoßen?«

Sie antwortete nicht und bei näherer Betrachtung wurde ihm klar, dass sie fest schlief.

Auf dem Boden war eine gelbe Pfütze. Sie war mittendrin von der Toilette gefallen und hatte am Boden liegend weitergepinkelt. Ihre Schenkel waren nass.

Er hatte die Idee, sie in die Badewanne zu legen, um den Urin abzuspülen, aber er wollte sie nicht wecken. Machte ein Handtuch im Waschbecken nass und versuchte, sie zu waschen. Nahm sie anschließend in die Arme und trug sie ins Bett.

Das Schnarchen war nicht gespielt.

Er stand neben ihr und schaute auf sie herab. Hatte Mitleid mit ihr.

Ach, meine Liebste, dachte er. Was machen wir bloß?

Im Augenblick konnte er nichts weiter tun, als auf den nächsten Tag zu warten.

Víkingur zog sich aus und legte sich neben Þórhildur. Angelte nach dem Schalter der Nachttischlampe und machte das Licht aus.

Lag wach und starrte in die Dunkelheit, die sie umgab.

*****

Vampír beobachtete seinen Herrn besorgt. Er war daran gewöhnt, ihn immer wieder mit den Zähnen knirschen zu hören. Er wusste nicht ganz, was dieses Geräusch bedeutete, aber er verband es damit, dass sein Herrchen wach und auf der Hut sei. Jetzt musste etwas passiert sein, denn der Herr saß da, wiegte sich vor und zurück und knirschte ohne Unterlass mit den Zähnen.

Die Lösung war in Sicht. Damit Baldur seinen Traum vom eigenen Amphetaminlabor, von großen Einnahmen und einem sorgenfreien Lebensabend verwirklichen konnte, brauchte er nur eins: Startkapital.

Mit genügend finanziellen Mitteln ausgestattet, könnte er sich einfach an einem anderen Ort niederlassen, vielleicht in Litauen, vielleicht in Dänemark. Oder Schottland.

Es ist bitter, wenn man nicht genug Geld hat, um seine Träume zu verwirklichen, und umso bitterer war es für Baldur, an einem Trockenschrank zu sitzen, der Reichtümer für andere Leute produzierte.

Oft hatte er mit dem Gedanken gespielt, mit dem, was hier in einer Woche produziert wurde, zu verschwinden, was ihm locker reichen würde, um sein eigenes Labor aufzumachen. Die Vorstellung war leider nicht realistisch, denn Andrus hatte Verbindungen nach überallhin. Wer Arbeitgeber wie Andrus, die Nuul und Octopussy bestahl, würde damit sein eigenes Todesurteil fällen und sich zu einem schrecklicheren Tod verdammen, als je ein Mensch verdient hatte. Baldur hatte mitangesehen, wie Andrus Männer für geringfügige Vergehen bestrafte, und konnte sich gut ausmalen, welchen Horror er für diejenigen, die ihn richtiggehend hintergingen, in petto hatte. Im gesamten Ostblock würden sie nach ihm suchen und selbstverständlich auch in Island.

Endlich war ihm eine Lösung für dieses Problem eingefallen.

Wo nichts gestohlen wird, muss nichts gerächt werden.

Wenn sie glauben, ich sei tot, kommen sie nicht darauf, nach mir zu suchen.

Er wunderte sich, dass er nicht schon viel früher auf diese Idee gekommen war, so offensichtlich, wie sie war.

Wenn ich das Amphetamin stehle und das Labor anzünde, kann niemand mehr feststellen, dass etwas gestohlen wurde.

Wenn ich in den Flammen sterbe, bei dem Versuch, das Labor zu retten, merkt keiner, dass ich es angezündet habe und quicklebendig bin.

Er durchdachte diese Schlussfolgerung wieder und wieder und konnte keinen wunden Punkt entdecken.

Natürlich müsste er seinen Namen ändern, seine Nationalität und vor allem sein Umfeld, um zu verhindern, dass seine vormaligen Arbeitgeber zufällig ihrem verstorbenen Mitarbeiter wiederbegegneten. All das ließe sich verwirklichen und würde dazu beitragen, seine Träume zu erfüllen.

Das wertvollste aller Dinge ist das Wissen, und Baldur hatte sich kostbares Wissen angeeignet. Er kannte alles, was die Produktion betraf. Jede einzelne Stufe der Herstellung. Sich irgendeinen Chemiker zu besorgen, der sich zunächst um die Einrichtung kümmerte und die Details justierte, wäre kein Problem. Und danach würde er es allein machen. Ein kleines Labor mit einer Produktionszeile, die er ohne Hilfe von außen betreiben könnte. Bevor er sein Vorhaben umsetzen würde, musste er überprüfen, ob er die gesamte Herstellung auswendig konnte, alle Mengenverhältnisse kannte, sich jedes Detail gewissenhaft eingeprägt hatte.

Er ging die Herstellung in Gedanken durch.

Erst die Rohstoffe: Benzaldehyd, Nitroethan, Cyclohexylamin … dann Lithiumaluminiumhydrid, Ether, Hexan, Salzsäure, ach ja, und reiner Spiritus. Alles relativ leicht zu besorgen, wenn man sich wie er auskannte.

Dann das eigentliche Rezept.

Benzaldehyd, Nitroethan und Cyclohexylamin Verhältnis 5:4:1 mischen. Bei schwacher Hitze (30 bis 40 Grad Celsius) sechs Stunden lang erhitzen.

Etwa einen halben Liter Wasser zugeben und das Ganze schütteln. Dabei entstehen zwei Schichten. Die obere wässrige Schicht entnehmen und wieder Wasser zufügen, schütteln. Wiederholen, bis sich orangefarbene Kristalle zu bilden beginnen. Das Wasser entfernen und die Lösung stehen lassen, bis die gesamte Substanz auskristallisiert ist. Die Kristalle dann mit zwei Litern reinem Spiritus, den die Dame immer Ethanol nannte, waschen, bis sie blassgelb sind.

Die Kristalle trocknen. Sie sollten etwa 650 Gramm Phenyl-2-nitropropen ergeben.

Das Phenyl-2-nitropropen in Amphetamin umwandeln. Dafür muss es, wie Frau Nuul es nannte, hydriert werden, also an einigen Stellen im Molekül der Sauerstoff gegen Wasserstoff ausgetauscht werden. Sie sprach immer mit der Intonation einer alten Lehrerin. Und dann das freudlose Lachen, das folgte.

Baldur empfand es als kleines Wunder, dass man die Zusammensetzung von winzig kleinen Molekülen steuern konnte. Im Vergleich dazu wirkte Uhrmacherei wie das Abbauen von Steinen mit Vorschlaghämmern im Bergwerk. Weiter. Das Phenyl-2-nitropropen in einem Liter Ether lösen und 200 Gramm Lithiumaluminiumhydrid in derselben Menge Ether auflösen. Dann diese beiden Lösungen mischen und bei geringer Hitze zwei bis sechs Stunden köcheln lassen. Daran denken, dass diese Reaktion unter Stickstoff durchgeführt werden muss, weil jegliche Feuchtigkeit das Lithiumaluminiumhydrid zerstört.

Wenn die Mischung so lange gekocht hat, dass die Reaktion vollendet ist, fügt man einen halben Liter Wasser vorsichtig hinzu und verrührt alles gut. Dann das Wasser abtrennen. Ein paarmal wiederholen. Es ist sehr wichtig, dass man sich dabei Mühe gibt, sagte Frau Nuul, um Aluminiumhydrid, das nicht reagiert hat, und irgendwelche Rückstände, an deren Namen sich Baldur im Moment nicht erinnerte, herauszuspülen. Manchmal tat sie so, als hörte sie ihn nicht, wenn er versuchte, mit ihr zu reden, und manchmal wiederum begann sie von sich aus mit einem langen Vortrag, in dem sie mit ermüdender Genauigkeit irgendwelche Details erklärte, für die sich absolut niemand interessierte.

Als Nächstes wird die Amphetamin-Base in Ether gelöst. In diese Lösung leitet man Salzsäure ein, um Amphetamin in Säureform zu erhalten.

Im Trockenschrank den Ether verdampfen lassen und den Stoff in heißem Cyclohexylamin lösen und dann abkühlen lassen, bis sich wieder Kristalle bilden. Und dann ist die Ware fertig, außer man möchte sie mahlen, um sie als Pulver zu verkaufen. Nichts einfacher als das.

Baldur war mit seinen Kenntnissen zufrieden. Er musste nur noch ein gutes Feuer legen, was nicht besonders schwierig sein würde in einem Gebäude voller Fünfzig-Liter-Fässer mit Stoffen, die viel entzündlicher waren als Benzin.

Dann musste er seinen Tod inszenieren. Sich ungesehen mit der Produktion von einer Woche, vielleicht vier Kilo reinen Amphetamins, davonmachen. Ein paar Monate ganz unauffällig bleiben. Dann ein kleines Labor einrichten und dabei den Schwerpunkt auf hochwertige Ware legen. Eine Produktionszeile. Ein Kilo pro Woche wäre prima.

Zu Beginn hatte Baldur sich darüber gewundert, dass Frau Nuul die Sache verkomplizierte, indem sie drei Produktionszeilen betrieb. Platz war genug vorhanden und es wäre kein Problem gewesen, das Rezept zu verzehnfachen und jede Woche vierzig Kilo statt vier herzustellen. Er glaubte, dass es sich dabei um einen Spleen von Frau Nuul handelte.

Als er sie gefragt hatte, ob es nicht einfacher sei, eine große Produktionszeile statt dreier kleiner zu betreiben, lächelte sie ein überhebliches Bildungsbürgerlächeln und erklärte ihm, dass man in einem Chemielabor nicht einfach alle Zahlen wie in einem Kochrezept vervielfachen kann. Eine große zu verarbeitende Menge bringt viele verschiedene Probleme mit sich. Zum Beispiel erhitzt sich eine große Portion nicht so gleichmäßig wie eine kleinere. Dann setzt sich mehr Feuchtigkeit in die Geräte, wenn größere Einheiten verwendet werden, und so weiter.

»Ich habe acht Jahre bei einer großen Firma mit dem Scale-up von Reaktionen verbracht«, sagte sie. »Das erfordert große Kunstfertigkeit. Fast jeder Dummkopf kann zehn oder fünfzehn Gramm Amphetamin herstellen, sofern er sich dabei nicht in die Luft sprengt. Das Geniale an meiner Methode ist es, eine Rezeptur zu verwenden, die noch zu handhaben ist, und dennoch den Ertrag zu verdreifachen, indem man drei Produktionszeilen verwendet. Die Faustregel bei jeder chemischen Produktion ist: Je kleiner die Mengenangaben in der Synthesevorschrift sind, desto homogener und besser wird das Produkt. Je größer die Menge, desto einfacher muss die Durchführung sein. Dummköpfe machen einfache Dinge kompliziert. Um komplizierte Dinge einfach zu machen, braucht man die Begabung eines Genies.« Dann stieß sie ihr kaltes, bellendes Lachen aus – hahaha! – und rauschte davon. Was Baldur am Lachen von Frau Nuul unheimlich fand, war, dass es genauso abrupt verstummte wie es begann. Normales Lachen steigert sich, erreicht einen Höhepunkt und ebbt dann ab. Das Lachen von Frau Nuul war dagegen wie das einer Maschine, eines Roboters.

Auch wenn man von Frau Nuul wirklich nicht behaupten konnte, dass sie eine Schönheitskönigin sei, hatte Baldur in den ersten Monaten ab und zu mit dem Gedanken gespielt, mit ihr anzubandeln, aber je mehr Umgang er mit ihr hatte, desto weniger Verlangen verspürte er danach. Die Frau war mehr als nur ein bisschen seltsam. Sie war wie die Parodie eines irren Wissenschaftlers in einem schlechten Film. Er wusste, dass Frau Nuul trotz der Anrede »Frau« unverheiratet war, niemals heiraten und niemals ein Verhältnis mit einem Mann haben würde. Der Spitzname »Frau« haftete ihr schon seit der Grundschule an, wo ihre erwachsene Art zu sprechen und ihr ernstes Auftreten dafür gesorgt hatten, dass sie ihren Mitschülern lehrerhafter als der Lehrer vorkam. Seit dem Zeitpunkt wurde sie von Angesicht zu Angesicht Frau Nuul genannt und »die Null«, wenn sie es nicht hörte.

Einmal, als Andrus ungewöhnlich beschwipst war, hatte Baldur ihn gefragt, ob estnische Frauen in der Regel Frau Nuul ähnelten oder ob mit ihr etwas nicht stimmte.

Da war Andrus in schallendes Gelächter ausgebrochen und hatte gesagt, dass sie das Asperger-Syndrom habe, von dem Baldur noch nie gehört hatte, und er dachte zuerst, Andrus hätte gesagt, sie habe das Asparagus-Syndrom. Der Koloss Andrus schien vor Lachen platzen zu wollen, legte dann aber den Zeigefinger auf seine Lippen und sagte:

»An deiner Stelle würde ich das allerdings ihr gegenüber nicht erwähnen. Alle wissen es nämlich alle außer ihr selbst. Jeder in Tallinn weiß, dass sie autistisch ist, und deswegen kommt niemand auf die Idee, dass sie draußen auf dem Land ein Amphetaminlabor betreibt.«

Baldur hatte keinerlei Vorstellung davon, was dieses Asperger-Syndrom war, bis Andrus ihm erklärte, es handele sich um eine Art milder Form von Autismus. Dass Menschen mit Asperger zwar Autisten seien, aber dennoch gut außerhalb von Einrichtungen leben könnten.

Andrus war nicht dumm – für einen Muskelprotz –, aber nicht weniger sonderbar als Frau Nuul, wenn man es genau nahm.

Baldur wagte nicht, Frau Nuul danach zu fragen, welches Syndrom Andrus zu einem attraktiven Kooperationspartner machte.

Das Zähneknirschen seines Herrchens hatte Vampír mittlerweile so verrückt gemacht, dass er aufstand, sich reckte und winselte, womit er Baldur aus seinen Tagträumen riss.

»Aus«, sagte er freundlich zum Hund und nahm eine mit Silber verzierte Schnupftabaksdose, die die Initialen seines Großvaters trug, aus der Tasche und genehmigte sich eine ordentliche Portion, wobei er seines Großvaters warmherzig gedachte. Der gute alte Mann war zu Grabe getragen worden, ohne jemals herauszufinden, dass es viel stärkere Genussmittel gab, die man in die Nase hochziehen konnte, als eine grob zerriebene Prise Schnupftabak. Baldur war der Auffassung, dass diejenigen, die sich die Drogen spritzten, Junkies waren, aber die, die sie auf anderem Wege einnahmen, waren Konsumenten.

Vampír winselte immer noch, denn von draußen drangen Geräusche herein, aus denen man schließen musste, dass mehr als nur ein Reh unterwegs war.

Sein Herrchen schien vollkommen ertaubt zu sein. Baldur hatte wieder begonnen, mit dem Oberkörper zu schaukeln und mit den Zähnen zu knirschen.

Vampír machte einen letzten Versuch, seine Aufmerksamkeit zu erregen, indem er leise jaulte.

»Halt doch irgendwann mal die Schnauze, blöder Hund«, raunzte sein Herr und warf mit einer Kanne nach ihm, die halbvoll mit kaltem Kaffee war.

Hundeleben.

8

Der Grabstein aus grauem, trutzigem Granit wirkte, als habe die Seele des Professors sich geweigert, ihm in die Erde zu folgen, und oben auf dem Grab Platz genommen, entschlossen, den desinteressierten Lebenden, deren Weg durch den Hiiu-Rahu-Friedhof in Tallinn führte, seinen Namen aufzudrängen.

KUKK
Nigul
1917–2006

Womit aber nicht behauptet werden soll, dass morgens um sechs viele Menschen unterwegs wären.

Reelika Nuul, die der selige Professor immer »Null Relik« oder »Rest: null« genannt hatte, stand am Grab, verteilte weiße Körner aus einem Papiertütchen auf das Gras und hielt sich ihr Kopftuch vors Gesicht.

In einiger Entfernung standen der Chauffeur Andrus Jarvilaturi, der Leibwächter und Kollege von Frau Nuul, und Vello Viljan, der Sohn seiner Schwester, der glaubte, dass Andrus nicht bemerkte, wie verkatert er an diesem Tag, seinem ersten Arbeitstag, war.

»Warum verteilt sie Dünger auf dem Gras?«, fragte Vello und zündete sich eine Zigarette an. »Ich hätte gedacht, dass die Pflanzen auf einem Friedhof genug Nahrung von unten bekommen.«

»Sehe ich wie ein Volltrottel aus?«, fragte Andrus und betrachtete seinen jungen Neffen näher.

»Nein, wieso glaubst du das?«

»Weil ich dich deiner Mutter zuliebe probeweise eingestellt habe.«

»Du wirst es nicht bereuen«, sagte Vello. »Männer wie mich findet man nicht an jeder Eck…«

Die Ohrfeige kam so unerwartet und war so präzise ausgeführt, dass der junge Mann mitten im Wort verstummte, und das Nächste, was er von sich wusste, war, dass er auf dem Rücken lag, mit Blick auf einen Grabstein. Die Sonne schien ihm direkt in die Augen und blendete ihn, bis der glattrasierte Schädel seines Onkels Andrus über ihm erschien und ihm Schatten spendete.

Andrus streckte die Hand aus und half dem jungen Mann auf die Beine.

Vello schüttelte benommen den Kopf. Er wusste, dass Onkel Andrus bei den Olympischen Spielen 1980 in Moskau zur sowjetischen Mannschaft der Gewichtheber gehört hatte und bestimmt Gold gewonnen hätte, wenn die neiderfüllten Russen ihn nicht unzutreffenderweise des Dopings beschuldigt und ein lebenslanges Wettkampfverbot gegen ihn ausgesprochen hätten.

»Wenn ich genötigt werde, deine Wange zu streicheln, kann dir keine menschliche Macht wieder auf die Beine helfen«, sagte Andrus freundlich. »Verstehst du das?«

»Ja«, sagte Vello und verstand kein Wort.

»Verstehst du dann auch, dass, wenn man dir sagt, du sollst um halb sechs antreten, du pünktlich da sein sollst? Du darfst eine Minute zu früh kommen, aber keine Minute zu spät. Und dabei ist es auch gleichgültig, ob Weihnachten ist oder *Jaanipäev*. Verstehst du das?«

»*Yes*«, sagte Vello und nickte.

»Gut«, sagte Andrus. »Und noch etwas: Heute belasse ich es bei einer Warnung, aber wenn ich jemals Grund zur Annahme habe, dass du vom Wodka verkatert oder zugedröhnt mit Dope zur Arbeit erscheinst, dann reiße ich dir den Kopf ab. Verstehst du das?«

»Ja«, sagte Vello.

»Also, mein Freund«, sagte Andrus. »Reich mir die Hand.«

»Okay«, sagte Vello und streckte seine schweißige Hand vor, obwohl er nicht ganz verstand, welche Art Pakt sein Onkel mit Handschlag besiegeln wollte.

Andrus' Pranken umschlossen die schmale Hand des jungen Mannes wie ein Schraubstock. Vello bemühte sich, den Druck wie ein ganzer Mann zu erwidern, damit sein Onkel spürte, dass er den Worten Taten folgen lassen wollte, und war überrascht, als Andrus seine Hand zum Mund führte. Wollte der Idiot ihm die Hand küssen? Was für ein Unfug war das?

Er bekam keinen Kuss. Stattdessen spürte Vello die warme Zunge seines Onkels an seinem kleinen Finger. Dann kam ein stechender Schmerz, als sich die Pranken einen Augenblick lang fester um seine Hand schlossen, und der Schmerz dauerte an, obwohl Andrus die Hand losließ. Der dämliche Muskelprotz musste jeden einzelnen Knochen in seiner Hand gebrochen haben. Vello jaulte gequält auf, griff mit der linken Hand nach der rechten und sah plötzlich, dass Blut aus der Hand quoll oder besser gesagt aus dem kleinen Finger, nein, aus einer Wunde, wo der kleine Finger gewesen war.

Vello wurde schwindelig und er fiel vor seinem Onkel auf die Knie. Die Welt rotierte um einen blutigen Fingerstumpf anstelle eines kleinen Fingers, und in der blutigen Wunde leuchtete ein weißer Knochen.

»Verstehst du jetzt?«, fragte sein Onkel. »Alles, was du bis jetzt gemacht hast, waren Dummejungenstreiche. Die Zeit der Spielchen ist vorbei. Heute beginnt der Ernst des Lebens. Verstehst du?«

»Ja.«

»Gut, mein Freund«, sagte Andrus. »Jetzt kannst du dir aussuchen, ob du das hier als Souvenir behalten willst oder ob du die Gelegenheit nutzt, um wenigstens einen kleinen Teil von dir in geweihter Erde zur letzten Ruhe zu betten.«

Er streckte die Hand vor. Auf der Handfläche lagen die zwei vorderen Glieder des kleinen Fingers, leblos.

Andrus lächelte und steckte den abgebissenen Finger in die Brusttasche der Jacke seines Neffen. Wenn seine Schneidezähne nicht blutverschmiert gewesen wären, hätte man das Lächeln freundlich nennen können.

*****

Reelika Nuul bekam langsam den Verdacht, das Gras auf dem Grab sei nicht auszurotten. Was wiederum darauf schließen ließ, dass Umweltverschmutzung doch nicht so gefährlich für die Flora war, wie behauptet wurde. Seit dem Begräbnis ihres alten Professors hatte sie jede Woche verschiedene Giftstoffe auf dem Grab verteilt, ohne dass man einen Erfolg sehen konnte; das Gras gedieh weiter.

Allerdings war Professor Nigul Kukk früher gestorben, als sie vorgesehen hatte.

Reelika Nuul war Chemikerin. Als Naturwissenschaftlerin hatte sie ihre Zweifel daran, dass schlechte Menschen nach dem Tod in die Hölle kommen. Um sicherzugehen, hatte sie sich vorgenommen, den Professor die Qualen des Hades bereits diesseits des Grabes kennen-

lernen zu lassen; dieselben Qualen, denen er sie aus-
gesetzt hatte, als sie das Pech hatte, an der Universität in
Tallinn seine Studentin zu sein. Und zwar mit Zins und
Zinseszins.

Für geradezu lächerliche Bezahlung bekam Andrus
verschiedene Gangs aus dem Unterwelt-Milieu dazu, in
regelmäßigem Abstand in die Wohnung von Professor
Kukk an der Hiiju-Suurtüki-Straße einzubrechen und
fleißig bei ihm aufzuräumen.

Die Polizei hörte bald auf, sich um die Anzeigen des
Professors, der ständig Einbrüche und Verwüstungen
meldete, zu kümmern, und riet ihm, die Wohnung zu
verkaufen und an einen Ort zu ziehen, wo niemand etwas gegen ihn habe. Aber alle Immobilienmakler, die anfangs so optimistisch waren, sagten ihm dann, dass eine
Wohnung mit einem so schlechten Ruf unverkäuflich
und damit wertlos sei.

Reelika Nuul achtete gut darauf, dass der Professor bei
diesen Aktionen nicht zu sehr zu Schaden kam.

»Ich will nicht, dass er mir entkommt, indem er Selbstmord begeht, bevor ich ihm zurückgezahlt habe, was ich
ihm schulde«, sagte Reelika.

Den Postboten und die beiden Frauen, die morgens
›Eesti Päevaleht‹ austrugen, davon zu überzeugen, dass
Professor Kukk sich in einer mentalen Quarantäne befand, die nicht von Briefen oder Zeitungen gestört werden durfte, war einfach.

Das Kabel der Fernsehantenne wurde genauso oft wie
das des Telefons gekappt, was an sich keinen Unterschied
machte, denn der Professor besaß ein altes Transistorge-
rät und konnte sich auf dem Laufenden halten, indem er
Radio hörte. Er nahm so gut wie täglich zwischen zwei
und vier Uhr am Nachmittagsprogramm von *Eesti Raa-*

dio 2 aktiv teil, trotz der horrenden Mobilfunkkosten, bis die Redakteure sich darauf verständigten, ihn mit seinem boshaften Genörgel über das Chaos und die Entartung, die der Kapitalismus hervorrief, nicht mehr in die Sendung zu lassen, weil sie befürchteten, er könne andere Hörer dieser beliebten Rundfunksendung vergraulen.

Vandalen stahlen zunächst die Reifen vom Lada des Professors, dann schlugen Barbaren die Fenster und Türen ein und schließlich blieb nur noch die Rückbank übrig in einem Skelett von Auto, das von der Polizei entfernt wurde, nicht ohne vom Besitzer dafür eine Strafzahlung zu verlangen.

Professor Kukk nahm die Heimsuchungen mit stoischer Ruhe auf. Er war weit davon entfernt, seine frühere Studentin, die Restnull, des Psychoterrors zu verdächtigen.

Mit dem Zusammenbruch des Kommunismus begannen die Sitten zu verrohen und der Professor konnte beobachten, wie sein Volk den Totentanz mit dem Kapitalismus und den westlichen Ländern begann. Er betrachtete sich selbst als belagerte Stadt, die letzte Bastion menschlicher Rechtschaffenheit, und seine Wohnung in der Hiiju-Suurtüki-Straße als eine Art Masada-Festung der modernen Zeit. Er las zu seiner Erbauung über den Herrscher der Zeloten, Eleazar ben Ya'ir und seine Männer, die es vorzogen, durch die eigene Hand zu sterben, als vor der Armee der Römer zu kapitulieren.

Zum vorzeitigen Tod Professor Kukks kam es, als er einmal seine Wohnung verließ, um die Vorräte aufzustocken, und eine Gruppe von Jugendlichen vor dem Gebäude bemerkte.

Mit seinem Talent zum logischen Denken vermutete der Professor, dass es sich hierbei um Beteiligte an einem jener vielen Einbrüche handeln könne, die er in den vergangenen Monaten hatte ertragen müssen. Er tat so, als ob nichts sei, und verließ das Haus, als wäre er unterwegs in den Rimi Hüpermarket.

Als er um die nächste Straßenecke gebogen war, hielt er an und lugte vorsichtig um die Ecke, und schwupps war die Jugendgang verschwunden.

Wenn Professor Kukk die Gelegenheit gehabt hätte, seine Taten zu bereuen, hätte er im Nachhinein betrachtet zweifellos die Notrufnummer 112 wählen sollen. Aber das sagt sich leicht.

Vorsichtshalber hatte Professor Kukk sein Mobiltelefon zu Hause gelassen, denn in den letzten Wochen war er dreimal am helllichten Tag auf offener Straße ausgeraubt worden.

In seinem Fall wäre es die beste Lösung gewesen, sich eine Telefonzelle zu suchen und die Polizei anzurufen, aber Professor Kukk fühlte Heldenmut in sich aufsteigen und beschloss, zurückzueilen, in die Wohnung zu schleichen und die Jugendlichen so in die Falle zu locken. Weiter reichten die Planungen des Professors leider nicht.

Die Gang von Jugendlichen, die nur drei junge Leute umfasste, Vello Viljan und Hanneliis, seine Freundin, Jaagub, sowie deren Bruder, hatte die feuchte Wäsche heruntergerissen, die der Professor gerade zum Trocknen auf den Flur gehängt hatte. Hanneliis hatte sich ein Laken umgewickelt und die langen weißen Unterhosen des Professors auf den Kopf gezogen und wedelte damit wie eine Bauchtänzerin vor den Gesichtern der Jungen herum.

Wie Professor Kukk es von seinen Studenten gewohnt war, verstummten die Jugendlichen plötzlich, als sie ihn in der Tür wahrnahmen. Sowie er seine Stimme erhob, um ihnen sein Vorhaben mitzuteilen, die Polizei zu rufen, reagierten Vello und Jaagub blitzschnell und zogen ihn ins Badezimmer, und Hanneliis schloss die Wohnungstür, die der Professor sich noch nicht zu schließen bequemt hatte.

Vello teilte dem Professor offen und ehrlich mit, es täte ihnen sehr leid, dass er so hereingestürmt wäre, ohne auch nur anzuklopfen, und dass er demnach in der Lage sei, sie zu identifizieren.

Professor Kukk verbesserte seine Lage nicht unbedingt, indem er damit prahlte, ein so gutes Personengedächtnis zu haben, dass er niemals ein Gesicht vergäße, das er einmal gesehen habe. Was stark übertrieben war.

Ohne weitere Worte zu wechseln tauchten die jungen Männer den Kopf des Professors gemeinsam in die Klosettschüssel, und das Letzte, was Nigul Kukk in diesem Leben hörte, war das Lachen und Kichern von Hanneliis, die ein fröhliches Mädchen war und die lustigen Seiten des Lebens zu schätzen wusste.

Als Andrus Reelika Nuul die Nachricht überbrachte, wurde sie fuchsteufelswild.

»Wer hat ihnen erlaubt, ihn zu ersäufen?«, fragte sie. »Es war nicht vorgesehen, ihn so einfach davonkommen zu lassen.«

Andrus zuckte cool mit den Schultern.

»Sie sind Kinder, sie spielen gern«, sagte er.

Die Leiche des Professors wurde erst drei Monate später gefunden, als die Menschen, die auf derselben Etage wohnten, darin übereinkamen, dass der Geruch im Treppenhaus ein anderer wäre als der der berüchtigten Kohlsuppe, die der Professor sich gewöhnlich kochte.

Den Vorschriften entsprechend riefen die Polizisten

einen Kriminalpolizisten und einen Arzt an den Tatort, bevor die Leiche abtransportiert wurde. Es handelte sich um erfahrene Leute, die ihr Fazit schnell zum Ausdruck brachten: Ein weiterer alter Herr, der nicht mit Fortschritt und Wachstum klarkam. Selbstmord.

*****

Wäre Frau Nuul eine offenere Person gewesen und hätte anderen ihre Antipathie gegenüber ihrem alten Ausbilder anvertraut, hätte der eine oder andere es wahrscheinlich krankhaft gefunden, wie hasserfüllt sie war.

Frau Nuul war anderer Auffassung. Sie war Wissenschaftlerin und betrachtete das Dasein in einem logischen Zusammenhang von Ursache und Wirkung. Professor Kukk hatte sie gemobbt, als sie sich im Chemiestudium seiner Führung beugen musste. Der Grund für das Mobbing war, dass sie, ihre Persönlichkeit, ihre Stimme, ihre Art zu sprechen und ihr Auftreten ihm auf die Nerven gingen und er sich in einer Position befand, ihr dafür das Leben unerträglich zu machen. Professor Kukk hatte sie tyrannisiert und ihr den Abschluss verweigert, nachdem sie das Studium eigentlich beendet hatte. Zwei Jahre lang war es im Forschungslabor ihre Aufgabe gewesen, Benzylacetat herzustellen. Wieder und wieder hatte er ihr kurz angebunden befohlen, diese lächerlich einfache Reaktion zu wiederholen, normalerweise eine Einstiegsübung für Erstsemester.

Der Professor erklärte das damit, dass er ihr auf diese Art und Weise Disziplin und Präzision bei der Arbeit beibrächte.

Die tatsächliche Erklärung war die, dass er, um sein Gehalt aufzubessern, den Stoff auf dem Schwarzmarkt verkaufte, und zwar einem Bekannten, der in seinem Badezimmer eine kleine Süßwarenherstellung betrieb, denn Benzylacetat ist bekanntlich ein Birnenduft- bzw. Aromastoff, der unter anderem für Bonbons verwendet wird.

Professor Kukk hatte an sich nichts gegen autistische Menschen, aber er achtete auf seinen Ruf und hatte nicht vor, sich später vorwerfen lassen zu müssen, er habe einer Psychopathin zum Doktortitel verholfen.

Was Frau Nuul dem Professor später antat, war nicht mehr oder weniger als das, was er verdient hatte, und er hatte es sich selbst zuzuschreiben.

Krankhaft?

Nein. Einfach und logisch.

Moralisch verwerflich?

Richtig und falsch, gut und böse waren für Frau Nuul Begriffe, die genauso wenig in eine wissenschaftliche Diskussion gehörten wie das Vaterunser.

Das Gras auf dem Grab bereitete ihr immer wieder Kopfschmerzen. Sie hatte sich geschworen, dafür zu sorgen, dass dort kein Halm mehr gedieh, aber das Gras war zählebiger, als sie gedacht hatte. Doch sie gab nicht auf. Nach Feierabend beschäftigte sie sich mit einem interessanten Stoff, der 2,4,5-T oder Trichlorphenoxyessigsäure genannt wird. Die Beschäftigung damit war spannend und erforderte bei der Herstellung ein wenig Umsicht, denn bei der Produktion bilden sich lebensgefährliche Dioxine, die irgendwelche skrupellosen Typen dem Präsidenten der Ukraine, Juschtschenko, eingeflößt hatten und nach denen in bestimmten Kreisen eine große Nachfrage besteht. Normales Gift wie 2,4-D und Picloram zu kaufen war kein Problem, aber 2,4,5-T musste sie selbst herstellen. Wenn man diese drei Stoffe im passenden Verhältnis mischt und dann in PCB löst, das sehr leicht erhältlich ist, entsteht ein phantastisches Gift, das den Kosenamen *Agent Orange* trägt und von den Amerikanern mit hervorragendem Erfolg im Vietnamkrieg eingesetzt wurde.

Zehn Liter *Agent Orange* dürften mehr als genug sein, um allen Bewuchs auf dem Grab und seiner nächsten Umgebung für die nächsten zehn bis fünfzehn Jahre auszulöschen – und dann gab es sicher einen noch wirksameren Stoff.

Sie schrak aus diesen Tagträumen auf, als Andrus plötzlich neben ihr stand. Erstaunlich, wie lautlos sich dieser wuchtige Körper bewegen konnte. Er sagte nichts, sondern schaute nur auf seine Armbanduhr.

05:57.

Er hatte natürlich recht. Es war Zeit, zur Arbeit zu gehen.

*****

Es war exakt 06:00:00 Uhr.

Karl hielt seinen Arm angewinkelt vor sich und starrte auf seine Armbanduhr, als ob er kurz davor wäre, eine bemannte Rakete in den Weltraum zu schießen.

»Jetzt«, sagte er und zog sich die Skimütze übers Gesicht. »Von jetzt an verhüllen wir unser Gesicht, bis die Aufgabe abgeschlossen ist und ich die Anweisung gebe, das Gelände zu verlassen.«

Der ist bestimmt eine Scheiß-Schwuchtel, dachte Nordpol. Erinnert mich an einen Sportlehrer, von dem alle wussten, dass er verkehrt rum war und der gefeuert wurde, weil er kleine Jungs befummelt hatte. An einer kleinen Aktion teilzunehmen ist die eine Sache, aber eine andere, schwachsinnige Direktiven von einem Psychopathen zu bekommen. Das Einzige, was jetzt noch fehlt, ist, dass er sagt, er setzt sich auf einen Ast und gibt uns das Zeichen zum Angriff, indem er wie eine Eule kreischt.

Genau nach Plan war Nordpol als Erster am Ort des Geschehens angelangt, und als Karl und Ulrich erschienen, hatte er das Gelände bereits erkundet und erstattete nun Bericht.

»Ein Mann hält im westlichen Gebäude Wache, wo auch eine Art von Produktion stattfindet. Er hat einen Hund bei sich. Weiß nicht, ob da drinnen auch irgendwelche Waffen sind. Ich wollte mich wegen des Hundes nicht danach umsehen. Der hat mich bemerkt, aber der Wächter hat ihm befohlen, still zu sein. Im Wohnhaus sind zwei Männer, die AKM und zig 30-Schuss-Magazine haben. Und dann gab es da eine fabelhafte Waffe, eine doppelläufige Kalaschnikow, deren unterer Lauf ein winziger Granatwerfer ist. So was hab ich noch nie gesehen.«

»Wie konntest du das so genau erkennen?«, fragte Ulrich.

»Indem ich das Haus betreten habe«, sagte Nordpol.

»Und dabei hast du riskiert, die Männer zu wecken?«, fragte Ulrich.

»Die wären nicht aufgewacht, selbst wenn ich mit einem Panzer und einem Blasorchester davor angerückt wäre. De facto erwachten die beiden nicht mehr, als ich ihre Stimmbänder unwirksam gemacht hatte.«

»Wie das?«, fragte Ulrich.

»Indem ich ihnen die Kehlen durchgeschnitten habe, natürlich«, sagte Nordpol.

»Wer hat dir die Erlaubnis dafür gegeben?«, fragte Karl.

»Ich höre manchmal Stimmen«, sagte Nordpol.

»Wo sind ihre Gewehre?«, fragte Ulrich. »Dann müssen wir nicht diese verdammten Armbrüste benutzen.«

»Die Gewehre sind immer noch im Haus«, sagte Nordpol. »Ich habe sie dagelassen. Wollte nicht riskieren, dass der Hund hört, wie ich sie herumschleppe. Wir müssen nichts anderes tun als uns in das Wohnhaus zu schleichen, uns ans Fenster zu setzen und darauf zu warten, dass die Leute kommen. Dann zünden wir alles an und machen, dass wir fortkommen.«

»Wenn wir Gewehre haben, ändert das ziemlich viel«, sagte Karl. »Bist du sicher, dass die Männer tot sind?«

»Geh rein und schau nach.«

»Sollen wir nicht schnell die Gewehre holen und dann den Wächter erledigen?«, fragte Ulrich.

»Machen wir das«, sagte Nordpol. »Dann müssen wir uns um ihn keine Sorgen machen, wenn die anderen Leute kommen.«

Karl stöhnte auf. »Wer gibt hier die Befehle? Was fällt euch ein? Der Wächter sitzt in einem Labor, das randvoll mit brennbaren Stoffen ist. Wenn irgendetwas schiefgeht und das Feuer ausbricht, bevor die Leute da sind, dann erreichen wir nicht das, was wir uns vorgenommen haben.«

»Und wenn der Wächter rauskommt?« Nordpol hatte nicht vor, sich von Karl etwas vorschreiben zu lassen.

»Warum sollte er rauskommen?«

»Zum Beispiel, um zu pinkeln. Darf ich ihn dann erledigen? Sein Urin wird ja wohl kaum brennbar sein.«

»Nun gut«, sagte Karl. »Gehen wir ins Haus. Wir gehen mit fünf Minuten Abstand los. Ich gehe zuerst, dann du, Ulrich, und Nordpol kommt zum Schluss.«

Nordpol konnte sich nicht verkneifen, wie eine Eule zu kreischen, als Karl loslief.

*****

Frau Nuul wusste, dass sogar Andrus ihre Offensive gegen Professor Kukk manchmal zu weit ging. Nicht zuletzt nach dessen Tod. Sie spürte, dass Andrus die tägliche Morgenandacht auf dem Friedhof, bevor sie zur Arbeit fuhren, nicht ganz ernst nahm. Reelika Nuul war ein intelligenter Mensch, und aus vielen Erfahrungen konnte sie darauf schließen, dass andere Menschen sich anders als sie zu verhalten, zu reden und zu amüsieren schienen. Sie hatte heimlich einen Termin bei einem bekannten Neurologen gemacht, einem Immigranten, der ihr im Fernsehen vernünftig erschienen war. Zia Ghoochannejhad hieß er. In Estland lebten nur wenige Menschen mit so fremdartigem Namen, und als sie den Doktor persönlich traf, wurde Frau Nuul nicht enttäuscht. Er war dunkelhäutig, hatte dunkle Augen, und sich an einen Mann zu wenden, der offensichtlich einer anderen Rasse angehörte, empfand sie als weniger intim.

Der Arzt und sie saßen sich eine Weile stumm gegenüber. Frau Nuul unterbrach die Stille: »Zia – Ihr Name bedeutet Licht auf Persisch, nicht wahr?«

»Sprechen Sie Persisch?«, fragte der Arzt und musterte seine Patientin.

»Nein«, sagte die Frau. »Ich habe dieses Wort nachgeschlagen und festgestellt, dass es Licht bedeutet. Das halte ich für ein gutes Zeichen.«

Der Arzt lächelte. »Ja, Zia bedeutet Licht, aber schlimmer ist es mit dem Nachnamen Ghoochannejhad, der bedeutet nämlich Stromrechnung.«

Er sah, dass er die Patientin damit überraschte. Sie bezweifelte seine Aussage nicht. Fand es einfach nur seltsam, dass jemand Licht Stromrechnung hieß.

»Das war nur ein Scherz«, sagte er. »Verstehen Sie?

Erst Licht, dann kommt die Stromrechnung. Das eine führt zum anderen.«

Die Frau schien den Witz zu verstehen und stieß ein kurzes, bellendes Lachen aus, hahaha, das nicht schön klang.

Das Gespräch dauerte fast zwei Stunden. Zia merkte bald, dass die soziale Kompetenz dieser merkwürdigen Frau zu wünschen übrig ließ. Die mangelnde Fähigkeit zu zwischenmenschlichen Beziehungen ist das Hauptmerkmal des Asperger-Syndroms.

Frau Nuul war sehr zufrieden mit der Diagnose des Arztes, sie war sogar stolz. Für sie war es, als fielen ihr Fesseln ab, als der Arzt ihr erklärte, dass sie einer Gruppe von Menschen angehörte, die das sogenannte Asperger-Syndrom haben, was mit dem Autismus verwandt sei.

Es gäbe keine allgemeingültige Regel, wie man dieses Syndrom medikamentös behandele. Manche Asperger-Patienten nähmen verschiedene Antidepressiva. Für andere sei es auch nützlich, Amphetamine in passender Dosierung zu sich zu nehmen.

Frau Nuul, die niemals andere Medikamente als Aspirin gegen Kopfschmerzen und Antibiotika, die sie vom Arzt verschrieben bekam, genommen hatte, empfand den Hinweis auf das Amphetamin als Zeichen. Ohne von ihrer Krankheit mit dem schönen Namen Asperger-Syndrom zu wissen, hatte sie, wenn auch in Kooperation mit anderen, ein ganzes Labor errichtet, das ein Medikament gegen diese Krankheit herstellte. Zufall? Nein. Wissenschaftlich betrachtet war die Wahrscheinlichkeit, dass jemand, der nicht weiß, dass er an einer bestimmten Krankheit leidet, sich der Herstellung einer Medizin widmet, die diese Krankheit heilt, so unvorstellbar klein, dass sie zu vernachlässigen war. Es war ein *Zeichen* und kein *Zufall*.

Sie merkte, wie gut ihr das Amphetamin tat, als sie begann, es regelmäßig zu nehmen. Vieles, was ihr früher schleierhaft war, wurde in ihrem Kopf nun kristallklar. Hahaha!

Laut lachend wandte sie sich vom Grab ab und ging zum Auto.

Andrus saß am Steuer und Frau Nuul setzte sich auf den Rücksitz. Ihr fiel sofort auf, dass sie nur zu zweit waren. Vorhin waren sie zu dritt gewesen.

»Wir sind zu zweit«, sagte sie.

»Ja«, sagte Andrus.

»Und der Junge, dein Neffe, der vorhin bei uns war?«

»Ach, der«, sagte Andrus und fuhr los. »Er hat Nasenbluten bekommen, sodass ich ihn im Kofferraum untergebracht habe. Es ist so eklig, wenn Blut auf die Sitze kleckert.«

9

Vampír hatte die Schnauze voll von der Untätigkeit. Jeder dahergelaufene Hund kann die Schritte eines Menschen und eines Rehs spielend unterscheiden.

Beim ersten Schritt winselte er. Beim nächsten heulte er laut. Sprang dann mit Bellen und Knurren auf. Dann warf Baldur ihm die Biographie des Höllenengels Sonny

Barger an den Kopf und befahl ihm, still zu sein. Das Buch hatte keinen festen Einband und fügte ihm daher keine Schmerzen zu, aber Vampír verstand, dass Baldur entschlossen war, alle Warnungen zu ignorieren. Er beschloss deswegen, einen Trick anzuwenden, um seinem Herrn die Augen zu öffnen. Er ging zur Tür, die nach draußen führte, kratzte mit der Vorderpfote daran und winselte dabei leise und höflich.

»Immer diese Scheißrennerei«, murrte Baldur und öffnete dem Hund die Tür. Freilich war es ihm selbst mittlerweile ein Bedürfnis geworden, zu urinieren.

Vampír war der Auffassung, dass er keine Zeit verlieren dürfe, und sprintete sofort los. Er bog mit so hoher Geschwindigkeit um die Hausecke, dass er auf dem Schotter rutschte und schlidderte. Er entdeckte seine Beute, die vom Waldrand kommend langsam über das Gras in Richtung des Hauses lief, sofort.

Vampír hatte keineswegs vor, dem Mann auf kürzestem Weg in die Arme zu laufen. Dieser Schwarzkopf konnte sehr wohl bewaffnet sein und Vampír fand, es schadete nicht, einen winzigen Umweg zu machen.

Um seinen Weg zu verkürzen und Zickzack soweit es ging zu vermeiden, nahm Nordpol seinen Blick nicht vom Fenster an der Rückseite des Hauses. Trotz seines Rucksacks lief er mit leichten und federnden Schritten und dachte darüber nach, wie er seine Rechnung mit dem Idioten begleichen würde, der ununterbrochen Befehle erteilte und glaubte, er wäre eine Art Partisanenführer. Und doch war es mit seinen Führungsqualitäten nicht weit her, denn schließlich schien Karl nicht einmal bemerkt zu haben, dass Nordpol die schweren Armeestiefel in den Rucksack gesteckt hatte und wieder seine Turnschuhe trug.

Vampír erhöhte sein Tempo, bevor er zu einem Sprung ansetzte, Nordpol in den Rücken fiel und umwarf. Nordpol, der nichts davon hatte kommen sehen, stürzte schwer und landete auf Kopf und Schulter. Ohne Skimütze hätte er wohl schwere Schrammen im Gesicht davongetragen, aber das Kleidungsstück schützte seinen Kopf. Allerdings drehte sich die Mütze beim Schleifen über den Boden, wodurch der Schlitz für die Augen sich in den Nacken verschob, sodass Nordpol nicht sofort begriff, was geschehen war. Eins war jedoch sicher. Er war angegriffen worden und die Skimütze nahm ihm die Sicht.

Er versuchte, die Mütze so zu drehen, dass er seinen Angreifer sehen konnte, und tastete mit der rechten Hand nach dem scharfen Jagdmesser, das er in einer Scheide an seinem Oberschenkel trug. Er bekam das Messer zu greifen und riss es blitzschnell heraus.

Die Klinge stieß in den Unterkiefer von Vampír, der sich bereitgemacht hatte, seine Beute zu erlegen. Er fand es ein wenig verwunderlich, nirgendwo in dem schwarzen Gesicht Augen zu sehen, und zuckte zusammen, als die spitze Klinge ihm die Unterlippe zerschnitt. Blitzartig war er wutentbrannt. Schloss die Zähne um das Handgelenk der Hand, die das Messer hielt, und brach deren Knochen, indem er einen plötzlichen Ruck mit dem Kopf machte.

Der schwarze Teufel stieß einen Schmerzensschrei aus, aber Vampír war nicht zu bremsen. Er hieb die Fangzähne in das schwarze Gesicht und riss dann mit ganzer Kraft daran. Er fühlte, wie die Haut nachgab und die Zähne auf angenehme Weise an den Gesichtsknochen entlangschliffen. Er setzte seine Vorderbeine auf die Brust des Mannes und ruckte mit ganzer Kraft mit den

Zähnen. Die Skimütze, von der Vampír dachte, es sei der Skalp, löste sich in einem Stück von dem Mann.

In diesem Augenblick erklang ein scharfes Pfeifen. Dann ein heiserer Ruf.

»Vampír! Vampír! Wo bist du, du Biest?«

Baldur kam um die Ecke des Laborgebäudes gelaufen. Er erblickte Vampír und erriet sofort, dass der Hund fieberhaft dabei war, irgendein Lebewesen, das vom Gras verdeckt war, abzumurksen.

»Vampír! Komm her! Sofort!« Dem Befehl folgte ein scharfer Pfiff.

Vampír beschloss, seinem Herrchen einen Teil der Beute abzutreten, und rannte mit der Skimütze im Maul zu ihm.

Erst dachte Baldur, es sei ein toter Vogel. Als der Hund näher kam, sah er, dass der Köter irgendeinen Stofffetzen gefunden hatte.

Er streckte die Hand aus. »Aus! Vampír! Aus!«

Der Hund wollte spielen. Er gestattete seinem Herrchen, nach seinem Fang zu greifen, ruckte dann aber daran herum und zog ihn zu sich zurück.

Baldur hatte keine Lust auf das Spiel. »Loslassen, sage ich! Aus!« Um dem Befehl mehr Nachdruck zu verleihen, versetzte er dem Hund einen derben Schlag mit dem Schaft des Schrotgewehrs, das er in der Hand hielt.

Der Hund ließ den Stofffetzen los.

Baldur sah sofort, dass es sich um eine Skimütze handelte, aber sie enthielt irgendetwas Weiches und Glitschiges. Er nahm die Mütze beim Schopf und schüttete ihren Inhalt auf den Boden.

Ein blutiges menschliches Gesicht kam zum Vorschein, ohne Augen und lachend wie eine Theatermaske mit aufgerissenem Mund.

Was zur Hölle hatte der Hund getan?

Er schaute sich um. Versuchte sich zu erinnern, aus welcher Richtung Vampír mit dieser Beute gekommen war. Hörte ein Summen in der Luft und dann einen Schmerzenslaut des Hundes, der begann, im Kreis zu laufen, wie ein Welpe, der versucht, seine eigene Rute zu fangen. Baldur versuchte, den Hund beim Halsband zu packen, um diesem irren Ringelpiez ein Ende zu machen, was ihm erst gelang, als Vampír langsamer wurde und das Winseln sich in ein Jaulen steigerte.

Der Hund jagte nicht seinen eigenen Schwanz, sondern versuchte, einen metallenen Spieß zu erreichen, der zwischen den hintersten Rippen aus seiner Seite ragte. Baldur gelang es, den Hund hinzulegen, und er versuchte, den Stab zu ergreifen, der durch ihn hindurchgestoßen war. Es handelte sich um einen metallenen Pfeil. Die Spitze kam auf der einen Seite zum Fell heraus und auf der anderen sah man das hintere Ende. Ein schwarzer Bolzen. Kurz: Armbrust.

Baldur warf sich zu Boden. Auch wenn er sich an einem friedlichen und abgelegenen Ort befand, wusste er, dass man nie sicher sein konnte. Dennoch hätte er nicht gedacht, dass er sich je einem Angriff von Feinden ausgesetzt sehen würde, die mit Armbrüsten aus dem Hundertjährigen Krieg bewaffnet waren.

Das Jaulen des Hundes verstummte. Baldur sah ihn an. Die Augen waren gebrochen. Kurz bewegte der Hund im Todeskampf noch die Vorderbeine, wie sonst, wenn er darum bettelte, dass ihm sein Herrchen die Tür öffnen möge.

Baldur versuchte, seine Gedanken zu ordnen. Er hatte im Laufe der Zeit einiges ausprobiert und war schon sehr oft in Kämpfe verwickelt worden. Knüppel und sogar Messer waren für ihn selbstverständliche Werkzeuge im Kampf des Lebens, genauso wie Fortbildungen und Prüfungsnoten für diejenigen, die die Lebensweise des Steuerzahlers wählten. Schusswaffen in der Unterwelt entsprachen Diplom oder Doktortitel in der geordneten Bürowelt.

Auch wenn Baldur so erfolgreich geworden war, dass Schusswaffen ein selbstverständlicher Bestandteil seines Arbeitsumfeldes waren, war ihm nie in den Sinn gekommen, dass der Tag kommen könnte, an dem er selbst zur Zielscheibe werden würde. Er war ein Kind des Kalten Krieges und glaubte fest und unverbrüchlich daran, dass genügend gute Waffen der beste Schutz gegen Gewalt und Blutvergießen seien. Er hatte ehrlich gesagt den Gedanken nie zu Ende gedacht, dass er eine Waffe zu etwas anderem einsetzen könnte, als andere Menschen damit zu bedrohen.

In Wirklichkeit hielt Baldur nicht viel von Gewalt, außer natürlich in guten Kinofilmen. Er wandte Gewalt nie zu seinem Vergnügen an, sondern nur fachlich gut ausgeführt im geschäftlichen Zusammenhang. Er hatte früh gelernt, dass Vorsicht unerlässlich ist. Die Grundregel ist, nicht zu zögern, Gewalt einzusetzen, wenn es nötig ist, immer den ersten Schlag auszuführen und mit mehr Erbarmungslosigkeit als der Gegner zu agieren. Angriff ist einfach viel besser als Verteidigung.

Baldur war nicht unbedingt in einer Angriffssituation. Irgendwo im Gras verbarg sich ein Feind, der seinen besten Freund getötet hatte. Mit einer Armbrust.

Statt näher zu betrachten, wer dieser Feind war und mit welchem Anliegen er kam, blieb Baldur beim Wort »Armbrust« hängen. Eine seltsame Waffenwahl. Möglicherweise ein Wilddieb. Der einzige Vorteil, den eine Armbrust bietet, ist, dass Polizisten oder Zöllner, die schier durchdrehen, wenn sie irgendwo eine Pistole entdecken, Armbrustschießen wahrscheinlich nur für eine seltene und interessante Sportart halten. Der Grund dafür, dass nicht jeder mit einer Armbrust bewaffnet herumläuft, ist der, dass das Ding einfach viel zu schwer zu handhaben ist. Lauter als eine Pistole mit einem guten Schalldämpfer, und dann braucht man eine halbe Ewigkeit, um den Bogen für jeden einzelnen Schuss zu spannen.

Deswegen lässt sich der Feind nichts anmerken! Er kann den Bogen nicht spannen, ohne sich zu verraten. Wenn er sich bewegt, sehe ich ihn, dachte Baldur.

Ihm wurde plötzlich klar, dass er Oberwasser hatte. Dass er im Angriff war, nicht in der Verteidigung.

Als er aufstand, um sich nach dem Armbrustschützen umzusehen, ertönte ein Schuss. De facto zwei Schüsse, die fast wie einer klangen, weil Karl und Ulrich nahezu gleichzeitig abdrückten. Die erste Kugel durchschlug Baldurs Hosenbein und er hätte ihre Hitze gespürt, wäre nicht Kugel Nummer zwei in seinem Rücken zwischen den Schultern gelandet, um ihm das Rückenmark zu durchtrennen, die Richtung zu wechseln, in die Bauchhöhle katapultiert zu werden und in der Hüfte zum Halten zu kommen.

Baldur war tot, noch ehe sein Körper auf dem Boden landete, neben Vampír, seinem Freund, der ihm vorausgegangen war.

Kaum war Baldur niedergesunken, sahen Karl und Ulrich, wie sich ein blutiger Schädel grob geschätzt zwanzig Meter von den gefallenen Kameraden aus dem Gras erhob und sogleich wieder verschwand.

*****

Ulrich kam Nordpol zu Hilfe, stützte ihn auf dem Weg in das Wohnhaus und suchte ohne Erfolg nach einem Verbandskasten.

Karl hob Nordpols Gesicht vom Boden auf, nahm es mit hinein und brachte es im Kühlschrank in der Küche unter. Ulrich war fast fertig damit, die Leiche Baldurs zum Laborgebäude zu ziehen. Er lehnte Hilfe ab, sodass Karl sich rasch um den Hund kümmerte.

Nordpol hatte sich von dem Sofa gewälzt, wohin Ulrich ihn gebettet hatte, war auf allen vieren ins Bad gekrochen und dann aufgestanden, indem er sich am Waschbecken hochgezogen hatte. Seine Verletzung war viel schlimmer, als er sich in Gedanken ausgemalt hatte. Der Hund hatte ihm das Gesicht weggerissen. Die gesamte Haut und alles Fleisch von der Mitte der Stirn bis zur Unterlippe waren verschwunden. Keine Augenlider. Keine Nase. Keine Oberlippe.

Karl kam zu ihm, wie er da stand und den Horror im Spiegel betrachtete.

»Dein Gesicht ist im Kühlschrank«, sagte Karl.

*****

Es war bereits 06:51 Uhr, als Andrus und Frau Nuul vorfuhren. Alles war gut vorbereitet worden und es dauerte nur einen Augenblick, sie zu töten und die Leichen ins Laborgebäude zu ziehen.

Karl goss Flüssigkeit aus einem Benzinkanister über die Leichen und ging dann rückwärts bis zur Tür, wobei er eine Spritspur hinterließ. Außerhalb der Labortür stand Ulrich. Er wollte die Kalaschnikow mit dem Granatwerfer ausprobieren.

»Überflüssig«, sagte Karl.

»Ich will einfach nur sehen, wie das funktioniert«, sagte Ulrich.

»Ich werde es dir nachher zeigen«, sagte Karl. »Erst müssen wir einige der Treibstofffässer ausschütten.«

Als das Labor lichterloh brannte, liefen sie in den Wohntrakt. Nordpol lag in der Tür des Badezimmers. In einer Schüssel, die er vor sich hatte, war der Rest von seinem Gesicht.

»*Shit*«, sagte Ulrich.

Nordpol hörte das wie aus weiter Ferne. Er sah nichts mehr mit seinen ausgetrockneten und blutigen Augen, er murmelte und fuchtelte mit den Händen, als ob er nähen würde.

»Mit Nadel und Zwirn? Du machst wohl Scherze«, sagte Karl und löste den Schuss aus.

Die Energie der Explosion war so groß, dass Karl und Ulrich an die Haustür geworfen wurden.

»So funktioniert sie«, sagte Karl, als er wieder Fuß gefasst und das Gewehr mit dem Granatwerfer vom Boden aufgehoben hatte. »Das kann richtig gefährlich sein.«

Von Nordpol war nichts mehr übrig außer dem Gesicht, das aus der Schüssel gefegt worden war und nun an den scharfen Glasscherben eines Bilderrahmens an der Wand hing. Im Hintergrund konnte man einen Engel sehen, der zwei jungen Kindern in einem Unwetter über eine Brücke half.

Sie ließen die Gewehre zurück, ebenso die Armbrüste. Ulrich saß am Steuer und fuhr ziemlich schnell, bis sie zur Nationalstraße hinaus kamen. Danach hielt er sich an die erlaubte Geschwindigkeit. Die Tankanzeige zeigte einen fast vollen Tank an. Bei der nächsten Gelegenheit hielten sie an und warfen die Overalls und die Armeestiefel in einen Mülleimer. Dann nahmen sie ihre Fahrt Richtung Tallinn wieder auf.

Am Rand der Stadt hielten sie, parkten das Auto an einem abgelegenen Ort und zündeten es an. Gingen dann jeder in seine Richtung. Karl nahm ein Taxi zum Flughafen. Ulrich ging zu Fuß zur Anlegestelle der Fähre am Hafen.

*****

Als Andrus und Frau Nuul beim Labor gehalten hatten, war Vello im Kofferraum kurz davor, höflich zu klopfen, um sich in Erinnerung zu rufen. Als er die ersten Schüsse hörte, beschloss er, noch damit zu warten, bis es günstiger wäre.

Im Kofferraum war es ausgesprochen heiß und trotz des starken Schmerzes in seinem Fingerstumpf schlief Vello ein. Sorgen hatten ihn noch nie wachhalten können.

*****

Engel sind viel mächtiger als Menschen. Sie kommen im Christentum vor, im Islam, Judentum, Zoroastrismus und anderen Religionen.

Viele Leute glauben, dass Menschen nach dem Tod zu Engeln werden und dass ihre wichtigste Beschäftigung sei, sich auf Wolken treiben zu lassen und Harfe zu spielen.

Das ist ein großes Missverständnis.

Engel sind damit beschäftigt, dringende Aufgaben zu lösen.

Gleichfalls glauben viele, dass Engel Flügel haben.

Weit gefehlt. Die überwältigende Mehrheit der Engel bewegt sich ohne Flügel fort, ohne von den Menschen hier auf der Erde gesehen zu werden.

Über die gesamte Anzahl der Engel weiß man nicht genau Bescheid – außer dass im Koran (74.30) verkündet wird, dass die Engel der Hölle neunzehn an der Zahl seien.

Engel sind der Sicherheitsdienst, die Waffen-SS, der höchsten Instanz.

10

Im Prinzip ist es nur natürlich, dass ein Alkoholiker trinkt. Genauso selbstverständlich, wie ein Epileptiker Anfälle bekommt. Der Lebenssinn eines Alkoholikers besteht darin, zu trinken. Ein Alkoholiker, der nicht trinkt, ist dagegen ein unnatürliches und relativ seltenes Phänomen. Ein Mensch, der den Kampf gegen sein Verlangen gewinnen will, muss sein Verhalten jeden Tag bewusst unter Kontrolle haben, während diejenigen, die so glücklich sind, frei von solchen Trieben zu sein, den Wünschen ihres Körpers unbesorgt nachgeben können.

Körper und Seele eines gesunden Menschen sind im Gleichgewicht. Körper und Seele eines Alkoholikers befinden sich in einem ewigen Kampf miteinander, und das Zerwürfnis ist so tiefgreifend, dass niemand sagen kann, ob es der Körper des Alkoholikers ist, der die Seele hintergeht, oder ob die Seele sich darauf verlegt hat, den Körper und sich selbst zu foltern.

Die Abhängigkeit siedelt sich im Menschen in einem unbekannten Gebiet auf der Grenze zwischen Körper und Seele an.

Freilich sind sowohl Körper als auch Seele eher unzweckmäßige Begriffe. Viele sind der Auffassung, dass die Seele nicht existiert, und die Wissenschaft lehrt uns, dass der Körper in Wirklichkeit wie ein Nebel ist, denn die Moleküle nehmen viel weniger Raum ein als die Leere zwischen ihnen. Irgendwo im Nebel wohnt die Sucht.

*****

Þórhildur rührte sich nicht, als Víkingur aus dem Bett aufstand. Sie schlief immer noch, als er das Duschen, Rasieren und Ankleiden hinter sich gebracht hatte.

Er machte sich selbst Vorwürfe, weil er es für selbstverständlich gehalten hatte, dass sie trocken blieb, jeden Tag, Monat für Monat, Jahr für Jahr. Er machte sich Vorwürfe, weil er nie richtig versucht hatte, ihr Ringen mit sich selbst zu verstehen, geschweige denn ihr den Rücken zu stärken. Eigentlich war ihm nicht mal der Gedanke gekommen, dass sie Unterstützung brauchen könnte. Þórhildur war eine starke Persönlichkeit. Eigentlich hatte er seinen Kampf mit der Depression und ihre Entschlossenheit, nicht mehr zu trinken, immer gleichgesetzt. Er hatte manchmal sogar ihr Los für das leichtere gehalten.

Sie musste ja schließlich nichts anderes tun, als zu beschließen, nicht mehr zu trinken. Sie hatte es selbst in der Hand.

Er aber konnte nicht einfach beschließen, nicht mehr depressiv zu sein. Er musste Medikamente nehmen, um die Krankheit in Grenzen zu halten, und sich regelmäßig bewegen.

Sie musste weder Medikamente nehmen noch sich täglich mit Gymnastik plagen.

Sie bestimmte über sich selbst. Er war irgendwelchen rätselhaften Neurotransmittern ausgeliefert, ein genetischer Defekt, an dem er selbst keine Schuld trug.

Sie war frei von diesem Erbdefekt und musste ihr Leben lang nichts anderes tun, als Alkohol und alle Stoffe zu meiden, die Einfluss auf die Stimmung haben.

Irgendwie so hatte er sich das vorgestellt. Wie egozentrisch!

Er konnte in die Apotheke gehen und bekam die Medikamente, die die Depression in Grenzen hielten, aber Þórhildur musste sich nur mit ihrer Willenskraft als Waffe den einschüchternden Botschaften ihres eigenen Körpers stellen.

Während er sich als Sieger erlebte, indem er der Depression mit Tabletten und körperlichem Training begegnete, erlebte Þórhildur sich ununterbrochen als fehlerbehaftetes Exemplar.

Und damit nicht genug, wahrscheinlich machte sie sich selbst auch noch Vorwürfe, dass sie ihre Mängel ihrem Sohn mit in die Wiege gelegt hatte. Ihrem Sohn, den sie verlassen hatte.

Víkingur schrak aus seinen Überlegungen hoch, als die Kellnerin, die ihm den Kaffee gebracht hatte, plötzlich an seinem Tisch erschien und fragte:

»Darf ich den Tisch abräumen?«

Er sah sich um und bemerkte, dass er als Einziger noch im Speisesaal saß. Es war schon fast halb elf und alle Frühstücksgäste waren längst verschwunden. Das morgendliche Büffet war entfernt worden und mit ihm die fetten Würstchen, hartgekochten Eier, das Müsli, die Fruchtsäfte und all die anderen Nahrungsmittel, die Reisende aus aller Welt haben möchten, um sich dem neuen Tag stellen zu können.

»Ja, selbstverständlich. Entschuldigen Sie.«

Er dachte kurz daran, um eine Kanne Kaffee zu bitten, die er Þórhildur aufs Zimmer bringen könnte, beschloss aber, es nicht zu tun. Am besten wäre es, ihr nichts aufzunötigen. Ihr selbst die Entscheidungen zu überlassen.

Sie war im Bad, als er wiederkam. Er klopfte an die Tür und rief ihr etwas zu, um sich bemerkbar zu machen. Sie antwortete:

»Ich mache mich gerade fertig.«

Er war erleichtert beim Gedanken, dass Þórhildur wieder so war, wie sie sein sollte. Beschloss, alle Fragen zum gestrigen Abend für einen geeigneteren Zeitpunkt aufzuheben. Ihr zu ermöglichen, den ersten Schritt zu machen, über die Dinge zu sprechen, wenn sie dazu bereit wäre.

Víkingur zog die dicken Vorhänge auf und das Tageslicht erfüllte den Raum. Sie würden noch eine Nacht in Amsterdam verbringen und hatten einen Heimflug zu einer christlichen Zeit gebucht. Der nächste Punkt auf der Tagesordnung war, mit Þórhildur raus in den Sonnenschein zu gehen und irgendein Häppchen in sie hineinzubekommen.

Er setzte sich in einen Sessel am Fenster. Þórhildur nahm sich anscheinend viel Zeit, um sich fertig zu machen.

Plötzlich bemerkte Víkingur, dass die Tür der Minibar nicht richtig geschlossen war, sodass er sie mit der Zehe anstieß. Als er die Tür zudrückte, beschlich ihn ein ungutes Gefühl. Er stand auf und öffnete den Kühlschrank.

Irgendjemand hatte ihn ausgeräumt. Die Fächer auf der Innenseite der Tür waren leer. Die kleinen Fläschchen mit Wodka, Whisky und anderen Drinks waren verschwunden.

Leider lag die Erklärung für diesen Schwund auf der Hand. Die Minibar hatte Þórhildur am Vorabend in Versuchung gebracht. Was für ein Dummkopf war er, dass er nicht beim Einchecken dazugesagt hatte, dass sie keinen Alkohol in der Minibar wünschten. Nichts wäre einfacher gewesen. Dieser unschuldig wirkende Kühlschrank war verlockend genug gewesen, um Þórhildur von ihrem Vorhaben, trocken zu bleiben, abzubringen. Unter normalen Bedingungen hätten sie weder kleine noch große Flaschen von ihrem Weg abgebracht. Aber dieser Anreiz gepaart mit den Schwierigkeiten, die sie durchmachen musste, war der Tropfen, der das Fass zum Überlaufen gebracht hatte. Jetzt war das Unglück geschehen und man konnte nur versuchen, das Beste daraus zu machen.

*****

Víkingur stand auf und breitete die Arme aus, als Þórhildur endlich aus dem Badezimmer kam. Sie wich der Umarmung aus, indem sie den Kleiderschrank öffnete, um darin nach irgendetwas zu suchen.

»Guten Tag, mein Schatz«, sagte er.

»Uff, ja, guten Tag«, sagte sie und wandte sich ihm dann mit irgendeinem Kleidungsstück in der Hand zu. Sie betrachtete das Kleidungsstück und vermied, ihm in die Augen zu schauen. »Ich weiß einfach nicht, was ich sagen soll.«

»Wozu sagen sollst?«

»Nun tu doch nicht so«, sagte sie. »Zu gestern Abend natürlich. Ich war wohl vollkommen weggetreten.«

»Ich hätte dich nicht hier mit der Minibar neben dem Bett allein lassen dürfen.«

»Der Minibar?«

»Ja, hat es nicht damit angefangen, dass du dir einen Drink aus der Minibar genommen hast?«

»Ich habe die Minibar nicht angefasst. Ich war gestern Abend so angespannt, dass ich beschloss, auszugehen und irgendwelche Isländer zu finden und herauszufinden, ob jemand etwas über Magnús weiß.«

»Du bist Isländer suchen gegangen? Gestern?«

»Ja, ich habe mich daran erinnert, dass der meiste Drogenhandel rund um den Leidseplein stattfindet, also bin ich dorthin gegangen, um mich nach Isländern zu erkundigen.«

»Und hast du welche gefunden?«

»Nein, ich glaube nicht«, sagte sie. »Aber ich habe mit einem Amerikaner gesprochen, der sagte, er kenne einen Isländer, der mir vielleicht helfen könnte. Er verlangte Geld dafür und ich war so dumm, ihm zu glauben. Wir sind in irgendein Restaurant gegangen und dann bat er mich, auf ihn zu warten. Ich bestellte ein alkoholfreies Bier, erst eins, dann ein zweites, weil der Mann nicht wiederkam. Irgendjemand muss Drogen in mein Bier gegeben haben, denn ich kann mich nur noch daran erinnern, dass es mir absolut elend ging.«

»Warum sollte jemand etwas in dein Bier getan haben?«, fragte Víkingur.

»Der Amerikaner hat vielleicht den Barkeeper dazu gebracht, es zu tun.«

»Und zu welchem Zweck?«

»Damit ich ihn nicht suchen würde. Er hat Geld von

mir bekommen und ist dann untergetaucht. Er wird nicht gewollt haben, dass ich ihm nachkomme.«

»Du hast also gestern nichts anderes als alkoholfreies Bier getrunken«, sagte Víkingur und gab sich Mühe, die Ungläubigkeit in seiner Stimme zu unterdrücken.

»Das ist es ja, was ich nicht weiß«, sagte Þórhildur. »Ich kann mich nur daran erinnern, dass ich da gesessen und gewartet habe und auf einmal drehte sich alles vor meinen Augen und mir wurde übel. Ich erinnere mich sogar noch daran, wie das Bier hieß, Erdinger Weißbier. Aber darüber hinaus weiß ich nicht mehr viel. Kann gut sein, dass ich etwas getrunken habe, an das ich mich nicht mehr erinnere. Aber ich saß da, stocknüchtern, und plötzlich hatte ich einen Blackout.«

»Wie hieß dieser Amerikaner? Kannst du ihn beschreiben?«

»Das war eigentlich ein ganz normaler junger Mann.«

»Ein normaler junger Mann, den du auf dem Leidseplein getroffen hast und der angeboten hat, dir gegen Bezahlung isländische Junkies zu zeigen?«

»Ist das hier ein Verhör? Warum ist es auf einmal Sache der Polizei, mit wem ich rede?« Þórhildur neigte den Kopf leicht nach hinten, wie sie es gewöhnlich tat, wenn sie sich unfair behandelt vorkam.

»Wie kommst du darauf, dass ich dich verhöre? Ich versuche nur, zu verstehen, was passiert ist.«

»Nichts weiter ist passiert, als dass ich mich habe neppen lassen.«

»Zwar ist es auch ein Vergehen, Leute zu betrügen, aber wir sprachen gerade darüber, dass man dir Drogen eingeflößt hat. Das ist eine ernste Sache.«

»Ich habe nichts davon gesagt, dass man mir Drogen eingeflößt hat.«

»Wie?«

»Es kann doch genauso gut sein, dass man mir normales Bier gebracht hat anstelle des alkoholfreien, das ich bestellt hatte.«

»Glaubst du nicht, dass du den Unterschied gemerkt hättest?«

»Da bin ich mir nicht so sicher. Ich trinke ja gewöhnlich kein Bier – weder normales noch alkoholfreies.«

»Du hast gesagt, du weißt, wie dieses Bier hieß. Essdinger.«

»Erdinger. Der Amerikaner sagte, es wäre viel besser als dieses Clausthaler, das alle Alkoholiker trinken.«

»War er auch ein trockener Alkoholiker, dieser Amerikaner?«

»Hör mal«, sagte sie, »ist mit dir noch alles in Ordnung? Mir ist gestern etwas passiert und ich habe selbst noch nicht ganz verstanden, was. Und jetzt bedrängst du mich. Was ist hier eigentlich los? Habe ich vielleicht Gesetze gebrochen oder was?«

»Ich mache mir einfach Sorgen um dich«, sagte Víkingur. »Aber wir müssen jetzt nicht weiter darüber reden, wenn du nicht willst.«

»Nur damit du Bescheid weißt: Ich weiß sehr gut, dass ich über nichts reden muss, wenn ich nicht will. Ich dachte, wir sind hierhergekommen, um nach Magnús zu suchen, und das Einzige, was dir einfällt, ist, uns hier von der Polizei von einem Leichenschauhaus zum anderen eskortieren zu lassen. Was ich gemacht habe, war, dass ich rausgegangen bin und versucht habe, jemanden zu finden, der uns auf eine Spur bringen kann. Währenddessen warst du draußen und hast dich mit irgendeinem von deinen Polizeikumpels amüsiert. Herzlichen Dank für die Hilfe.«

Víkingur spürte, dass das Gespräch in eine Sackgasse geraten war. Seine Frau war mittlerweile aufgebracht. Er konnte sich nicht streiten. Hatte diese Fähigkeit in ihrer Ehe bisher nie gebraucht. Þórhildur war offensichtlich aus dem Gleichgewicht geraten. Am vernünftigsten wäre es, zu versuchen, sie zu beruhigen. Er wollte nicht der Sündenbock für ihren Kummer und ihr Unwohlsein werden.

»Ja, entschuldige, Liebling. Allerdings warst es du selbst, die nicht mitkommen wollte.«

»Ich bin hierhergekommen, um meinen Jungen zu finden – nicht, um in Restaurants zu sitzen.«

Jähzorn, Sarkasmus und Verbitterung hatte Víkingur von seiner Frau bislang nicht zu spüren bekommen. Sie stand in Abwehrhaltung da und schaute ihn feindselig an.

In Gedanken versuchte er zurückzuverfolgen, was er gesagt oder getan hatte, um diese übertriebene Reaktion zu provozieren. Er hatte gefragt, ob die Minibar sie in Versuchung geführt hätte. Die Reaktion auf diese Frage waren Zorn und Verleugnung gewesen.

Er spielte mit dem Gedanken, die Tür des Kühlschranks zu öffnen, Þórhildur auf die leeren Fächer hinzuweisen und sie zu bitten, das Gespräch noch einmal aufzunehmen. In aller Ruhe mit ihr zu reden. Ihr zu verstehen zu geben, dass er sie keineswegs hatte beschuldigen wollen. Dass er nur versuchte, zu verstehen, was mit ihr geschehen sei.

Keine gute Idee.

Wenn er ihr vor Augen führte, dass sie die gesamte Minibar geleert hatte, würde er ihr nur ihre Lügen reinreiben, und vielleicht war ja auch alles gegen ihren guten Willen geschehen.

Eine unausgesprochene Wahrheit richtet keinen Schaden an. Aber eine Lüge tut das.

Víkingur schwieg. Er wusste nicht, was er sagen sollte.

11

Glámur ähnelte seinem Namensvetter, der schwedischstämmigen Spukgestalt aus der Saga vom starken Grettir, in der Hinsicht, dass er am liebsten nachts unterwegs war. Er war von Natur aus ein Langschläfer, der gern bis in den Tag hinein döste und in einem tranceartigen Zustand an der Grenze zwischen zwei Welten ruhte, zwischen Schlaf und Wachsein. An diesem Morgen drang ein quälendes Hungergefühl wie eine falsche Note in das feine Zusammenspiel der wachen Sinne und des schlafenden Bewusstseins. Beim ersten Hungerpfeil war er hellwach und spürte die Impulse seiner Nerven, die ihm bestätigten, dass seine Verdauung wieder in Ordnung war.

Er war gesundheitlich empfindlich und vertrug Autofahrten schlecht. Ein einstündiger Kurztrip nach Þingvellir reichte, um seine Verdauung durcheinanderzubringen und Übelkeit, Appetitlosigkeit und sogar Verstopfung zu verursachen. Glámur fand die regelmäßigen Wochenendfahrten grauenhaft und verabscheute jene Tierspezies, die ein primitives Vergnügen daran hatten, sich in Autos herumzutreiben, namentlich Menschen und Hunde. Glámur selbst gehörte zur Spezies der Katzen.

Obwohl es schon spät am Morgen war, schliefen die Menschen im Sommerhäuschen noch fest; das Ehepaar Ásdís Ólafsdóttir und Hervar Guðmannsson, der Verleger, hatte bis spät in die Nacht eine DVD über einen blutrünstigen Kannibalen geschaut. Die beiden waren wie Glámur ganz versessen darauf, sich zu ihrem Vergnügen die Sinne mit Blut zu vernebeln. In ihrem Fall war Sehen der Sinn, der am leichtesten zu kitzeln war. Bei Glámur war es der Geruchssinn. Wahrscheinlich hatten sie den Geruch, der ihn um den Verstand brachte, als sie am Vorabend zum Sommerhäuschen gegangen waren, nicht wahrgenommen, denn sie schauten ja im Anschluss einen Film über einen Kannibalen, anstatt dem Blutgeruch nachzugehen. Das hätte Glámur getan, wenn er nicht nach der Fahrt von Sodbrennen und Übelkeit geplagt gewesen wäre.

Glámur stand auf, gähnte und reckte sich. Atmete dann tief ein und spürte, wie der Geruchssinn prompt ein oder zwei interessante Moleküle aus der Atmosphäre auffing, die er unverzüglich als Blut identifizierte. Die Unpässlichkeit von gestern Abend war wie weggeblasen. Glámur war kerngesund. Nichts konnte ihn aufhalten. Am besten gleich rauslaufen und die Sache untersuchen.

Der Kater Glámur war nicht nur von Natur aus blutrünstig, sondern auch ausgesprochen neugierig.

*****

Schon zwei Jahre bevor ein irrer Konditormeister und Brandstifter mir nichts, dir nichts den Verlag Altúnga anzündete, hatte Hervar Guðmannsson beschlossen, es sei an der Zeit, innezuhalten und sein Leben zu überdenken. Das Verlegen von Büchern hat ebenso wie andere Geschäftsfelder in Reykjavík den Effekt, dass je mehr man arbeitet, umso weniger Zeit bleibt, nachzudenken. Als Lösung dafür gedachte Hervar ein Sommerhäuschen in geeigneter Entfernung zur Hauptstadt zu kaufen, um dort gemeinsam mit seiner Ehefrau Ásdís und dem Kater Glámur, die er beide über alles auf dieser Welt liebte, seine Wochenenden und seine Freizeit damit zu verbringen, den Stand und die Zukunft des Menschengeschlechts im Allgemeinen und seinen Wohlstand und die Aussichten des Verlags Altúnga im Speziellen zu überdenken.

In der Feuersbrunst bei Altúnga waren dann in kurzer Zeit große Vorräte von unverkauften und größtenteils unverkäuflichen Büchern in Flammen aufgegangen, und sorgfältige Rechtsanwälte hatten Hervars Versicherung davon überzeugt, den Schaden zu ersetzen, sodass der Betrieb im letzten Jahr wirtschaftlich betrachtet ein ausgezeichnetes Ergebnis erzielen konnte. Hervar war als Kaufmann Realist und sich vollkommen bewusst, dass er nicht jedes Jahr mit einem solchen Glücksfall rechnen konnte. Wenngleich diejenigen, die sich für ein Leben ohne Bücher entschieden, langsam, aber stetig mehr wurden, war das Zeitalter von ›Fahrenheit 451‹ noch nicht eingetreten, und mit Geschick gelang es, immer mal wieder ein paar Wälzer zu drucken und zu verkaufen.

Hervar beschloss, einen Ruhepol für Geist und Körper außerhalb der Stadtgrenzen zu finden, an dem keine Gefahr der Belästigung durch geldgeile und krankhaft ehrgeizige Schriftsteller, nervenkranke Dichterinnen oder gealterte Querulanten bestand, und der vor allem bezahlbar war. Das einzige Ferienhausgebiet in Island, bei dem man ziemlich sicher sein kann, dass sich dort keine Schriftsteller aufhalten, ist in Þingvellir. Dort sind die Sommerhäuser weit teurer als andernorts und zum Großteil im Besitz alter vermögender Familien oder Neureicher, die keine anderen Bücher brauchen als ihre Sparbücher. Das passte Hervar gut. Ein Makler wies ihn auf ein neugebautes Ferienhaus im Gebiet von Grafningur am westlichen Ufer des Sees Þingvallavatn hin, das zu einem guten Preis erhältlich war, da der Bauherr seine Meinung geändert und eine Tausend-Hektar-Farm für sich und seine Familie gekauft hatte, weil die älteste Tochter mit ihrer Freundin zusammen einen Reitkurs gemacht hatte und jetzt pferdeverrückt war und sich ein Pferd zur Konfirmation wünschte.

Das Ferienhaus war ein einstöckiges Holzhaus auf einem Betonfundament und sechsundachtzig Quadratmeter groß, was Hervars Bedürfnissen genau entsprach. Er sorgte dafür, dass sich herumsprach, die Hütte sei zu klein, um darin Gäste zu empfangen, um Gerüchte zu zerstreuen, die neiderfüllte Autoren von Altúnga in die Welt gesetzt hatten, es handele sich bei der Hütte um eine vierhundert Quadratmeter umfassende Villa mit Schwimmbad im Haus, einer Sauna, Whirlpools und einem Heimkinosaal.

Auf einer kleinen Halbinsel, die in den See Þingvallavatn hineinragte und mit Heidekraut und Birkengestrüpp bewachsen war, standen drei Ferienhäuser. Zwei Neubauten, und zwar das Sommerhaus von Hervar und das eines jungen Finanzgenies, der zwei Grundstücke auf der Halbinsel zusammengelegt und dort eine Villa erbaut hatte, von der die boshaften Autoren, die Hervars Ruf beschädigen wollten, Fotos ins Internet stellten, um damit zu illustrieren, wie Verleger die armen Poeten ausbeuten. Das dritte Sommerhaus stand vorn auf dem schönsten Teil der Halbinsel, eine heruntergekommene Blockhütte, wahrscheinlich mehr als ein halbes Jahrhundert alt und jetzt im Besitz eines bekannten Maklers, der mehr Immobilien besaß, als man zählen konnte.

In Island stehen zigtausende Ferienhäuser, wobei die durchschnittliche Zahl der Übernachtungen pro Sommerhaus bei unter zwanzig im Jahr liegt, was darauf schließen lässt, dass die Anschaffung eines Ferienhauses mit etwas anderem zu tun hat als dem Verlangen, Ruhe und Frieden im Schoß der Natur zu genießen. Als Ásdís und Hervar spätabends in der Johannisnacht in Þingvellir ankamen, war der Porsche-Geländewagen des Finanzgenies nirgendwo zu sehen. Sie waren in diesem friedlichen Paradies am spiegelglatten See offensichtlich mit Glámur allein.

Wegen der erheblichen Belastung, die das Publizieren von Büchern für eine kleine Nation, die kaum Lust hat, mal in ein Buch zu schauen, bedeutet, litt Hervar an zahlreichen Gebrechen und Erkrankungen, wie Asthma, Burn-out, Schlaflosigkeit, Schlafapnoe, Fußpilz und Hämorrhoiden. Die Nächte verbrachte er damit, sich dieser Krankheitsflora entgegenzustemmen, und sein Schlaf war daher von Unterbrechungen durchzogen. Lange Stunden des Wachliegens und komatöser Schlaf mit dazugehörigem Schnarchen und Röcheln, Seufzen und Luftschnappen wechselten sich ab. Ásdís, die Hervar tagsüber mit mütterlicher Hingabe bediente, brauchte ihre Ruhe. Deswegen schliefen die beiden Ehegatten in getrennten Räumen, wenngleich die dünne Zwischenwand keinesfalls genügte, Ásdís vor dem Todestanz der unheimlichen Geräusche zu bewahren, die aus der Schlafstätte ihres Mannes drangen.

Glámur war ein geschickter Jäger und genoss es, sich

einen schönen Tag zu machen. Er hatte von Hervar gelernt, sich an Ásdís zu wenden, wenn ihm irgendetwas fehlte. Wenn er hungrig war, nachdem sie zu Bett gegangen war, miaute er und kratzte an der Tür zu ihrem Zimmer, bis sie dem Jammern nachgab. Wenngleich Glámur fordernd und anspruchsvoll war, so war er doch nicht undankbar. Um der Dame des Hauses die Aufmerksamkeit zu danken, die sie ihm vielfach entgegenbrachte, hatte er sich angewöhnt, ihr Geschenke auf die Bettdecke zu legen, meist frühmorgens; vor allem angefressene Mäuse, die er mit ihr teilen wollte, aber auch verschiedene Vogelarten. Wenn er etwas gefangen hatte, kehrte er damit ins Haus zurück. Dann ließ er seine Beute im Wohnzimmer frei, stupste sie mit der Pfote an und versuchte, sie wiederzubeleben, um so das Jagdfieber zu verlängern und möglichst viel Zeit damit zu verbringen, das Leben aus dem Opfer herauszuquetschen.

*****

An diesem Morgen erwachte Ásdís davon, dass Glámur offenbar im Begriff war, Wiederbelebungsmaßnahmen im Wohnzimmer vorzunehmen. Schon oft hatte sie davon zu träumen gewagt, diesen ruchlosen Mörder aus ihrem Leben zu verbannen. Am besten, er würde im nächtlichen Kampf mit einem Nerz oder Fuchs den Heldentod sterben. Allerdings gab es keine Hinweise dafür, dass die örtlichen Wildtiere mutig oder angriffslustig genug waren, um ihr den Kater vom Hals zu schaffen. Deswegen hatte sie auch in Betracht gezogen, ihn mitsamt einigen Steinbrocken in einen Sack zu stecken und im Þingvallavatn zu versenken. Aber jemandem den Tod zu wünschen und ihn tatsächlich um die Ecke zu bringen, dazwischen liegen Welten. Ásdís bekam regelmäßig Gewissensbisse, wenn sich Glámur auf ihrem Schoß zusammenrollte, ohne dass er einen Verdacht hatte, was sie für ihn empfand. Wegen dieser Gewissensbisse versuchte sie, seine Bettgeschenke mit Fassung anzunehmen, obwohl sie der blutrünstigen Bestie am liebsten den Hals umgedreht hätte, sobald sie davon erwachte, dass sie ihr eine angekaute Mäuseleiche aufs Kopfkissen legte.

Als an diesem Morgen Lärm aus dem Wohnzimmer zu Ásdís drang, beschloss sie, sofort einzuschreiten und Glámur einen Strich durch die Rechnung zu machen, zu versuchen, dem Opfer das Leben zu retten oder zumindest zu verhindern, dass er ein Stück blutiges Fleisch zu ihr ins Bett schleifte. Sie sah auf die Uhr auf dem Nachttisch und stellte fest, dass es auch Zeit war, den Frühstückstisch für Hervar zu decken, und ging ins Wohnzimmer.

Als Ásdís auftauchte, hatte Glámur schon jede Hoffnung aufgegeben, seinen Fang noch einmal beleben zu können. Er hatte genug Fleisch und Blut verschlungen, sodass er nicht mehr hungrig war. Dieses kleine, leblose Stück, das er in der Schnauze nach Hause getragen hatte, war streng genommen keine lebende Beute, sondern ein unerwarteter Fund, mit dem er eine Weile zu spielen gedachte, um dann sein Frauchen damit zu beglücken.

In alter Gewohnheit griff Ásdís nach der Ofenschaufel, die sie immer benutzte, um den Opfern von Glámur den Gnadenhieb zu gewähren und sie so von weiterer Marter zu erlösen.

Als sie den Hieb ausführte, bewunderte Glámur sie von Herzen dafür, mit welcher Erbarmungslosigkeit und Konzentration sie vorging, wenn auch in diesem Fall überflüssigerweise, weil die Beute leblos war.

Ásdís, die ihre Lesebrille nicht mitgenommen hatte, beugte sich jetzt vor, um zu begutachten, was Glámur in die Wohnung gezerrt hatte. Ein Vogel war es nicht, denn Glámur ging mit ihnen normalerweise so hart ins Gericht, dass das Gefieder von nur einer Schneeammer ausreichte, um so gut wie alles Mobiliar im Wohnzimmer zu bedecken. Eine Maus war es auch nicht, weil der Schwanz fehlte. Ásdís starrte auf den Fleischbrocken auf dem Boden, konnte aber nicht ausmachen, um was für eine Art Tier es sich handelte.

»Hervar«, rief sie. »Hervar, komm mal und schau, was das Katzenvieh diesmal nach Hause geschleppt hat.«

Hervar war schon vor einiger Zeit erwacht und hatte hin und her überlegt, ob Ásdís sich wohl dazu bewegen ließe, ihm das Frühstück ans Bett zu bringen, bevor er zur Toilette tappen musste. Bei ihren Rufen entschied er sich, aufzustehen, die Beute zu betrachten und sich den Geisteszustand von Ásdís zunutze zu machen, um hinaus auf die Veranda zu gehen und seine Blase dort zu erleichtern. Ásdís konnte diese Gewohnheit ihres Mannes nicht leiden, sodass er vorhatte, unter dem Vorwand, die nächtliche Beute des Katers wegzuwerfen, hinauszuhuschen.

Tief in seinem Innern war Hervar stolz auf die Jagdlust seines Freundes Glámur. Er strich seiner Frau über den Rücken und nahm ihr die Ofenschaufel aus der Hand, bevor er sich herunterbeugte, um die Beute zu begutachten. Ein Vogel war es nicht. Auch keine Maus. Sah am ehesten aus wie die Nachbildung eines Daumens. Bei näherer Inspektion sah Hervar, dass es keine Nachbildung war. Ein Daumen lag auf ihrem Wohnzimmerboden.

Glámur knurrte vor unterdrückter Erregung und schlug mit dem Schwanz.

»Das ist der Finger eines Menschen«, sagte Hervar und schauderte. »Das ist ekelhaft. Wir müssen das schnellstens in den Müll werfen.«

Ásdís sagte: »Wo hat der Kater das her und wo ist der Rest?«

*****

Glámur trug nicht viel zur Klärung der Frage bei. Er hatte das Essen geholt und es seinen Herrchen übergeben. Er war satt und zufrieden und wandte sich dem Putzen seines Gesichts zu, wie er es regelmäßig nach guten Mahlzeiten tat. Daraufhin gähnte er ausgiebig, sprang auf das Sofa im Wohnzimmer und begab sich zur Ruhe.

Ásdís lief ins Badezimmer. Hervar blieb stehen und starrte den Finger auf dem Boden an. Dann ging er in die Küche, holte einen Plastikbeutel, stülpte ihn um und hob den Finger auf. Dann verknotete er den Beutel.

Er hob die Tüte auf Augenhöhe und betrachtete den Inhalt durch das Plastik.

»Was willst du damit machen?«, fragte Ásdís.

»Ich weiß es nicht«, sagte Hervar. »Müssen wir nicht die Polizei rufen?«

»Ich weiß es nicht«, sagte Ásdís. »Ich weiß nur, dass ich es hier keine Minute länger aushalte.«

»Und wieso?«

»Ich bin total bedient. Diese eklige Katze schleppt ununterbrochen irgendwelche Lebewesen hier rein, um sie zu misshandeln und zu töten. Ich weiß nicht, wie viele Kadaver von Vögeln und Mäusen ich schon rausgetragen habe, aber jetzt ist es genug. Wenn dieses Scheusal anfängt, hier mit Überresten von toten Menschen reinzukommen, sage ich: Bis hierhin und nicht weiter.«

»Was meinst du mit ›Überreste von toten Menschen‹?«, fragte Hervar, der es nicht leiden konnte, wenn sein Glámur diskreditiert wurde.

»Schau dir doch mal an, was du in den Händen hältst, Mann.«

»Das ist doch nur ein Daumen. Menschen sterben doch nicht davon, einen Daumen zu verlieren.«

»Ach so? Glaubst du etwa, hier war jemand in der Gegend unterwegs, der seinen Daumen ›verloren‹ hat, ohne es zu bemerken?«

»Was weiß denn ich. Ich weiß ja noch nicht einmal, ob Glámur das hier in der Nähe gefunden hat.«

»Glaubst du etwa, dass die Scheißkatze sich das aus der Stadt mitgenommen hat? Als Proviant oder was?«

»Natürlich nicht.«

»Nein, wohl kaum.« Ásdís hatte rote Backen bekommen. Obwohl der Finger unheimlich war, hatte er ihr die langersehnte Gelegenheit geliefert, ihre Meinung darüber zu sagen, dass sie jedes Wochenende in einem verdammten Ferienhaus hockte, in Gesellschaft eines mordlustigen Katers und eines kerngesunden Ehemannes, der bedient zu werden verlangte, als läge er auf dem Sterbebett. »In Reykjavík läuft man höchstens Gefahr, auf dem Bürgersteig in Hundekot zu treten, aber hier in der beschissenen Provinz muss man wohl damit rechnen, dass tote Leute draußen herumliegen.«

»Þingvellir ist ein heiliger Ort und keine beschissene Provinz«, sagte Hervar.

»Das einzige ›Vellir‹, das wir von hier aus sehen, ist Nesjavellir, nicht Þingvellir«, sagte Ásdís. »Wir sind hier in Grafningur in nächster Nähe zu einem potthässlichen Moloch von Elektrizitätswerk.«

»Was soll denn das, Frau? Du tust gerade so, als wohnten wir in einer Art Slum«, sagte Hervar. Es nervte ihn immer wieder aufs Neue, wenn die exakte geografische Lage des Ferienhauses thematisiert wurde. »Soweit ich weiß, besitzt einer der reichsten Männer Islands das Ferienhaus hier neben uns. Ich weiß zwar nicht, was er verdient, aber ich weiß, dass sein letzter Arbeitgeber ihm eine ganze Milliarde dafür bezahlte, dass er aufhörte zu arbeiten.«

»Ach ja, gut, dass du das sagst. Willst du nicht rüberlaufen zu dem Banker und ihn bitten, seine Finger zu zählen, weil wir auf unserem Grundstück einen Finger zu viel haben?«, sagte Ásdís.

»Was soll denn dieser Unfug?«, fragte Hervar. »Wir haben uns doch gestern noch darüber unterhalten, dass wir niemanden in seinem Haus gesehen haben.«

»Dass wir kein Lebenszeichen im Ferienhaus gesehen haben«, sagte Ásdís. »Das ist ein Unterschied.«

»Du glaubst doch wohl nicht …?«

Ásdís zuckte mit den Schultern. »Was weiß denn ich? Sind diese Banker nicht alle in Geschäfte mit Russengold und der Mafia verwickelt?«

»Dieser nicht«, sagte Hervar.

»Woher willst du denn das wissen?«

»Ich weiß, was ich weiß«, antwortete Hervar.

»Ist das dein Ernst, dass du nicht verstehst, wovon ich rede?«, fragte Ásdís.

»Du meckerst schon wieder darüber, dass dieses feine Sommerhaus, das ich morgen zum doppelten Preis verkaufen könnte, nicht in Þingvellir ist«, sagte Hervar, der manchmal kurz davor war, sich der unerträglichen Aufrichtigkeit seiner Frau zu beugen.

»Hervar«, sagte Ásdís und sah ihn an. »Jetzt denk doch mal kurz nach. Wie kommt dieser Finger hierher?«

»Du hast gesagt, Glámur hat ihn hergebracht.«

»Hältst du es für wahrscheinlich, dass der Kater diesen Finger draußen in der Natur gefunden hat?«

»Was weiß denn ich?«, fragte Hervar, kurz davor, eingeschnappt zu sein, weil sein Freund beschuldigt wurde.

»Hältst du es nicht für wahrscheinlicher, dass er sich durch irgendeine Ritze ins Ferienhaus hier nebenan gestohlen und ihn da gefunden hat?«

»Nein, jetzt hör aber mal auf«, sagte Hervar, der Glámur auf keinen Fall des Einbruchs bezichtigt sehen wollte.

»Und dir kommt auch nicht in den Sinn, dass wir in Gefahr sein könnten, wenn im Nachbarhaus zerstückelte Leichen liegen?«, stieß Ásdís aus. »Der Kater hat den Finger ja wohl kaum abgebissen. Man muss ihm seinen Fisch ja schon fast ins Maul stopfen. Ich weiß nicht, was hier passiert ist, aber ich fahre jetzt in die Stadt. Ich möchte mich nicht in Stücke schneiden lassen.«

»Das ist verdammte Nervenschwäche, Mensch«, sagte Hervar. »Dass du dir aber auch so einen Unsinn einfallen lässt. Das kommt davon, wenn man so viel Fernsehen glotzt.«

»Du entscheidest, was du machst«, sagte Ásdís. »Ich bleibe nicht hier und es wird eine Weile dauern, bis ich wieder herkomme.«

»Beruhige dich«, sagte Hervar. »Was ist das für eine Hysterie? Du stellst dich an, als könne man vor lauter toten Menschen keinen Fuß mehr auf den Boden setzen.«

»Und was ist das?«, fragte Ásdís und zeigte auf den Plastikbeutel.

»Das ist nur ein Finger«, sagte Hervar. »Könnte aus einem Flugzeug gefallen sein. Immer fliegen irgendwelche Idioten hier über das Gelände.«

»Um Leichen über dem See abzuwerfen?«

»Wie zur Hölle soll ich das wissen? Ich bitte dich, hör auf, dich so anzustellen, und zieh dir etwas an die Füße. Es ist Zeit, dass wir uns mal bei unserem Nachbarn umsehen.«

»Das ist an und für sich völlig richtig«, sagte Ásdís und begann, ihre Schuhe zu suchen. »Er kann ja nicht besonders herrschaftlich wohnen, hat er sich doch nie dazu in der Lage gesehen, uns auch nur zu einer Tasse Kaffee einzuladen.«

*****

Obwohl es kaum hundert Meter Fußweg zum Sommerhaus des Bankers waren, nahm Hervar seinen Spazierstock mit.

Ásdís sagte nichts. Sie ging hinter ihrem Ehemann her. Schaute direkt geradeaus und vermied es, unterwegs in das Gebüsch zu sehen. Sie blieb stehen, als Hervar die Veranda, die um das Sommerhaus führte, betrat und wartete, während er an der Haustür rüttelte und durch das Fenster lugte.

»Hier ist kein Schwein«, sagte Hervar. »Und es ist ausgeschlossen, dass der Kater hier reingelaufen ist.«

»Woher weißt du das?«, fragte Ásdís, die sich über die Schnelligkeit, mit der ihr Ehemann zu diesem Urteil gelangt war, wunderte.

»Weil hier das ausgefeilteste Einbruchssicherungssystem installiert ist, das ich jemals gesehen habe«, sagte Hervar. »Wenn hier eine Scheibe zerbricht, geht alles los, und bei der geringsten Bewegung im Innenraum beginnt das System zu piepsen. Und dann sind hier überall Überwachungskameras. Schau mal da. Und da.«

Ásdís folgte dem Fingerzeig ihres Mannes bis zur Dachtraufe, ohne etwas zu entdecken, was einer Kamera ähnelte.

»Das ist nicht lustig«, sagte Hervar.

»Was denn?«

»Verstehst du nicht, dass uns gerade jemand beobachten kann? Das sind so vollkommene Geräte, dass der Besitzer uns jetzt auf seinem Computer oder seinem Mobiltelefon sehen kann. Was meinst du, wie das aussieht, wenn die Nachbarn in deine Fenster hineingaffen wie irgendwelche Perversen?«

»Das ist mir so was von egal«, sagte Ásdís. »Bist du sicher, dass nirgendwo ein Fenster offen steht?«

»Da bin ich mir absolut sicher«, antwortete Hervar. »Aber am besten gehen wir einmal rundherum, jetzt, wo wir uns sowieso schon zu Deppen gemacht haben.«

Er war schnell fertig. »Hier ist alles abgeschlossen«, sagte er und blieb auf der Veranda stehen.

»Dann komm«, sagte Ásdís. »Wir sehen mal nach dem alten Sommerhaus.«

»Da ist doch nie jemand«, sagte Hervar.

»Komm.«

»Augenblick«, sagte Hervar.

Mit einem besorgten Blick beobachtete Ásdís ihren Mann, der in die Luft schaute und mit den Händen gestikulierte, die Handflächen vorzeigte und sich verbeugte, als wäre er kurz davor, ein Gebet zu sprechen. Dann fuchtelte er mit den Händen und zeigte auf sich selbst und danach auf die Tür und die Fenster. Verneigte sich dann tief und winkte noch einmal, bevor er von der Veranda sprang.

»Was sollte denn das darstellen?«, fragte Ásdís.

»Ich habe nur versucht, diesen Kameras zu verstehen

zu geben, dass ich nachgeschaut habe, ob auch alle Fenster verschlossen sind und alles in Ordnung ist, damit der Mann nicht den Sicherheitsdienst oder die Polizei ruft.«

Das alte Sommerhaus auf der Halbinsel war seinerzeit wahrscheinlich von jemand Betuchtem erbaut worden, aber was damals groß war, wirkte jetzt klein. Im Norden des Hauses war ein dichtes Wäldchen, um das sich schon lange niemand mehr gekümmert hatte, und einige hochgewachsene Fichten schienen sich gegen die knorrigen kleinen Birken im Kampf ums Sonnenlicht durchgesetzt zu haben.

Auf der Rückseite, vom See abgewandt, waren drei Fenster mit hölzernen Läden. Als die beiden näher kamen, sahen sie, dass sich am Südgiebel zwei Fenster befanden, die nicht durch Läden geschützt waren. Hervar versuchte, hindurchzulinsen, aber hinter den schmutzigen Scheiben behinderten ausgeblichene Vorhänge die Sicht. Ásdís stand hinter ihm und prustete in die Luft.

»Die Vorhänge sind zugezogen«, sagte Hervar. »Das ist ja nichts Unnormales.«

»Bemerkst du den Geruch nicht?«, fragte Ásdís und verzog das Gesicht.

Hervar tat seiner Frau den Gefallen und stellte sich neben sie, um zu schnuppern. Er verstand jedoch nicht, was sie meinte, bevor er um die Ecke des Hauses ging und vorsichtig auf die morsche Veranda an der Vorderseite des Sommerhäuschens stieg.

Er schnappte nach Luft und kämpfte gegen die Übelkeit an, als ihm klar wurde, dass der Verwesungsgeruch, der seine Sinne vernebelte, wahrscheinlich nicht von verdorbenen Lebensmitteln stammte.

Es bestand kein Zweifel daran, dass der Geruch aus dem Haus kam. Vier kleine Scheiben, rot, grün, blau und gelb, waren in der Haustür. Die gelbe Scheibe war zerbrochen. Sich hineinzubeugen und das Schnappschloss durch das Loch von innen zu öffnen, war einfach.

Hervar zögerte ein wenig und klopfte dann vorsichtig mit der Spitze seines Spazierstocks an die Tür.

»Warum klopfst du?«, fragte Ásdís. »Kein lebendiger Mensch kann es bei diesem Gestank da drin aushalten.«

Hervar gab seiner Frau keine Antwort, beugte sich zu der zerbrochenen Scheibe herab und rief: »Hallo, hallo! Ist da jemand?«

Er versuchte, durch die Öffnung zu spähen, aber es war schwer, im abgedunkelten Häuschen etwas zu erkennen, wenn man an die klare Helligkeit draußen gewöhnt war.

Hervar steckte seine Hand hinein und tastete nach dem Schnappschloss. Öffnete dann die Tür und bedeutete seiner Frau, einzutreten.

»Bitte sehr«, sagte er. »Willst du dich nicht umsehen?«

»Lass uns zusammen gehen«, sagte Ásdís, nahm die Hand ihres Mannes und führte ihn hinter sich über die Schwelle ins Dämmerlicht des Häuschens.

Sie hielten inne, als sie den Raum betreten hatten. Hervar blieb jedoch nicht lange stehen, denn er riss sich von seiner Frau los und drehte um Richtung Veranda, wo er sich erbrach. Ásdís stand still, während sich ihre Augen an das Halbdunkel gewöhnten. Sie war nicht allein im Wohnzimmer. Ganz langsam wurden drei Männer sichtbar. Zwei von ihnen saßen wie Skulpturen einander gegenüber an einem großen Tisch, der dritte stand mittig am Tisch und lehnte sich an die Wand.

Die Neugier überwog die Angst, also ging Ásdís näher.

Dass Glámur das morgendliche Geschenk für sie hier besorgt hatte, war offenkundig, denn der Hand des einen Mannes, der am Tisch saß, fehlten beide Daumen. Diese Amputation war aber nicht das schrecklichste an dem Anblick, denn Ásdís sah, dass große Nägel durch die Hände und Arme beider Männer getrieben worden waren, um sie an der Tischplatte zu befestigen. Als sie herunterblickte, sah sie, dass auch ihre Füße an den Boden genagelt worden waren.

Der Mann, der an der Mitte des Tisches stand und den Kopf hängen ließ, lehnte sich nicht an die Wand, wie es ihr zunächst geschienen hatte – er war an die Vertäfelung genagelt worden.

Ásdís betrachtete dieses Bild wie in Trance. Ihre Atmung wurde schneller und schneller. Die Gesichter der Männer waren fürchterlich zugerichtet. Blutflecken waren auf dem Boden und an den Wänden. Sie wich einen Schritt zurück und trat auf etwas. Es war der andere Daumen. Ásdís empfand plötzlich ein starkes Schwindelgefühl, dann wurde es schwarz vor ihren Augen. Die furchterregenden Bilder verschwanden im Dunkeln und sie sank nieder.

Das Letzte, was ihr durch den Sinn schoss, war: Ich bin noch nie ohnmächtig geworden. Wahrscheinlich muss ich sterben.

12

Anderthalb Stunden später hatte die polizeiliche Untersuchung begonnen und ein Arzt, der in Abwesenheit der Gerichtsmedizinerin Þórhildur Magnúsdóttir gerufen worden war, bestätigte, dass die Männer, die sich im Sommerhaus befanden, verstorben waren. Es werden immer mehr Formalitäten, dachte Randver Andrésson, Leiter der Kripo Reykjavík. Hoffentlich kann ich in Rente gehen, bevor auch die letzten selbstverständlichen Dinge zu wichtigen Formsachen geworden sind.

Nachdem Randver sich im Sommerhaus umgesehen und Dagný Axelsdóttir mit der Aufsicht über den Tatort beauftragt hatte, ging er zum See hinunter, der an diesem schönen Tag im Sonnenschein glänzte. Er war schon so lange bei der Polizei, dass er bereits vor einem knappen Jahr hätte aufhören und in Frührente gehen können. Aber er hatte sich von Víkingur, seinem Vorgesetzten und Freund, dazu überreden lassen, noch mindestens drei Jahre weiterzumachen, um den vollen Rentenanspruch zu erwerben. Nicht unbedingt, weil ein paar Kronen mehr oder weniger in Zukunft so viel ausmachten, sondern weil der Beruf und die Arbeitskollegen eine so große Rolle in seinem Leben spielten.

Der berufliche Erfolg, der ihm zuteil geworden war, war weit größer, als er angestrebt hatte. Víkingur hatte ihn mit sich hochgehievt. Randver selbst wäre als normaler Streifenpolizist – oder sagen wir Oberwachtmeister –

genauso glücklich gewesen und wohl ein Leben lang in einer Uniform zu Fuß zwischen den Bürgern der Stadt unterwegs gewesen. Wütende Männer besänftigen, Streit in einem fremden Zuhause schlichten, all diese Alltagsaufgaben, die mit Besonnenheit und gutem Willen zu lösen waren, ohne dass man endlos Papiere ausfüllen musste, das empfand Randver als erstrebenswert. Den Menschen den Weg ebnen und den Frieden bewahren. Als er als junger Mann auf der Kreuzung von Miklabraut und Lönguhlíð gestanden und den Verkehr mit einer weißen Kelle in der Hand geregelt hatte, ahnte er nicht, dass zu seinem Beruf die Verpflichtung gehören würde, mit Tod, Bosheit, Erniedrigung, Hass und Umnachtung umzugehen, und er ständig an die Existenz des Bösen erinnert werden würde.

Randver schaute auf den See hinaus. Er erinnerte sich dunkel an einen Satz, dass die Schönheit allein herrsche. Selbst da, wo die Schönheit herrscht, kann man sich nicht vor dem Bösen verbergen.

Hinter sich hörte er Schritte, wandte sich um und erblickte Dagný, die auf dem Weg zu ihm war. Als sie in Rufweite gekommen war, rief sie:

»Was sollen wir den Journalisten sagen?«

»Welchen Journalisten?«

»Die bestimmt bald kommen, und wenn sie nicht kommen, dann rufen sie an.«

»Alles, was wir wissen, ist, dass sich drei Männerleichen im Sommerhaus befinden. Mehr wissen wir zurzeit nicht«, antwortete Randver. »Sag Marinó, er soll zur Straße gehen und den Journalisten diese Informationen geben, wenn sie kommen, und ihnen klarmachen, dass jeder, der unser Band übertritt, verhaftet wird.«

»Mach ich«, sagte Dagný und drehte sich um, um

zurückzugehen. »Im Haus sind sowieso schon genug Leute.«

Randver dachte, wie bedauerlich es war, dass Marinó nicht zum Pressesprecher der Polizei gemacht worden war. Er war in seinem Element, wenn es darum ging, Anordnungen und Verbote durchzusetzen und die Leute auf alles hinzuweisen, was sie nicht tun sollten oder durften.

Die ersten Male, die Randver Verstorbenen begegnet war, hatte er sich die Seele aus dem Leib gekotzt. Jetzt blieb er oberflächlich betrachtet cool, darunter aber schwebten Gefühle, die ins schwarze Loch des Unterbewusstseins zu verfrachten ihm immer schwerer fiel. Anfangs hatte er gedacht, eine seiner Aufgaben als Polizist sei es, mit anderen etwas von seinem inneren Gleichgewicht und seiner Sicherheit zu teilen. Diese Aufgabe schien ihm irgendwo auf dem Weg abhandengekommen zu sein und seine eigene Gemütsruhe schien ihn verlassen zu haben.

Irgendetwas mit diesem Beruf und mir stimmt nicht, dachte er und sah die Sonne sich auf der Wasseroberfläche spiegeln, wenn ich an einem so schönen Tag an einem so schönen Ort nicht glücklich sein kann. Diese Plackerei jeden Tag führt doch zu nichts. Von morgens bis abends bemüht man sich, das Licht weiterbrennen zu lassen, für Frieden zu sorgen und Ordnung in das Chaos zu bringen, und dennoch nimmt die Härte zu und die Sanftheit lässt nach, die Freude stirbt und die Sorge lebt auf, die Güte zerrinnt und die Bosheit wächst.

Randver schüttelte den Kopf, als wolle er diese Gedanken abschütteln. Es war weder der Ort noch die Zeit, um sich selbst und die Welt zu bedauern. Er zog sein Handy hervor, rief die gespeicherten Namen auf, drückte auf V und rief an.

*****

Víkingur hörte sofort, dass etwas Ungewöhnliches im Gange war. Normalerweise begann Randver alle Auslandsgespräche, indem er nach dem Wetter fragte. Diesmal fragte er sofort:

»Wann geht euer Flug nach Hause?«

»Morgen. Warum fragst du?«

»Keine Chance, dass ihr heute kommen könnt?«

»Ich glaube, es fliegt jeden Tag nur eine Maschine, und die von heute ist schon weg.«

»Und von Kopenhagen aus, oder London?«

Normalerweise mochte Víkingur die Telefongespräche mit Randver, der die Angewohnheit hatte, Umwege zu nehmen, bevor er zum eigentlichen Thema kam, aber diesmal hatte er keinen Sinn für die langwierige Art seines Freundes.

»Sag mal, was ist eigentlich los? Ist etwas passiert?«

»Natürlich passiert immer irgendetwas«, sagte Randver. »Sogar wenn die Sonne scheint.«

»Erzähl.«

»Ich befinde mich hier in Grafningur am Þingvallavatn. Wir sind vorhin gerufen worden. Hervar Guðmannsson, der Verleger von Altúnga, hat angerufen. Er war hier mit seiner Frau in ihrem Ferienhaus. Auf dieser Halbinsel stehen drei Ferienhäuser ganz nah beieinander. Hervar gehört das eine, irgendeinem Banker das andere und das dritte hat dieser Immobilienhändler da, dieser Lárus Herbertsson, genannt ...«

»Lalli im Leder.«

»Ja, er hat wohl damit angefangen, irgendwelche Ledermoden aus Asien zu importieren, und ist dann so wahnsinnig reich geworden.«

»Ich weiß. Da sind also drei Ferienhäuser.«

»Ja.«

»Und weiter?«

»Es war nur so, dass Hervar und seine Frau hier in ihrem Ferienhaus waren und niemand in den anderen, dachten sie, bis heute Morgen, als sie in das dritte Haus geschaut haben.«

»Warte mal – das dritte Haus?«

»Ja, dieses heruntergekommene, das Lalli im Leder gehört und was keiner benutzt.«

»Was haben sie gesehen?«

»Es war ein hässlicher Anblick. Die Frau ist total zusammengebrochen. Jetzt ist ein Arzt bei ihr.«

»Mein lieber Randver«, sagte Víkingur. »Ich befinde mich in Amsterdam und wollte heute eigentlich Urlaub machen. Dann rufst du an und fragst, ob ich schnurstracks nach Hause kommen kann. Ist es zu viel verlangt, wenn du mir ohne viel Umschweife sagst, was los ist?«

»Das ist ja das, was ich versuche«, antwortete Randver. »Als wir, also die Leute von der Kripo und von der Spurensicherung, vor Ort ankamen und in dieses alte Sommerhaus gingen, haben wir drin drei Leichen gefunden. Drei Männerleichen. Der eine Leichnam ist Elli aus dem Octopussy, dieser Pornoschuppenbesitzer, die anderen beiden sind einschlägig bekannte Geldeintreiber, das Goldköpfchen und der Bäcker, die im Vorstrafenregister Ævar Gísli – den Nachnamen weiß ich nicht – und Jóhann Baker heißen. Der Arzt, der unter uns gesagt nicht so aussieht, als würde er in Kürze den Nobelpreis bekommen, sagt, dass man den Todeszeitpunkt vor der

Obduktion nicht mal halbwegs genau bestimmen kann. Es sind sicher ein paar Tage vergangen, seit die Männer umgebracht worden sind. Die Leichen sind blauschwarz und aufgequollen und der Verwesungsgeruch ist so stark, wie ich es noch nie erlebt habe. Die arme Þórhildur, hier in diesen Horror zu kommen, aber wir können ihre Fähigkeiten gut gebrauchen. Es ist widerwärtig. Hier war die letzten Tage natürlich Sonnenschein und sengende Hitze …«

»Umgebracht?«

»Ja, daran bestehen keine Zweifel.«

»Wie?«

»Die genaue Todesursache bekommen wir wahrscheinlich erst nach der Autopsie, aber mir scheint ziemlich klar zu sein, dass sie zu Tode gemartert worden sind.«

»Und wie?«

»Ich weiß nicht, wie ich dieses Grauen beschreiben soll. Kreuzigung ohne Kreuz war das Erste, was mir einfiel. Elli und Goldköpfchen sitzen am Wohnzimmertisch und sind festgenagelt worden.«

»Wie das?«

»Mit Fünf- oder Sechszollnägeln, scheint mir. Also, man hat sie einander gegenüber am Tisch Platz nehmen lassen, und statt sie zu fesseln, hat der Mörder oder haben die Mörder sie einfach festgenagelt, Nägel durch die Hände und die Arme getrieben, durch die Kleidung, und ihre Füße sind sogar auf den Boden genagelt worden, ohne dass ihnen die Schuhe ausgezogen worden wären. Der Tisch steht ganz dicht an der Wand zur Küche und der Bäcker ist an die Wand genagelt worden, nicht gekreuzigt oder in so einer Stellung, mit ausgebreiteten Armen, sondern die Arme liegen am Körper an und sind fest an die Wand gepinnt. Da hat jemand ordentlich Hand angelegt, wenn man so sagen kann.«

»Waren die Männer noch am Leben, als das gemacht wurde?«

»Ja, es scheint kein Zweifel daran zu bestehen, dass sie quicklebendig waren.«

»Du sagtest, dass sie gefoltert worden seien. Meintest du zusätzlich dazu?«

»Und wie. Nase und Ohren wurden ihnen abgeschnitten und einige Zähne herausgeschlagen. Elli ist allerdings eindeutig am allerschlimmsten zugerichtet worden. Es sind ihm Finger abgeschnitten worden. Beide Augen wurden ihm herausgestochen. Man kann es kaum beschreiben.«

Randver stöhnte, hielt eine kurze Zeit inne und fuhr dann fort: »Ich kann dir sagen, Víkingur, ich bin schon lange bei der Polizei und dachte, ich hätte fast alles gesehen. Zumindest hätte ich nie geahnt, dass ich einmal etwas Derartiges zu sehen bekommen würde. So eine Grausamkeit. So einen Sadismus. Das ist nicht normal. Du musst nach Hause kommen und dich um den Fall kümmern.«

Víkingur hatte nichts dagegen, die Heimreise früher anzutreten als geplant. Der freie Tag mit Þórhildur, auf den er sich gefreut hatte, war ohnehin im Eimer.

»Hör zu«, sagte er. »Lass bitte jemanden herausfinden, ob wir nachher eine Verbindung nach Kopenhagen bekommen und von da aus mit der Abendmaschine nach Hause fliegen können. Dann könnte ich möglicherweise irgendwann zwischen eins und zwei heute Nacht zu euch stoßen.«

»Das klingt gut«, sagte Randver. »Ich rufe dich wieder an, sobald die Ticketfrage geklärt ist. Soll ich euch dann am Flughafen in Empfang nehmen, sodass ihr direkt hierherkommen könnt, ohne zuerst nach Hause zu müssen?«

»Nein, nein«, antwortete Víkingur. »Nicht nötig, uns abzuholen. Ich habe mein Auto am Flughafen stehen und muss zuerst Þórhildur nach Hause bringen, bevor ich zu euch runterfahre.«

»Warum kommt sie nicht mit?«

»Also, das ist so …« Víkingur missfiel es, die Unwahrheit zu sagen, aber die Situation war zu kompliziert, als dass er sich zugetraut hätte, sie seinem Freund am Telefon zu erklären. »Diese Suche nach Magnús hat sie ganz schön belastet.«

»Ja, natürlich«, sagte Randver.

»Sie ist einfach müde und erschöpft und nicht wiederzuerkennen. Sie muss sich ausruhen.«

»Selbstverständlich«, sagte Randver. »Ich bitte, sie ganz lieb zu grüßen. Wir wollen mal hoffen, dass ihr Vertreter hier eine Leiche von einem Lebendigen unterscheiden kann.«

»Belassen wir es erst mal dabei«, sagte Víkingur. »Wir bleiben in Kontakt.«

Er war darum herumgekommen, die Wahrheit zu sagen. Hatte nicht direkt gelogen, so gesehen.

Ach, natürlich hatte er seinen Freund und Arbeitskollegen angelogen. Für einen guten Zweck. Für seine Frau.

13

Die Maschine aus Kopenhagen landete um 22:36 Uhr auf dem Flughafen Keflavík.

Sie hatten während der Reise nicht viel miteinander gesprochen. Auf dem Flughafen in Kopenhagen hatte Þórhildur gesagt, sie wolle kurz in die Geschäfte schauen, und hatte Víkingur über einer Tasse schlechten Kaffees sitzen lassen.

Als sie wiederkam, nahm er eine deutliche Fahne an ihr wahr. Auch Tabakgeruch. Sie hatte wohl geraucht. Sie war nicht erkennbar betrunken. Dieses Versteckspiel ging ihm auf die Nerven.

»Þórhildur, Liebes, glaubst du wirklich, ich merke nicht, dass du getrunken hast? Warum können wir nicht darüber reden?«

»Seit wann habe ich keine Genehmigung zum Trinken?«

»Ich fürchte, du musst dich in Behandlung begeben.«

»Behandlung? Du weißt doch gar nicht, wovon du da redest. Ich weiß mehr über Alkoholismus als alle Selbsthilfegruppen in Island zusammen. Ich kann das alles auswendig. Ich muss mich nur ein bisschen herunterfahren. Das musst du verstehen.«

»Nur heute, meinst du?«

»Ja. Ich muss mich erholen. Morgen geht es mir wieder gut.«

»Kann ich mich darauf verlassen?«

»Ja, selbstverständlich.«

Zum ersten Mal in seinem Leben traute Víkingur seiner Frau nicht. Es war ein schmerzhaftes Gefühl.

Bei der Ankunft in Keflavík fühlte sich Víkingur wie auf heißen Kohlen. Er befürchtete, dass Randver doch jemanden geschickt haben könnte, um sie zu empfangen, oder dass er selbst gekommen sein könnte. Er war erleichtert zu sehen, dass Randver sich an die Anweisung gehalten hatte.

Þórhildur ging vor ihm Richtung Zoll und schob das Wägelchen mit ihrem Gepäck vor sich her.

Hoffentlich halten sie uns nicht auf. Nicht in unserem Gepäck herumwühlen, dachte Víkingur. Er wollte Þórhildur unverzüglich nach Hause bringen und dann so schnell wie möglich zum Tatort fahren.

Drei Zöllner hatten beim grünen Tor – keine zu verzollenden Waren – Dienst. Zwei Frauen, die Víkingur nicht kannte, und ein älterer Mann, mit dem er schon einmal gesprochen hatte, der Björn hieß, nein, Bjarni.

Eine der Frauen hielt Þórhildur an und bat sie, den Koffer in das Durchleuchtungsgerät zu schieben. Wahrscheinlich war es die Sonnenbrille, die Þórhildur um elf Uhr nachts auf der Nase trug, die die Aufmerksamkeit der Zöllnerin auf sich gelenkt hatte. Denkbar, dass sie bemerkt hatte, dass Þórhildur und Víkingur ein Paar waren, und deutlich machen wollte, dass auch die Frau des Polizeidirektors von Reykjavík nicht von der Zollkontrolle ausgenommen sei. Terje von der Kripo behauptete, dass Uniformen Frauen dahingehend beeinflussten, dass sie viel eher als Männer dazu neigten, die Macht, die ihnen die Uniform gab, auch zu demonstrieren.

»Da sind zwei Flaschen im Koffer«, sagte die Zöllnerin. »Was für Flaschen sind das?«

»Sollen wir den Koffer nicht einfach öffnen und schauen, was drin ist?«, fragte Þórhildur. »Du hast die Schlüssel, Víkingur.«

Þórhildur war die Einzige, die am grünen Tor angehalten worden war. Die Nachfolgenden schoben ihre Wägen einer nach dem anderen an ihnen vorbei in die Freiheit und schienen die Regel zu kennen, von der Terje sagte, dass es die Grundregel sei, um zu vermeiden, dass die Zöllner das Gepäck durchsuchten, nämlich den Blickkontakt mit den uniformierten Damen zu vermeiden. »Frauen in Uniform sind lebensgefährlich; sie sind viel gewissenhafter als die Männer und wollen mehr als sie finden und deswegen kontrollieren sie ständig. Die Männer empfinden das Durchsuchen als lästig, die Frauen aber sind neugierig und haben Spaß daran, nachzusehen, was die Leute dabeihaben.«

Der Koffer von Þórhildur lag jetzt auf dem Tisch und Víkingur grub in seinen Taschen nach dem Schlüssel, bis er ihn endlich fand.

Nachdem der Koffer geöffnet worden war, fand die Dame vom Zoll schnell die Flaschen und stellte sie neben dem Koffer auf den Tisch. »Was enthalten diese Flaschen?«, fragte sie.

»Das ist Essig, Balsamico-Essig«, sagte Víkingur. »Bekommt man in allen besseren Lebensmittelgeschäften und kostet im Ausland nicht einmal viel, obwohl er hierzulande so teuer ist.«

»Okay«, sagte die Zöllnerin und begann, im Koffer zu wühlen. »Hast du sonst noch etwas im Koffer?«

»Ist das hier nicht das grüne Tor?«, fragte Þórhildur. »Das ich genommen habe, weil ich nichts zu verzollen habe.«

Der Zöllner Bjarni sah, dass Víkingur einen Gesichtsausdruck wie eine Donnerwolke hatte, während die gewissenhafte Zöllnerin den Kofferinhalt inspizierte. Bjarni schlenderte zu ihnen und nickte Víkingur zu.

»Ich grüße dich.«

»Grüß dich, Bjarni. Eure Kontrollen sind ja wirklich sehr gewissenhaft.«

»Ja, die Mädels sind absolut pflichtbewusst. Sie machen hier Sommervertretung und machen ihre Sache sehr gut. Was ist eigentlich da unten in Grafningur los? Man hört, dass dort mindestens drei Leichen in einem Sommerhaus gefunden wurden.«

»Das ist ja genau das, weswegen wir uns mit der Heimreise so beeilt haben. Ich weiß noch wenig darüber, und man erwartet uns vor Ort. Þórhildur ist Gerichtsmedizinerin. Ihr braucht hoffentlich nicht lange, um uns durchzulassen. Ich glaube, ich kann euch versichern, dass wir keinerlei zu verzollende Waren dabeihaben. Die Zeit ist kostbar.«

Er nahm wahr, dass diese Bemerkungen die gewissenhafte Zöllnerin dahingehend beeinflusst hatten, dass sie nun jeden einzelnen Kleiderstapel aus Þórhildurs Koffer in die Hand nahm und nach einem doppelten Boden oder einem Geheimfach suchte. Diese Suche brachte keinen Erfolg, sodass sie den Koffer schloss, Víkingur ansah und sagte: »Dann bist du also der Nächste?«

»Es wird wohl genügen, den Koffer des Polizeidirektors zu durchleuchten«, sagte Bjarni, um die Dame darüber zu unterrichten, wer ihr Gegenüber sei, griff selbst nach dem Koffer und schob ihn zum Durchleuchtungsgerät. »Wir brauchen nicht alles zu öffnen, was diese schönen Geräte durchlaufen hat.«

»In meinem Koffer ist eine Flasche guter Genever«, sagte Víkingur. »Ein Geschenk für einen Freund von mir. Nur eine Flasche Alkohol. Wir haben nichts im Duty-free gekauft. Wir müssen uns zur Arbeit beeilen, und eine Flasche Genever ist noch weit innerhalb der Einfuhrgrenzen.«

»Genever«, sagte Bjarni. »Ja, da sehe ich die Flasche. Wer trinkt denn heutzutage noch Genever?«

»Randver, der mag den gern. Du kennst ihn, nicht wahr?«

»Und wie ich ihn kenne«, sagte Bjarni. »Ich habe Randver schon gekannt, als wir kleine Jungs waren, und seinen Bruder auch. Es gab damals in Reykjavík nicht gerade viele Zwillinge.«

»Okay«, sagte die Zöllnerin, ohne Víkingurs Koffer zu öffnen. »Dann ist nur noch das Handgepäck übrig. Darf ich kurz in deine Handtasche schauen?«, fragte sie Þórhildur.

»Ich mache das«, sagte Bjarni und griff vor seiner Kollegin nach der Handtasche, die Þórhildur hinhielt. »Wir müssen das schnell abschließen, liebe Habba, die beiden haben es eilig, es handelt sich um Polizisten auf dem Weg zu einem Einsatz.«

Bjarni inspizierte die Handtasche der Form halber, lugte nur gerade so hinein, reichte sie zurück und griff dann nach dem Rucksack von Víkingur, der sein Laptop enthielt, einige Unterlagen und ein paar Packungen Tabletten gegen seine Depression, die er morgens und abends nahm.

»Danke«, sagte Bjarni und reichte Víkingur den Rucksack zurück. »Willkommen zuhause. Ich hoffe, wir haben euch nicht allzu lange aufgehalten.«

»Kein Problem«, sagte Víkingur. »Ich freue mich immer, dich zu sehen, Bjarni. Ist denn ansonsten alles in Ordnung?«

»Doch, doch«, sagte Bjarni. »Es ist natürlich alles ganz anders als früher. Es sind so viele Menschen geworden, sowohl die Reisenden als auch diejenigen, die hier arbeiten. Man kennt kaum noch eine Seele hier.«

Als sie in der Empfangshalle ankamen, bat Víkingur Þórhildur, beim Gepäck zu warten, während er das Auto holen wollte.

»Mir ist noch nie das Gepäck durchsucht worden«, sagte Þórhildur. »Was ist hier eigentlich los?«

»Ich könnte mir vorstellen, dass die Zöllner die Anweisung haben, alle Reisenden anzuschauen, die nachts mit einer schwarzen Sonnenbrille unterwegs sind. Nachts in einem Gebäude mit einer Sonnenbrille herumzulaufen ist ein bisschen so, als trügest du eine Maske«, sagte Víkingur. »Ich bin gleich wieder mit dem Auto da. Ich rufe auch gleich Randver an, um ihm zu sagen, dass ich unterwegs bin.«

Víkingur holte sein Auto, einen BMW 330, der während seiner Abwesenheit von oben bis unten gewaschen und auf Hochglanz poliert worden war.

»Ich komme mit«, sagte Þórhildur.

»Nein, Liebling, ich bitte dich, tu das nicht. Es ist nicht unbedingt erforderlich, dich vor Ort zu haben. Der ganze Tatort ist von vorne bis hinten fotografiert, gefilmt und dokumentiert worden. Was jetzt noch fehlt, sind die Ergebnisse der Obduktion. Das Beste, was du tun kannst, ist die heutige Nacht zu Hause zu verbringen. Dich einmal in Ruhe ausschlafen und dann morgen in guter Form zur Obduktion erscheinen. In Topform. Meinst du, das könnte klappen? Es handelt sich um drei Leichen. Wir brauchen den Zeitpunkt des Todes und Informationen darüber, woran die Männer gestorben sind.«

»Ich fange dann morgen um elf mit der Arbeit an«, sagte Þórhildur.

»Ich schicke jemanden, der die Obduktion protokollieren wird und dich um 10:30 Uhr anruft, um den Zeitpunkt der Obduktion zu bestätigen. Es kann aber auch gut sein, dass ich schon zu Hause bin, und dann werde ich dich selbstverständlich wecken.«

Sie waren schnell in der Stadt, denn Víkingur fand es vertretbar, das Blaulicht aufs Autodach zu setzen.

Als sie sich vor dem Haus in der Mjóstræti verabschiedeten, nahm Þórhildur ihre Sonnenbrille ab und umarmte ihren Mann. »Entschuldige, ich weiß nicht, was mit mir geschehen ist. Es muss absolut schrecklich für dich gewesen sein. Jetzt bin ich wieder da. Irgendwie muss man da durch. Du weckst mich, wenn du heute Nacht oder morgen früh nach Hause kommst, bevor du wieder zur Arbeit gehst.«

Víkingur verabschiedete Þórhildur mit einem Kuss und hielt sie einen Augenblick in den Armen. Ihre Alkoholfahne war sehr schwach. Alle können einmal einen Rückfall haben. Es ist das Natürlichste auf der Welt, wenn ein Abhängiger ab und an wieder ein Sklave seiner Sucht wird. Das Wichtigste ist, die Krankheit nicht schlimmer werden zu lassen.

*****

Nachdem Víkingur die Kollegen vor Ort begrüßt und die schaurige Aufstellung der Toten in Augenschein genommen hatte, eilte er zum Auto zurück, öffnete das Handschuhfach und nahm eine kleine Dose mit Eukalyptus-Salbe heraus, die er sich in die Nasenlöcher strich, um schnell den Verwesungsgeruch loszuwerden.

Auf dem Weg zurück zum Sommerhaus begegnete er einem Mann in einem weißen Hemd, der trotz der nächtlichen Kälte ohne Jacke unterwegs war. Er hielt eine große Katze im Arm.

»Guten Abend«, sagte der Mann. »Oder sollte man vielleicht besser ›Gute Nacht‹ sagen?«

»Guten Abend. Wer bist du?«

»Wir sind uns schon einmal begegnet. Ich bin Hervar Guðmannsson, der Verleger, und besitze das Ferienhaus, das dort steht. Ich habe die Polizei gerufen. Das hier ist mein Glámur. Wenn er nicht dort hineingegangen wäre, um die Lage zu begutachten, wäre dieses Horrorszenario unentdeckt geblieben und von Tag zu Tag schlimmer geworden. Glámur ist nämlich ein Jagdkater und heute Morgen hat er meiner Frau einen Daumen gebracht.«

»Wo ist deine Frau jetzt? Sie heißt Ásdís, nicht wahr?«

»Sie ist am späten Nachmittag nach Reykjavík gefahren. Ihre Schwester, die hierherkam und sie abholte, wollte auch mal einen Blick in die Blockhütte werfen, aber da stand irgendeine Frau an der Tür, die ihr verbot, hineinzuschauen. Das finde ich ein bisschen unverschämt. Wenn ich die Polizei nicht heute Morgen angerufen hätte, wären diese Leichen in der nächsten Zeit überhaupt nicht gefunden worden.«

»Das Haus ist der Schauplatz eines Mordes«, sagte Víkingur. »Da müssen sehr strenge Regeln gelten, wer dort Zutritt erhält und wie man sich dort zu verhalten hat. Die Gefahr ist, dass Unbefugte Beweismaterial vernichten können.«

»Wir haben kein Beweismaterial vernichtet. Im Gegenteil war es dieser Prachtkerl hier, Glámur, der das erste Beweisstück fand.«

»Weißt du, wer die Männer da drin sind?«, fragte

Víkingur. »Kennst du sie oder einen von ihnen? Hast du sie früher schon einmal hier gesehen?«

»Ich habe natürlich Elli vom Octopussy erkannt, sobald ich ihn sah, obwohl ich ihn nie persönlich getroffen habe. Alle kannten ihn. Der Mann war doch so viel in den Medien. Über die anderen weiß ich nichts. Das muss die Ostblockmafia gewesen sein, die das gemacht hat.«

»Warum meinst du das?«

»Isländer machen so etwas nicht. Die Männer sind lebendig festgenagelt worden. Auch wenn irgendwelche Feministinnen und Truckerlesben den armen Elli nicht ausstehen konnten, weil er diesen Pornoschuppen in Kópavogur betrieb, traue ich ihnen kaum zu, so weit zu gehen.«

»Weißt du denn, wem das Sommerhaus gehört?«

»Das war irgendeine berühmte, an Gartenbau interessierte Familie, die es vor fünfzig oder sechzig Jahren gebaut oder aus Norwegen importiert hat, glaube ich. Aber die Familie hat sich hier nie aufgehalten, und ich habe gehört, dass die Hütte jetzt Lalli im Leder gehört. Der sammelt im ganzen Land Immobilien wie andere Leute Rubbellose kaufen.«

»Hast du ihn hier gesehen? Oder einen seiner Angehörigen?«

»Nein, nie. Ich glaube fast, der Immobilienmakler hat mir von ihm erzählt, als ich letztes Jahr unser Ferienhäuschen gekauft habe. Ich kann mir gut vorstellen, dass irgendwer von diesen Yuppies die Hütte für einen überhöhten Preis kauft, um sie abzureißen und eine Villa zu bauen. Das würde ich tun, wenn ich Spekulant wäre.«

»Von wem habt ihr euer Ferienhaus gekauft?«

»Das war ein Mann, der mit seiner Familie nach Luxemburg umzog und Geld lockermachen wollte. Mir hat das Häuschen gleich gefallen. Es ist modern, nicht groß. Das passt uns gut, denn dann wird man auch von den Leuten aus Reykjavík, die einen Wochenendtrip mit dem Auto machen und dann Kaffee schnorren oder sogar übernachten wollen, in Ruhe gelassen. Ich empfange Gäste in Reykjavík, aber hier will ich in Frieden gelassen werden. Wir kommen einfach hierher mit Glámur, der in meiner Firma der Manager und Berater dafür ist, welche Bücher erscheinen sollen.«

»Kann er lesen?«

»Nein, ich würde nicht sagen, dass er auf traditionelle Weise des Lesens mächtig ist. Aber er ist sensibel, sage ich dir. Ungewöhnlich sensibel. Und jetzt will Ásdís, dass ich ihn einschläfern lasse. Sie sagt, sie will nicht von Menschenfressern umgeben sein. Da drinnen im Sommerhaus sind irgendwelche Raubtiere gewesen und haben sich an den Leichen und den Blutlachen bedient. Mein Glámur macht so etwas nicht.«

»Wart ihr nur zu zweit, du und deine Frau?«

»Ja. Und Glámur.«

»Seid ihr gestern Abend angekommen?« Víkingur sah auf seine Uhr. »Oder besser gesagt vorgestern Abend?«

»Ja. Wir kamen eher spät und sahen keine Anzeichen, dass hier Menschen wären. Eigentlich haben wir noch nie bemerkt, dass jemand in diesem Sommerhaus gewesen ist. Der Banker ist manchmal mit seiner Familie in seiner Villa, und seine Frau auch manchmal allein mit den Kindern, wenn er auf Geschäftsreise ist, vermute ich. Aber wir haben keinen Kontakt mit ihnen. Wir kommen hierher, um Ruhe vor dem Stress und Affentheater in Reykjavík zu haben.«

»Die Schuhe, die du trägst, sind das die Schuhe,

mit denen du heute Morgen ins Sommerhaus gegangen bist?«

Hervar blickte auf seine Schuhe herab. »Ja, diese Schuhe hatte ich heute Morgen an.«

»Wir müssen dich bitten, sie uns zu übergeben. Gleiches gilt für die Schuhe deiner Frau, wenn du dich erinnern kannst, welche sie trug, es sei denn, sie ist in ihnen in die Stadt gefahren.«

»Ja, das verstehe ich«, sagte Hervar kooperativ. »Ich bin mir fast hundertprozentig sicher, dass Ásdís ihre Hausschuhe anhatte. Ich werde sie raussuchen und bei euch abliefern. Es hat sogar schon irgendeine Frau, Dagný, heute unsere Namen und Telefonnummern notiert.«

»Ja, das ist richtig.«

»Wir werden hoffentlich nicht verdächtigt, an dieser Sache beteiligt zu sein?«, fragte Hervar und lächelte sein freundlichstes Lächeln.

»Nein, wohl kaum«, antwortete Víkingur. »Außer es tauchen irgendwelche speziellen Verbindungen auf.«

»Wenn drei Schriftsteller da drin gekreuzigt worden wären, wäre ich der Hauptverdächtige«, sagte Hervar.

»Weil du Verleger bist?«, fragte Víkingur. »Sag mir bitte, weshalb du das Wort ›gekreuzigt‹ gewählt hast.«

»Ich weiß nicht. Die da drin sind nicht an Kreuze genagelt worden, aber sie sind ›befestigt‹ oder ›festgenagelt‹ worden. Das erinnert an eine religiöse Zeremonie. Vielleicht ist es doch nicht die Ostblockmafia, die da am Werk war, sondern irgendeine Sekte. Eine Kreuzigung ist ja eine Methode zu töten.«

Randver stand in der Tür. »Ich glaube, das Gelände ist abgekämmt worden und die Leichen können jetzt ohne Weiteres in den Transporter gebracht werden. Wir sind mit dem Zusammenräumen schon fast fertig und sollten in etwa einer halben Stunde aufbrechen können. Hier werden zwei Leute in der Nacht Wache halten, weil die Spurensicherung morgen wiederkommt.«

»Dann nichts wie los«, sagte Víkingur. »Morgen wird ein langer Tag.«

»Ja, Amsterdam, übrigens«, sagte Randver. »Ich bin noch nicht dazu gekommen, zu fragen, was bei der Hollandreise herausgekommen ist.«

»Ich weiß nicht, was ich sagen soll«, antwortete Víkingur. »Das hat sich alles so ergeben, wie wir es eigentlich erwartet haben. Ich fand es nie besonders wahrscheinlich, dass dieser Leichnam, auf den uns die holländische Polizei hinwies, Þórhildurs Sohn Magnús sei. Wir haben ihn uns natürlich angeschaut. Es war nicht Magnús. Trotzdem denkbar, dass die Leiche auf irgendeine Art und Weise mit Island verbunden ist, denn sie trug irgendeine Art Rune oder Zeichen. Das alles hat Þórhildur ganz schön mitgenommen, aber ich hoffe, dass sie morgen wieder zur Arbeit erscheint und dann die Obduktionen übernimmt. So ab elf Uhr, sagte sie.«

»Es ist gut, wenn sie das macht«, sagte Randver.

»Entschuldige, Víkingur«, sagte Terje und hielt die Haustür des Sommerhauses auf. »Dieses Runenzeichen in Amsterdam, ähnelte das diesem Gekritzel?«

Die Tür des Sommerhauses hatte den ganzen Tag sperrangelweit offen gestanden und niemand hatte der Tatsache Beachtung geschenkt, dass auf ihre Innenseite mit einem Messer oder einem Schneidwerkzeug diese Zeichen geritzt worden waren:

Sie waren offenkundig in Eile und mit beschränkter Kunstfertigkeit gemacht worden.

»Die Runen erinnern an das Gekritzel, das ich in Holland sah«, sagte Víkingur. »Aber so eine Zeichnung habe ich noch nicht gesehen. Sie scheint irgendeinen Vogel darzustellen.«

»Schade, dass Theódór jetzt nicht hier bei uns ist«, sagte Guðrún Sólveig von der kriminaltechnischen Abteilung. »Er würde diese Zeichen sofort erkennen. Sonnenklar, dass das Runenzeichen sind.«

»Wir rufen ihn und lassen ihn sie begutachten«, sagte Víkingur.

»Wir nehmen diese Tür morgen mit in die Stadt«, sagte Dagný. »Und kriegen Theódór dazu, vorbeizukommen und sich das anzuschauen.«

»Es ist Zeit, dass wir nach Hause kommen, denn der Schlaf wird knapp bemessen sein«, sagte Randver. »Wir haben eigentlich um acht Uhr eine Besprechung. Wohl am besten, sie auf neun Uhr zu verschieben. Haben das alle gehört? Also, sagt es bitte weiter: Die morgendliche Besprechung wird auf neun Uhr verschoben! Und dann müssen wir auch bald die Angehörigen finden, um die Leichen zu identifizieren.«

Terje grinste. »Genügend Leute werden Elli vom Octopussy identifizieren können. Lässt nicht der halbe Gemeindevorstand von Kópavogur bei ihm anschreiben? Andererseits könnte es länger dauern, bis wir jemanden finden, der die Geldeintreiber, Goldköpfchen und Bäcker, kennen will.«

Im Inneren des Sommerhauses waren Sanitäter damit beschäftigt, die Nägel aus den Händen und Füßen der Leichname zu lösen, um sie auf Tragbahren zu legen. Sveinn, der in Abwesenheit von Þórhildur als Sachverständiger fungierte, leitete die Aktion und wollte verhindern, dass sie weitere Prellungen bekamen. Als man Elli von Tisch und Boden gelöst hatte, ordnete Sveinn an, ihn bäuchlings auf die Bahre zu legen. Sein Hosenboden war aufgeschnitten worden. Der Rechtsmediziner leuchtete mit einer Taschenlampe in den Schnitt hinein.

»Was ist denn das bitte?«, sagte er, als er sich wieder aufrichtete.

»Was denn?«

»Das, was wir nicht gesehen haben, als die Leiche auf dem Stuhl saß. Jemand hat einen Stock oder besser gesagt einen Stab in den Mastdarm des Mannes getrieben. Der Mann ist aufgespießt worden. Oder gepfählt oder wie man das nennt.«

»Ich habe nur einmal in meinem Leben eine Leiche gesehen, die so zugerichtet war«, sagte Víkingur. »Das war gestern. In Holland.«

»Was? Ich dachte, Dracula wäre der Letzte gewesen, der seine Feinde gepfählt hat«, meinte Terje. »Vielleicht ist er jetzt nach Island gekommen.«

»Was ist das für ein Blödsinn?«, sagte Randver.

»Das ist kein Blödsinn«, antwortete Terje. »Die Realität ist den Kinofilmen immer voraus. Graf Dracula hatte die Angewohnheit, seine Feinde zu quälen, indem er einen Stock oder Stab von hinten in sie stach, und dann ergötzte er sich daran, wie sie sich wanden.«

»Dieser Adlige, Vlad Tepes, ist schon seit vielen hundert Jahren tot«, sagte Víkingur. »Gestern habe ich einen Toten ohne Arme und Beine in Holland gesehen, der so zugerichtet worden ist. Und darüber hinaus: Der Leichnam, den Þórhildur und ich betrachtet haben, war mit einer Art Runenschnitzerei verziert, nicht unähnlich der, die hier auf der Haustür ist.«

»Ich wäre schwer enttäuscht, wenn der alte Theódór diese Runen nicht schnell enträtselt«, sagte Randver. »Ich wette, das ist so eine Neonazischeiße und bringt uns auch nicht wirklich weiter.«

»Wir machen hier heute Nacht nichts mehr«, sagte Víkingur. »Die Spurensicherung kommt morgen nach der Besprechung hierher, um ihre Untersuchungen abzuschließen. Dagný, der ganze Ablauf und die Protokollierung sind vorbildlich. Ich danke dir dafür. Es ist ein harter Tag gewesen und ich stimme mit Randver überein, dass wir die Besprechung morgen früh um neun Uhr halten sollten. Wir sehen uns dann. Danke so weit für heute.«

*****

Þórhildur schlief, als Víkingur nach Hause kam. Er war erleichtert, dass er nicht mit ihr darüber sprechen musste, wie sich die Dinge in Amsterdam entwickelt hatten.

Er ging ins Badezimmer, um sich die Zähne zu putzen. Die Handtasche von Þórhildur stand dort. Víkingur verschloss die Tür und drehte den Wasserhahn der Badewanne auf. Dann griff er nach der Handtasche.

In der Tasche klimperte es, als er sie vom Regalbrett neben dem Waschbecken nahm. Auf ihrem Boden lagen zwei Fläschchen Gin, wahrscheinlich aus der Minibar des Hotels.

Ferner eine Pappschachtel mit der Aufschrift »Aspirin«. Er öffnete die Schachtel und sah, dass die Tabletten kleiner als Aspirin-Tabletten waren. Auf der Rückseite des Durchdrückstreifens stand Apozepam. Ein anderer Name für Diazepam oder Valium, Beruhigungsmittel.

Außerdem fand er auch zwei Tablettenröhrchen aus

Plastik. Auf dem einen stand Ritalin, das bekanntlich Amphetamin für Kinder enthält.

Die Handtasche hatte eine Innentasche mit Reißverschluss. Víkingur zog den Reißverschluss auf. In der Innentasche waren Lippenstift, Wimperntusche und ein Spiegelchen, Münzen und ein Paket Papiertaschentücher. Außerdem ein kleiner papierener Umschlag, die klassische Verpackung für illegale Stoffe.

Víkingur öffnete den Umschlag und erkannte das weiße Pulver. Er schnupperte daran, konnte aber nichts riechen, feuchtete seine Fingerspitze an, stippte den Finger in das Pulver und testete dann mit der Zunge. Er hatte keinen sensiblen Geschmackssinn, aber die Taubheit an seiner Zungenspitze sagte alles. Amphetamin oder Methamphetamin.

Unterhalb des Futters der Handtasche waren zwei weitere Umschläge derselben Art.

Die Gerichtsmedizinerin, in Begleitung ihres Ehemannes, Polizeidirektor von Reykjavík, hatte Drogen durch den Zoll geschmuggelt. Die Konsequenzen waren simpel: fristlose Kündigung. Sowohl für sie als auch für ihn.

Víkingur stöhnte. Offensichtlich hatte Þórhildurs Drogenkonsum nicht gerade erst begonnen, sondern musste schon eine lange Vorgeschichte haben.

Die Umschläge zerriss er und warf sie mitsamt ihrem Inhalt in die Toilette.

Er drehte den Wasserhahn an der Badewanne ab. Er hatte gar nicht baden wollen. Der einzige Zweck war es gewesen, mit dem Plätschern zu vertuschen, dass er in ihrer Tasche herumkramte.

14

Innerhalb von vierundzwanzig Stunden hatte sich alles verändert. Die Frau, die er liebte und der er vertraute, sein bester Freund auf der ganzen Welt, war sein Gegner geworden. Verlogen, hinterlistig, unberechenbar.

Nein, Þórhildur war nichts von all dem. Im Moment war sie anders als sonst. Sie war krank und es war seine Aufgabe, ihr zu helfen.

Aber sie gestand sich nicht ein, krank zu sein, und noch weniger, dass sie Hilfe benötigte.

Wenn er ihr verbot, zur Arbeit zu gehen, und einen Drogentest von ihr verlangte, war das gleichbedeutend mit einem Rauswurf aus dem Job, falls der Drogentest ein positives Ergebnis brachte.

Seine Aufgabe war nicht, sie zu zerbrechen, sondern sie zu schützen und zu stützen.

Dennoch gehörte es zu seinem Beruf, darauf zu achten, dass alle seine Untergebenen den Gesetzen entsprechend arbeiteten. Die Dienstpflichtverletzung eines Untergebenen im Job zu decken, war schlecht. Den Gesetzesbruch seiner Ehefrau zu decken war unverzeihlich.

Er versuchte, klar zu denken.

Þórhildur war eine passive Abhängige. Sobald sie begann, Drogen zu nehmen, wurde sie zu einer aktiven Abhängigen, die nach mehr Drogen verlangte. Ein Drogensüchtiger mit Drogen ist ein Kranker mit einer Krankheit, die ihn dazu bewegt, Gesetze zu brechen, und wer einem solchen Kranken hilft, macht sich des gleichen Vergehens schuldig.

Seiner Ehefrau nicht zu helfen, wenn sie krank ist und nicht weiß, was sie tut, ist falsch und gemein.

Er betätigte die Toilettenspülung, sodass das Pulver und die Pillen verschwanden. Mit einem Handgriff hatte er Beweismaterial vernichtet, das seine Frau und ihn die Anstellung hätte kosten können.

Korruption?

In der Not bricht man Gesetze ...

*****

Morgens erwachte Þórhildur noch vor Víkingur, stand vorsichtig auf, um ihren Ehemann nicht zu wecken, und begab sich ins Bad. Sie sah sofort, dass ihre Medikamente aus der Handtasche entfernt worden waren. Was hatte sie sich nur dabei gedacht, die Tasche einfach herumliegen zu lassen?

Sie ging wieder in den Flur, lauschte an der Tür des Schlafzimmers und versicherte sich, dass ihr Mann im Tiefschlaf lag. Zog eine Schublade in der Küche heraus, die Mehl, Zucker und verschiedene Backzutaten enthielt. Tastete an ihrer Unterseite nach etwas und riss ein Plastiktütchen ab, das mit Klebeband am Boden der Schublade befestigt war. Sie ging wieder ins Bad und schloss hinter sich ab.

Þórhildur schüttete den Inhalt des Tütchens in ihre offene Hand. Nahm sich vier Ritalin-Tabletten. Steckte sie in den Mund und spülte mit einem Schluck Wasser aus dem Kran nach.

Dann nahm sie eine Dusche.

Víkingur war aufgewacht, als Þórhildur in der Schlafzimmertür erschien. Sie hielt eine Kaffeetasse und einen kleinen Teller, auf dem zwei Toastscheiben lagen, in der Hand.

»Das ist eine offizielle Entschuldigung«, sagte sie. »Kaffee und Frühstück im Bett. Nur schade, dass wir nichts anderes dahaben als Marmelade. Kein Käse. Der Kühlschrank ist völlig leer. Einer von uns muss heute zum Bónus gehen.«

»Wie geht es dir?«, fragte Víkingur.

»Ich weiß es eigentlich nicht«, sagte Þórhildur. »Mir geht es wahrscheinlich besser, als ich verdient habe.«

»Hör mal«, sagte Víkingur. »Wir müssen miteinander reden. Ich habe mir gestern Nacht, als ich nach Hause kam, deine Handtasche angeschaut.«

»Das habe ich gesehen«, sagte sie. »Ich stand neben mir.«

»Offensichtlich«, sagte Víkingur. »Du weißt doch, was es bedeutet hätte, wenn du beim Zoll mit Drogen im Gepäck erwischt worden wärst? Für uns beide?«

»Ja, ich weiß. Es ist nicht zu entschuldigen.« Þórhildur ergriff seine Hand. Sie war den Tränen nahe. »Ich verstehe nicht, was mit mir los war. Ich habe einfach plötzlich alles aufgegeben. Konnte nicht mehr.«

»Wann?«

»In Amsterdam. Gestern, nein, vorgestern. Es war, als würde die Welt über mir zusammenbrechen.«

Víkingur schaute sie an. Im nächsten Moment würde sich zeigen, ob sie vorhatte, die Wahrheit zu sagen, oder ob sie das Täuschungsspielchen fortführen wollte.

»Hattest du denn vor dem Zeitpunkt vorgestern nicht daran gedacht, Drogen zu nehmen?«

»Nicht, um mich in einen Rausch zu versetzen«, sagte Þórhildur. »Ich weiß nicht, ob du das für Drogenkonsum hältst, wenn man Schmerzmittel nimmt, um einschlafen zu können, denn das habe ich ein paarmal gemacht.«

»Und sonst nichts?«

Þórhildur schaute ihrem Mann in die Augen. Die Freude war aus ihrem Gesicht gewichen. Sie nahm einen verletzten Ausdruck an. Traurig darüber, Misstrauen zu begegnen, wo sie doch gekommen war, um offenherzig über die Dinge zu sprechen.

»Du musst doch verstehen, warum ich frage. Es ist nicht so, als wäre nichts passiert. Erst dieser Vorfall in Amsterdam. Dann dieser erstaunliche Aussetzer deines Urteilsvermögens, dass du mit Drogen in der Handtasche nach Island heimkehrst.«

»Was soll ich sagen?«, fragte sie. »Ich habe bereits um Entschuldigung gebeten. Ich verstehe nicht, wie das passieren konnte. In meinem Leben sind halt einige Dinge vorgefallen, wegen dieser Sache mit Magnús, aber ich weiß, dass das keine Entschuldigung sein kann. Mir ist es so unendlich schlecht gegangen. Menschen nehmen Medikamente ein, damit es ihnen nicht so schlecht geht, und ich habe das genommen, was ich brauchte, um einschlafen und mich tagsüber zusammenreißen zu können. Natürlich habe ich in der letzten Zeit Tabletten genommen, aber ich habe keine Medikamente missbraucht. Nicht bis vorgestern. Da bin ich rückfällig geworden.«

»Ist das nicht ein Hinweis dafür, dass es unachtsam von dir ist, Beruhigungs- oder Aufputschmittel zu nehmen, selbst wenn du sie benötigen solltest?«

Þórhildur dachte nach: »Weißt du, ich glaube, ich wäre schon lange durchgedreht oder in der Psychiatrie gelandet, wenn ich nicht ein paar Tabletten gehabt hätte, um mir zu helfen, sodass ich es für ziemlich fragwürdig halte, den Medikamentenkonsum für diesen Vorfall verantwortlich zu machen. Wir waren einander so fern, wir haben nicht mehr miteinander geredet, alles wegen dieser Situation mit Magnús.«

»Ja, aber …«, sagte Víkingur.

»Lass mich bitte ausreden«, sagte sie. »Ich weiß, dass es meine Schuld war. Ich habe mich in mein Schneckenhaus zurückgezogen, wollte oder konnte dich nicht mit diesen Sorgen belasten.«

»Mein Schatz«, sagte er und umarmte sie. »Wir müssen miteinander reden können. Du musst mir sagen, was du denkst. Wir müssen zusammenhalten.«

»Das weiß ich«, sagte Þórhildur. »Manchmal wird man aber in sich selbst eingeschlossen wie ein Tier in einem Käfig. Ich muss mit dir sprechen können.«

»Wir sprechen doch gerade miteinander«, sagte er. »Du darfst dich nicht abkapseln. Wir schaffen das zusammen.«

Sie lächelte und Víkingur spürte die Eisnadeln in seiner Brust schmelzen. Seine Frau strahlte. Sie schien wieder sie selbst zu sein.

»Aber«, sagte er, »brauchst du denn keine Hilfe? Einen Entzug? Oder kann dir mit irgendeiner Beratung geholfen werden?«

»Du hilfst mir«, sagte sie. »Wir halten zusammen. Ich brauche niemand anderes als dich.«

»Ich habe einfach so wenig Ahnung von Abhängigkeit«, entgegnete er.

»Du hast Ahnung von mir«, sagte sie. »Ich werde auch einen Termin bei den Anonymen Alkoholikern machen, wenn ich Zeit dafür habe. Die haben viele gute Berater.«

»Das gefällt mir«, sagte Víkingur. »Zögere es nicht hinaus. Mach am besten noch heute einen Termin.«

»Heute nicht«, sagte Þórhildur. »Heute wird ganz

schön anstrengend. Mindestens drei Obduktionen erwarten mich. Zu dumm, dass ich gestern nicht mit dir gefahren bin, um den Tatort anzusehen. Aber das ist ja hoffentlich alles von vorne bis hinten abfotografiert worden. Kannst du mir die Tatort-Fotos schicken lassen, sobald du da bist?«

»Ja, natürlich. Außerdem war ja auch noch der da, der dich vertreten sollte, während du im Ausland warst. Wie heißt er noch?«

»Svenni, also Sveinn heißt er. Er ist ein fähiger Kerl, auch wenn er vielleicht ein bisschen wie ein Sonderling wirkt. Er ist nicht direkt mein Stellvertreter, sondern er macht bei mir eine Fortbildung in forensischer Medizin.«

»Auf jeden Fall hat er den Stock gesehen, der Elli vom Octopussy hinten reingeschoben worden ist. Kommt das Pfählen irgendwie in Mode in den gewalttätigen Kreisen?«

Þórhildur sah ihn überrascht an, also erklärte Víkingur ihr das Wichtigste, was sie bei der Untersuchung des Tatorts gestern herausgefunden hatten.

»Wir können nicht ausschließen, dass es sexuelle Motive gibt«, sagte Víkingur. »Viele bringen Elli vom Octopussy mit Prostitution und Sklavenhalterei in Verbindung.«

»Und der Sturmtrupp kriegerischer Feministinnen wollte ihm die Gelegenheit geben, auszuprobieren, wie das ist, sich einen Fremdkörper in den eigenen Körper stecken zu lassen«, sagte Þórhildur und schauderte.

»*Cherchez les femmes?*«, fragte Víkingur. »Wohl kaum. Verbrechen sind immer noch ein Gebiet, auf dem Männer die Regie führen und Frauen die Nebenrollen spielen. Genau wie in der Politik oder in der Geschäftswelt. Ohne dass ich etwas ausschließen kann, ist es doch am wahrscheinlichsten, dass das mit Streitigkeiten um Drogenhandel oder -schulden zusammenhängt.«

»Wo wir von Schulden sprechen, da gibt es noch etwas, was ich dir noch nicht gesagt habe«, sagte Þórhildur. »Ich habe einen kleinen Kredit aufgenommen, um eine Sache wieder hinzubiegen.«

Víkingur war bass erstaunt.

»Du musstest einen Kredit für die Drogen aufnehmen?«

»Nein, du verstehst mich falsch. Ich habe den Kredit für Magnús aufgenommen. Ihm waren irgendwelche Übeltäter auf den Fersen.«

»Ich kann es nicht fassen«, sagte Víkingur. »Warum hast du mir nichts davon gesagt? Geldeintreiber soll man nicht bezahlen, sondern sie anzeigen.«

»Hätte ich mich weigern sollen, meinem Sohn zu helfen, und ihm sagen, er solle sich an die Polizei wenden?«, fragte Þórhildur. »Ich habe nur getan, was jede andere Mutter auch tun würde. Sie hätten ihn umgebracht, wenn er nicht bezahlt hätte.«

»Wie viel Geld hast du ihm gegeben?«

»Ach, daran erinnere ich mich jetzt nicht. Können wir nicht später darüber sprechen? Manchmal ist es echt ganz schön schwierig, offen und ehrlich zu dir zu sein.«

Víkingur schwieg und schaute seine Frau an.

»Warum glotzt du mich so an?«, fragte Þórhildur.

»Ich bin einfach froh, dass du wieder da bist«, sagte Víkingur. »Froh, dass du wieder so bist, wie es deine Art ist. Du hast mir Angst gemacht. Es war, als wäre jemand anderes an deine Stelle getreten – eine unbekannte Person anstelle der Frau, die ich liebe.«

»Bist du dir sicher, dass du mich liebst?«, fragte Þórhildur. »Ich bin ein Mängelexemplar. Ich bin eine unheimlich labile Person.«

»Musst du mich das fragen?«

»Ja.«

»Ich kenne niemanden, der frei ist von Schwäche, und das Mängelexemplar ist mir nie zuvor begegnet, bis jetzt plötzlich in Amsterdam. Und es ähnelt dir nicht im Geringsten. Die Frau, die ich kenne, ist ehrlich und sagt immer die Wahrheit. Wahrheit ist für mich Liebe.«

»Wie tugendhaft du bist. Du erwähnst weder schöne Augen, eine schlanke Taille, straffe Brüste noch Kaffee, der ans Bett gebracht wird.«

»Also dieser Kaffee ist nichts Besonderes«, sagte Víkingur. »Aber ich meine das mit der Wahrheit ernst. Wenn die Wahrheit verloren geht, dann ersetzt auch kein Kaffee, den man ans Bett bekommt, die Liebe. Entweder sagen wir uns immer die Wahrheit oder nicht. Das ist Liebe. Wenn du den Rausch brauchst, dann sag mir das. Ich kann mit allem umgehen außer Unwahrheiten. Sei einfach immer ehrlich zu mir. Das ist Liebe.«

»Das mache ich«, flüsterte Þórhildur.

»Kann ich darauf vertrauen?«

»Ja, immer«, sagte sie. »Ich liebe dich, alter Kerl. Sind wir jetzt wieder die besten Freunde auf der ganzen Welt?«

»Ja, und auch darüber hinaus«, sagte Víkingur.

Þórhildur lächelte ihn an.

In ihrer Tasche umklammerte sie ein Tütchen mit vierzehn weißen Tabletten.

15

Dagný Axelsdóttir und Terje Joensen waren Arbeitskollegen. Ihre Zusammenarbeit verlief reibungslos, aber beide wollten die Zusammenarbeit so gering wie möglich halten.

Dagný war der Auffassung, dass Terje die notwendige Ernsthaftigkeit fehlte, um seinen Beruf einwandfrei zu erledigen.

Terje war der Meinung, dass Dagný der Humor fehlte und damit eine notwendige Fähigkeit, um die Realität im richtigen Licht zu sehen.

Bei der Besprechung, die Randver geleitet hatte, war ihnen die Aufgabe zugewiesen geworden, die nächsten Angehörigen der Männer im Sommerhaus ausfindig zu machen, sie über die Todesfälle zu unterrichten und sie dazu zu bekommen, die Leichen zu identifizieren.

Sie saßen im Auto und schauten auf den Platz Austurvöllur. Mitten auf der Grasfläche befand sich eine korpulente Person, die eine Art elektrischen Staubsauger vor sich herschob und außerdem einen Greifstock in der Hand hielt, um damit Papiermüll aufzusammeln und in ein Fach am Staubsauger zu stecken. Die Arbeit ging im Schneckentempo voran. Es wäre einfacher gewesen, sich herunterzubeugen, um den Müll aufzuklauben. Aber sicherlich schwerer. Mehr Arbeit.

»Das ist die Schwester«, sagte Dagný. »Das muss sie sein.«

»Sieht aus wie ein Kerl«, sagte Terje. »Mann, was für ein Fleischberg.«

Sie stiegen aus dem Auto aus und gingen in Richtung der Frau mit dem Staubsauger und dem Greifer.

»Guten Tag«, sagte Terje. »Bist du Norma Baker?«

Die Angesprochene nahm ihre Ohrenschützer ab und schaltete ihre Maschine in den Leerlauf.

»Was will denn die Polizei von mir?«, fragte Norma, nachdem sie ihre Ausweise betrachtet hatte. Sie schaute sich betreten um, wie jemand, der sich schämt, in solch zweifelhafter Gesellschaft gesehen zu werden.

»Du hast einen Bruder, der Jóhann Breki Baker heißt«, sagte Dagný. »Manchmal ›der Bäcker‹ genannt.«

»Ja, das ist richtig«, sagte Norma. »Aber er hat sein ganzes Leben lang nichts anderes gebacken bekommen als Unannehmlichkeiten.«

»Jetzt bäckt er jedenfalls nichts mehr«, sagte Dagný. »Wir sind gekommen, um dir mitzuteilen, dass dein Bruder Jóhann Breki verstorben ist.«

Die erste Reaktion der Frau ließ nicht darauf schließen, dass sie der Verlust des Bruders schwer traf. Sie schaute abwechselnd Dagný und Terje an und kniff die Augen zusammen, als erwartete sie, dass sie die Masken abnähmen und ihr sagten, dass es sich um einen verspäteten Aprilscherz handele.

»Warum teilt mir das die Polizei mit?«, fragte Norma. »Wenn er verstorben ist, dann ist das seine Privatangelegenheit. Ich habe jedenfalls nicht vor, seine Beerdigung zu bezahlen, und auch nicht die Schulden.«

»Wir müssen dich bitten, mitzukommen und die Leiche zu identifizieren«, erklärte Dagný.

»Leiche identifizieren? Hast du mir nicht gerade gesagt, Jói ist tot?«

»Doch.«

»Und dann bittest du mich, das, was du sagst, zu bestätigen?«

»Ja.«

»Was sind das denn für Arbeitsmethoden, hier in der Stadt mit solchen Mitteilungen herumzulaufen und dann zu verlangen, dass die Leute bestätigen, dass es stimmt?«

Norma blickte sie aus heimtückischen Schweinsäuglein an und machte einen Versuch, sich mit dem Werkzeug, mit dem sie das Papier aufsammelte, den Rücken zu kratzen. Ohne Erfolg. Das Gerät schien auch dafür nicht geeignet.

»Niemand bittet dich darum, zu bestätigen, dass wir die Wahrheit sagen«, sagte Dagný.

»Ach so? Dann muss ich also nicht mit euch mitkommen?«

»Doch, du musst bestätigen, dass es sich um den Leichnam deines Bruders handelt«, erwiderte Dagný.

»Was passiert, wenn ich mich weigere?«, fragte Norma.

Dagný schaute ihren Kollegen an und sah, dass Terje nicht vorhatte, sich in das Gespräch einzumischen.

»Wenn ich ganz ehrlich sein soll, weiß ich nicht, was dann passiert. Ich habe noch nie erlebt oder auch nur davon gehört, dass sich jemand weigert, die Leiche eines nahen Angehörigen zu identifizieren. Wenn du dich weigerst, gehe ich davon aus, dass wir wieder zur Polizeiwache fahren und eine Vorladung oder einen richterlichen Beschluss bekommen, der besagt, dass du es tun musst. Auf jeden Fall bin ich mir sicher, dass es Ärger geben wird.«

»Kann der nicht sprechen, dieser Kerl da, den du mitgebracht hast?«, fragte Norma und zeigte auf Terje.

»Doch, ich habe nur keine Lust, mich mit Leuten zu streiten«, entgegnete Terje. »Kommst du jetzt mit oder nicht?«

»Mitkommen?«, fragte Norma. »Jetzt gleich? Ich bin bei der Arbeit, wie ihr seht.«

»Jetzt sofort. Wir fahren dich auch wieder zurück.«

»Ist das absolut sicher?«

»Ja. Selbstverständlich.«

Norma schaltete den Motor aus und fragte mit trotziger Stimme:

»Wollen wir dann nicht mal los?«

Auf dem Weg zum Auto fragte Dagný:

»Gibt es noch weitere Familienangehörige, denen wir diesen Todesfall mitteilen müssen?«

»Jói und ich sind Zwillinge, glücklicherweise keine eineiigen. Und dann haben wir eine Schwester gehabt, die starb, als sie noch klein war«, sagte Norma und setzte sich ins Auto. »Mama hat Alzheimer und einen Herzfehler. Papa hat zuletzt, als wir etwas von ihm hörten, in Neu-Mexiko gewohnt.«

»Neu-Mexiko in den USA?«, fragte Terje.

»Nein, im Breiðholt-Viertel«, sagte Norma. »Kennst du viele Orte, die Neu-Mexiko heißen?«

»Habt ihr denn Kontakt zu euren Eltern?«, fragte Dagný.

»Ich bin von zu Hause weg, als ich dreizehn war«, sagte Norma. »Mein Bruder wohnte weiterhin bei unserer Mutter und hat sie für sich arbeiten lassen. Er ist erst ausgezogen, als die Bank der alten Frau die Wohnung weggenommen hat, wegen einem Kredit, den er ihr untergejubelt hat. Dann brauchte er sie nicht mehr. Trotzdem war er ihr Sonnenschein. Mir konnte sie nicht verzeihen, dass ich weggelaufen war, und nachdem ich bei der Stadtreinigung angefangen hatte, gab sie mir Bescheid, dass sie nichts mehr von mir wissen wolle. Kriminelle sind offenbar feine Leute. Besser als wir vom Müll.«

*****

Norma verzog keine Miene, als sie ihren Bruder auf der Leichenbahre liegen sah. Sie schaute sich sein Gesicht an, schien aber vor allem an der Umgebung interessiert zu sein und äugte herum.

»Ja, das ist mein Bruder«, sagte sie. »Jóhann Breki Baker. Soll ich irgendetwas unterschreiben?«

»Ja, nachher«, sagte Dagný.

Ganz offensichtlich hatte Norma einiges an ihrem Bruder auszusetzen gehabt, sodass es die Polizisten überraschte, als sie fragte:

»Darf ich ihn auf die Stirn küssen?«

»Ja, natürlich.«

»Ich sehe ihn wohl nicht wieder«, sagte sie und berührte die Stirn ihres Bruders mit den Lippen. »Verdammter Idiot, dass du so mit dir umgehen lässt.«

*****

Ævar Gísli Guðbergsson, genannt Goldköpfchen, war in einem Wohnblock im Sóltún gemeldet. An der Türklingel stand Brynja Gísladóttir.

»Wohnt dieses ganze Pack bei seinen Müttern?«, raunte Terje, als er klingelte.

Eine kleine dunkelhaarige Frau öffnete die Tür. Dagný wünschte ihr einen Guten Tag und nannte Ævar Gíslis Namen.

»Der wohnt hier nicht«, sagte die Frau schnell. »Ich habe keine Ahnung, wo er gelandet ist, wenn er denn überhaupt noch im Land ist.«

»Diese Adresse ist als sein Wohnsitz eingetragen«, sagte Dagný.

»Ja«, sagte die Frau und bückte sich nach einem dicken Stapel von Briefen, die mit einem Gummiband zusammengehalten wurden. »Das ist eine Monatsration Mahnungen. Er kommt ein paarmal im Jahr und bringt sie raus in die Mülltonne.«

»Bist du Brynja, die Mutter von Ævar Gísli?«, fragte Dagný. »Wir sind von der Polizei, das ist Terje Joensen und ich heiße Dagný Axelsdóttir. Leider müssen wir dir mitteilen, dass Ævar Gísli verstorben ist.«

Die dunkelhaarige Frau zeigte keine Reaktion. Sie legte den Briefstapel wieder auf seinen Platz. Dann schaute sie die beiden, die in der Tür standen, an und fragte:

»Wann ist er gestorben?«

»Das können wir beim jetzigen Stand der Dinge nicht beantworten«, sagte Terje. »Der Fall wird noch untersucht und wir sind nicht nur hier, um dir das mitzuteilen, sondern auch, um dich zu bitten, mit uns zu kommen, um die Leiche zu identifizieren.«

*****

Unterwegs im Auto unterbrach Brynja das Schweigen:

»Ihr müsst etwas erzählen. Was ist dem Jungen eigentlich zugestoßen?«

»Drei Männer wurden tot in einem Sommerhaus am Þingvallavatn gefunden«, sagte Terje. »Wir untersuchen diesen Mordfall.«

»Ich habe diesen Polizeibesuch seit mehr als zehn Jahren jede Nacht erwartet«, sagte Brynja. »Auch tagsüber, aber vor allem nachts. Besonders spätnachts. Kurz vor dem Morgen. Ich schrecke auf, wenn ich höre, wie ein Auto frühmorgens vor dem Wohnblock anhält. Es ist eine gewisse Erleichterung, das nicht mehr erwarten zu müssen. Dass es vorbei ist. Auch wenn es seltsam klingt, bin ich dankbar dafür, dass es so gekommen ist. Ich hatte Angst, dass es andersherum laufen würde.«

»Wie denn?«, fragte Dagný.

»Nun ja, auf eine gewisse Weise bin ich froh, dass sein Leben beendet ist. Am meisten habe ich gefürchtet, dass er jemand anderem das Leben nehmen könnte.«

*****

Brynja bestätigte, dass der Leichnam der ihres Sohnes Ævar Gísli Guðbergsson war.

Sie berührte die Leiche nicht, aber betrachtete das Gesicht ihres Sohnes. Terje sah, wie sie von unterdrücktem Schluchzen geschüttelt wurde, ging zu ihr und legte den Arm um ihre Schultern. Sie lehnte sich an ihn und ließ ihren Gefühlen freien Lauf. Die Tränen begannen zu fließen und sie schniefte.

Nach einer kurzen Zeit öffnete sie ihre Handtasche, nahm ein Taschentuch heraus und betupfte sich die Augen.

»Ich danke dir«, sagte sie zu Terje. »Es war gut, weinen zu können. Damit habe ich nicht gerechnet. Ich dachte, mein Ævar hätte meine letzten Tränen schon vor Langem ausgetrocknet.«

*****

Als Terje das Auto in Gang setzte und sich bereitmachte, vom Parkplatz des Leichenschauhauses zu fahren, erschien ein seltsames Fahrzeug, das sehr schnell fuhr und dann abrupt unmittelbar hinter dem Polizeiauto bremste.

Terje stieg aus dem Polizeiwagen aus, um der Sache nachzugehen.

Das Fahrzeug war ein rosa lackierter Hummer-Geländewagen, der verlängert worden war, sodass er die Länge von einem Omnibus bekommen hatte. Auf die Seiten des Autos waren Konturen nackter Frauen gemalt und vorn und hinten prangte ein riesengroßes Logo: »Octopussy Night Club for Executives«.

Die Fahrertür wurde geöffnet und heraus stieg ein kleinwüchsiger, dicker junger Mann.

»Guten Tag«, sagte Terje und ging auf den jungen Mann zu, der nicht antwortete. »Kann ich etwas für dich tun?«

»Ist das nicht das Leichenschauhaus?«, fragte der junge Mann.

»Doch.«

»Wir wollen meinen Vater sehen.«

»Und dein Name ist …?«

»Ich heiße Elías Elíasson. Manchmal genannt Junior.«

»Ich heiße Terje Joensen«, sagte Terje und streckte die Hand aus. Der junge Mann ignorierte sie.

»Wen hast du mitgebracht?«, fragte Terje.

»Meine Mutter ist im Auto – und ihre Rechtsanwältin.«

»Fabelhaft«, sagte Terje. »Darf ich dich dann bitten, dieses Fahrzeug auf legale Weise hier auf dem Parkplatz vor dem Haus zu parken und eine Viertelstunde zu warten, bis Wachtmeisterin Dagný Axelsdóttir und ich wiederkommen. Dann könnt ihr den Verstorbenen sehen.«

»Warum nicht sofort?«, fragte der junge Mann.

»Weil ich in einer Viertelstunde wiederkomme und dann werdet ihr gerne empfangen. Wenn der Termin ungünstig ist, könnt ihr auch morgen um 16:30 Uhr kommen. Du entscheidest.«

»Viertelstunde?«, sagte der junge Mann. »Okay, abgemacht.«

»Würdest du dieses Baguette dann bitte wegfahren, damit ich durchkomme. Ich bin ein wenig in Eile.«

»Okay«, sagte der junge Mann, setzte sich in sein Monstrum und ließ den Motor an.

Terje fuhr mit Brynja, die das Octopussy-Fahrzeug anstarrte, Richtung Sóltún los.

»Gehörte Ævar Gísli zu dieser Octopussy-Gang?«, fragte sie.

»Es sieht so aus.«

»Drogenhandel und Zuhälterei?«

»Das erzählt man sich. Uns fehlen aber sowohl Zeugen als auch Beweise.«

»Obwohl es jeder weiß.«

»Ja.«

»Es ist, als könnten manche Leute von niemandem außer dem Tod gestoppt werden.«

*****

Als Dagný und Terje wieder auf den Parkplatz vor dem Leichenschauhaus fuhren, hatte Elías der Jüngere ein Poliertuch in der Hand und wischte damit über den Hummer. Er schaute zu ihnen herüber, steckte das Tuch in die Hosentasche und öffnete die hintere Tür. Zwei Frauen erschienen und kamen Dagný und Terje entgegen.

»Ich bitte euch, die Verspätung zu verzeihen«, sagte Dagný. »Ich heiße Dagný und das ist Terje.«

Die größere der beiden Frauen, die beleibt war, schaute sie wütend an und machte keine Anstalten, sie mit einem Handschlag zu begrüßen.

»Ich heiße Bjarnveig und bin die Lebensgefährtin von Elías, und das ist unsere Rechtsanwältin ...«

Alkoholgeruch ging von der Lebensgefährtin aus.

»Auður Sörensen, Anwältin am Obersten Gericht«, sagte die andere Frau, die ebenfalls wohlgenährt war, neben Bjarnveig aber schlanker erschien. Sie richtete das Wort an Terje.

»Die erste Frage ist ja wohl, warum Bjarnveig nicht sofort gestern, als die Leiche gefunden wurde, über den Tod von Elías informiert wurde?«

Dagný hatte schnell eine Antwort parat.

»Gestern wurden drei Leichen in einem Sommerhaus außerhalb von Reykjavík gefunden. Die Untersuchung des Tatorts ging bis in die Nacht hinein und wird immer noch weitergeführt. Jetzt ist es an der Zeit, die Leichen zu identifizieren. Wir vermuten, dass einer der Toten Elías Elíasson, der Inhaber vom Octopussy, sein könnte, und wollen daher seine Lebensgefährtin und seinen Sohn bitten, das zu bestätigen.«

»Nun gut«, sagte Auður. »Es ist wahrlich an der Zeit.«

Während sie im Leichenschauraum warteten, sagte niemand ein Wort, bis Bjarnveig fragte: »Ist Rauchen hier drin verboten?«

»Leider ja«, sagte Dagný. »Und ich muss euch warnen, bevor ihr den Leichnam seht. Sein Gesicht ist schwer verletzt.«

Als das weiße Tuch von Elías' Gesicht gehoben wurde,

schnappte sein Sohn nach Luft, sagte aber nichts. Bjarnveig gab ein entsetztes Stöhnen von sich und eilte hinaus, das Gesicht zu einer Grimasse des Ekels verzerrt. Auður folgte ihr.

»Wer hat das gemacht?«, fragte Elías junior und starrte voller Entsetzen auf das Gesicht seines Vaters, dem man die Augen ausgestochen hatte.

»Identifizierst du die Leiche?«, fragte Dagný.

»Was glaubst du?«, sagte Elías.

»Mit Namen«, sagte Dagný.

»Das ist mein Vater, Elías Elíasson der Ältere«, sagte der Junge. »Jetzt will ich wissen, was passiert ist.«

»Wir gehen raus und sprechen mit den Frauen«, sagte Terje.

Bjarnveig stand draußen auf dem Bürgersteig und rauchte.

»Das ist unverantwortlich«, sagte sie. »Das ist unverantwortlich, jemandem einen Toten in so einem Zustand zu zeigen. In so einer Situation muss man doch Anspruch auf Unterstützung haben.«

»Selbstverständlich«, sagte Dagný. »Mein Kollege, Terje Joensen, hat sogar eine Anerkennung dritten Grades vom FBI in Krisenintervention, was ihr selbstverständlich in Anspruch nehmen könnt.«

»Und dann darf man da drin nicht einmal rauchen«, sagte Bjarnveig.

»Ich begrüße es, dass meiner Klientin Hilfe zur Bewältigung ihrer traumatischen Belastung angeboten wurde«, sagte Auður. »Aber ich denke, ihre Interessen sind besser gewahrt, wenn sich ein richtiger Spezialist, ein Psychiater, um sie kümmert, oder sie sich selbst einen Psychologen sucht.«

»Was ist mit dem Junior?«, fragte Terje. »Wollen wir

uns nicht alle mal zu einem guten Gespräch zusammensetzen?«

»Auweia«, sagte Elías.

»Eine Frage«, sagte Dagný. »Wann hat Elías sein Zuhause verlassen?«

»Letzte Woche«, antwortete Bjarnveig. »Er wollte ins Ausland. Ich dachte, er wäre auf Reisen.«

»Wohin wollte er?«

»Das weiß ich nicht, erst nach Kopenhagen, dann nach Holland und Estland und vielleicht noch weiter.«

Elías junior stieß die Anwältin an, als Zeichen dafür, dass er es für an der Zeit hielt, das Gespräch zu beenden.

»Keine weiteren Fragen jetzt«, sagte Auður. »Menschen zu verhören, die wegen des Verlustes eines geliebten Angehörigen unter Schock stehen, ist intolerables Auftreten der Polizei.«

»Werte Anwältin«, sagte Dagný. »Wir haben in keiner Weise vorgehabt, deine Klienten zu verhören. Noch nicht.«

*****

Als es schon fast zwei Uhr war, schlug Dagný vor, dass sie irgendwo einen Happen essen sollten. Terje war ebenfalls schon fast verhungert. Um Dagný zu ärgern, schlug er vor, zu McDonald's zu fahren.

»Ich hasse Hamburger«, sagte Dagný, genau wie er es geahnt hatte.

»Okay, dann gehen wir eben zum KFC«, sagte Terje.

»Was ist das?«

»Du musst doch schon von Kentucky Fried Chicken gehört haben.«

»Ich habe doch gesagt, ich habe keine Lust auf Hamburger.«

»Hähnchen und Hamburger sind zwei vollkommen verschiedene Dinge. So wie Stier und Henne.«

»Ich esse vernünftige Sachen und keinen Müll«, sagte Dagný. »Wenn du glaubst, dass Donuts zu unserem Beruf gehören, schaust du zu viel Mist im Fernsehen.«

»Wohin willst du denn?«, fragte Terje. »Sollten wir mit der Einkehr im Hotel Saga nicht warten, bis ich Polizeidirektor bin?«

»Warst du schon einmal bei Grüne Kost?«

»Nein«, sagte Terje. »Irgendwie klingt der Name für mich nicht attraktiv, obwohl ich nicht bezweifle, dass vielen das Wasser im Munde zusammenläuft, wenn sie ihn hören. Vor allem Vierbeinern.«

»Prima. Dann gehen wir da hin, weil du noch nie da warst«, sagte Dagný. »Es ist sowohl preiswert als auch schnell.«

»Ich war eigentlich mehr so auf der Fastfood-Schiene«, sagte Terje.

»Gemüse kann auch schnell gehen«, sagte Dagný. »Wenn es für dich eine Bedingung ist, etwas Ungesundes zu essen, dann wird dir sicher gestattet sein, in den Mülleimern hinter dem Laden zu wühlen, während ich speise.«

Sie war also doch nicht völlig humorlos. Terje versuchte sich seine Überraschung nicht anmerken zu lassen.

»Ungesund ist keine Bedingung«, sagte Terje. »Aber ungesundes Essen schmeckt trotzdem besser als gesundes. Was hältst du davon, wenn wir zum Grill am Busbahnhof gehen?«

*****

Das Essen war fantastisch. Ein indischer Gemüseeintopf mit Naturreis.

Terje bat darum, keinen Rohkostsalat auf seinen Teller zu bekommen.

»Ich esse nie etwas, das noch lebt«, sagte er und fügte hinzu: »Und zu trinken hätte ich dann gern eine Cola.«

Die Serviererin hielt beim Auftischen kurz inne, als sie diese ungewöhnliche Bestellung hörte.

»Cola?«, fragte sie.

»Ja«, sagte Terje. »Also es ist ja nicht so, als hätte ich beim Abendmahl einen doppelten Brennivín verlangt. Es ist bloß ein Softdrink. Sehr beliebt.«

»Wir haben keine Cola hier, nur Wasser und dann diese Getränke, die du hier gekühlt siehst.«

»Weißt du«, sagte Dagný. »Ich habe einen Jungen, der fünf Jahre alt ist. Der hat genauso einen Geschmack wie du.«

»Vielversprechendes Kerlchen«, sagte Terje.

»Ich hatte gehofft, dass sein Geschmack so ist, weil er erst fünf ist, aber jetzt bin ich mir nicht mehr so sicher, dass sich das rauswächst.«

»Was meinst du damit?«, fragte Terje. »Ich kann doch kaum der Vater dieses Jungen sein, auch wenn er vielversprechend ist. Wir haben nie … Oder haben wir …?«

Dagný musste lachen. Endlich.

»Nein«, sagte sie. »Wir haben nie … und wir werden nie … Arbeit ist das eine. Privatleben ist das andere.«

»Bis jetzt ist wenig Platz für Privatleben in diesem Beruf gewesen«, sagte Terje. »Und wenn Mörder nicht mehr damit zufrieden sind, weniger als drei auf einmal umzubringen, sieht es nicht so aus, als würde das Privatleben in der nächsten Zeit aufblühen. Das war das Widerwärtigste, was ich je gesehen habe. Würde mich nicht wundern, wenn sich herausstellt, dass da eine ausländische Verbrecherbande am Werk gewesen ist.«

»Wieso?«

»Weil es, soweit ich weiß, in der isländischen Kriminalgeschichte keinen Präzedenzfall für so einen Massenmord oder eine Massenhinrichtung gegeben hat. Und schau dir die Grausamkeit an, den Sadismus. Lebende Menschen an Wand und Boden zu nageln. Isländer machen so etwas nicht.«

»Aber Ausländer könnten es getan haben?«

»Ja, irgendwelche Leute haben es offenbar getan und ich tue mich schwer damit, zu glauben, dass es Isländer waren.«

»Glaubst du, Isländer sind besser als andere Menschen?«

»Ja, wusstest du das nicht?«

»Nein, das muss mir dann wohl entgangen sein.«

Terje sah auf und schaute sie an. Sie hatte einen so ernsten Ausdruck im Gesicht, dass er sich nicht verkneifen konnte, sie zu provozieren.

»Ich weiß auch nicht, wie ich so etwas Dummes sagen konnte. Ich nehme es zurück«, sagte er. »Es ist nicht politisch korrekt. Wahrscheinlich habe ich in der letzten Zeit nicht genug Gemüse gegessen.«

Sobald er ›politisch korrekt‹ ausgesprochen hatte, sah er, dass er sie beleidigt hatte. Ihr Geduldsfaden war anscheinend kurz.

»Hast du schon einmal was von den isländischen Sagas gehört?«, fragte Dagný und musterte ihn kühl.

»Isländische Sagas? Den Namen kenne ich irgendwoher.«

»Sie sind randvoll mit Mord und Totschlag, von den ersten Jahren der Besiedlung bis ins dreizehnte Jahrhundert, und das weist unleugbar darauf hin, dass Isländer genauso in der Lage sind wie andere Völker, grenzenlose Gewalt einzusetzen.«

»Wir haben Fortschritte gemacht seit dem dreizehnten Jahrhundert.«

»Was ist mit Axlar-Björn?«

»War das nicht der, der die Ferien auf dem Bauernhof erfand?«

»Das kann man vielleicht so sagen. Jedenfalls ermordete er mehr als zwanzig ahnungslose Gäste, die bei ihm Unterkunft suchten.«

»War vielleicht schüchtern, der arme Kerl, und hat sich nicht getraut, fünfundzwanzigtausend Mäuse für die Nacht zu kassieren, wie Hotelbesitzer es heutzutage ohne mit der Wimper zu zucken tun«, erwiderte Terje. »Trotzdem wäre ich vorsichtig mit der Annahme, dass die Þingvellir-Morde unter dem Einfluss von Axlar-Björn begangen wurden.«

»Wie kommst du darauf, dass ich das behaupten würde?«, fragte Dagný. »Nicht genug damit, dass du den Geschmack eines Kindes hast, du verdrehst einem auch die Worte im Mund wie ein ungezogenes Kind, wenn man versucht, mit dir zu reden.«

»Also«, sagte Terje und beschloss einen Besänftigungsversuch. »Alles, was im Ausland geschieht, passiert auch in Island. Nur später. Der Vorfall in Þingvellir war so grauenhaft, dass niemand von unserer Polizei jemals etwas Vergleichbares gesehen hat, wie du weißt. Das heißt, entweder handelt es sich um eine ausländische Operation oder eben irgendeinen weitsichtigen isländischen Trendsetter. Verstehst du mich?«

»Das ist ja nicht so schwer«, sagte Dagný. »Diese Vermutung, die du so brillant findest, baut einfach auf der weithin bekannten Denkweise auf, die manchmal Männerlogik genannt wird.«

»Wie das?«

»Also, schau mal. Was du sagst, ist, dass die Þingvellir-Morde so blutrünstig waren, dass sie entweder von ausländischen Tätern begangen worden sein müssen – oder Isländern. Die Argumentation ist tadellos, aber nicht besonders hilfreich, weil das Ergebnis ist, dass alle Erdenbewohner infrage kommen – und von denen gab es heute Morgen sechs Milliarden und sechshundertundsieben Millionen sechshundertzweiundneunzigtausendvierhundertvierunddreißig. Also, wollen wir langsam aufbrechen?«

»Ja«, sagte Terje. Männerlogik war für ihn ein neues Wort. Dagný hatte offenbar verborgene Qualitäten.

Als sie im Auto saßen, sagte sie:

»Da war noch etwas, was ich dir sagen wollte.«

»Was denn jetzt?«, sagte Terje und stöhnte. »Noch mehr Männerlogik?«

»Das weiß ich gar nicht«, sagte Dagný. »Ich will nur, dass dir eins absolut klar ist.«

»Und was ist das?«

»Das ist, wenn wir jemals gehabt hätten … was wir nicht haben und nicht haben werden … dann kann ich dir versprechen, dass du dich daran erinnern würdest.«

»Gute Polizisten stellen keine Behauptungen auf, außer sie sind auch bereit, zu beweisen, dass sie recht haben«, sagte Terje und fuhr los.

16

Þórhildur stand ein langer Arbeitstag bevor. Es gab die drei Leichen aus Þingvellir und dazu noch zwei früher eingelieferte Fälle, einen Ertrunkenen und einen Erhängten, wahrscheinlich Selbstmord, um die sich Sveinn noch nicht hatte kümmern können.

»Absolut unglaublich, wie viele unbedingt sterben wollten, während du weg warst«, sagte er zu Þórhildur.

Sveinn war ein vielversprechender Rechtsmediziner, aber er hatte zwei Fehler. Er war sehr von sich eingenommen – was Randver total auf die Nerven ging – und ausgesprochen geschwätzig; was Randvers Geduld besonders strapazierte, waren die endlosen Vorträge über die Geheimnisse der forensischen Medizin. Wenn man Randver etwas vorwerfen konnte, dann, dass er selbst ungeheuer redselig war.

»Ich habe den Verdacht, dass irgendwelche Professoren in der Medizinischen Fakultät Sveinn dazu ermutigt haben, sich auf Forensik zu spezialisieren, um zu verhindern, dass er seine Patienten mit seinem Geschwätz umbringt«, sagte Þórhildur eines Tages zu Víkingur, als er bemerkte, dass sie mit Wattebäuschen in den Ohren von der Arbeit nach Hause gekommen war. »Watte ist nicht so auffällig wie Ohrenstöpsel, und irgendwelche Vorsichtsmaßnahmen muss ich ergreifen, damit er mich nicht totschwätzt. Er ist geschickt mit dem Skalpell, aber er hat trotzdem irgendwie keine Zukunft als Chirurg vor sich. Eigentlich ist er ein guter Junge, aber er ist ein bisschen speziell.«

Þórhildur hatte das Gefühl, dass Sveinn die drei Leichname aus dem Sommerhaus am liebsten in Besitz nehmen wollte. Er war am Tatort gewesen und die Obduktion wäre unter seine Leitung gefallen, wenn sie nicht einen Tag früher als ursprünglich geplant von ihrer Reise heimgekommen wäre. Wortreich beschrieb er ihr die Situation im Sommerhaus und hielt darüber hinaus eine fundierte Vorlesung über den Sinn und Zweck von Obduktionen.

»Viele Leute glauben, es ginge vor allem darum, die Todesursache festzustellen«, sagte er. »Meiner Meinung nach ist der Zeitpunkt des Todes noch viel wichtiger. Der Polizei hilft es recht wenig, exakt zu wissen, woran derjenige stirbt, der festgenagelt und dann nach allen Regeln der Kunst gemartert wird. Wenn wir andererseits den Zeitpunkt festlegen können, wann das geschehen ist, haben wir die Arbeit der Polizei entscheidend erleichtert.«

»Und wie wollen wir das tun?«, fragte Þórhildur, als wolle sie Sveinn daran erinnern, wer hier der Schüler sei.

Dieser subtile Hinweis entging Sveinn offenbar, der freudig die Gelegenheit ergriff, seine Vorlesung fortzusetzen.

»Also, schau mal. Anhaltspunkte, um den Zeitpunkt des Todes festzustellen, kommen aus drei Richtungen. Zuallererst gibt der Zustand des Leichnams Hinweise. Zweitens gibt der Fundort Hinweise. Und schließlich können Zeugenaussagen von Dritten Hinweise geben, also Informationen über die Gewohnheiten des Verstorbenen, wo und wann er zuletzt gesehen wurde und so weiter und so fort.«

»Die Antwort ist korrekt«, sagte Þórhildur. »In der forensischen Medizin gibt es keine unfehlbare Methode, um zu einem exakten Ergebnis bei der Beurteilung des Todeszeitpunkts zu gelangen. Unser Beruf wäre einfacher, wenn die Körperuhr, von der so viele sprechen, sichtbar wäre und stoppen würde, wenn der Tod eintritt.«

»Warte, ich bin noch nicht fertig«, sagte Sveinn und schaute sie wegen der Unterbrechung vorwurfsvoll an. »Um den Zeitpunkt des Todes zu bestimmen, gibt es zwei Wege. Der eine ist der, die Veränderungen zu beurteilen, die eingetreten sind, seitdem der Betreffende starb; Veränderungen der Körpertemperatur, Erstarrung oder zum Beispiel Verwesung. Der andere Weg ist, die Zeitpunkte der Ereignisse zu vergleichen.«

»Wie das?«, fragte Þórhildur, denn Sveinn schloss langsam die Augen, als ob er eine Lehrbuchseite vor seinem geistigen Auge sehen wollte. Offensichtlich öffnete sich der Wälzer an der richtigen Stelle, denn Sveinn fuhr fort:

»Wenn jemand mit einem Brecheisen auf den Kopf geschlagen wurde, und das Glas seiner Uhr zerbrochen ist und die Zeiger zwölf Uhr anzeigen, dann ist das ein Hinweis, den der Rechtsmediziner sich zunutze machen kann, genauso wie die Polizei. Oder wenn wir wissen, dass der Verstorbene üblicherweise um neunzehn Uhr zu Abend aß, aber keine Essensreste im Verdauungstrakt zu finden sind.«

»Was würde uns das sagen?«

»Entweder, dass der Mann vor neunzehn Uhr umgebracht worden ist, oder eben erst fünf oder sechs Stunden später, nachdem die Verdauung abgeschlossen ist.«

»Das stimmt alles«, sagte Þórhildur. »Aber wir sollten auch an den Grundsatz der forensischen Medizin denken, dass, je mehr Zeit vergeht, nachdem ein Mord begangen worden ist und bis die Leiche untersucht wird, es umso schwerer wird, den Todeszeitpunkt exakt zu bestimmen. Hier haben wir ein Beispiel wie aus dem Schulbuch, dass eine Obduktion allein nur sehr ungenaue Ergebnisse über den Zeitpunkt des Todes geben kann.«

Sie zeigte auf den Leichnam, der einmal Elli vom Octopussy gewesen war. Er war blau und aufgedunsen und der Torso wirkte, als wäre er kurz davor, unter dem Druck der verschiedenen Gase zu zerspringen, die sich in seinem Inneren gebildet hatten.

»Die Hitzewelle, die das Land heimgesucht hat, hilft uns auch nicht gerade«, sagte Þórhildur. »Ich habe in deinen Notizen gelesen, dass die Temperatur im Sommerhaus morgens 23° betragen hat, was bedeutet, dass die Sonne den Raum in einen Heizofen verwandelt hat, als sie am höchsten stand. Es wird nicht einfach werden, damit umzugehen.«

»Das macht es doch nur interessanter«, sagte Sveinn und strahlte voller Vorfreude. »Darf ich schneiden oder willst du das machen?«

»Mach du ruhig«, sagte Þórhildur und schaute ihrem eifrigen Schüler zu, wie er einen schönen Y-Schnitt von den Brustwarzen herunter bis zum Rippenbogen machte und von da aus bis zum Schambein. Der Gestank, der herausdrang, war so stark, dass Þórhildur kaum Luft bekam.

»Der Stab, der in den Anus geschoben wurde, hat natürlich den Darm perforiert, sodass hier hervorragende Bedingungen für alle möglichen Bakterien entstanden sind«, murmelte Sveinn, als spräche er mit sich selbst.

Þórhildur betrachtete ihren Schüler verwundert, der den üblen Geruch nicht wahrzunehmen schien.

Sveinn bemerkte ihren Blick, als er aufschaute, um zu sehen, ob ihr seine Handfertigkeit gefiele.

»Entschuldige«, sagte er. »Wenn du einen Blick hinein-
werfen willst, kann ich gerne schon einmal den Schädel
aufsägen. Nein, sieh mal, was für eine hübsche Zirrhose.«

Þórhildur hatte den Nagel auf den Kopf getroffen, als
sie ihren Schüler beschrieb. Er war tatsächlich ›ein bisschen speziell‹.

*****

Der Kriminaldirektor Randver Andrésson hatte die Tu-
gend, in anderen das Beste hervorzurufen. Alle mochten
ihn. Sogar Leute, die er vor zwanzig Jahren, als er bei der
Polizei anfing, verhaftet hatte, hielten an, wenn sie ihn
zufällig trafen, und begrüßten ihn wie einen guten alten
Freund. Er war liebenswürdig und gutmütig, eher heiter
und umgänglich.

Trotz seiner Position hatte Randver keine hochtraben-
de Meinung von sich selbst. Er wusste sehr wohl, dass
Víkingur für die Beförderungen verantwortlich war, die
er bekommen hatte, und die Beförderungen waren das
Kreuz, das er zu tragen hatte, um weiter mit Víkingur
arbeiten zu können, denn diese Zusammenarbeit wollte
er auf keinen Fall missen. Er hatte Víkingur sogar mehr
als einmal gebeten, ihn die Karriereleiter der Polizei nicht
weiter hochklettern zu lassen, als seine geistigen Kräfte
es zuließen.

»Bleib ganz ruhig«, sagte Víkingur. »Ich weiß, was ich
tue. Du hast so vieles, was mir fehlt. Du bist ordentlich
und korrekt. Wenn emotionale Intelligenz in den IQ
miteingerechnet würde, hättest du von uns allen den
höchsten. Mehr als genug Schlauberger sind tierisch ehr-
geizig, sodass Männer wie du oft gar nicht zum Zuge
kommen.«

»Emotionale Intelligenz?«, fragte Randver. »Was ist das denn?«

»Ich bin mir da selbst nicht ganz sicher«, sagte Víkingur. »Aber Þórhildur hat mir gesagt, dass sie sehr wichtig sei.«

Randver hatte nach diesem merkwürdigen Begriff oft im Internet suchen wollen, aber kaum war eins der seltenen Male gekommen, dass er sich zu seinem Vergnügen an den Computer setzte, war er auch schon auf worldfengur.com eingeloggt und stöberte in den Stammbäumen von Pferden herum. Nicht, dass er selber Pferde halten würde. Sein Zwillingsbruder war passionierter Pferdezüchter und sprach von nichts anderem als Pferden, wenn sich die beiden Brüder trafen, also hielt Randver es für nicht verkehrt, sich etwas anzulesen, um mitreden zu können. Außerdem hatte er fest vor, sich ein Pferd zu kaufen, sobald er in Rente ging. Nicht um darauf auszureiten, sondern um es zu striegeln und zu füttern und mit ihm zu plaudern.

*****

An manchen Tagen scheint emotionale Intelligenz wenig nützlich zu sein. Die morgendliche Besprechung der Kripo war eher öde gewesen, zumindest in Anbetracht dessen, dass die Polizei zum ersten Mal vor der Aufgabe stand, einen dreifachen Mord aufzuklären. Der Tatort lieferte sehr wenige Indizien. Derjenige oder diejenigen, die dort am Werk gewesen waren, hatten keine offensichtlichen Spuren hinterlassen und die Mitarbeiter der kriminaltechnischen Abteilung benötigten Zeit, um die Hinweise auszuwerten, die sie am Tatort gefunden hatten.

Víkingur hatte sich bei der Besprechung nicht blicken

lassen, also hatte Randver die Mannschaft so gut wie möglich eingeteilt. Angehörige mussten benachrichtigt werden, um die Leichen zu identifizieren, und aus verschiedenen Richtungen mussten Informationen über die Verstorbenen eingeholt werden.

Randver bereute es bitter, keinen Vertreter der Abteilung R2 zu der Besprechung geladen zu haben, einer Abteilung, die in der Umgangssprache ›Rauschgift‹ bzw. Abteilung für Rauschgiftdelikte genannt wird. Dieses Versäumnis machte Randver wieder wett, indem er sich lange mit Ásta Finnsdóttir unterhielt, die gerade als erste Frau die Leitung der Abteilung übernommen hatte. Ásta versprach, zum nächsten Treffen am Nachmittag zu kommen, und sagte ihm volle Unterstützung zu.

In seinem Inneren spürte Randver eine Art von Betrübnis, wie er sie nicht kannte. Normalerweise kam er gut gelaunt zur Arbeit, aber der grauenhafte Anblick, der sich ihm im Sommerhaus am Þingvallavatn geboten hatte, entzog ihm Energie und bedrückte ihn.

»Ich verstehe nicht, was das Ganze soll«, hatte er zu seiner Frau Bríet beim Frühstück gesagt.

»Was was soll?«, fragte Bríet. Sie ging den Dingen immer auf den Grund.

»Na ja, dieser Beruf«, sagte Randver. »Es wird immer schlimmer und schlimmer, hässlicher und hässlicher.«

»Das ist ja wohl kaum deine Schuld.«

»Nein, es ist vielleicht niemandes Schuld. Aber ich kann auch nicht erkennen, dass die Polizei sich besonders nützlich macht.«

»Was für ein Blödsinn ist das denn?«, fragte Bríet. »Natürlich macht sich die Polizei überall nützlich. Das sieht doch jedes Kind. Hat Víkingur dir wieder einen seiner fatalistischen Vorträge gehalten?«

»Nein, ich bin kaum dazu gekommen, mit ihm zu sprechen. Ich habe ihn natürlich sofort angerufen und gebeten, mit der ersten Maschine nach Hause zu kommen.«

»Was maulst du denn dann so herum? Ab in die Arbeit mit dir. Vergiss bloß nicht, wenn du in einem Fernsehinterview landest, darauf zu achten, dass die Krawatte nicht schief hängt, und steck dir das Hemd ordentlich in die Hose.«

Die Krawatte hing schief und ein Hemdschoß hing ihm aus der Hose. Der Gesprächspartner von Randver war jedoch kein Fernsehreporter, sondern Guðfinnur Bertholdsson, der sich selbst als Gastwirt bezeichnete, auch wenn alle anderen ihn Puffbesitzer nannten.

Guðfinnur von Berthold's Baby Doll war der Konkurrent von Elli vom Octopussy gewesen. Ursprünglich war er der Freund und Kollege von Elli gewesen, aber dann war die Freundschaft zerbrochen und ihr Verhältnis war auch nicht besser geworden, als Guðfinnur es wagte, seinen eigenen Nachtclub zu eröffnen.

Guðfinnur war auf der Polizeiwache erschienen und hatte mit Víkingur zu sprechen verlangt, und als er nicht vorgelassen wurde, dann eben mit Randver. Er gab an, eine Anzeige erstatten zu wollen, und sagte, er wäre es gewohnt, eher mit Vorgesetzten als mit Untergebenen zu sprechen.

»Wie kommt es, dass jeder in der Stadt darüber spricht, dass ich Elli vom Octopussy und diese zwei Jungs, die er dabeihatte, umgebracht haben soll?«, fragte er, ohne zu grüßen, sobald er Randvers Büro betreten hatte.

»Hast du es getan?«, fragte Randver leise.

Dem Mann blieb vor Empörung die Luft weg. »Habe ich was getan? Bist du von Sinnen, Mann? Ich habe noch nie jemanden umgebracht und werde es hoffentlich auch nie tun. Trotzdem pfeifen es die Spatzen von allen Dächern, dass ich letzte Woche drei Morde begangen habe oder irgendwelche Ausländer engagiert habe, damit sie Elli für mich umbringen.«

»Wird denn auch dazugesagt, warum du das getan haben sollst?« Randver musterte den Mann, der vor ihm stand und den er schon lange kannte. Guðfinnur hatte als junger Mann mit Bodybuilding angefangen und war trotz seiner nur 167 cm ein Koloss. Niemand, der noch ganz bei Trost war, wagte jedoch, Witze über seine geringe Körpergröße zu machen, weder in seiner Anwesenheit noch anderswo. Alles kann sich herumsprechen.

Parallel zum Bodybuilding hatte Guðfinnur als Türsteher in dieser oder jener Diskothek gearbeitet, bis sich sein Weg mit dem von Elli kreuzte. Von da an waren sie unzertrennlich, bis vor zwei Jahren, als ihre Freundschaft in die Brüche ging.

Guðfinnur hielt die Frage für nicht beantwortungswürdig. Er fuhr fort, seine Wut über Randver zu ergießen: »Sogar sein Sohn, dieser geistig behinderte Idiot, der immer zugedröhnt ist, ruft mich an und stößt Drohungen aus.«

»Was für Drohungen?«

»Na, dass er dasselbe mit mir macht, was ich mit seinem Papa gemacht haben soll.«

»Was sollst du denn mit seinem Papa gemacht haben?«, fragte Randver.

Guðfinnur kam mit dem Schimpfen aus dem Takt und starrte Randver perplex an. »Ey, ist irgendwas mit dir nicht in Ordnung? Hab ich nicht gerade gesagt, dass ich den Mann umgebracht haben soll? Und damit nicht genug, hat der Junior jetzt auch noch die spinnerte Idee, dass ich ihn als Nächstes umbringen will. Es ist vielleicht nicht überraschend, dass der Kerl para ist, schließlich hat er nur Speed und Koks intus, seit er nicht mehr an der Flasche nuckelt. Das Ganze stimmt von vorne bis hinten nicht. Warum hätte ich Elli umbringen sollen?«

»Aus Konkurrenzgründen?«

»Man bringt doch keine Leute aus Konkurrenzgründen um«, sagte Guðfinnur. »Da würde man ja nie zu einem Ende kommen.«

»Ihr habt euch gestritten.«

»Ich habe siebzehn Jahre lang bei ihm gearbeitet«, entgegnete Guðfinnur. »Ich fand, es war an der Zeit, mein eigener Herr zu werden.«

»Elli war vielleicht anderer Ansicht. Ich weiß, dass er Leute zu dir geschickt hat und gedroht hat, dir den Laden dichtzumachen. Warum hat er das gemacht?«

»Das ist ein Betriebsgeheimnis«, sagte Guðfinnur.

»Machst du Witze?«, fragte Randver.

»Nein, ich mache keine Witze. Meinst du, wir können in unserer Branche nicht wie in anderen auch Betriebsgeheimnisse haben?«

»Hör mal, jetzt habe ich aber genug«, sagte Randver und stand zum Zeichen dafür, dass das Gespräch beendet war, auf. »Du kommst zu mir und heulst Rotz und Wasser, weil der Junior behauptet, dass du seinen Vater umgebracht hast, und redest dann von Betriebsgeheimnissen, wenn ich dich nach eurer Beziehung frage. Möchtest du, dass wir unsere ganze Untersuchung auf dich und eure Geheimnisse richten?«

»Jetzt wo Elli tot ist, kann ich es dir ja eigentlich auch anvertrauen«, lenkte Guðfinnur ein. »Er wollte mich dazu bringen, Dope für ihn zu verkaufen.«

»Und dann?«

»Ich wollte nicht. Ich bin absolut gegen Rauschgift.«

»Kennst du sonst noch einen Witz?«, fragte Randver.

»Wenn ich Rauschgift verkaufen würde – was ich nicht tue –, würde ich keinen Stoff von Elli vom Octopussy verkaufen.«

»Wessen Rauschgift würdest du denn verkaufen?«

»Das tut nichts zur Sache«, sagte Guðfinnur. »Schließlich verkaufe ich keine Drogen und habe es nie getan – und als Allerletztes würde ich mir die Hände damit schmutzig machen, dieses Speed, das Elli in Estland herstellen lässt, zu verkaufen.«

»Und das, wo ihr die besten Freunde wart – wieso würdest du das nicht wollen?«

»Es ist einfach kein gutes Produkt«, sagte Guðfinnur. »Eine Sache ist es, den Menschen zu helfen, sich einen schönen Tag zu machen, und eine andere, sie umzubringen.«

»Drück dich klar aus, Mann, drück dich klar aus. Sagst du mir gerade, dass Elli tödliches Rauschgift eingeschmuggelt und verkauft hat?«

»Ich weiß nichts davon«, sagte Guðfinnur. »Mir ist nur gesagt worden, dass mehr als einer und auch mehr als zwei Junkies an dieser Scheiße gestorben sind, die Elli vertrieben hat. Die Qualität ist so unterschiedlich. Manchmal ist es in Ordnung, manchmal nicht. Ich möchte betonen, dass das nicht von mir stammt. Das pfeifen die Spatzen von den Dächern.«

»Dieselben Spatzen, die sagen, dass du Elli und seine zwei Handlanger getötet hast?«

»Verdammte Verdrehungen sind das. Man kommt hierher, um Anzeige zu erstatten, weil ein irrer Junkie damit droht, einen umzubringen, und dann wird man selbst wegen Mordes angeklagt.«

»Du bist überhaupt nicht angeklagt«, sagte Randver.

»Und wenn schon«, sagte Guðfinnur.

»Nur verdächtig«, fügte Randver hinzu. »Ich danke dir für das Gespräch. Ich werde mir diese Sache anschauen. Wir melden uns dann.«

*****

Wie versprochen nahm Ásta Finnsdóttir, Leiterin der Abteilung für Rauschgiftdelikte, an der Nachmittagsbesprechung teil. Irgendetwas hatte sie wohl beim Gespräch mit Randver falsch verstanden, denn sie erschien mit einem Laptop und verwendete einen Beamer, um ihren Vortrag über den Aufbau und die Arbeit ihrer Abteilung zu illustrieren.

Das Referat an sich war informativ und ganz gut vorgetragen, aber am Anfang wirkte es so, als sei es zur Information normaler Bürger verfasst worden, denn das meiste, was Ásta sagte, wussten ihre Zuhörer genauso gut wie sie.

Sie begann damit, zu erklären, dass in der Rauschgiftabteilung zweiunddreißig Polizisten tätig seien und daneben noch zwei Juristen, die die Untersuchungen begleiteten und sich anschließend um die Anklagen kümmerten. »Die Polizisten versehen jegliche Schreibarbeit selbst, denn wir haben keine Sekretärin.« Dieser während des Vortrags häufig wiederholte Satz war wahrscheinlich ihr Beitrag zum internen Gerangel um mehr Finanzmittel für ihre Abteilung.

Wie sich herausstellte, war Ásta sehr wohl bewusst, dass sie zu ihren Kollegen sprach, denn sie sagte:

»Die Hauptaufgabe der Abteilung für Gewaltdelikte ist, Morde und Gewalttaten zu untersuchen, und zwar, nachdem sie begangen worden sind. In der Rauschgiftabteilung ist die Arbeit schon deswegen komplizierter, weil wir versuchen müssen, die Verdächtigen in genau dem Moment zu ergreifen, wo sie den Stoff in den Händen haben.

Mörder hinterlassen Leichen, aber in unserer Abteilung haben wir es mit Tätern zu tun, die die Beweismittel einfach vernichten können, sie in die Nase hochziehen, aus dem Autofenster werfen oder in der Toilette herunterspülen können.

Ferner gibt es den folgenden Unterschied zwischen unserer Arbeit und der der Mordabteilung: Morde sind hierzulande kein Berufszweig, jedenfalls noch nicht, aber Rauschgiftschmuggel, Vertrieb und Verkauf von Drogen bilden die weitaus bedeutendste Branche der sogenannten Unterwelt. Diejenigen, gegen die wir ankämpfen, sind also größtenteils Profis und manche von ihnen haben schon eine lange Karriere hinter sich.«

Ásta wies mit einem Laserzeiger auf ein Diagramm, das der Beamer an die Wand warf.

»Um euch einmal eine Vorstellung davon zu geben, was für ein großes Problem die Drogenbranche weltweit ist: Der Jahresumsatz auf diesem Gebiet beträgt mehr als vierhundert Milliarden US-Dollar, das sind zweiunddreißigtausend Milliarden isländische Kronen oder besser gesagt zweiunddreißig Billionen Kronen. Dreihundert Kárahnjúkar-Kraftwerke jedes Jahr. Niemand kennt die genaue Anzahl derer, die von Drogen abhängig sind, aber eine Kommission der Vereinten Nationen schätzt, dass es etwa hundertvierzig Millionen Cannabissüchtige, acht Millionen Heroinsüchtige, dreizehn Millionen Kokainsüchtige gibt und dann noch weitere dreißig Millionen, die synthetische Drogen nehmen, wie Amphetamin,

Crack und solche Sachen. Es ist nur eine Schätzung. Eine vorsichtige Schätzung.

Diese Plage hat sich in Island genauso wie anderswo eingenistet. Hier seht ihr die Entwicklung: Im Jahr 1971, in der Hippiezeit, wurde ein bisschen Hasch geraucht. Im Jahr 1985 war Speed schon ziemlich verbreitet und es kam vor, dass man ein klein wenig Kokain ›für Weihnachten‹ oder für Festlichkeiten besaß. Aber die Kurve weist steil nach oben. Im darauffolgenden Jahr, 1986, hat die Rauschgiftabteilung vierhundert Gramm Kokain beschlagnahmt. Von da an verschlechterte sich die Lage kontinuierlich. Ecstasy kam ernsthaft ab 1992 ins Spiel und von dem Zeitpunkt an, kann man sagen, haben wir keine Ruhe mehr gehabt. Hier kommen alle möglichen und unmöglichen Drogen an. Die Cannabisstoffe haben ihren Konsumentenkreis, der jedoch veränderlich ist, weil so viele dann zu Speed und Koks wechseln.

Bitte beachtet, dass ich keine Unterscheidung zwischen sogenannten harten und weichen Drogen mache. Manch einer behauptet, Cannabis sei weich und keinesfalls gefährlicher als zum Beispiel Tabak. Doch die meisten Untersuchungen von Cannabisstoffen weisen darauf hin, dass sie viel schädlicher sind als wir, die wir uns noch an die Hippiezeit erinnern können, gerne glauben möchten.

Der Zoll ist natürlich hilflos. Seine Hauptaufgabe ist es, die fälligen Zölle und Importgebühren bei legalen Waren zu kassieren. Der Zoll des Flughafens in Keflavík ist dennoch äußerst nützlich. Zumindest zeigt er den Menschen, dass man nicht einfach mit Koffern voller Rauschgift ins Land einreisen kann. Mit den Containern haben wir ein größeres Problem. Es sind so viele, dass es ausgeschlossen ist, in mehr als vielleicht einen von hundert hineinzuschauen. Die Regierung hat auch kein Interesse an einer strengeren Zollfahndung. Drei Jahre lang bitten wir nun schon um ein Durchleuchtungsgerät, durch das Container gerollt werden können und das ungeheuer nützlich wäre. Wir bekommen keine Gelder dafür.«

Diese Bemerkung weckte Sympathie bei Kriminalpolizist Marinó, der ansonsten ein begrenztes Interesse an Straftaten hatte.

»Davon kann ich ein Lied singen«, brummte er. »Ich weiß nicht, seit wie vielen Jahren ich jetzt schon eine neue Kaffeemaschine für unsere Abteilung beantragt habe. Aber es ist nicht eine Krone übrig in der Staatskasse, nachdem allen Politikern gute Bezüge und gute Renten zugesichert worden sind.«

Ásta tat so, als hörte sie Marinós Anmerkung nicht. Sein Interesse an dem Thema war niemandem verborgen geblieben, der bei der Polizei arbeitete. Sie fuhr mit ihrem Bericht fort:

»Zur schwierigsten Aufgabe von Eltern und Erziehern ist es geworden, zu gewährleisten, dass die Kinder das Teenageralter überstehen, ohne drogenabhängig zu werden. Die Menge ist groß genug, dass jede Familie, zumindest hier im Stadtgebiet, jemanden kennt oder mit jemandem verwandt ist, der ein ernsthaftes Drogenproblem hat oder hatte.« Hier machte Ásta eine Pause und schaute die Menschen an, die im Besprechungsraum saßen, als erwartete sie, dass jedem ein Junkie in seinem nächsten Umfeld einfiele.

Randver nutzte die Gelegenheit, um den Vortrag zu unterbrechen.

»Das sind ja alles nützliche Hintergrundinformationen, die ein sehr genaues und erschreckendes Gesamtbild der Lage geben, aber ich weiß, dass viele Anwesende die

Frage stellen möchten: Weiß die Rauschgiftabteilung, ob Elli vom Octopussy und die Geldeintreiber, die bei ihm waren, auf irgendeine Art und Weise mit Drogen in Verbindung standen – und wenn ja, wie?«

Ásta verstand sofort, dass Randver sie antreiben wollte, zum Punkt zu kommen. Sie sagte:

»Das ist selbstverständlich eine gute Frage, aber ich hatte mir gedacht, ich widme mich ihr nachher. Es gibt noch ein oder zwei Aspekte, die ich nennen will, um das Gesamtbild zu verdeutlichen.

Ich sagte bereits, dass wir es mit Profis zu tun haben. Damit meinte ich nicht, dass die Drogenhändler oder Schmuggler nicht auch andere Berufe ausüben könnten – auf dem Papier zumindest. Was ich meinte, ist, ein normaler Bürger, der ein Kilo Kokain auf dem Bürgersteig findet, hätte, ohne Verbindungen zu solchen Leuten zu haben, große Schwierigkeiten, es an den Mann zu bringen.

In früheren Jahren wurde einigen Leuten, von denen die Allgemeinheit fand, dass sie erstaunlich schnell zu Vermögen gekommen waren, nachgesagt, den Drogenschmuggel zu finanzieren. Wir haben dafür keine Beweise, aber es ist nicht unwahrscheinlich, dass einige Leute das als eine spannende Art von Risikokapital betrachteten. Andererseits ist es unwahrscheinlich, dass dieselben Beteiligten den Drogenhandel über längere Zeit finanzieren. Dazu ist der Markt hierzulande einfach nicht groß genug. Man kann, gemessen an normalen Angestelltenlöhnen, beträchtliche Gewinne einfahren, aber sobald jemand sein Vermögen in Milliarden beziffert, ist das Schmuggeln von Drogen in ein so spärlich besiedeltes Land nicht mehr lukrativ, wenn man das Risiko miteinbezieht.

Diejenigen, die den Drogenschmuggel als ihren Beruf betrachten, müssen Geschäftsbeziehungen ins Ausland haben. Manche haben feste Großhändler.

Abgesehen von den Handelsbeziehungen, die sich normalerweise leicht auftun, muss ein professioneller Drogenschmuggler irgendeine Art von Geldwäschemöglichkeit für seine Einnahmen haben. Er muss eine Firma besitzen oder Verbindungen zu einer Firma haben, die genug Gewinn macht, um die gute finanzielle Lage zu erklären, also eine Gaststätte, eine Reinigung, ein Fitnessstudio oder irgendeine andere unschuldige Einkommensquelle.«

»Und was ist mit einem Puff?« Terje konnte nicht länger schweigend dasitzen und unterbrach Ásta mit diesem Zwischenruf.

»Selbstverständlich. Ein Bordell fällt natürlich unter die Rubrik Gaststätte. Und damit bin ich beim letzten Punkt meines allgemeinen Vortrags über die Lage bei den Rauschgiftdelikten angekommen. Obgleich der isländische Markt klein ist, ist damit nicht gesagt, dass es nur der eine oder andere Junkie ist, der den Schmuggel aufrechterhält. Ganz im Gegenteil. In den letzten Jahren haben wir mehrfach Anzeichen dafür gesehen, dass starke Beteiligte aus dem Ausland Interesse daran gezeigt haben, hier Fuß zu fassen. Erstens die Hells Angels aus Dänemark, die wir durch die gute Zusammenarbeit mit dem Nachrichtendienst außerhalb unserer Landesgrenzen halten konnten. Zweitens scheint es so, dass hier eine bemerkenswerte Menge von Drogen aus den Ostseeanrainerstaaten ins Land kommt. Und damit bin ich zu der Frage gekommen, die Randver eben gestellt hat.

Die Frage kam auf, ob Elli vom Octopussy und die Männer, die mit ihm gefunden wurden, mit Drogen in

Verbindung gestanden haben, und wenn ja, auf welche Art.

Diese Frage kann man sowohl lang als auch kurz beantworten. Die kurze Antwort ist einfach Ja. Ævar Guðbergsson und Jóhann Baker sind beide wegen Drogenmissbrauchs vorbestraft. Elías ist nie in Zusammenhang mit Drogen geschnappt worden, wenn man Führerscheinentzug wegen Alkohols am Steuer nicht mitzählt. Aber den Anwesenden gegenüber kann ich bestätigen, dass Elías mehr als nur eine Verbindung zu Drogen hatte. Wir haben den sehr fundierten Verdacht, dass er in großem Stil Amphetamin ins Land geschmuggelt hat. Wir können in etwa auch den Zeitpunkt benennen, wann er damit begonnen hat. Das war vor gut zwei Jahren. Zu der Zeit importierte er Baumaterial aus Estland, und zwar in Containern. Denkbar, dass er dort im Osten mächtige Partner, egal, ob es sich um Russen oder Esten handelt, kennengelernt hat, indem er sich von ihnen Prostituierte auslieh, die er dann wiederum hierzulande als sogenannte Revuetänzerinnen weitervermittelte. Und damit reden wir von zwei weiteren Straftaten, nämlich einem Bruch der Sittengesetze und knallhartem Menschenhandel.«

Für die anwesenden Polizisten war es keine Neuigkeit, dass Rauschgift, Prostitution und Menschenhandel oft Hand in Hand gehen, aber Ásta hatte sich die wichtigste Nachricht bis zum Schluss aufgehoben.

»Darüber hinaus weist vieles darauf hin, dass Elli der Teilhaber oder Mitbesitzer eines Amphetaminlabors in Estland gewesen ist, das wohlgemerkt vor ein paar Tagen bis auf die Grundfesten niedergebrannt worden ist. Auf dem Gelände wurden sieben Leichen gefunden, wenn ich mich recht erinnere; eine war wahrscheinlich aus der

Gruppe der Angreifer, die anderen jedoch Wächter und Angestellte des Labors.«

Wer bei der Besprechung kurz vor dem Eindösen gewesen war, sperrte jetzt seine Ohren auf, setzte sich auf seinem Stuhl aufrecht hin und tauschte mit den anderen Bemerkungen aus.

»Nicht den Faden verlieren«, sagte Randver, und kaum hatte er es gesagt, merkte er, dass diese Redewendung im Gespräch mit einer modernen Frau vielleicht nicht ganz glücklich gewählt war.

»Das ist noch nicht die ganze Geschichte«, erwiderte Ásta trocken. »Hier sind einige Fotos vom Tatort mit der Frage, ob wir irgendwelche der Leichen identifizieren können. Die Fotos bekamen wir heute in aller Herrgottsfrühe zugeschickt. Estland ist uns wohl mit der Zeit zwei oder drei Stunden voraus. Da seht ihr auch das Gekritzel, von dem die Esten meinen, dass es an nordische Runenschrift erinnert. Sie vermuten, dass die Angreifer das hinterlassen haben. Auf die Schnelle scheint es mir dem Gekritzel zu ähneln, das ihr in Þingvellir gefunden habt.«

Dieser Vortrag, der so öde begann, hatte vor seinem Ende doch noch das Interesse aller Anwesenden geweckt, das muss man sagen.

17

Dass Víkingur nicht, wie lose vereinbart, zur Nachmittagsbesprechung ging, lag daran, dass der Polizeipräsident Lúðvík Ásmundsson ihn angerufen und um einen Besuch bei sich zu Hause in der Weststadt gebeten hatte. Lúðvík war eigentlich der ehemalige Polizeipräsident. Vor einem Jahr hatte eine Restrukturierung der Polizei dazu geführt, dass ihm eine Vertragsauflösung angeboten wurde, um die zwanzig Monate zu überbrücken, die er noch bis zur Rente hatte.

Der Ex-Polizeipräsident, der verächtlich oft »Dressman« genannt worden war wegen seiner völlig fehlenden Eitelkeit in Sachen Kleidung, kam selbst zur Tür. Sogar Víkingur ging das Aussehen seines Freundes diesmal zu weit. Er trug einen grasgrünen Jogginganzug und seine nackten Füße steckten in grauen Filzpantoffeln, die »Ratten« genannt werden.

Der Polizeipräsident streckte seine Pranke aus und zog seinen Gast ins Haus, dann steckte er den Kopf zum Türspalt hinaus und blickte sich in der Umgebung um. Schloss die Haustür und wies Víkingur den Weg ins Wohnzimmer.

»Du hast doch nicht herumerzählt, dass wir uns verabredet haben, oder?«, fragte er, als sie sich gesetzt hatten.

»Nein, ich glaube, ich habe es noch niemandem gegenüber erwähnt«, sagte Víkingur.

»Gut, gut«, sagte Lúðvík. »Belassen wir es auch dabei. Soll ich meine Frau bitten, uns Kaffee zu machen?«

»Nein, danke, ich versuche gerade, das Kaffeesaufen etwas einzudämmen. Habe ich das richtig verstanden? Es soll ein Geheimnis bleiben, wenn ich dich, als meinen ehemaligen Vorgesetzten, besuche?«

»Nein, auf keinen Fall. Also so betrachtet nicht«, sagte Lúðvík und lächelte wie gewöhnlich, wenn er etwas anderes sagte, als er meinte. »Es ist nun mal mit Wissen und Informationen genauso wie mit Alkohol, die Menschen vertragen sie unterschiedlich gut. Manche vertragen jede Menge. Andere verlieren gleich nach dem ersten Glas den Verstand. Und je schlechter die Menschen Alkohol vertragen, desto versessener sind sie darauf.«

»Was für ein Quatsch«, sagte Víkingur. »Ich kenne Trunkenbolde, die Unmengen vertragen können.«

»Ja, die Ausnahme bestätigt die Regel«, sagte der ehemalige Polizeipräsident, wie immer, wenn er auf eine Lücke in seiner Argumentation aufmerksam gemacht wurde. »Wahrscheinlich bin ich so ein Informationsschluckspecht. Ich weiß leider alles Mögliche und Unmögliche. Was würde ich mir wünschen, nicht so viel zu wissen. Das war allerdings nicht der Grund, weshalb ich dich bat, bei mir vorbeizuschauen. Sag mir, wie geht es dir?«

»Meinst du den Þingvellir-Fall oder einfach so generell?«

»Beides.«

»Es gibt keine eindeutige Spur, die wir verfolgen können. Die meisten Mordfälle lösen sich eigentlich von selbst, sobald man beginnt, sie zu untersuchen, weil sie in einem Anfall von Raserei begangen wurden. Das hier ist anders. Es erinnert mehr an schauerliche Hinrichtungen als an Mord. So wie es zurzeit steht, haben wir keinen Verdacht, warum diese Männer ermordet wurden. Wenn wir das herausfinden, glaube ich, finden wir auch denjenigen oder diejenigen, die dort am Werk waren.«

»Habt ihr irgendwelche Hinweise bekommen?«

»Nein, das kann man so nicht sagen. Wir wollen uns aber die wichtigsten Konkurrenten in der Pornobranche ansehen. Du erinnerst dich an Guðfinnur Bertholds?«

Lúðvík verzog seinen Mund zur Andeutung eines Lächelns, als er sagte:

»Irgendetwas sagt mir der Name. Schließlich ist es weniger als ein Jahr her, dass ich aufgehört habe, und ich bin noch nicht vollkommen gaga, auch wenn ich selbstverständlich auf einem guten Weg bin, es zu werden.«

»Ja, natürlich erinnerst du dich an ihn. Elli und er waren bis vor zwei Jahren dicke Freunde. Sie waren unzertrennlich. Dann ist etwas passiert und fortan waren sie wie Hund und Katze. Wir müssen noch herausfinden, was das Ende der Freundschaft verursachte.«

»Vielerlei Gründe können zu so einer Hinrichtung führen, auch wenn letztlich vielleicht ein bestimmter Aspekt der Tropfen ist, der das Fass zum Überlaufen bringt.«

»Kriminologen sprechen von sechs Hauptmotiven für Morde. Auf die Schnelle würde ich sagen, dass vier von diesen infrage kommen könnten: Wut, Angst, Gier und Rache.«

»Und die beiden anderen?«

»Begierde und Eifersucht«, sagte Víkingur. »Ich halte es für unwahrscheinlich, dass jemand diese drei Männer aus Eifersucht oder einer Art sexueller Begierde getötet haben soll.«

»Was ist mit dem Pfählen? Dem Besenstiel?«

»Besenstiel? Wie kommst du darauf? Ich habe noch keine Obduktionsergebnisse bekommen.«

»Man erfährt alles Mögliche«, sagte Lúðvík. »Ich habe mich eben kurz bei Þórhildur gemeldet und es kann sein, dass sie das vertraulich erwähnte.«

»Ich glaube, das Pfählen war nicht das Ziel, auch wenn es darauf hinweist, dass derjenige, der es getan hat, von einer Art Sadismus erfüllt ist. Die Worte, die mir als Erstes in den Sinn kamen, als ich das sah, waren Grausamkeit und Hass. Man braucht viel Grausamkeit, um Menschen so zuzurichten – oder bodenlosen Hass.«

»Können wir dann nicht Gier als Motiv vernachlässigen?«, fragte Lúðvík. »Dann wären nur noch drei Motive übrig.«

»Ich schließe kein Motiv von vornherein aus«, sagte Víkingur. »Abgesehen davon ist denjenigen, die so etwas tun, in den seltensten Fällen bewusst, dass die Kriminologie nur sechs anerkannte Motive vorsieht. Und dann dürfen wir auch nicht vergessen, dass Morde, sofern sie nicht von Auftragskillern ausgeführt werden, meistens von Menschen verübt werden, die nicht mal ein Fahrzeug steuern könnten, geschweige denn sich selbst. Trotzdem glaube ich, dass diese Tat nicht im Rausch begangen wurde. Es ist eine Heidenarbeit, drei Männer auf diese Weise zu Tode zu martern, abgesehen davon, sie in das Sommerhaus zu bringen und dafür zu sorgen, dass keiner entwischt.«

»Glück?«, fragte Lúðvík. »Narrenglück – wenn man in diesem Zusammenhang von Glück sprechen darf?«

»Nein«, sagte Víkingur. »Es gibt noch andere Aspekte.« Er griff in seine Jackentasche und zog einige zusammengefaltete Blätter heraus. »Schau dir das mal an.«

Neben Fotos vom Tatort waren es auch die Bilder aus Holland.

»Ach, ich muss meine Lesebrille suchen«, sagte Lúðvík und wollte aufstehen.

»Kannst du nicht die Brille benutzen, die du auf der Stirn hast?«, fragte Víkingur.

»So ist das, wenn man alt wird«, sagte Lúðvík, schob die Brille herunter auf seine Nase und begann, die Bilder durchzusehen. »Ich hätte nie gedacht, dass ich einmal alt werde. Ich dachte, ich bliebe immer jung.«

Víkingur fand den Gedanken skurril. Er versuchte, sich einen jungen Lúðvík vorzustellen. Es gelang ihm nicht.

Als Lúðvík sich die Brille zurechtgerückt und die richtige Entfernung gefunden hatte, um die Fotos scharf zu sehen, erzählte Víkingur ihm von der Reise nach Holland und den Zeichen auf den Leichen.

»Das kann alles Mögliche sein«, sagte Lúðvík. »Warum glauben die Holländer, dass es isländisch sei?«

»Sie haben auch Reste einer isländischen Zeitung bei einem der Leichname gefunden und uns deswegen kontaktiert.«

»Ja, alles muss seine Richtigkeit haben«, sagte Lúðvík.

»Hoffentlich nicht«, sagte Víkingur. »Aber ich muss gestehen, dass ich mich gefragt habe, ob irgendeine ausländische Mafia sich vielleicht hierzulande mit diesen Horrortaten etwas aufbauen will. Da siehst du mal, was ich für Vorurteile habe.«

Lúðvík schnaubte vor Empörung. »Seit wann wird es denn zu den Vorurteilen gezählt, wenn man einen Verdacht gegenüber Verbrechern hegt? Es ist gut, wenn man versucht, fair zu sein, aber in unserem Beruf ist es das Misstrauen, das Bestand hat – und nicht die Fairness.

Unsere Rolle ist es nicht, die Regeln zu machen, sondern dafür zu sorgen, dass sie befolgt werden. Wir sind Wächter – keine Erzieher.«

»Wächter können auch fair sein«, sagte Víkingur.

»Tz, tz, ja, selbstverständlich«, sagte Lúðvík. »Sollten sie dann nicht auch noch gerecht sein?«

»Doch, das wäre wohl das Beste«, antwortete Víkingur.

»Da hast du was gesagt«, sagte Lúðvík. »Glücklicherweise gehört es nicht zum Aufgabengebiet der Polizei, zu beurteilen, wer schuldig und wer unschuldig ist. Dafür haben wir die Gerichte. Ein guter Polizist verurteilt niemanden, verdächtigt aber umso mehr.«

Víkingur wusste noch aus der Vergangenheit, wie viel Freude Lúðvík solche Streitgespräche machten, und er frohlockte, als er entgegnete: »Jetzt hast du dir selbst widersprochen. Gerade hast du gesagt, dass es zu unserem Job gehört, gegenüber Verbrechern Vorurteile zu haben. Und dann fügst du an, dass es nicht zu unserem Aufgabengebiet gehört, zu urteilen. Urteilen und vorverurteilen ist dasselbe, mit dem einzigen Unterschied, dass sich ein Urteil auf Gesetze stützt und ein Vorurteil nicht.«

Lúðvík stöhnte. »Ich hätte mir denken können, dass es für einen ungebildeten Juristen wie mich wenig Zweck hat, mich auf eine Haarspalterei mit einem hochgebildeten Theologen wie dir einzulassen. Wie viele Engel passen noch mal auf eine Nadelspitze?«

Víkingur lachte. Sie hatten in der Vergangenheit viele Stunden mit interessanten Diskursen verbracht, aber jetzt spürte er eine innere Unruhe.

Der Alte war sensibel. Lúðvík sah Víkingur an und fragte: »Halte ich dich auf?«

»Nein, ganz und gar nicht. Ich würde gern wissen, ob

diese Zeichen bei dir eine Assoziation auslösen. Sind das Runen oder etwas anderes?«

Lúðvík brauchte einen kurzen Moment, um den Schärfepunkt auf den Blättern zu finden. Er begutachtete das Gekrakel schweigend.

Dann legte er die Blätter ab, schob die Brille auf die Stirn und fragte: »Hast du das schon einem Spezialisten gezeigt?«

»Das habe ich noch nicht, aber ich habe Theódór draufschauen lassen. Wenn er es nicht herausfindet, kann es niemand.«

»Theódór? Der ist doch schon in Rente. Ich war auf seinem siebzigsten Geburtstag, letztes Jahr oder vorletztes.«

»Er ist immer noch fit wie ein Turnschuh und arbeitet halbtags bei uns. Wir nennen es ›externe Sachverständigenleistung‹, damit die Personalabteilung keine Einwände macht.«

»Ich merke schon, dass du jede Menge zu tun hast«, sagte Lúðvík. »Ich danke dir, dass du dir die Zeit genommen hast, hier vorbeizuschauen. Allerdings war es gar nicht das, worüber ich mit dir sprechen wollte.«

»Sondern was?«

»Kommst du denn nicht selbst darauf?«

»Nein, wovon sprichst du?«

Der Polizeipräsident wiegte sich in seinem Sessel und sagte fast ein bisschen verlegen: »Du brauchst meinen Rat nicht und hast ihn nie gebraucht, um die Aufgaben zu lösen, die dir in deinem Beruf begegnen. Das Seltsame ist, dass du trotz deines klugen Kopfes nicht den Hauch von politischem Gespür hast und noch weniger den nötigen Selbsterhaltungstrieb für einen Mann, der von Haien umringt ist. Als ich aufgehört habe, bist du zum Polizeidirektor befördert worden, nicht wahr?«

»Ja, das weißt du doch. Ich weiß auch, wer darauf bestanden hat, dass ich die Stelle bekomme.«

»Das Problem ist nur, dass ich nicht mehr in einer Position bin, wo man auf etwas bestehen kann, und du hast die Stelle nur für ein Jahr bekommen.«

»Ich dachte, das sei einfach nur eine Formalie. Man hat mich offiziell für ein Jahr eingestellt, weil man noch keine Erfahrungen mit der Umstrukturierung hatte. Willst du mir sagen, dass meine Stelle demnächst wieder ausgeschrieben wird?«

»Ich halte das für sehr wahrscheinlich«, sagte Lúðvík. »Und leider fürchte ich, dass nicht nur du dich darauf bewerben wirst.«

»Niemand hat mehr Berufserfahrung als ich.«

»Die Stelle wird nicht nach Berufserfahrung, sondern nach Bildung vergeben.«

»Ich habe einen Universitätsabschluss.«

»Das weiß ich doch, aber einen Abschluss in Theologie. Was passiert, wenn sich irgendein Schlauberger aus dem Umfeld der Landespolizeichefin mit einem Diplom einer amerikanischen Universität in Deeskalationslehre und Verwaltungswissenschaften der öffentlichen Einrichtungen bewirbt?«

»Darüber habe ich ehrlich gesagt noch nicht nachgedacht«, sagte Víkingur. »Der Justizminister vergibt die Stellung vermutlich an denjenigen, den er für am fähigsten hält, in ihr etwas zu bewirken.«

»Für ihn etwas zu bewirken«, sagte Lúðvík.

»Was meinst du?«, fragte Víkingur.

»Die Spitzenjobs im Staat werden seltenst danach besetzt, wer der Fähigste ist, sondern wer all denen am bravsten dient, die ihn in die Position berufen haben. Jetzt sag mir nicht, du hältst es für nichts als einen lustigen Zufall, dass alle Polizeipräsidenten und Gemeindevorsteher hierzulande entweder in der Demokratiepartei oder der Bauernpartei sind. Sag mir nicht, dass du denselben Zufall für die Tatsache verantwortlich hältst, dass keine Linken am Obersten Gericht tätig sind.«

»Willst du mir sagen, dass ich der Demokratiepartei beitreten soll, damit ich auf meine Stelle berufen werden kann?«

»Pfui, dafür ist es viel zu spät. Das würde nicht reichen. Das Einzige, was du tun kannst, ist, dich mit der Landespolizeichefin zu treffen und ihr zu sagen, dass du es sehr zu schätzen wüsstest, wenn sie dich für die Stelle empfehlen würde, und dass sie in Zukunft auf dich zählen könne. Zwischen euch besteht ja diese rätselhafte Hassliebe, sodass es sogar sein könnte, dass sie auf dich hört.«

Víkingur wusste, dass Lúðvík recht hatte. Als er die Stelle des Polizeidirektors, auf ein Jahr befristet, angetreten hatte, hatte er sofort das Gefühl gehabt, eine Fortsetzung sei ungewiss. Er war nur begrenzt an Politik interessiert und alles Gerede über die Korruption des Machtsystems und die Stellenvergabe aufgrund von Familienbanden und Verbindungen zu Regierungskreisen hatte er immer weit von sich gewiesen, denn er wollte daran glauben, in einer Gesellschaft zu leben, in der man die Menschen an ihren Meriten maß. Er hatte versucht, nicht wahrzunehmen, dass die Wirklichkeit eine ganz andere war. Es gab viel zu viele Ausnahmen von den vernünftigen Auswahlkriterien. Doch es gehörte nicht in sein Aufgabengebiet, etwas anderes als Verbrechen zu untersuchen. Es war Sache der Politiker, sich wie zivilisierte Menschen zu benehmen, und Sache der Journalisten und Medien, sie im Zaum zu halten und dafür zu sorgen, dass sie auf dem Teppich blieben.

Wenn er in einer besseren Verfassung gewesen wäre, hätte Víkingur möglicherweise anders reagiert und auf weitere Ratschläge, wie er seine Stellung sichern konnte, gehört, aber er war gestresst wegen der gerade angelaufenen Untersuchung der Þingvellir-Morde und aufgewühlt wegen der Vorfälle um Þórhildur. Er wollte sich nicht noch mit Sorgen um seine zukünftige berufliche Sicherheit belasten, sondern beschloss, sie von sich zu schieben, und sagte:

»Ich danke dir, dass du dir über mich Gedanken machst, aber du hast recht. Ich habe weder politisches Gespür noch genügend Selbsterhaltungstrieb, um in der Sache etwas zu tun. Ich bin schon etwas älter und vielleicht ist es ganz gut, wenn ein jüngerer Mann die Stelle übernimmt, dem es vielleicht leichterfällt, sich an die raschen Veränderungen in der Kriminalität anzupassen. Das wird einfach so laufen müssen, wie es läuft. Ich hatte es mir nie zum Ziel gesetzt, als Polizeidirektor zu enden.«

»Verstehst du denn nicht, Víkingur, was es bedeutet, wenn du nicht unbefristet zum Polizeidirektor berufen wirst? Dann bedeutet das, dass dich keiner mehr bei der Polizei haben will. Auch wenn es im Laufe der Jahrhunderte immer Veränderungen in der Kriminalität geben wird, verändert sich doch die menschliche Natur ausgesprochen wenig. Deine große Schwäche ist, dass du glaubst, jeder, der nicht vorbestraft ist, sei dir freundlich gesonnen und setze sich für dein Wohlergehen ein. Das

Leben wird dir schwergemacht werden, bis du selbst um die Auflösung deines Vertrages bitten wirst.«

»Das glaube ich nicht«, sagte Víkingur. »Warum sollte man mich loswerden wollen? Ich mache nur meinen Job und versuche ihn so gut zu machen, wie ich kann, und damit werde ich wohl kaum jemanden stören.«

»Du bist zu selbstständig. Du bist von niemandem abhängig und lässt dich von nichts anderem beherrschen als von dem, was du Fairness und Gerechtigkeitssinn nennst – von dem viele nicht einmal wissen, was das ist. Man weiß doch nie, auf welche Ideen so ein Mann kommt. Jetzt bin ich weg und habe keine Ahnung, ob dieser neue Vorgesetzte von dir Interesse an diesen seltenen Eigenschaften hat, die du hast. Wenn ja, dann ist alles in Ordnung. Wenn nicht ...«

Víkingur stand auf.

»So, jetzt muss ich wohl los. Wir bleiben in Kontakt. Das geht alles seinen Gang. Aber ich möchte dich noch etwas fragen.«

Lúðvík wartete die Frage ab und lächelte dann, als er sie hörte:

»Wo sich doch alles um Politik und Interessen dreht – wie kam es dann dazu, dass du Polizeipräsident wurdest?«

Die Antwort folgte sofort:

»Dafür gab es zwei Gründe. Zum einen war mein Vater in der Bauernpartei. Weil ich vermied, über Politik zu sprechen, vermutete man, dass ich ihr auch angehörte. Zweitens hielt man mich für einen Vollidioten. Nachdem sich das als Irrtum herausstellte, brauchten sie elf Jahre, um mich aus dem Amt zu bekommen.«

*****

Wenngleich er geschwätzig war, konnte Þórhildur nur zufrieden mit ihrem Schüler sein. Sveinn arbeitete schnell und abgeklärt, seine Handbewegungen waren sicher und elegant, schließlich hatte er vor seiner Spezialisierung Chirurgie gelernt. Er ging so flink zu Werk, dass Þórhildur nicht einmal während ihrer Ausbildung in Australien jemanden gesehen hatte, der eine Autopsie in kürzerer Zeit abschließen konnte. Sie sprach Sveinn darauf an. Er freute sich offensichtlich über das Lob, denn Þórhildur ging normalerweise sparsam damit um.

»Es wäre doch interessant zu sehen, wie viele Obduktionen wir an einem Tag schaffen können«, sagte er. »Noch zwei warten vorne, ein Erhängter und ein Ertrunkener. Wenn wir sie beide heute fertig machen könnten, hätten wir den ganzen Tag morgen für die Protokolle.«

»Ich kann mich nicht daran erinnern, jemals drei Obduktionen an einem Tag gemacht zu haben«, sagte Þórhildur. »Sollen wir es nicht gut sein lassen und die anderen beiden Autopsien bis morgen aufheben?«

Aber Sveinn war nicht willens, schon aufzuhören.

»Wenn du müde bist, kann ich mich noch um eine kümmern, bevor ich nach Hause fahre«, sagte er. »Ich habe Zeit. Mich erwartet niemand.«

Þórhildur verzichtete darauf, zu fragen, warum ihn niemand zu Hause erwartete. Sie erinnerte sich daran, dass er einmal gesagt hatte, er lebe in einer kinderlosen Partnerschaft. Die Partnerin schien entweder auf Reisen zu sein oder die Beziehung war auseinandergegangen. Þórhildur hatte nicht genug Energie, um sich für das Privatleben ihres Schülers zu interessieren. Sie hatte genug mit ihrem eigenen zu tun.

Jedes Mal, bevor sie sich einem weiteren Leichnam zuwandten, begab sich Þórhildur ins Bad. Sie wusch sich die Hände, steckte eine Hand in die Tasche ihres Umhangs und nahm die weißen Tabletten heraus. Sie steckte sich zwei in den Mund und spülte sie mit einem Schluck Wasser aus dem Wasserhahn hinunter. Sie betrachtete sich gründlich im Spiegel. Nichts an ihrem Aussehen war unnatürlich, außer dass ihr Ausdruck so düster war. Sie versuchte zu lächeln, aber das Lächeln war falsch. Sie hatte ein schlechtes Gewissen wegen ihres Mannes. Sie hatte ihm Offenheit und Aufrichtigkeit versprochen und dass alles wieder so würde, wie es war.

Bald wird wieder alles, wie es war, dachte sie. Bis dahin muss ich einfach so tun, als ob es schon so sei. Wegen Víkingur. Seinetwegen muss ich mich behaupten. Ich bin kein Junkie, auch wenn ich Medikamente nehme, um über den Tag zu kommen. Ich bin Ärztin und weiß, was mir nicht schadet. Am liebsten würde ich alle Tabletten schlucken, die ich in der Tasche habe, und von allem davonschweben. Aber tue ich es? Nein. Ich nehme immer nur zwei. Das würde ein Junkie nicht schaffen. Ein Junkie würde sich in den Schutz des Rausches flüchten. Das tue ich nicht. Ich widerstehe dem Medikamentenmissbrauch. Ich benutze die Medikamente nur, um trocken zu werden. Und wenn ich trocken bin, täusche ich niemanden.

*****

Nachdem sie den dritten Leichnam seziert hatten, legten sie gemeinsam fest, welche Informationen sie der Polizei zukommen lassen konnten, schon bevor der eigentliche Autopsiebericht geschrieben war. Sie waren sich einig, dass, wenn man das Klima der letzten Zeit und die vermutliche Temperatur im Sommerhaus in Betracht zog, mindestens fünf Tage vergangen sein mussten, seit die Männer getötet worden waren. Von denselben Grundlagen ausgehend konnten kaum mehr als zehn Tage seit dem Tod der Männer vergangen sein.

»Ohne Gewähr würde ich sagen, eher fünf als zehn«, sagte Sveinn. »Wie der Fette im Inneren aussah, hat nichts zu bedeuten. Wenn das Gedärm durchstochen wird, sind die Bakterien schnell auf dem Plan. Verdammt, es war Wahnsinn, zu sehen, wie der Besenstiel nach rechts gerichtet worden ist, um das Herz zu umgehen.«

Þórhildur war es nicht gewohnt, das Auftreten anderer Menschen kommentieren zu müssen. Diesmal war es aber wohl angebracht.

»Entschuldige, Sveinn«, sagte sie, anstatt ihn mit Svenni anzusprechen, wie sie es gewöhnlich tat. »Ein Rechtsmediziner darf keine Ausdrücke wie ›der Fette‹ benutzen, wenn er von Toten spricht, die ihm anvertraut wurden. Und dann flucht man auch nicht am Arbeitsplatz. Das gesamte Auftreten eines Rechtsmediziners soll von Respekt seiner Aufgabe gegenüber und von wissenschaftlichem Interesse geprägt sein. Der Sinn unserer Tätigkeit ist es, nach der Wahrheit zu suchen. Das dürfen wir nicht vergessen. Es ist tödlicher Ernst. Das Schild dort an der Wand hängt da, um uns daran zu erinnern.«

In Sektionssälen in der ganzen Welt hängen Schilder, die dasselbe lateinische Zitat tragen:

Hic locus est ubi mors gaudet succurrere vitae.
An diesem Ort freut sich der Tod, dem Leben beizustehen.

Þórhildur war erstaunt, wie nahe Sveinn diese freundliche Anmerkung zu gehen schien. Er hatte vor Zufriedenheit über das Lob gestrahlt, das er für seine Handfertigkeit und die flinke Arbeitsweise bekommen hatte. Jetzt fiel ihm das Lächeln aus dem Gesicht, und einen kurzen Augenblick lang schien es Þórhildur, als bräche er gleich in Tränen aus.

»Was soll das?«, murmelte er. »Alles ist vergänglich. Es ist ja nicht so, als wären es lebendige Menschen.«

Plötzlich ist er empfindlich, dachte sie. Eine ordinäre Ausdrucksweise ist ja oft ein Zeichen dafür, dass die Menschen dünnhäutig sind.

Dennoch tat es ihr leid, wie bedrückt der Kerl war.

Deswegen konnte sie sich nicht dazu durchringen, kompromisslos Nein zu sagen, als Sveinn sie wieder drängte, nicht aufzuhören, bevor sie ihren bisherigen Rekord an Autopsien an einem Tag überboten hatten.

Um sich von der Betroffenheit ihres Schülers freizukaufen, hörte sie sich selbst vorschlagen, eine weitere Obduktion vorzunehmen. »Nicht, um irgendwelche Rekorde zu brechen«, sagte sie. »Sondern weil du heute so gut drauf bist. Und du hast auch recht, dann haben wir morgen mehr Zeit, die Berichte zu verfassen.«

Sveinn konnte seine Zufriedenheit nicht verbergen, auch wenn er schon alt genug war, um sich Luftsprünge und Hurrarufe zu sparen.

So sind sie alle, diese Jungs, dachte sie. Ständig mühen sie sich ab, irgendwelche Heldentaten zu vollbringen und Rekorde aufzustellen, nur damit sie Lob bekommen. Sogleich fühlte sie einen schmerzhaften Stich im Herzen, als sie an den Jungen dachte, der sich nicht nach ihrem Lob sehnte.

Magnús, wo bist du?, dachte sie. Lass mich wissen, wo du gelandet bist. Gib mir eine Gelegenheit, dir zu sagen, wie sehr ich mich selbst dafür hasse, dass ich dich enttäuscht habe. Gib mir nur eine Gelegenheit, dir meine Fürsorge zu zeigen.

Sie bemerkte, dass Sveinn dastand und sie anschaute. Er hatte sie anscheinend nach etwas gefragt und wartete auf die Antwort.

»Entschuldige«, sagte sie. »Ich war irgendwie abwesend. Was hast du gesagt?«

»Ich habe dich gefragt, ob du den Gehängten oder den Ertrunkenen nehmen willst?«

»Das kommt für mich auf dasselbe heraus«, sagte sie. »Du hast sie entgegengenommen, als ich im Ausland war. Du entscheidest.«

Jetzt konnte Sveinn seine Zufriedenheit nicht länger verhehlen. Er strahlte geradewegs, dass er diese Anerkennung seiner Mentorin bekommen hatte.

»Dann schlage ich vor, dass wir den Gehängten nehmen. Es handelt sich allerdings um einen Selbstmord und der Zeitpunkt ist ziemlich gesichert. Aber interessant deswegen, weil ich noch nie von einem Mann gehört habe, der über eins achtzig ist und sich an einem Türgriff von nur einem Meter zehn Höhe erhängt hat. Der Mann hat sich mit seinem Gürtel aufgeknüpft«, fügte er erklärend hinzu. »Ich habe ihn selbst gestern Morgen im Playboy-Club abgeschnitten, bevor ich runter nach Þingvellir musste. Ich bin ziemlich gespannt darauf, was wir finden.«

Es war zu spät für Þórhildur, ihre Meinung doch noch zu ändern.

»Ich muss kurz ins Bad«, sagte sie. »Ich bin gleich wieder da.«

»Lass dir Zeit«, sagte Sveinn. »Ich kümmere mich darum, alles vorzubereiten, sodass wir in null Komma nichts fertig sein werden.«

Sie ging wieder ins Bad. Sah wieder in den Spiegel. Sie erschrak, als sie sich selbst sah.

Víkingur merkt bestimmt, dass mein Gesicht wie eingefroren ist.

Entspanne dich, Mensch, er wird nichts bemerken. Du bist einfach ein bisschen ausgelaugt.

Sie schluckte die Pillen mit Leitungswasser hinunter. Sah dann wieder in den Spiegel und machte Grimassen, riss den Mund auf und lockerte den Unterkiefer. Sie war nicht mehr eingefroren.

*****

In Reykjavík war das Gästehaus Hlynur als Playboy-Club bekannt. Diese Bezeichnung rührte nicht daher, dass es im Inneren so exquisit ausgesehen hätte, sondern war dadurch entstanden, dass die Gäste nur in Ausnahmefällen ausländische Reisende waren. Meistens waren es Männer, die frisch geschieden waren, in Trennung lebten oder denen eine Scheidung drohte. Trunksüchtige, die mehrmals im Jahr von zu Hause verschwanden, um sich volllaufen zu lassen, fanden dort ebenso Unterschlupf wie Ehebrecher, die auf frischer Tat ertappt und davongejagt worden waren.

Viele glaubten, im Playboy-Club herrschten stete Gaudi und Munterkeit, und stellten sich vor, die Gäste würden von leichtbekleideten Bunnys bedient. Nichts war jedoch unzutreffender als das, denn Zimmerservice gab es keinen und um Empfang und Reinigung kümmerten sich zwei Männer, die in Wechselschicht arbeiteten. Der eine hieß Inunnguaq Jensen, genannt Nonni Quak, und war ein Grönländer, der erlöst worden war und aufgehört hatte zu trinken. Dann hatte er angefangen, im Playboy-Club zu arbeiten, um seine durch Sauftouren entstandenen Schulden begleichen zu können. Der andere hieß Phiwokwakhe Mphikeleli, Feigenlilli oder kurz Lilli von den Stammgästen genannt, die in der Regel zu stark lallten, um ihre eigenen Namen aussprechen zu können, ganz zu schweigen von fremdsprachlichen Namen. Er stammte aus Südafrika und behauptete, von Shaka kaSenzangakhona abzustammen, der 1816–1828 König der Zulu war. Inunnguaq und Phiwokwakhe waren beide nach Island gezogen, weil sie isländische Frauen kennengelernt hatten, Nonni Quak in Kopenhagen und Feigenlilli in London. Beide hatten getrunken und die Frauen in die Flucht geprügelt, aber dann wurden sie vom Alkoholismus befreit durch das Blut des Lammes und die Vermittlung eines gewissen Sigurður, der Sankt Sigurður genannt wurde und Vorsitzender der Sekte »Der Kelch« gewesen war, bevor er wegen Unterschlagung und freizügiger Sexualkontakte mit seinen Schützlingen im Gefängnis landete.

Als Nonni Quak zur Arbeit erschien, hatte er die Flure des Gästehauses und zwei freie Zimmer, Nummer 13 und Nummer 28, zu putzen. Als er zum letztgenannten Raum kam und den Schlüssel im Schloss drehte, wollte sich die Tür nicht öffnen lassen. Es war, als hielte jemand dagegen. Mit ganzer Kraft gelang es Nonni jedoch, die Tür weit genug zu öffnen, um hineinspähen zu können, und dann sah er, was die Ursache war. Im Zimmer, das leer sein sollte, war ein Übernachtungsgast gewesen, der sich aus irgendeinem Grunde nicht in der Lage gefühlt hatte, die helle Sommernacht zu überstehen, und Selbstmord begangen hatte. Der Mann hatte sich erhängt, indem er das eine Ende seines Gürtels an der Türklinke befestigt und das andere Ende um seinen Hals geschlungen hatte.

Dann hatte er sich mit dem Rücken zur Tür heruntersacken lassen und auf seinen Tod gewartet, während der Gürtel seinen Hals einengte.

Es war nicht das erste Mal, dass Nonni einen toten Hotelgast auffand, und ohne zu zögern rief er die Polizei an. Zwei junge Männer, die über den Sommer vertretungsweise im Einsatz waren, wurden an den Ort des Geschehens geschickt mit der Anordnung, die Leiche nicht zu berühren, bevor der Rechtsmediziner eingetroffen war. Also tranken sie in einer kleinen Ecke der Küche bei Nonni Kaffee, während sie auf Sveinn warteten, der wegen Þórhildurs Abwesenheit Bereitschaft hatte.

Als Sveinn zum Tatort kam, gelangte er schnell zum selben Ergebnis wie Nonni, nämlich dass es sich um einen Selbstmord handele. Die starke Alkoholfahne des Leichnams wies darauf hin, dass der Mann betrunken gewesen war, was eine Erklärung dafür sein konnte, wie er dieses unbequeme Erhängen ertragen haben konnte, ohne aufzustehen und sich eine geeignetere Örtlichkeit zu suchen. Nichts im Raum gab Anlass zu der Annahme, dass sich Handgreiflichkeiten ereignet hatten. Das einzig Ungewöhnliche war, dass der Mann keine Papiere bei sich trug und niemand dieses Zimmer für diese Nacht gebucht hatte.

Mit einem scharfen Messer schnitt Sveinn den Gürtel so nahe wie möglich an der Türklinke entzwei und beließ jenen Teil, der sich in den Hals eingegraben hatte, an der Leiche. Es gab keinen Grund, den Gürtel vom Hals zu lösen, denn der Mann war offenbar seit geraumer Zeit tot. Er war bereits kalt und die Totenstarre eingetreten. Sveinn vermutete, dass der Mann vor ungefähr zwölf Stunden gestorben war. Er hatte nicht viel Zeit für wei tere Überlegungen an Ort und Stelle, da ihn die Nachricht erreichte, es habe höchste Priorität, dass er zu einem bestimmten Sommerhaus in Grafningur führe und alles mitbrächte, was man für die Untersuchung eines Mordes am Tatort bräuchte.

Sveinn gab daher sein Fazit zu Protokoll, dass es sich um Selbstmord handele, und übergab die Leiche den beiden Urlaubsvertretungen, die dann einen Krankenwagen verständigten, um den Leichnam ins Leichenschauhaus zu transportieren.

Trotz der Arbeitslast am Vortag und den drei Obduktionen an diesem Tag freute sich Sveinn darauf, die Bekanntschaft mit dem Mann aufleben zu lassen, den er in so großer Hast im Gästehaus hatte zurücklassen müssen. Die Methode, die der Mann gewählt hatte, war eher ungewöhnlich, und in seinem Beruf begrüßte Sveinn alles mit offenen Armen, was ungewöhnlich war.

Jetzt lag der erhängte Mann auf dem Sektionstisch. Die Kleidung war entfernt worden, die Totenstarre größtenteils gewichen und die Leiche lag auf dem Rücken. Der Gürtel war noch immer fest um den Hals geschlungen, das Gesicht wies von Sveinn und der Tür des Sektionssaals weg.

Als Þórhildur in die Tür trat, blickte sie an Sveinn vorbei in Richtung des Leichnams. Ihr Blick blieb gleich an dem Gürtel hängen. Sie erschrak, starrte ihn fassungslos an und ging dann mit unsicheren Schritten zum Sektionstisch. Sie erkannte die Gürtelschnalle, die unterhalb des linken Ohrs der Leiche ruhte. Im Frühling, am ersten Mai, hatte sie ihrem Sohn diesen Gürtel zum Geburtstag geschenkt. Die Schnalle war aus poliertem Stahl und in ihrer Mitte war der Buchstabe M ausgeschnitten. Sein Buchstabe. Magnús war ein Maikind, er war ihr im Frühling des Lebens geboren worden, einem Frühling, den sie selbst zu einem kalten Herbst gemacht hatte.

Sie hielt am Sektionstisch inne und beugte sich über den Leichnam, um sein Gesicht zu sehen. Der Ausdruck des Toten war entstellt von der Qual. Die Zunge, die fast durchgebissen war, hing aus dem Mund. An der linken Augenbraue war ein blutiger Schnitt und an der Schläfe ein blauer Fleck.

Einen kurzen Moment wirkte es auf sie wie ein schlimmer Traum, ein Albtraum, und innerhalb kurzer Zeit würde sie aufwachen – aber sie wusste es besser. Die Wirklichkeit ist derjenige Traum, dem man nicht entkommt, bis der Tod seine schwarzen Flügel über Freude und Sorgen breitet. Endgültig. Für immer. In alle Ewigkeit. Keine Sorgen mehr. Nie wieder Freude.

Mit unsicherer Hand strich sie das Haar von der Stirn des Leichnams und schrak auf, als etwas brennend Heißes auf ihren Handrücken fiel. Es war eine Träne. Sie weinte, ohne auch nur einen Ton von sich zu geben, und die Tränen rannen von ihrem Handrücken auf die geschlossenen Augenlider ihres Jungen und seine Wangen herab. So weinten Mutter und Sohn gemeinsam über die tödliche Finsternis, die ihr Leben entzweit hatte, um es erneut im Tode zu vereinen.

18

Sveinn stand etwas abseits und rührte sich nicht. Ihm war klargeworden, dass Þórhildur die Leiche identifiziert hatte. Er wunderte sich allerdings darüber, wie nahe es ihr zu gehen schien. In der kleinen Gesellschaft eines spärlich besiedelten Landes muss man immer damit rechnen, auf jemanden zu stoßen, mit dem man bekannt oder befreundet ist. Er dachte gerade daran, das in einem tröstenden Tonfall anzusprechen, als Þórhildur sich umdrehte, ihn ansah und sagte: »Jetzt kann ich nicht mehr.«

Dann verließ sie den Sektionssaal ohne ein weiteres Wort. Sveinn schüttelte über die Kapriolen dieser Frau den Kopf.

Die Leiche lag auf dem Tisch. Ein junger Mann. Zwischen zwanzig und dreißig. Gut gebaut, aber sehr schlank. Schien unterernährt zu sein. Offenbar wieder einer von den Rauschgiftkonsumenten.

Verfluchte Plage, dieses Gift, dachte Sveinn und sein Blick fiel auf das Schild, auf das Þórhildur ihn hingewiesen hatte, als sie ihn belehrte, dass Flüche an diesem Ort nicht angemessen seien.

Hic locus est ubi mors gaudet succurrere vitae.
An diesem Ort freut sich der Tod, dem Leben beizustehen.

*****

Kurz gesagt hatte der Tag nichts ergeben. Keine Hinweise. Keine merkwürdigen Zufälle. Nichts.

Die Stimmung bei der Nachmittagsbesprechung war trüb. Das war kein gutes Zeichen. Normalerweise, wenn man es mit einem Mordfall zu tun hatte, war die Atmosphäre bei den Planungsbesprechungen der Kripo mit Spannung geladen, voller Aufregung, aber diesmal nicht.

Randver hatte nicht die geringsten Zweifel daran, dass das Schleppende an der Besprechung seine eigene Schuld und darin begründet war, dass er ein schlechter Leiter war. Unfähig, die Menschen anzuspornen, sie aufzumuntern, sie dazu zu bringen, sich anzustrengen.

Die Morde im Sommerhaus waren der erste ernsthafte Fall, der ans Ufer der Kripo gespült wurde, seit Randver die Leitung übernommen hatte. Víkingur war zwar immer noch da, aber er war befördert worden und es gehörte nicht mehr zu seinem Aufgabegebiet, die Untersuchungen zu leiten, sondern seine Aufgabe war es, zu begleiten und Ratschläge zu geben, zu loben oder Anmerkungen zu machen. Gleichwohl hatte er nichts davon getan. Irgendetwas musste auf ihm lasten. Seit seiner Reise war der Mann mit den Gedanken woanders, gleichgültig und lustlos.

Randver wusste, dass Þórhildur und Víkingur nach Holland gefahren waren, um sich zu vergewissern, ob es sich bei der Leiche, die die holländische Polizei aufbewahrte, um ihren Sohn Magnús handelte. Víkingur hatte die Reise nur ungern angetreten, denn es war zu vermuten, dass dies nicht der Fall war und Magnús früher oder später von selbst wieder auftauchen würde. Zumindest hatte noch keine offizielle Suche nach ihm begonnen, wenngleich die Polizei Erkundigungen nach ihm eingezogen hatte, die bisher jedoch ergebnislos geblieben waren. Es musste der Zustand zu Hause sein, der Víkingur so runterzog. Randver konnte sich nicht daran erinnern, ihn je mit einem so betrübten Ausdruck gesehen zu haben. Als trüge er eine schwere Last. Seltsam, denn seitdem er mit Þórhildur zusammen war, hatte er sich verändert. Darin waren sich alle seine Mitarbeiter einig. Früher war er einsilbig gewesen oder sogar griesgrämig.

Nachdem er Þórhildur kennengelernt hatte, hatte er sich grundlegend verändert. Man konnte zwar nicht behaupten, dass er regelrecht fröhlich oder unbeschwert geworden sei, aber er lächelte und plauderte häufiger, war freundlicher und zeigte mehr Interesse an anderen Menschen.

Jetzt trug er wieder seine verdrossene Miene, also war zu vermuten, dass die Veränderung in irgendeinem Zusammenhang mit Þórhildur und der Ehe stand. Randver brachte es nicht übers Herz, seinen Freund über dessen persönliche Verhältnisse und seelisches Befinden auszufragen. So etwas war schon in den isländischen Sagas nicht üblich gewesen und schließlich waren sowohl er als auch Víkingur älter als die neuen Generationen, die öffentlich über alles, was früher unter Privatleben gefallen wäre, in ihrem Blog berichteten und den lieben langen Tag mit Reiki und Heilen, Psychoanalyse, Yoga, Bodybuilding und Selbsthilfekursen verbrachten.

Randver graute es davor, die Aufgaben für den kommenden Tag zu verteilen. Er fühlte sich völlig leer und ihm fiel bis auf das übliche Prozedere, also Familie, Freunde, Kollegen und Nachbarn auszufragen und zu hoffen, dass die kriminaltechnische Abteilung irgendwelche Hinweise finden würde, nichts ein.

Guðrún Sólveig berichtete von den ersten Ergebnissen der Spurensicherung.

»Wir vermuten, dass zwei Täter an der Folterung beteiligt waren. Jedenfalls haben wir zwei verschiedene Fußabdrücke gefunden, die nicht von den Verstorbenen stammen. Es handelt sich um Spuren von gängigen Turnschuhen Größe 42 und 44. Das sind Männergrößen, aber ob es sich bei den Tätern um zwei Männer handelt, wissen wir nicht, auch wenn einiges darauf hinweist.«

»Was zum Beispiel?«, fragte Randver.

»Abgesehen von der Frage, ob es politisch korrekt ist, halte ich es einfach für wahrscheinlicher, dass zwei Männer es schaffen, drei Leute zu überwältigen und ihre Gefangenen dann vollständig unter Kontrolle zu halten. Wie ich gesagt habe, haben wir nichts in den Händen, was uns sagt, welchen Geschlechts die Täter waren. Es ist jedoch interessant, dass es uns scheint, als wäre Elías zuerst allein im Sommerhaus gewesen und als seien Jói der Bäcker und Goldköpfchen erst später hinzugekommen.

Man sollte auch dazusagen, dass dort relativ fachmännisch vorgegangen worden ist. Die Täter haben alle Werkzeuge und Hilfsmittel entfernt und nichts hinterlassen, obwohl diese Hinrichtungen einige Zeit in Anspruch genommen haben dürften. Wir haben keine Zigarettenstummel, Weinflaschen, Bierdosen, Essensreste oder sonstige Hinterlassenschaften im Sommerhaus gefunden. Nichts bis auf das Gekrakel, das Theódór gerade untersucht.«

Guðrún verstummte und betrachtete ihre Handflächen. Sie hatte anscheinend nichts weiter zu der Sache beizutragen.

Randver blickte zu Marinó, der wiederum Jón Esra anschaute, der in die Reinigung seiner Fingernägel vertieft war, sodass es Marinó zufiel, sich stellvertretend für die beiden zu äußern.

»Ja, also Jón Esra und ich haben die Gegend durchkämmt. Wir haben mit allen gesprochen, die sich dort in ihren Ferienhäusern aufhielten, und haben alle Besitzer der umliegenden Ferienhäuser ausfindig gemacht. Niemand hat irgendetwas bemerkt. Ich versteh nicht, warum diese Leute überhaupt aufs Land fahren. Sie fahren mit dem Auto bis an die Haustür von ihrem Häuschen. Sie schleppen ihren Kram rein, und dann wird gelesen, DVD oder Fernsehen geschaut, bis man schlafen geht. Außer natürlich diejenigen, die trinken. Aber die gehen auch nicht raus. Gerade mal auf die Veranda, um zu grillen, und dann direkt wieder rein. Und keiner bemerkt fahrende Autos. Die wenigsten wissen, wer im Nachbarhaus lebt oder ob überhaupt jemand dort ist. Vielleicht ist es der Sinn dieser Sache, seine Ruhe zu haben, aber ich finde es dennoch seltsam, dass die Leute nichts von ihrer Umgebung mitzubekommen scheinen. Sie betrachten höchstens den See, und das vor allem, um zu sehen, ob jemand schwarz angelt. Mir ist dieser Müßiggang ein absolutes Rätsel.«

»Das geht mir auch so«, sagte Randver. »Sind die Leute heutzutage nicht mehr neugierig, was ihre Nachbarn betrifft?«

»Doch, das schon noch«, antwortete Marinó. »Man interessiert sich vielleicht nicht für die Menschen selbst, aber welche Automarke der Nachbar fährt und wie mondän das Haus ist und so etwas, das wollen sie alle wissen.«

»Nun gut«, sagte Randver. »Aber wie kommt es, dass es genau in diesem Sommerhaus passierte? Was sagt der Besitzer, Lárus Herbertsson, selbst?«

»Es war gar nicht so einfach, Lalli im Leder zu erreichen«, antwortete Helgi Leifur. »Er ist in Polen und ging erst an sein Mobiltelefon, nachdem ich ihn bestimmt schon zwanzig Mal angerufen hatte.«

»Was macht er in Polen?«, fragte Randver. »Irgendetwas Geschäftliches?«

»Nein, er sagte, er sei hingefahren, um zu scheißen. Hast du nicht gehört, dass es das Neueste bei den Isländern ist, nach Polen zu düsen und sich einen Einlauf und Kräutertee zu genehmigen?«

»Doch, ich meine davon gehört zu haben«, sagte Randver. »Fahren die Leute jetzt wirklich schon ins Ausland, um Stuhlgang zu haben?«

»Ganze Flugzeugladungen voll«, sagte Helgi Leifur. »Und das muss auch ganz schön was kosten. Überleg dir mal, wie viel Geld man jedes Mal spart, wenn man sich gemütlich zu Hause aufs Porzellan setzt.«

»Das ist ganz schöner Klosetthumor.« Dagný unterbrach die Unterhaltung, um ihrem Vorgesetzten und Helgi Leifur aus der analen Phase zu helfen.

»Ja, entschuldigt bitte«, sagte Randver. »Was sagte Lárus denn, als du ihn gefragt hast, wer Zugang zu seinem Sommerhaus hat?«

»Er sagte, er wisse von nichts. Es könnte allerdings gut sein, dass er irgendwann einmal Elías die Schlüssel zum Häuschen geliehen hat, der hätte überlegt, es zu kaufen, aber dann wäre nichts daraus geworden. Die Unterhaltung hat unheimlich wenig ergeben. Ich musste ihm jedes Wort aus der Nase ziehen. Vielleicht hatte die Darmspülung noch nicht gewirkt. Er sagte, er sei seit Jahren nicht in diesem Sommerhaus gewesen, und betonte ausdrücklich, dass es in letzter Zeit niemand mit seiner Erlaubnis betreten habe. Und dann hat er eigentlich den Hörer aufgeknallt.«

»Das ist vielleicht etwas, das wir besser untersuchen sollten«, sagte Randver.

»Was denn?«

»Die Verbindung zwischen Lalli im Leder und Elli vom Octopussy. Früher sprach jeder davon, dass Lalli den Rauschgiftschmuggel finanziert. Man hat ihm nie etwas nachweisen können, und soweit ich weiß, hat er ein blütenreines Führungszeugnis. Ich halte es für einen merkwürdigen Zufall, dass Elli vom Octopussy, dem auch nachgesagt wird, dass er Drogen schmuggelt, in einem Sommerhaus im Besitz von Lárus ermordet wird. Hat Lalli denn etwas davon gesagt, wann Elli das Häuschen kaufen wollte?«

»Nein, es war streng genommen keine richtige Unterhaltung. Der Mann wollte so wenig wie möglich mit mir sprechen«, sagte Helgi Leifur. »Zuerst war alles in Ordnung mit ihm, aber nachdem ich ihm sagte, wen wir im Sommerhäuschen gefunden hatten, war es so, als ob er alles so weit wie möglich von sich weisen wollte, und er behauptete, nichts zu wissen und sich an nichts zu erinnern.«

»Weißt du denn, wann er wieder vom Klo zurück nach Island kommt?«

»Nicht vor Dienstag nächster Woche.«

»Bis dahin haben wir das aufgeklärt«, sagte Randver, aber er spürte, dass es seiner Stimme absolut an Überzeugungskraft mangelte. »Dagný und Terje, was gibt es Neues von euch beiden?«

»Eher wenig«, sagte Dagný, die sich beeilte, zu antworten, damit Terje ihr nicht zuvorkam. »Die Angehörigen von Goldköpfchen und dem Bäcker schienen von allen am wenigsten zu wissen, wo sie sich aufgehalten haben könnten und mit was sie sich beschäftigt haben mögen.

Goldköpfchen wohnte in einer Garage an der Ægissíða, aber wo der Bäcker seine Unterkunft hatte, konnten wir noch nicht herausfinden. Allerdings sagte uns der Grönländer im Playboy-Club, dass der Bäcker sich dort die eine oder andere Nacht aufgehalten habe und anschreiben ließ, und er vermutete, dass unser Freundchen sich meistens bei alleinstehenden Müttern einquartiert hat.«

»Welcher Grönländer in welchem Playboy-Club?«, fragte Marinó.

»Der Playboy-Club heißt Gästehaus Hlynur und ist an der Hverfisgata. Komisch, dass du ihn nicht kennst. Er ist nur etwa zweihundert Meter von der Polizeiwache entfernt.«

»Man wird ja wohl fragen dürfen«, maulte Marinó.

»Ja, natürlich«, erwiderte Dagný und beschloss, Marinó nicht überheblich zu begegnen. Er konnte schließlich nichts dafür, dass er ihr auf die Nerven ging. »Die Angehörigen von Elías glaubten anscheinend, er sei auf einer Geschäftsreise im Ausland. Das sagt seine Lebensgefährtin zumindest. Sie heißt Bjarnveig Samúelsdóttir und ihr gemeinsamer Sohn Elías hat das bestätigt.«

»Wohin sollte seine Geschäftsreise denn gehen?«, fragte Randver. »Nach Polen?«

»Nein, nach Kopenhagen, und dann nach Holland und Estland und vielleicht noch in andere Länder. Er meldete sich wohl gewöhnlich nur dann, wenn ihm danach war. Ansonsten war es sehr schwierig, mit diesen Leuten zu reden. Aus irgendeinem Grund waren sie in Begleitung der Anwältin Auður Sörensen, die andauernd darauf herumritt, dass sie einen großen Schock erlitten hätten und deswegen keinen brutalen Polizeimaßnahmen ausgesetzt werden dürften – sprich, ein paar einfache Fragen zu beantworten. Jetzt sind gute sieben Tage vergangen, seit Elías sein Zuhause verlassen hat, oder besser gesagt die Nacht an seinem Arbeitsplatz verbrachte und von dort aus dann morgens zum Flughafen wollte.«

»Ach, gibt es Übernachtungsmöglichkeiten im Octopussy?«, fragte Jón Esra.

»Es gibt da jedenfalls genug Betten«, sagte Dagný. »Sie werden wahrscheinlich beim Revuetanz eingesetzt. Wir haben den Laden besucht und auch mit einigen der Mädchen gesprochen, die da arbeiten. Die Anwältin ist ihnen nicht von der Seite gewichen. Sie wussten von überhaupt nichts. Sagten, dass sie von den Reisen des Besitzers nichts wüssten. Sie hätten ihn einfach seit ein paar Tagen nicht gesehen. Ansonsten hätten sie eigentlich keinen Kontakt zu ihm. Sie sagten, sie seien mit allem sehr zufrieden, und betonten, dass es ein guter Arbeitsplatz sei und dass ihnen vertraglich untersagt sei, irgendetwas zu tun, das als illegal gelten könne.«

»Und der Sohn? Hat der nichts zu sagen gehabt?«

Jetzt konnte Terje nicht mehr länger warten, bis er an der Reihe war. »Nein, der Junior war nichts als eingeschnappt. Aber er weiß etwas oder verdächtigt jemanden, von dem er nichts sagen will. Ich schlage vor, dass wir ihn morgen holen und gründlich verhören. Das ist so ein Typ, der sich total cool gibt, wenn andere zusehen, aber ich glaube, er wird schnell zu einem furchtsamen Kaninchen, wenn man mal vernünftig mit ihm reden kann und von dieser Anwältin in Ruhe gelassen wird.«

»Worüber hast du mit ihm geredet?«, fragte Randver.

»Also«, sagte Terje, »wenn wir diesen Fall aufklären wollen, sollten wir uns bewusst machen, dass Elli vom Octopussy Rauschgift geschmuggelt und verkauft hat, abgesehen davon, dass er Sklavenhalter ist. Ja, weil diese armen Mädchen, die sich nichts zu sagen getraut haben, nichts anderes als Sklaven sind. Irgendwelche Kriminellen in Russland oder Estland besitzen sie und verleihen sie dann an Zuhälter wie Elli. Dieser Mann ist gefoltert und getötet worden, mitsamt zwei Geldeintreibern, weil er bis zum Hals in Verbrechen der ekelhaftesten Art steckt. Je früher wir uns die weißen Handschuhe abstreifen und den Fall mit voller Kraft untersuchen, desto schneller finden wir diejenigen, die dort am Werk waren. Und das sage ich, obwohl mein Mitgefühl denjenigen gilt, die das getan haben, nicht zuletzt, weil sie die Liebenswürdigkeit besaßen, Elli einen Stock in den Hintern zu schieben, um ihm zu ersparen, nach Polen zu fahren, um seine Verstopfung zu lösen. Sie haben unser Land von diesem Abschaum gereinigt.«

So hätte Terje nie zu reden gewagt, wenn Víkingur die Besprechung geleitet hätte, dachte Randver. Ich bin im Prinzip einer Meinung mit dem Kerl, aber der Ton ist unangemessen.

»Hör mal, Terje«, sagte er. »Es kann gut sein, dass da etwas dran ist an dem, was du sagst, aber dennoch ist es unangemessen, so zu sprechen. Wenn wir jemandem einen Gesetzesbruch nachweisen können und die Gerichte ihn verurteilen … dann … dann …«

»Dann sind sie Verbrecher – sonst nicht?«, fragte Terje höhnisch. »Ich finde es einzigartig, dass das ganze Land weiß, dass das Octopussy ein Verbrechernest ist, in dem Drogen verkauft werden, und wer genug Geld hat, darf die jungen Mädchen besteigen, die nichts anderes sind als Sklavinnen oder Leibeigene – und das, obwohl die Leibeigenschaft hierzulande vor mehr als tausend Jahren abgeschafft wurde. Nominell. Und was macht die Polizei in der Sache? Überhaupt rein gar nichts. Wir erstatten irgendwelche Mini-Anzeigen, damit die Prostitution innerhalb geschlossener Räume stattfindet, und irgendwelche drittklassigen Juristen in den Gerichten trauen sich nichts weiter als einen nach dem anderen freizusprechen, und zwar auf Bestellung der Juragenies, die schlau genug sind, um von den Kriminellen angestellt zu werden und nicht beim Staat schuften zu müssen.«

»Ist jetzt nicht Raucherpause?«, fragte Marinó. »Man muss rauchen, um den ekligen Geschmack der Kaffeebrühe hier loszuwerden.«

Ausnahmsweise war Randver erleichtert, dass Marinó die Rechte der Angestellten thematisierte. »Machen wir es so. Fünf Minuten Pause.«

19

Theódór Albertsson war schon weit über achtzig, sah aber aus, als wäre er fünfzehn oder zwanzig Jahre jünger. Er interessierte sich für Technik und hatte als Jugendlicher eine Ausbildung zum Funker gemacht und als solcher auf Trawlern gearbeitet. Als für ihn abzusehen war, dass moderne Technik die Arbeit des Seefunkers überflüssig machen würde, hatte er eine Anstellung bei der Polizei gesucht, die damals technisch versierte Mitarbeiter brauchte, um Telefone abhören zu können. Mit Cleverness war er von der Abhörabteilung weggekommen und hatte im Prinzip die technische Abteilung der Polizei selbst ins Leben gerufen. Untersuchungen von

Fingerabdrücken waren seine Spezialität, und da niemand im Land über genug Wissen verfügte, um ihn zu ersetzen, arbeitete er als Selbstständiger weiter für die Polizei, nachdem er in Rente gegangen war. Wissen jeglicher Art war sein Ein und Alles, und er behauptete, die einzige Methode, die Verkalkung aufzuhalten, sei es, dem Gehirn ständig neue Aufgaben zu verschaffen. Es war schwer, einem Mann zu widersprechen, der diese Überzeugung vorlebte und vor Lebensfreude und Interesse so strahlte, wie Theódór es tat.

Als Randver die Tür des Versammlungsraumes schloss, um anzudeuten, dass die Pause vorüber sei, hatte Theódór den Laptop schon mit dem Beamer verkabelt. Er kam direkt zur Sache:

»Hier zuoberst seht ihr die Zeichen, die Víkingur fotografiert hat, das rechts hat er in Den Haag von der Leiche aus Rotterdam gemacht, das links ist vom Leichenschauhaus auf dem Flughafen Schiphol.

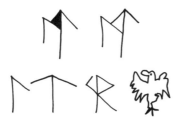

In der unteren Reihe als zweites von rechts taucht dasselbe Zeichen zum dritten Mal auf und dieses Mal viel deutlicher als zuvor, denn es ist in die Rinde eines Baumes geritzt und nicht in einen toten Menschen, äh, oder einen lebendigen. Wir haben es von der Polizei in Estland übermittelt bekommen. Dort ist ein Amphetaminlabor mitsamt denen, die dort getötet worden waren, niedergebrannt worden.

Die mögliche Verbindung zu Island steckt in den sich ähnelnden Runen auf den Toten in Holland. Einer von ihnen war Isländer, und bei dem anderen wurden isländische Zeitungen gefunden.

Runen sind jedoch kein speziell isländisches Phänomen, sondern ein uraltes germanisches.

Um wieder auf die Verbindung zu Island zurückzukommen, so muss man berücksichtigen, dass es sein kann, dass das Amphetaminlabor in irgendeiner Form von einem oder mehreren Isländern betrieben wurde.

War dieselbe Hand bei allen Fällen im Spiel? Oder stehen viele dahinter, die eine gemeinsame Idee zum Ausdruck bringen, eine einheitliche Gesinnung? Wobei ich es interessant finde, dass ein Zeichen nur an einem Ort gefunden wurde. In Estland.

Also beginnen wir mit der Ausnahme: Was bedeutet dieses Zeichen?

Es ist offenbar zusammengesetzt, denn es hat einfach niemals eine Rune gegeben, die so aussieht.

Also fragt man sich: Woraus ist es zusammengesetzt?

Hier ist die Antwort darauf, jedenfalls meine Antwort:

Das Zeichen ist nicht symmetrisch. Also die rechte Seite ist kein Spiegelbild der linken und umgekehrt und das gibt Anlass zur Vermutung, dass es sich um zwei Zeichen handelt, die zu einem zusammengezogen worden sind.

Schließlich stellt sich heraus, wenn man jede Seite für sich betrachtet, dass es sich um zwei eigenständige Zeichen handelt, hervorragend lesbar: die Zahl 4 und eine Rune, die offenbar R bedeutet.

Die Antwort ist also 4R.

Die nächste Frage ist dann: Was bedeutet das Zeichen 4R?

Um die Antwort zu finden, muss ich euch bitten, mit mir ein paar Jahre in die Vergangenheit zu reisen. Und zwar zum 6. Juni 1944. Weiß jemand, was an diesem Tag geschehen ist?«

Theódór schaute sich lächelnd um. Im Juni 1944 war er zwölf Jahre alt gewesen, der einzige Anwesende, der zu dem Zeitpunkt schon auf der Welt war.

»Die Invasion in die Normandie«, murmelte Marinó. »D-Day. Das weiß doch jeder.«

»Sehr gut«, fuhr Theódór fort. »Die genaue Datumsangabe ist vielleicht nicht das Wichtigste, aber im Frühsommer 1944 war den meisten Anführern der Nazis in Deutschland klar, dass der Krieg verloren war, und die Landung der Alliierten in der Normandie war die endgültige Bestätigung der nahenden Niederlage. Es sei denn, es würde ein Wunder geschehen.

Daher war guter Rat teuer. Adolf Hitler und sein engster Mitarbeiter, Martin Bormann, sahen das Ende kommen und dass es anders ausfallen würde, als sie angestrebt hatten. Deswegen griffen sie zu dem, was wir heute Plan B nennen würden.

Plan B, der das bestgehütete Geheimnis Hitlers war, bekam den Decknamen *Aktion Feuerland*.

Das persönliche Testament Hitlers bestätigt, dass es Martin Bormanns Aufgabe war, die Aktion Feuerland durchzuführen.

Die Aufgabe war dreigeteilt:

Erstens unvorstellbare Mengen Vermögen anzusammeln.

Zweitens hochrangigen Nazis nach Ende des Krieges aus dem Land zu helfen.

Und drittens das, was vom Vermögen übrig blieb, darauf zu verwenden, die Gründung des Vierten Reiches vorzubereiten.

Das Vierte Reich. Deswegen 4R.

Mit anderen Worten: Es handelt sich um ein Nazi-Symbol, das vom Führer Adolf Hitler selbst kommt.«

»Ich glaube, du verlierst den Faden, Theódór«, meinte Randver.

»Da ist nur eins, was ich nicht verstehe«, sagte Terje.

»Und was?«, fragte Theódór.

»Ihr müsst entschuldigen, dass ich so schwer von Kapee bin«, sagte Terje. »Das ist alles in allem sehr interessant und bedeutsam, aber ich verstehe trotzdem nicht, warum es plötzlich superwichtig war, Elli vom Octopussy hier in Island zu töten, um das Vierte Reich in Estland zu gründen?«

»Jetzt dreh mir nicht die Worte im Mund herum, Kollege«, brummte Theódór. »Wenn ich vielleicht meine Erklärung, was diese Zeichen bedeuten, beenden dürfte, bevor wir zu den Fragen kommen. Ich bin noch nicht fertig.«

»Wir lassen Theódór unbedingt seine Rede beenden, ohne ihn zu unterbrechen«, sagte Randver. »Er hat sich unheimlich viel Mühe damit gegeben.«

»Es hat mir halt Spaß gemacht«, sagte Theódór. »Wir haben noch einige Zeichen zu besprechen.

Nehmen wir zuerst die Runen. ᛚ bedeutet einfach L und ᛏ bedeutet T.

LT scheint irgendeine Form von Abkürzung zu sein. Vielleicht die Initialen von jemandem. Vielleicht auch nicht. LT auf Nummernschildern ist das Kennzeichen für Litauen. Lt kann eine Abkürzung für Leutnant sein. Die Kombination kann im Prinzip in allen Sprachen der Welt irgendetwas heißen. In Runenschrift wird nicht zwischen Groß- und Kleinbuchstaben unterschieden. Da diese Runen im Zusammenhang mit Zeichen für das Vierte Reich aufgetaucht sind, liegt es am nächsten, sie mit der germanischen Symbolik der Nazis oder besser gesagt der Neonazis in Verbindung zu bringen. Was mir diese These zu untermauern scheint, sind diese beiden seltsamen Vögel«, sagte Theódór und zeigte das nächste Bild.

»Links ist der, der in Estland gefunden wurde, rechts der aus dem Sommerhaus am Þingvallavatn. Die Bilder sind erstaunlich ähnlich. Auf beiden Bildern sieht es aus, als stünde der Vogel mit ausgebreiteten Flügeln da. Auf beiden Bildern ragen die Flügel in Relation zum Kopf gleich hoch. Die Frage ist: Was ist das für ein Vogel?

Könnte es dieser Vogel sein?«, fragte Theódór. »Das ist der Bundesadler aus dem Wappen Deutschlands. Der Adler ist seit Langem ein deutsches Wappentier.

Hier ist der Reichsadler in einem älteren Wappen zu sehen, das alle kennen und über das ich nichts weiter sage.

Der Reichsadler hat eine längere Geschichte. Er ist auf einer Silbermünze zu sehen, die irgendwann in den Jahren 1170 bis 1190 geprägt wurde, also zu der Zeit, als Snorri Sturluson aufwuchs. Diese Münze wurde vom Heiligen Römischen Reich Deutscher Nation herausgegeben, dessen Kaiser zu der Zeit Friedrich Barbarossa war. Er regierte von 1155 bis 1190 und war Deutscher mit Haut und Haar. Barbarossa, der Rotbart, stammte von einem der berühmtesten Adelsgeschlechter Deutschlands ab, nämlich den Staufern. Dieses Geschlecht führte damals einen schwarzen Adler auf goldenem Grund im Wappen. So sah es aus.

Kommt euch der Vogel nicht bekannt vor? Das ist der Staufer-Adler, wie er seine Flügel über die Ländereien der Staufer ausbreitet.

Übrigens war es Karl der Große, der sein Reich als eine Fortführung des antiken Römerreichs betrachtete. Wissenschaftler haben darüber schon viel diskutiert und auch gesagt, dass sein Kaiserreich weder heilig noch römisch gewesen ist, aber wie dem auch sei, es existiert jedenfalls nicht mehr.

Sein letzter Kaiser war Franz II. von Habsburg-Lothringen, das Reich wurde 1806 offiziell aufgelöst. Soweit ich weiß, leben in Europa trotzdem noch Angehörige der alten Adelsgeschlechter, die Anspruch auf dieses Amt erheben. Einer von ihnen nennt sich Karl II. und behauptet, ›de jure‹ Kaiser des Heiligen Römischen Reiches Deutscher Nation zu sein. ›De jure‹ bedeutet, wie ihr wisst, ›entsprechend den Gesetzen‹ oder ›gesetzesgemäß‹. Wie ich hörte, sitzt er in irgendeinem Schloss, erforscht den lieben langen Tag seine noble Herkunft und kommt wenig unter die Leute, denn er ist schließlich schon über neunzig.

Das Vierte Reich, von dem ich sprach, ist nicht nur der Traum von der Wiederauferstehung des ›Dritten Reiches‹, sondern auch der Fortführung des Heiligen Römischen Reiches Deutscher Nation.

Ich kann euch allerdings nicht sagen, was diese Zeichen für denjenigen oder diejenigen bedeuten, die sie hinterlassen haben – nur, was sie eventuell bedeuten könnten.«

Theódór schaltete den Beamer aus. Die Vorlesung war beendet.

Niemand sagte etwas. Randver blickte verzweifelt auf Víkingur, der seit Beginn der Besprechung kein Wort von sich gegeben hatte und auch jetzt nicht so aussah, als würde er etwas sagen wollen.

»Wir danken Theódór für diese Zusammenfassung«, sagte er zögernd. »Naturgemäß haben wir gehofft, dass diese Kritzeleien uns einen Hinweis in irgendeine bestimmte Richtung gäben. Vielleicht tun sie das ja auch. Das Schwierige ist nur, zu sehen, wo die Fäden, die Theódór gesponnen hat, hinführen. Trotz allem, muss ich sagen, fällt es mir schwer, mir vorzustellen, dass eine

Etappe auf dem Weg zur Gründung des Vierten Reiches darin bestehen soll, Elli vom Octopussy zu foltern und zu töten und ein Amphetaminlabor in Estland niederzubrennen.«

»Ich sehe das genauso«, sagte Dagný. »Ich finde es auch wichtig, zu erwähnen, dass die Kritzeleien möglicherweise völlig bedeutungslos und nur dafür gedacht sind, unsere Untersuchung zu erschweren.«

»Gut möglich, dass ich diese Zeichen falsch interpretiere«, sagte Theódór. »Das, von dem ich glaube, es sei ein L und ein T, kann was auch immer bedeuten. Wenn man nach LT bei Google sucht, taucht nichts auf, was einen klaren Hinweis liefern würde. Die einzige Verbindung, die ich gefunden habe, ist ziemlich weit hergeholt. LT ist eine Abkürzung bei einem schottischen Ritterorden, der sich Orden von der Distel nennt, und zwar für die ›Lady of the Order of the Thistle‹. Der weit hergeholte Zusammenhang liegt darin, dass einige die Gründung dieses Ordens in die Zeit Karls des Großen zurückführen – der wiederum der erste Kaiser des Heiligen Römischen Reiches Deutscher Nation war, und damit wären wir wieder bei der germanischen Geschichte angelangt.

Es ist wie gesagt sehr schwer, Runen und Symbole zu deuten. Wir müssen schließlich auch beachten, dass ein jeder, dem danach ist, Symbole verwenden kann, ohne dass er eine Vorstellung davon haben muss, was sie bedeuten, oder Runen einritzen kann, wobei man Hellseher sein müsste, um zu erraten, was er damit ausdrücken möchte.

Unsere Symbole sind unzweifelhaft mit der Nazizeit und dem Dritten bzw. Vierten Reich verbunden, aber wir können nicht sagen, welche Bedeutung ihr Urheber ihnen beimisst.«

»Wissen wir also genauso wenig wie zuvor?«, fragte Terje.

»Nein«, sagte Theódór. »Solange wir heute etwas mehr wissen als gestern, sind wir auf dem richtigen Weg.«

»Es gibt vieles, das wir nicht wissen«, sagte Randver. »Hat dieselbe Hand alle Symbole geritzt? In Rotterdam, auf dem Flughafen Schiphol, in Estland und dann am Þingvallavatn? Oder sind es verschiedene Personen, die vielleicht auf eine bestimmte Art verbunden sind? Sind es Isländer, die sich auf einen Wikingerraubzug begeben haben? Oder sind es Ausländer, die nur nach Island gekommen sind, um zu ihrem Vergnügen jemanden umzubringen, und längst wieder in ihre Heimat zurückgekehrt sind?«

In diesem Augenblick begann das Mobiltelefon von Víkingur zu klingeln. Er schaute auf die Nummernanzeige, bevor er antwortete. Das Gespräch war kurz. Víkingur legte das Telefon auf den Tisch und sagte:

»Der Kritzler scheint uns nicht verlassen zu haben. Es wurde gerade eine weitere Leiche gefunden.«

»Und ich wollte heute Abend grillen«, sagte Terje. »Ich habe den ganzen Tag nichts anderes gegessen als Kaninchenfutter.«

20

Anwohner der Straße hatten bemerkt, dass ein lachsrosa Hummer-Geländewagen vor der Einfahrt zur Garage beim recht neuen Haus des Bürgermeisters, auf dem begehrten Eckgrundstück Nummer 1, geparkt worden war.

Der Hummer war säuberlich mit dem Schriftzug des Octopussy versehen und seine kantigen Formen wurden durch die weichen Linien eines Frauenkörpers abgemildert, die auf die Seiten und die Motorhaube des Fahrzeugs gemalt worden waren mitsamt dem Logo der Gaststätte und dem Werbespruch: »Octopussy Nightclub for Executives«.

Die Hausfrau Gróa Jónsdóttir, die in Nummer 3 wohnte und dem Bürgermeister immer noch nicht verziehen hatte, dass er sich selbst das Eckgrundstück zugeteilt hatte, bemerkte sofort, dass die Platzierung des Autos interessante Möglichkeiten bot.

Sie rief das Wochenendmagazin ›Menschen und Meldungen‹ an und ließ sich mit dem Redakteur Teitur Jónsson verbinden.

Gróa stellte sich als Nachbarin des Bürgermeisters vor und erklärte Jónsson, sie habe die Berichterstattung des Magazins über die auffällige Verbindung des Bürgermeisters zum Pornoschuppen Octopussy gelesen.

»Ich finde das gut von euch«, sagte Gróa. »Die Medien sollten ruhig öfter ein wachsames Auge auf solche Männer werfen.«

Redakteur Teitur war es nicht gewohnt, dass die Leser des Blattes anriefen, um ihn für Großtaten in Sachen Journalismus zu loben. Üblich war eher, dass er an den Hauswänden entlangschlich, um nicht auf empörte und wütende Bürgern zu treffen, die behaupteten, Enthüllungsjournalisten seiner Sorte seien eine Beleidigung des allgemeinen Taktgefühls.

»Neben meinem Dank für die gute und verantwortungsvolle Berichterstattung über unseren Bürgermeister«, sagte Gróa, »möchte ich fragen, ob ihr Interesse hättet, einen Fotografen hierherzuschicken, um festzuhalten, wie unverschämt der Mann ist. Er stellt seine Verbindung mit dem Pornoschuppen am helllichten Tag zur Schau.«

Als Gróa ihre Beschreibung des Fotomotivs abgeschlossen hatte, dankte Teitur ihr für die Informationen und machte sich auf den Weg. Eine solche Gelegenheit wollte er nicht verpassen. Der Bürgermeister hatte kürzlich gedroht, ›Menschen und Meldungen‹, also Teitur als verantwortlichen Chefredakteur, wegen haltloser Hetze auf Schadensersatz zu verklagen. Teitur hatte nämlich ein Foto des Bürgermeisters veröffentlicht, auf dem dieser zwei Stripperinnen an der Bar des Octopussy im Arm hielt und gelinde gesagt trübe Augen hatte. Leider wusste Teitur nicht, wer das Foto gemacht hatte. Es war der Redaktion anonym zugeschickt worden und die Auflösung ließ vermuten, dass es mit einer Handykamera gemacht worden war. Der Bürgermeister behauptete, das Foto sei gefälscht, er wäre noch nie im Octopussy gewesen und schon gar nicht hätte er die Stripperinnen des Lokals berührt, von denen er sagte, dass sie ihm mithilfe der Software Photoshop in die Arme gelegt worden seien.

»Ich bin in einer Viertelstunde da«, sagte Teitur Jónsson zu Gróa und fügte hinzu: »Danke, dass du mir Bescheid gesagt hast«, obwohl Dankbarkeit nicht seine stärkste Seite war.

*****

Zwischen dem Ende des Telefongesprächs und der Ankunft von Teitur Jónsson mitsamt der Fotografin des Magazins, die vor Entsetzen über den Kamikaze-Fahrstil des Redakteurs leichenblass war und aus dem Auto flüchtete, sobald es stehen blieb, waren nur zwölf Minuten vergangen.

»Fotografier, Junge, fotografier«, sagte Teitur und vergaß, dass der Fotograf eine Frau war. »Wir dürfen das nicht verpassen.«

»Ganz ruhig«, sagte die Fotografin. »Das Auto bewegt sich überhaupt nicht. Der Motor läuft nicht mal.«

Die Bemerkung war korrekt. Der Motor lief nicht. Was die Hektik des Redakteurs ausgelöst hatte, war, dass man durch die getönten Scheiben jemanden am Steuer erkennen konnte. Dieser Fahrer schien auf irgendetwas zu warten. Er saß reglos und blickte nicht einmal in Richtung der Fotografin, die sich näherte und ununterbrochen auf den Auslöser drückte.

Teitur hielt sich in einiger Entfernung, erinnerte sich daran, dass Elli vom Octopussy ihm gedroht und geraten hatte, ihm niemals unter die Augen zu kommen, sofern ihm seine Gesundheit lieb sei. Er wollte gern wissen, wer im Auto saß. Wenn es irgendein Chauffeurstyp war, wies das darauf hin, dass Elli drin beim Bürgermeister wäre, was wiederum die Möglichkeit eröffnete, ein Foto von beiden zusammen an der Haustür zu bekommen. Die

Fotografin war wagemutiger als Teitur und näherte sich dem Auto, wie es schien, furchtlos. Teitur war zufrieden mit diesem Mädchen, das eines Tages mit der Kamera in der Redaktion erschienen war, um ihm mitzuteilen, dass sie sich gerade selbst als Praktikantin bei ›Menschen und Meldungen‹ eingestellt habe. Sie machte zwar keine guten Bilder, aber sie war beherzt und hatte vor niemandem Respekt. Er wusste gerade nicht, wie sie hieß, meinte sich aber zu erinnern, dass sie Systa genannt wurde.

Die Fotografin Súsanna, genannt Sússa, war ganz sicher, dass mit dem im Hummer sitzenden Mann, der sich nicht im Geringsten bewegte, etwas nicht stimmte. Er blickte nicht einmal in ihre Richtung, als sie sich schräg vor dem Auto aufstellte und mit Blitzlicht fotografierte. Sie beschloss, ihn näher anzusehen. Die seitlichen Scheiben waren rauchfarben getönt, aber die Windschutzscheibe war klar. Sie betrachtete den Fahrer, der ein bisschen zusammengesunken dasaß und auf die Straße vor dem Auto zu schauen schien. Zu ihrer Verwunderung sah sie, dass es eine Frau war. Sie saß still wie eine Statue. Plötzlich wurde Sússa bewusst, dass die Ruhe der Frau unnatürlich war. Sie schien weder zu atmen noch zu blinzeln.

Sússa klopfte an die Scheibe. Die Frau rührte sich nicht. Sússa wollte die Tür öffnen, aber sie war verschlossen. Sie rief nach Teitur.

»Komm her, komm mal. Irgendetwas stimmt nicht mit der Frau.«

Teitur gehorchte und näherte sich vorsichtig, war aber bereit, sofort die Flucht zu ergreifen, sollte der Fahrer sich anschicken, ein Lebenszeichen von sich zu geben und sie anzugreifen.

»Das ist ja eine Frau«, sagte er erstaunt.

»Ihre Augen sind geöffnet«, meinte Sússa.

»Halb geöffnet«, korrigierte Teitur sie. »Kann es sein, dass sie total stoned ist? Hast du ein gutes Bild von ihr bekommen?«

»Sie ist so still, als wäre sie ausgestopft«, sagte Sússa. »Atmet sie überhaupt? Kann sie einen Herzinfarkt bekommen haben?«

Um besser ins Auto sehen zu können, drückte Sússa die Stirn an die Windschutzscheibe und schirmte ihre Augen mit beiden Händen ab.

»Was siehst du?«, fragte Teitur. »Bewegt sie sich nicht?«

»Ich habe zwar noch nie eine Leiche gesehen«, sagte Sússa, »aber dieser Mensch lebt nicht mehr.«

»Wie kannst du dir da sicher sein?«, fragte Teitur, der sein Glück nicht fassen konnte, als Enthüllungsjournalist in aller Öffentlichkeit eine Leiche zu finden.

»Es ist Blut an ihrer Stirn und außerdem ragt ein Spieß aus ihrer Brust.«

»Lass mich sehen«, sagte Teitur und schob das Mädchen zur Seite.

Ihre Beschreibung war nicht ganz exakt. Auf der Stirn der Frau war Folgendes zu sehen:

Die Runen waren mit Blut geschrieben. Der Mörder hatte seinen Finger in die blutige Wunde gehalten, dort, wo ein runder Stab etwa 10 Zentimeter aus der Haut ragte, an der Stelle, wo Hals und Schlüsselbein sich treffen, auf der linken Seite, und der dann am Hals entlanglief und unter ihrem Kiefer wieder verschwand.

Das war die Erklärung dafür, dass die Leiche den Kopf aufrecht gehalten hatte.

»Wer könnte das sein?«, fragte Sússa. »Die Mädchen vom Octopussy sind nicht so alt.«

»Diese Frau heißt Auður Sörensen«, sagte Teitur. »Anwältin am Obersten Gericht. Keine Revuetänzerin.«

*****

»Sie war heute Mittag quicklebendig«, sagte Terje. »Dagný, erinnerst du dich? Wir haben mit ihr gesprochen?«

Dagný schaute ihn an, ohne zu antworten. Sie waren eingeteilt worden, die Umgebung des Hummers mit gelbem Plastikband abzusperren. Terje war offenbar darüber entsetzt, einen Menschen tot zu sehen, mit dem er sich am selben Tag noch unterhalten hatte. Sie war erfreut, dass ihr Kollege kurzzeitig die Rolle des coolen Typen abgelegt hatte.

»Was ist hier eigentlich los?«, sagte er. »Wenn wir nur einen Funken Verstand gehabt hätten, wäre sie noch am Leben.«

»Was maulst du jetzt schon wieder?«, fragte Dagný.

»Ich weiß es nicht«, antwortete er. »Ich weiß nur, dass ich in der nächsten Zeit keine weiteren Leichen sehen möchte. Ich begreife jetzt erst, dass wir uns beeilen müssen, weil es um Leben und Tod geht. Ich dachte, es sei vorbei. Ich dachte, das im Sommerhaus sei eine Art Endabrechnung und wir könnten in aller Ruhe versuchen, die Spuren zu verfolgen. Aber so ist es nicht. Während wir auf Besprechungen herumhocken und über Nazikritzeleien und Wappensymbole labern, vergnügt sich der, den wir längst hätten einsperren müssen, damit, weitere Menschen umzubringen.«

»Was hast du erwartet?«, fragte sie.

»Wir müssen etwas tun«, sagte Terje. »Wir kommen

überhaupt nicht voran. Der arme Randver hat keinen Plan und Víkingur verhält sich, als sei ihm ein Ziegelstein auf den Kopf gefallen. Wir drehen uns nur im Kreis. Die Einzigen, die uns helfen, sind irgendwelche Loser, die noch verwirrter sind als wir.«

»Das muss wohl jeder selbst beurteilen«, sagte Dagný.

»Siehst du denn nicht, wie hoffnungslos und daneben das alles ist? Die gesamte Kripo und die technische Abteilung steht hier draußen auf der Straße und wartet darauf, dass die verdammten Autoschlüssel auftauchen, damit man an die Frau herankommt, die ermordet worden ist, während die versammelte Polizeimannschaft am Tisch saß und Kaffee getrunken hat.«

»Was hättest du tun wollen?«

»Das weiß ich nicht. Jedenfalls hätte ich längst das Auto öffnen können, ohne darauf zu warten, dass irgendwelche Schlüssel gefunden werden.«

»Und hättest dabei mögliche Spuren verwischt?«

»Welche Spuren sollen denn an der Autotür sein? Ein ganzes Sommerhaus ist durchkämmt worden, ohne auch nur einen einzigen Fingerabdruck zu finden.«

»Jetzt mach dich mal locker, mein Guter. Ich kann dir versprechen, dass Randver weiß, was er tut.«

»Seit wann versteht Randver etwas von dem, was er tut? Ich habe schon anderes von dir gehört.«

»Er hat vielleicht nicht das Pulver erfunden, aber er hat mehr Erfahrung als wir beide zusammen, und dann ist ja auch noch Víkingur da.«

»Erfahrung mit was denn?«, fragte Terje. »Erfahrung darin, irgendwelche Trottel zu verhaften, die besoffen oder zugedopt irgendwelche Gewalttaten verübt haben? Das hier ist ganz anders. Wir haben keinerlei Erfahrung darin, mit echten Verbrechen umzugehen.«

»Was für ein Blödsinn, Mann«, sagte Dagný. »Seit wann zählt ein Mord nicht mehr zu den echten Verbrechen? Drei Morde gestern und dann bekommen wir das hier anstelle eines Abendessens.«

*****

Es war Elías junior, der in einem schwarzen Range Rover vorfuhr, um die Schlüssel abzuliefern.

»Was ist hier eigentlich los?«, fragte er, als er die Gruppe Polizisten erblickte.

»Weißt du, was so ein Range Rover kostet?«, fragte Terje Dagný im Flüsterton. »Mindestens fünfzehn Millionen.«

»Was ist hier eigentlich los?«, wiederholte der Octopussy-Erbe und zeigte auf das Absperrband. Er war offenbar überrascht, die Menge Polizisten rund um den Hummer der Firma versammelt zu sehen. »Aber ich muss sagen, das habt ihr gut gemacht, das Auto zu finden, bevor ich mitgekriegt habe, dass es gestohlen worden ist. Ich dachte, es wäre vermietet oder so.«

»Hast du die Schlüssel?«, fragte Guðrún Sólveig und streckte die Hand aus.

»Wer bist du?«, fragte der Junior.

»Ich heiße Guðrún und bin von der kriminaltechnischen Abteilung. Wir müssen das Auto öffnen, ohne das Schloss aufzubrechen.«

Ganz langsam dämmerte dem Junior, dass ein normaler Autodiebstahl in den seltensten Fällen ein solches Polizeiaufkommen bedingte. Die Autoschlüssel wollte er jedoch nicht abgeben, ohne dass ihm ein Durchsuchungsbefehl für das Fahrzeug vorgewiesen würde.

»Was ist hier los?«, wiederholte er und glotzte mit

seinen listigen Schweinsäuglein in Richtung Auto. »Hat der Dieb sich eingeschlossen und weigert sich, herauszukommen?«

Guðrún Sólveig riss ihm die Schlüssel aus der Hand.

Der Junior stand mit entrüstetem Gesichtsausdruck da und rief ihr nach:

»Was für fucking Faxen sind das denn?«

Es dauerte eine Weile, dem jungen Mann verständlich zu machen, dass sich die Untersuchung um etwas anderes und mehr drehte als einen normalen Autodiebstahl. Sein Misstrauen der Polizei gegenüber war so groß, dass er sich weigerte, zu glauben, was man ihm sagte, bis Randver ihn unterhakte und zum Hummer führte. Die Türen standen mittlerweile offen und die Frau auf dem Vordersitz saß genauso reglos wie zuvor da, trotz der Menschenmenge, die sich um das Auto herum bewegte.

Als er die Leiche identifiziert hatte, war der Junior wie ausgewechselt und ausgesprochen kooperativ. Er gab zu Protokoll, mit Auður bis kurz vor halb fünf im Büro des Octopussy gewesen zu sein. Dann wäre sie davongeeilt, hätte sich mit jemandem um fünf in Reykjavík treffen wollen. Der Junior sagte, dass seine Mutter Bjarnveig und auch der Buchhalter des Unternehmens diese Aussagen bestätigen könnten.

Er gab an, keine Ahnung vom Verschwinden des Hummers gehabt zu haben. Normalerweise stünde er tagsüber zu Werbezwecken vor dem Lokal. Es käme auch vor, dass Leute den Wagen für Feierlichkeiten mieteten. »Und viele schnallen auch, dass es verdammt cool ist, in einer Hummer-Limousine herumzufahren, und sind dann auch bereit, etwas dafür springen zu lassen. Ich kümmere mich nicht um die Vermietung des Fahrzeugs und bin deswegen aus allen Wolken gefallen, als die Polizei anrief und die Schlüssel haben wollte. Das sind die Ersatzschlüssel. Die anderen Schlüssel werden normalerweise im Büro verwahrt oder halt im Handschuhfach des Autos.«

Der Junior hielt es für ausgeschlossen, dass Auður das Auto geliehen habe. »Ihre Toyota-Schrottkarre steht vor unserer Tür. Das habe ich bemerkt, als ich hierherfuhr. Kann gut sein, dass ihr Auto nicht ansprang, aber Auður hätte niemals von sich aus den Hummer genommen. Sie wollte sich heute Morgen mit Mama und mir schon kaum hineinsetzen und sagte, sie hätte kein Interesse daran, Aufmerksamkeit zu erregen. Menschen sind so verschieden«, fügte der Junior philosophisch hinzu. »Aber warum ist das Auto hier vor dem Haus des Bürgermeisters stehen gelassen worden?«

»Es hat vielleicht von selbst hierhergefunden«, sagte Randver.

✳✳✳✳✳

Víkingur erwartete Þórhildurs Ankunft jederzeit. Sie war entsprechend der Gepflogenheit, dass ein Gerichtsmediziner angefordert wird, sobald die Untersuchung eines Todesfalls beginnt, zum Tatort gerufen worden. Randver hatte seinen Vorgesetzten ins Schlepptau genommen, um die ärmlichen Erklärungen des Juniors über die Bewegungen des Hummers anzuhören. Víkingur nahm wahr, dass zwar Sveinn eingetroffen, von Þórhildur aber nichts zu sehen war.

Der Junior hatte es inzwischen satt, immer wieder dieselben Fragen zu beantworten, und begann stattdessen, die Polizei zu löchern, welche Vorkehrungen sie zu treffen gedächte, um ihn und seine Mutter zu schützen.

»Mein Vater wird entführt, ohne dass die Polizei etwas

davon weiß. Dann wird er ermordet aufgefunden und ihr wisst nicht, wer es getan hat. Und jetzt steht ihr hier wie die Hampelmänner mitten auf der Straße und faselt von irgendwelchen Autoschlüsseln, während meine Anwältin am helllichten Tag ermordet worden ist. Seid ihr etwa so dämlich, dass ihr nicht begreift, dass Auður versehentlich umgebracht worden ist? Dass es einem anderen galt?«

»Und zwar wem?«, fragte Randver.

»Mir natürlich. Ist das nicht halbwegs sonnenklar?« Der Junior schaute mit abgrundtiefer Verachtung um sich.

»Willst du damit sagen, dass derjenige, der … der das getan hat, sich bei seinem Opfer geirrt hat und gedacht hat, sie wäre du?«, fragte Dagný.

Der Junior bekam zu viel und verdrehte die Augen.

»Glaubst du, ich bin ein Idiot? So eine Art Verwechslung meine ich nicht. Jemand hat versucht, mich zu bekommen, aber sie stattdessen genommen.«

»Wer trachtet dir nach dem Leben?«, fragte Randver. »Und warum?«

»Wie zur Hölle soll ich das wissen?«, entgegnete der Junior wütend. »Haben wir nicht die Polizei, um das herauszufinden?«

Randver versuchte, dem jungen Mann klarzumachen, dass es zu seinem Vorteil sei, die Polizei über mögliche Gründe aufzuklären, weshalb jemand eine offene Rechnung mit seinem Vater und mit ihm haben könne. Der Junior hatte nicht die Geduld, sich diese Belehrung anzuhören, schließlich brauchte er keine Polizei, um den Mörder seines Vaters zu finden. »Kümmert ihr euch einfach um eure Angelegenheiten«, sagte er. »Ich kümmere mich um meine.«

»Was meinst du denn damit?«, fragte Randver. »Meinst du etwa, die Polizei sollte sich nicht um Morde kümmern, sondern es den Hinterbliebenen überlassen, sie zu rächen?«

Víkingur begriff, dass es wenig Aussicht gab, von diesem gereizten jungen Mann eine nützliche Aussage zu bekommen. Er sah, dass Sveinn Dagný etwas erklärte und auf die Leiche auf dem Vordersitz zeigte. Er ging zu ihnen.

»Grüß dich«, sagte er und schüttelte Sveinn die Hand. »Weißt du vielleicht, wann Þórhildur eintreffen wird?«

Sveinn verneinte.

»Sie hat ihr Mobiltelefon ausgeschaltet«, sagte er. »Und dann bin ich in Windeseile hierhergefahren.«

Víkingur spürte, wie sich urplötzlich ein schlimmer Verdacht in ihm breitmachte. Sollten die Versprechen von heute Morgen wirklich so schnell vergessen worden sein?

»Habt ihr heute nicht zusammen gearbeitet?«

»Doch, doch, den ganzen Tag. Es war kein Zuckerschlecken. Wir haben drei Obduktionen fertig gemacht und dann habe ich allein noch eine weitere gemacht, nachdem Þórhildur gegangen war.«

»Wann ging sie denn?«

»Das wird sicher schon so gegen fünf Uhr gewesen sein.«

»Hat sie nichts gesagt?«

»Na ja, das war ja das Seltsame. Wir wollten noch einen weiteren Leichnam machen. Ein Selbstmord, der eigentlich vor diesen Leichen aus dem Sommerhaus reingekommen ist. Es war ein junger Mann und es wirkte, als ob Þórhildur ihn irgendwie kannte. Jedenfalls ist sie so erschrocken, dass sie ging, ohne etwas zu sagen. Es kann sehr unangenehm sein, auf jemanden zu treffen, den man kennt.«

»Kannst du den Toten beschreiben?«

»Ja, das kann ich.« Sveinn schloss die Augen, als sähe er einen Film der Autopsie auf der Innenseite seiner Augenlider: »Dunkelhaarig, Augenfarbe grün, Größe 183 Zentimeter, Gewicht 72 Kilo. Selbstmord, ungewöhnliche Erhängung – erhängte sich an der Türklinke –, Verletzung an der Augenbraue, könnte gestürzt sein. Hoher Alkoholspiegel.«

»Woran hast du erkannt, dass Þórhildur die Leiche identifiziert hat?«

»Ich habe natürlich nicht geschnüffelt, aber ich habe gesehen, dass sie Tränen in den Augen hatte. Sie begann eigentlich direkt zu weinen und dann rannte sie raus.«

Das klang sehr seltsam. Die Polizei war gebeten worden, sich nach Magnús umzusehen. Ein Foto von ihm hing im Aufenthaltsraum der Polizisten mitsamt der Bitte, Víkingur zu benachrichtigen, wenn ihn jemand sähe. Konnte es sein, dass dieser Zettel an allen im System vorbeigegangen war und die Leiche von Magnús gefunden und ins Leichenschauhaus gebracht worden war, ohne dass Víkingur Bescheid gesagt wurde?

»Ich wette, derjenige, der das da gemacht hat, ist derselbe, der Elli im Sommerhaus erledigt hat«, sagte Sveinn und zeigte auf die Tote, die im Auto am Steuer saß.

»Warum bist du dir da so sicher?«, fragte Víkingur.

»Es ist die Pfählung. Aber diesmal wurde sie eingesetzt, um zu töten, nicht um zu foltern. Schau hier, das Ende kommt am linken Schlüsselbein heraus. Das bedeutet, dass der Stab nach links gelenkt wurde, zum Herzen, verstehst du. Mir scheint, das ist das Ende eines Billardqueues, was da am Hals entlangläuft.«

»Und der Junge, von dem du mir erzählt hast, ist der auch gepfählt worden?«

»Nein, keineswegs. Das war nur Selbstmord. Erhängung. Sicherlich sehr gemütlich verglichen mit dem hier.«

Þórhildurs Telefon war immer noch ausgeschaltet. Víkingur graute vor seiner Ankunft zu Hause. Um ganz sicher zu sein, beschloss er jedoch, zuerst zum Leichenschauhaus zu fahren.

»Bist du hier fertig?«, fragte er Sveinn. »Ich meine, können wir die Leiche abtransportieren lassen?«

»Ja, ich bin fertig«, sagte Sveinn. »Sie kann meinetwegen weg.«

»Kannst du etwas dazu sagen, wie lange es her ist, dass sie gestorben ist?«

»Ich kann dazu natürlich nichts auf die Minute genau sagen, aber es ist vor mehr als einer Stunde und weniger als zwei Stunden passiert«, sagte Sveinn. »Sie hat sich gewehrt. Ihre Fingernägel sind abgebrochen, deswegen habe ich Tüten über ihre Hände gezogen. Denkbar, dass sie Hautreste von den Angreifern unter den Nägeln hat. DNA-Proben, mit anderen Worten.«

»Kommst du mit?«, fragte Víkingur. »Ich muss diese Leiche sehen, die du obduziert hast.«

»Kein Problem«, sagte Sveinn, dem es nicht ungelegen kam, Punkte beim Ehemann seiner Vorgesetzten zu sammeln.

*****

Víkingur verlor nicht oft die Fassung, aber diesmal konnte er sich nicht beherrschen. Er rief Randver an.

»Sind eigentlich nur Vollidioten bei der Polizei?«

Die Frage überraschte Randver, der antwortete:

»Meinst du abgesehen von uns? Was ist denn los?«

»Þórhildur und ich sind nach Holland gefahren, um ihren Sohn Magnús ausfindig zu machen. Und weißt du, wo er gelandet ist?«

»Nein, das weiß ich nicht«, sagte Randver.

»Er liegt im Leichenschauhaus hier in Reykjavík. Ich habe ihn gerade identifiziert. Das ist aber nicht das Allerschlimmste in diesem Fall. Weißt du, was das Allerschlimmste ist?«

»Nein«, sagte Randver.

»Als seine Mutter heute mit dem Sezieren beschäftigt war, brachte man die Leiche eines unbekannten Mannes herein. Als sie sich umdrehte, sah sie, dass der Mann auf der Bahre ihr eigener Sohn Magnús war.«

»Ich kann das kaum glauben«, sagte Randver. »So etwas soll doch nicht vorkommen. So etwas darf gar nicht passieren.«

»Es ist aber passiert. Wundert es dich da noch, wenn ich frage, ob ausschließlich Volltrottel bei der Polizei arbeiten?«

»Wie ist Magnús gestorben und wo?«

»Die Leiche wurde in dieser Absteige gefunden, die Playboy-Club genannt wird, und der Arzt hier sagt, dass es Selbstmord war, Erhängung, wahrscheinlich im Alkoholrausch und nach starkem Medikamentenmissbrauch.«

»Schrecklich, das zu hören. Ich spreche dir mein herzlichstes Beileid aus.«

»Danke dir.«

»Und richte Þórhildur meine Grüße aus.«

»Sie geht nicht ans Telefon«, sagte Víkingur. »Ich hoffe trotzdem, dass sie zu Hause ist.«

*****

Víkingur zögerte, ehe er den Schlüssel ins Schloss steckte. Er legte das Ohr an die Tür und lauschte. Kein Ton war von drinnen zu hören.

Ich kann das nicht, dachte er. Ich kann nicht nach Hause kommen, ohne zu wissen, was mich erwartet. Ist sie verschwunden? Hat sie sich einen hinter die Binde gegossen?

Ich weiß, dass sie heute ein schreckliches Erlebnis hatte, aber das rechtfertigt nicht die Reaktion, sich bis zur Bewusstlosigkeit zu betrinken oder zu dopen. Wir haben heute Morgen miteinander gesprochen und sie hat versprochen … Ich kann nicht mit ihr zusammenleben, wenn ich mich nicht darauf verlassen kann, was sie sagt.

Sei nicht so kompromisslos und geh nicht so hart mit ihr ins Gericht, sagte ihm eine innere Stimme. Þórhildur macht unheimlich schwere Dinge durch. Es ist nicht die Frage, ob du ihr vertrauen kannst, sondern ob sie sich auf dich verlassen kann. Gewiss kann sie sich auf mich verlassen. Ich liebe sie. Sie weiß das. Trotzdem hat sie sich in Holland betrunken.

Liebst du sie, wie sie ist – oder nur, solange sie so ist, wie du sie haben willst?

Ich liebe Þórhildur, so wie sie ist. Ich erkenne sie nicht wieder, wenn sie im Rausch ist. Dann ist sie nicht mehr Þórhildur, sondern irgendeine ganz andere Person, distanziert, unbekannt, unsympathisch.

Was ist das für ein Quatsch? Bier bringt dein wahres Ich hervor.

Nein. Bier bringt jemand anderen hervor. Der Rausch verändert die Menschen. Menschen im Rausch sagen und tun Dinge, die ihnen bei vollem Bewusstsein nie im Leben einfallen würden. Þórhildur im Rausch ist wie ein anderer Mensch. Sie ist dann wie von einem bösen Geist besessen.

Glaubst du wirklich, dass sich Dämonen in Menschen niederlassen können?

Ich habe keine Ahnung. Ich weiß nur, dass gute und böse Kräfte in unserer Welt im ständigen Wettstreit liegen. Ich glaube, im Rausch ist man völlig schutzlos dem Bösen ausgeliefert. Es bedeutet, das Urteilsvermögen zu verlieren.

Und du liebst deine Frau, solange ihr Urteilsvermögen in Ordnung ist? Und was ist mit dir selbst – ist dein Urteilsvermögen unfehlbar?

Víkingur schüttelte den Kopf, als wolle er diese unbequemen Gedanken abschütteln. Liebe ist ein Gefühl, ein Geschenk an uns aus der Welt der Perfektion, in der es keine knallharten Argumente gibt.

Er war erleichtert, als er ihre helle Sommerjacke an einem Haken an der Garderobe sah. Sie war also nicht verschwunden. Wahrscheinlich hatte sie sich schlafen gelegt. Dennoch war er unruhig. Normalerweise spürte er, sobald er die Tür hinter sich geschlossen hatte, ob jemand zu Hause war oder nicht. Jetzt wusste er, dass Þórhildur zu Hause war. Trotzdem fühlte es sich an, als käme er in eine leere Wohnung.

Er schaute in die Küche. Fand keinerlei Anzeichen dafür, dass sie da gewesen wäre. Sah einen Lichtschein auf der Scheibe der Schiebetür zum Wohnzimmer. Auf dem Couchtisch stand eine brennende Kerze, halb heruntergebrannt. War sie ins Bett gegangen, ohne die Kerze zu löschen? Das war kein gutes Zeichen.

Er ging hinein und beugte sich hinunter, um die Flamme auszublasen, und sah ein weißes Blatt Papier, das zusammengefaltet auf dem Tisch lag. Seltsam. Normalerweise hinterließen sie sich gegenseitig Botschaften auf der Küchenbank.

Er nahm das Blatt und sah die Handschrift, die er so gut kannte.

Geliebter

Ich kann nicht mehr.
Ich habe ihm gegenüber versagt
und ich habe dir gegenüber versagt.
Ich bin gar nichts.
Entschuldige.
Þ

Ich küsse dich in alle Ewigkeit.

21

Ich küsse dich in alle Ewigkeit.

In dem kurzen Moment, den man braucht, um diese Worte zu lesen, brach Víkingurs Welt zusammen. Er blieb allein in der schwarzen Leere stehen. Alles, was er war und hatte, verschwand auf einen Schlag.

Das Blatt Papier in seinen Händen wurde zu einer Lawine, die allen Raum um ihn ausfüllte und ihn erdrückte, sodass er keine Luft mehr bekam.

Er stieß einen erstickten Schrei aus und warf das Blatt von sich, rannte in den Flur und stieß die Tür zum Badezimmer auf. In Gedanken sah er Þórhildur in ihrem Blut in der Badewanne liegen und traute seinen eigenen Augen kaum, als er sah, dass niemand da war. Er taumelte rücklings aus dem Badezimmer, stieß sich den Nacken brutal am Türrahmen und schwankte in Richtung Schlafzimmer.

*****

Sie trug ein weißes Sommerkleid. Das weiße Sommerkleid, von dem Víkingur fand, dass es ihr besser stand als alle anderen Kleidungsstücke.

Sie lag auf der weinroten Decke des Ehebetts auf der Seite. Auf dem Nachttisch standen eine halbleere Rotweinflasche und ein leeres Kristallglas. Neben dem Nachttisch auf dem Boden lag eine Tablettenpackung, und als Víkingur sich danach bückte, sah er, dass auch noch ein Tablettenröhrchen unter den Nachttisch gerollt war.

Das Röhrchen war leer. Auf ihm stand: Stesolid, 5 mg. Víkingur Gunnarsson. Eine Tablette bei Bedarf.

Auf dem Blisterstreifen stand: Atenolol. Alle Tabletten waren entnommen worden.

Víkingur strich vorsichtig das Haar von der Wange seiner Frau und schrak zurück, als hätte er sich verbrannt. Die Wange fühlte sich kalt und feucht an. In Panik tastete er nach der Halsschlagader. Der Hals fühlte sich wärmer an als die Wange. Víkingur spürte keinen Puls, sodass er an ihrem Handgelenk danach tastete, aber auch da nahm er keinen wahr. Die Finger waren eiskalt. Er schaute sich verzweifelt um. Auf dem Nachttisch stand ein gerahmtes Foto. Das Bild zeigte Magnús im Alter von einem Jahr, wie er die ersten Schritte machte. Víkingur nahm das Bild und hielt es Þórhildur vors Gesicht. Er konnte keine Atmung wahrnehmen, glaubte aber, auf dem Glas einen Anflug von Beschlag zu sehen.

Er tätschelte ihr leicht die Wange und versuchte sie zu wecken. Riss das Telefon aus der Tasche.

112.

Dann setzte er sich neben sie aufs Bett und zog sie vorsichtig zu sich. Nahm sie in die Arme. Hielt sie fest. Drückte ihr Gesicht an seins. Wiegte sich mit ihr in den Armen vor und zurück. Versuchte, seine Gedanken zu strukturieren. In seinem Geist fasste nichts anderes Fuß als das Entsetzen.

»Nicht«, flüsterte er. »Nicht. Nicht. Nein. Nicht gehen.«

Er legte Þórhildur wieder aufs Bett. Trocknete sich die Augen mit dem Handrücken. Beugte sich nach den Medikamentenpackungen und steckte sie in seine Tasche.

Er wusste weder ein noch aus. Konnte nicht fühlen, ob die Zeit verging oder stillstand.

Wie unter Hypnose ging er ins Fernsehzimmer und hob eine Häkeldecke auf, die zusammengefaltet auf dem Schaukelstuhl lag, den er Þórhildur geschenkt hatte. Ging wieder ins Schlafzimmer. Hob sie hoch und wickelte die Decke um sie. Dann ging er los, mit seiner Frau auf den Armen, die Treppe hinunter, die so eng war, dass es für die Sanitäter mühsam wäre, dort mit einer Trage zu hantieren.

Er stand mit ihr im Flur, bis er den Krankenwagen nahen hörte. Öffnete dann die Haustür und ging dem Fahrzeug entgegen.

*****

Ärzte erwarteten sie bereits, als Þórhildur auf der Trage in die Notaufnahme gerollt wurde. Eine weißgekleidete Frau sprach mit Víkingur und nahm die Tablettenpackungen entgegen, die er eingesteckt hatte. Die Frau bat ihn zu warten und folgte den Ärzten, kam dann aber wieder zurück und fragte nach dem Namen von Þórhildur und ihrer Versicherungsnummer.

Das Nächste, was Víkingur wusste, war, dass er in einer kleinen Warteecke der Notaufnahme saß. Ihm gegenüber saß ein Junge in einem Schlafanzug mit Harry-Potter-Motiven.

Als der Junge Víkingurs Blick bemerkte, sagte er:

»Mein Bruder ist aus dem Etagenbett gefallen. Mama ist bei ihm drinnen.«

»Aha«, sagte Víkingur und versuchte zu lächeln.

»Er hat geblutet«, sagte der Junge. »Er wollte ausprobieren, wie es ist, im oberen Bett zu schlafen.«

Víkingur versuchte, eine passende Antwort zu finden, aber es fiel ihm nichts anderes ein als: »Aha.«

»Ich bin mal genäht worden«, sagte der Junge.

»Aha«, stöhnte Víkingur.

»Warum sagst du so oft ›Aha‹?«, fragte der Junge.

Gute Frage.

»Entschuldige«, antwortete Víkingur. »Meine Frau ist krank. Ich habe an sie gedacht.«

»Muss sie genäht werden?«, fragte der Junge.

»Nein, das bezweifle ich«, sagte Víkingur.

»Das ist gut«, sagte der Junge. »Es ist voll fies, wenn man genäht werden muss.«

»Aha«, sagte Víkingur.

Seine Gedanken rasten im Kreis.

Wieder und wieder stand er an der Tür zum Schlafzimmer.

Manchmal war Þórhildur gestorben.

Manchmal schlief sie zusammengerollt auf der weinroten Decke und wachte auf, als er hereinkam, reckte sich und fragte:

»Wie spät ist es?«

Dann schüttelte sie die Locken aus ihrem Gesicht und er umarmte sie und spürte einen Eisklumpen in seinen Armen.

Als er aufschaute, war der Junge im Schlafanzug fort und ein Mann in einem weißen Kittel war an seine Stelle getreten.

Víkingur registrierte den Namen des Mannes nicht und hörte zuerst nicht, was er sagte. Versuchte, aus seinem Gesichtsausdruck abzulesen, ob die Botschaft gut oder schlecht sei.

Der Arzt hielt die leeren Tablettenpackungen in der Hand und sagte: »Atenolol ist ein Betablocker, das ist also ein Medikament, was den Herzschlag verlangsamt und die Kraft, mit der das Herz schlägt, verringert. Dieses Medikament wird gegen zu hohen Blutdruck verschrieben und kann sehr nützlich sein. Eine zu hohe Dosis, von der wir hier anscheinend ausgehen müssen, birgt andererseits das große Risiko, dass der Herzschlag komplett aussetzen kann. Das zweite Medikament, Stesolid, wird auch Valium oder Diazepam genannt, entspannt die Muskeln und hat eine beruhigende Wirkung; es verträgt sich deswegen nicht gut mit dem anderen.«

»Lebt sie?« Víkingur konnte sich nicht auf den Vortrag des Arztes konzentrieren.

»Ja, sie lebt, aber sie liegt immer noch im Koma«, antwortete der Arzt. »Sie ist auf die Intensivstation gebracht worden.«

»Wann wacht sie auf?«

»Ich wünschte, ich könnte das beantworten. Wir haben ihr Atropin gegeben, eine Intubation vorgenommen und den Magen nach Gabe von Kohletabletten ausgepumpt. Sie wird jetzt beatmet und beobachtet. Wenn sie in den nächsten Stunden nicht zu Bewusstsein kommt, müssen wir eine Dialyse versuchen.«

»Was ist das?«

»Das ist eine Methode, um die Giftstoffe aus dem Blut zu entfernen. Dabei wird der Patient mit einer sogenannten künstlichen Niere verbunden.«

Koma. Beatmung. Künstliche Niere.

»Entschuldige«, sagte Víkingur. »Ich verstehe nicht ganz … Wann wird sie zu sich kommen?«

»Das kann niemand voraussagen«, antwortete der Arzt. »Sie schwebt immer noch in Lebensgefahr, und Bewusstlosigkeit bzw. Koma kann lange währen.«

»Wie lange?«

»Unmöglich zu sagen.«

»Einige Stunden? Einige Tage? Einige Wochen?«

»Ja. Es ist unüblich, dass das Koma länger als ein paar Tage oder Wochen dauert. Zwei bis fünf Wochen höchstens. Aber es gibt auch Ausnahmen und es gibt Beispiele von Menschen, die jahrelang im Koma lagen.«

»Welche Chancen hat sie zu überleben?«

Die Antwort war so voller medizinischer Vorbehalte, dass Víkingur spürte, wie der Arzt ihm zu sagen versuchte, er solle sich auf das Schlimmste gefasst machen.

»Aber wo sie doch atmet, muss es doch möglich sein, sie zu retten«, sagte Víkingur und schämte sich zugleich für den fordernden Ton in seiner Stimme.

Er selbst war es, der sie hätte retten müssen.

»Ich kann dir versichern, dass wir alles tun, was uns möglich ist«, sagte der Arzt.

Víkingur sah, dass »Þorsteinn« auf dem Plastikschildchen stand, das an der Brusttasche des Arztkittels befestigt war.

Das Leben von Þórhildur lag jetzt in den Händen eines völlig fremden Mannes.

»Darf ich sie sehen?«, fragte Víkingur. »Darf ich bei ihr sein?«

»Selbstverständlich«, sagte Þorsteinn. »Wir kümmern uns gerade darum, dass alles so ist, wie es sein soll. Dann werde ich jemanden bitten, dich abzuholen und zu ihr zu bringen.«

»Bald?«

»Ja. Bald.«

Der Arzt verabschiedete sich von Víkingur mit einem Händedruck und entfernte sich anschließend schnellen Schrittes.

Víkingur blickte ihm nach, aber dann verschwamm das Bild des Arztes und an seine Stelle war Þórhildur getreten. Sie lächelte und nickte ihm zu, wie sie es gewöhnlich tat, wenn sie ihn ermuntern wollte, etwas zu tun, das er eigentlich gern wollte und sich nur nicht zu gestatten traute.

Nicht gehen, bat er in Gedanken, aber das Bild verschwand und er blieb allein zurück in einem kleinen Winkel des Krankenhausflurs.

Gott, der allzeit in der Nähe ist, war nie unsichtbarer gewesen.

*****

Er saß an ihrem Bett auf der Intensivstation und hielt ihre Hand, hielt die Hoffnung fest und das Leben, das immer noch in ihren Adern pulsierte.

Mitten in der Nacht spürte er zum ersten Mal eine Bewegung von Þórhildur. Die Finger, die er in seinen Händen hielt, zitterten und zuckten. Er meinte ihre Augenlider sich bewegen zu sehen und schoss auf der Suche nach einem Arzt aus dem Zimmer.

Die Krankenschwester, die ihm auf dem Gang entgegenkam, sagte ihm, dass auch bewusstlose Menschen sich bewegen können, ohne dass es bedeute, dass sie aufwachten.

»Das ist genauso natürlich wie sich im Schlaf zu bewegen«, sagte sie und strich Þórhildurs Bettdecke glatt. »Es gibt sogar Fälle, in denen Wachkomapatienten aufgestanden und umhergegangen sind, als würden sie schlafwandeln. Beruhige dich und versuch, dich ein wenig auszuruhen. Wir beobachten alle Lebenszeichen hier auf den Monitoren im Bereitschaftszimmer. Soll ich dir etwas geben, damit du besser einschlafen kannst?«

Das wollte er nicht. Wusste selbst kaum, ob er wachte oder schlief, wie er so am Bett der Frau saß, die er über alles in der Welt liebte. Die Zeit stand entweder still oder verging sprunghaft. Gedanken kamen und gingen, ohne dass er sie greifen konnte. Manchmal in Gruppen, die randalierten und aufeinander einprügelten, ohne dass er für Ruhe sorgen konnte. Manchmal schossen sie mit Schallgeschwindigkeit durch den Kopf und manchmal bewegten sie sich schneckengleich. Es kam auf dasselbe hinaus. Er gab es auf, seine Gedanken in den Griff bekommen zu wollen, und versuchte, sich vom Chaos in seinem Kopf abzuriegeln.

Seine Gefühle hatten sich zu einem festen Knoten zusammengezogen, der fast zu ertasten war und oberhalb des Herzens lag. Die Angst schnürte die Hoffnung ab. Der Schmerz war so unerträglich, dass sein Bewusstsein ertaubte. Er war hungrig, durstig, müde, schläfrig ohne essen, trinken, ruhen oder schlafen zu können.

Er wünschte sich von ganzem Herzen, dass es sich um einen Albtraum handele und er erwachen würde, indem Þórhildur ihm ins Ohr flüsterte: »Wenn du vorhast, weiterzuschnarchen, musst du auf den Balkon umziehen.«

Er schrak auf und erblickte Þórhildur, die allein in einem fremden Bett ruhte und einen tiefen Schlaf schlief. Er selbst war komplett bekleidet und saß in einem halbdüsteren Krankenzimmer in einem unbequemen Sessel an ihrer Seite, und der Angstknoten schwoll und füllte seine Brust aus, sodass er kaum Luft bekam.

Er wartete am Rande des Bewusstseins darauf, dass seine Frau wieder erscheinen und aus dem schwarzen Nebel jenseits der Grenze, die ihm verschlossen war, den Weg nach Hause finden möge.

So vergingen Tage und Nächte.

*****

Er starrte auf die Uhr an der Wand, ohne sie zu bemerken, als ihn plötzlich drei weißgekleidete Frauen umringten. Sie stammten nicht aus dem Nebel, sondern aus derselben Richtung wie er, und zwar von dort, wo ihm sein Bewusstsein abhandengekommen war.

»So, mein Lieber«, sagte eine von ihnen. »Keine Veränderung heute Nacht. Das bedeutet einfach, dass sie sich ausruht.«

»Das musst du auch tun«, sagte eine andere. »Du machst dich nur kaputt, wenn du hier so sitzt. Du kannst nichts für sie tun, wenn du nicht auch an dich denkst.«

»Jetzt wollen wir Þórhildur baden und hier aufräumen«, sagte die dritte. »Du nimmst dir ein paar Stunden

Pause und fährst nach Hause, nimmst ein Bad, rasierst dich und machst dich frisch. Wir werden uns um Þórhildur kümmern. Sie wird solange in guten Händen sein.«

*****

Er fühlte sich zu Hause in der Mjóstræti überflüssig.

Da gab es einen Stuhl und einen Tisch und da gab es einen Fernseher. Er hatte keinen Bezug zu den Möbeln. Es war, als befände er sich im Zuhause fremder Menschen, die jederzeit heimkommen konnten.

Die Zeitungen, die sich hinter dem Briefschlitz angesammelt hatten, stapelte er ungelesen und nahm sich vor, sie in den Mülleimer zu werfen, sobald er wieder ins Krankenhaus fuhr. Einige Briefumschläge legte er auf der Küchenbank ab, bevor er zum Fenster ging und sah, dass die Frau im nächsten Haus ihre Bettdecken zum Lüften auf den Balkon hängte, als sei nichts geschehen.

Er zwang sich, die Briefe zu öffnen. Lotteriescheine. Als hätte er einen Grund, an unverhofftes Glück zu glauben. Eine Benachrichtigung vom Zoll für Þórhildur, dass sie eine Sendung bekommen hatte. Eine Zahlungserinnerung für einen Kredit, mit dem er nichts anfangen konnte, obwohl Þórhildurs Name auf dem Schein stand. Immobilienkredit? Zahlung Nummer 4 von 170. Soll 11 441 820. Tilgung 19 562. Zins 49 581. Gebühren 195. Gesamtzahlung 69 338 Kronen.

Was war das für ein Unfug? Ein Kredit über elf Millionen Kronen, von dem er nichts wusste.

Er schüttelte den Kopf und konzentrierte sich auf den Zahlschein.

Plötzlich erinnerte er sich an das Gespräch.

Wo wir von Drogenschulden sprechen, da gibt es noch

etwas, was ich dir noch nicht gesagt habe. Ich habe einen kleinen Kredit aufgenommen, um eine Sache wieder hinzubiegen.

Du musstest einen Kredit für die Drogen aufnehmen?

Nein, du verstehst mich falsch. Ich habe den Kredit für Magnús aufgenommen. Ihm waren irgendwelche Übeltäter auf den Fersen. Ich habe nur getan, was jede andere Mutter auch tun würde. Sie hätten ihn umgebracht, wenn er nicht bezahlt hätte.

Wie viel Geld hast du ihm gegeben?

Ach, daran erinnere ich mich jetzt nicht. Können wir nicht später darüber sprechen? Manchmal ist es echt ganz schön schwierig, offen und ehrlich zu dir zu sein.

So schwierig, dass sie aufgegeben hatte.

22

Er duschte. Als er im Kleiderschrank nach sauberen Anziehsachen suchte, vergaß er sich und begann, Kleider von Þórhildur herauszusuchen, um ihren Geruch, den Duft zu finden, in der Hoffnung, sich an eine Berührung mit ihr zu erinnern.

Den Duft fand er, nicht an den Kleidern, an ihnen haftete kein Geruch, sondern die Erinnerung erschien seinen Sinnen und er stand in der Mitte des Raumes mit geschlossenen Augen und hoffte, dass die Inhaberin des Duftes erscheinen würde, wenn er sie wieder öffnete.

Er legte sich aufs Bett, nahm ihre Bettdecke in die Arme und weinte lautlos, bis der Schlaf ihn kurz aus den Fesseln der Trauer befreite.

Als er aufwachte, spürte er, wie nass das Kissen war, und begriff, dass er sich in den Schlaf geweint hatte. Er war viel zu früh eingeschlafen, denn ein Ozean von Tränen war noch ungeweint.

*****

Am Arbeitsplatz war das Mitleid fast unerträglich.

Was gibt es Neues von Þórhildur?

Nichts. Alles noch wie vorher.

Keine Veränderung?

Er schüttelte den Kopf, traute sich nicht zu sagen: »Nein«, aus Angst, die Stimme könne ihm versagen.

*****

Randver sah, wie es ihm ging, und rettete ihn in sein Büro.

»Was schleichst du denn hier herum? Du sollst nicht mal in die Nähe des Büros kommen, bevor Þórhildur sich erholt hat.«

Erholt hat. Wie von einer Erkältung oder einer Grippe.

»Ich weiß gar nicht, was ich hier mache. Ich bin kurz nach Hause gefahren und habe es da auch nicht ausgehalten.«

Randver wollte am liebsten vom Schreibtisch aufstehen und seinen Freund umarmen. Stattdessen sagte er:

»Soll ich uns einen Kaffee holen?«

»Nein, danke. Ich möchte im Moment keinen Kaffee.«

»Tee?«, fragte Randver verzweifelt und hoffte, ihm

würde etwas Passendes zu sagen einfallen, etwas, das seinem Freund Kraft spenden könnte.

Ihm fiel nichts ein.

»Ach, hör mal, bevor ich es vergesse: Irgendein Herr von Durendoff von der holländischen Polizei hat versucht, dich zu erreichen. Er bittet um einen Rückruf, wenn du Zeit hast.«

»Van Turenhout?«

»Ja. Er bat mich, dir auszurichten, dass der Mann, bei dem Joe Diesserson zur Miete wohnte …«

»Joe Diesserson? Jódísarson? Ársæll Jódísarson. Die Leiche, die er uns auf dem Flughafen gezeigt hat.«

»Ja, natürlich Jódísarson. Der Sæli. Ja, jetzt verstehe ich, wovon der Mann geredet hat. Nur, dass von Durendoff von diesem Vermieter gesagt bekam, dass Sæli auf der Flucht vor Magnús gewesen sei.«

»Magnús?«

»Ja, Magnús, den Namen habe ich auf jeden Fall richtig verstanden, auch wenn ich es mit dem Ausländisch nicht so habe. Magnús, den ihr in Holland gesucht habt. Er ist offensichtlich kurz vor euch dort gewesen. Und damit nicht genug, der Vermieter sagte auch, dass Magnús behauptete, er sei dort im Auftrag irgendeiner Vereinigung, die so gefährlich sei, dass Motorradgangs dagegen wie ein Lions Club wirkten.«

»Moment mal. Dieser Vermieter hat Magnús getroffen?«

»Nein, das wohl nicht, aber die Mieter berichteten ihm von dem Besuch«, sagte Randver. »Magnús und zwei andere kamen und haben sich in dem Haus nach Ársæll erkundigt – mit ziemlichem Radau, wie es scheint. Sæli hatte das Glück, nicht zu Hause zu sein, und als er erfuhr, dass drei Männer nach ihm gesucht hätten, war er ganz schnell wieder verschwunden, natürlich ohne seine Mietrückstände zu begleichen. Er muss einen Schrecken bekommen haben, als er seinen Verfolgern dann auf dem Flughafen Schiphol wohl in die Arme lief, wohin er vermutlich gegangen war, um sich abzusetzen.«

»Wer waren die anderen beiden?«

»Das scheint der holländische Polizist nicht zu wissen. Magnús war der Einzige, der seinen Namen nannte, und die Beschreibung der anderen ist nicht sehr hilfreich. Das Einzige, worin sich die Leute einig waren, ist, dass der eine dick gewesen sei und der andere dünn.«

»Isländer?«

Randver zuckte mit den Schultern. »Wir wissen nichts über sie, nur, dass sie mit Magnús unterwegs waren, der eine dick, der andere …«

»Dünn«, sagte Víkingur.

»Exakt«, sagte Randver. Er freute sich, dass er es anscheinend geschafft hatte, Víkingurs Interesse an etwas zu wecken und ihn für kurze Zeit von der enormen Bürde zu befreien, die unerträglich sein musste.

»Was sagt uns das?«, fragte Víkingur und schaute Randver an, der aus langjähriger Erfahrung wusste, dass keine Antwort erwartet wurde. »Das sagt uns, dass Magnús in Holland war und, gemeinsam mit seinen zwei unbekannten Kumpels, Ársæll Jódísarson auf dem Flughafen Schiphol erledigt haben könnte. Das bedeutet, dass Magnús und seine Kollegen dieses LT-Runenzeichen auf der Stirn von Sæli hinterlassen haben könnten. Was bedeutet, dass dieselben Täter die Leute in Estland umgebracht und das Amphetaminlabor in Brand gesetzt haben könnten, weil sich dort dasselbe Zeichen, ergänzt um ein Nazisymbol, fand.«

»Vier und R«, schob Randver ein.

»Und der Vogel, ob es nun eine Friedenstaube, der Phönix oder der Reichsadler ist«, sagte Víkingur. »Gut. Im Prinzip unterliegen beide Fälle nicht unserer Gerichtsbarkeit. Wir wissen, dass Magnús noch lebte, als die Morde in Þingvellir verübt wurden …«

»In Grafningur«, korrigierte Randver und augenblicklich gab ihm der Blick Víkingurs zu verstehen, dass es sich dabei kaum um etwas Wesentliches handelte.

»In Grafningur finden sich dann diese zwei Symbole noch einmal, also L und T und der gute Vogel, aber keine Nazisymbolik. Was bedeutet, dass Magnús an vier Mordfällen beteiligt gewesen sein kann.«

»Drei«, sagte Randver.

»Vier«, wiederholte Víkingur. »Vergiss nicht die Leiche, die im Rotterdamer Hafen gefunden wurde. Wenn diese Morde in Zusammenhang stehen, dann war das der erste Mord der Serie, auch wenn wir weder wissen, wer ermordet wurde, noch weshalb. Wir wissen auch, dass Magnús bereits verstorben und obduziert war, als der letzte Mord geschah, und deswegen kann er Auður Sörensen nicht getötet haben. Dennoch war es ein Mord unter ähnlichen Vorzeichen. Runen. L und T. Eine Pfählung. Die Runen tauchen jedes Mal auf, aber die Methoden sind verschieden und auch die Symbole sind nicht immer die gleichen.«

»Es gibt ziemlich viele Tote«, sagte Randver. »In Estland meint die Polizei, die Überreste von sechs oder sieben Leichen in den verkohlten Ruinen gefunden zu haben. Zwei Tote in Holland, einer davon ganz sicher ein Isländer. Drei im Sommerhaus und dann die Anwältin. Das macht insgesamt dreizehn Morde. Auch wenn es vielleicht keine Rolle spielt, dann ist es aber doch beispiellos, dass ein Isländer so viele Morde begangen haben soll, zumindest in der heutigen Zeit.«

»Daraus können wir kaum Schlüsse ziehen«, sagte Víkingur. »Wir können uns aber vielleicht damit trösten, dass die meisten dieser Menschen im Ausland getötet wurden und diese Morde uns strenggenommen nicht betreffen. Unter unsere Gerichtsbarkeit fallen nur vier.«

»Auch mehr als genug in einem Land, das im Jahr durchschnittlich auf nicht einmal zwei Morde kommt«, bemerkte Randver.

»Ach was, du sprichst vom vergangenen Jahrhundert«, sagte Víkingur. »Im 21. Jahrhundert liegen wir weit über diesem Schnitt.«

Randver fuhr störrisch fort: »Nichtsdestotrotz haben wir Isländer keinen gefassten und noch lebenden Mörder, der mehr als zwei Morde auf dem Kerbholz hat. Was sagt uns das?«

»Das sagt uns gar nichts«, sagte Víkingur. »Außer dass wir ein kleines Volk sind.«

»Exakt«, sagte Randver. »Wir sind ein winziges Volk.«

»Wie klein das Volk ist, spielt keine Rolle«, sagte Víkingur. »Isländische Mörder haben ein gleich großes oder kleines Gehirn und gleich viele Arme und gleich viele Füße wie die Mörder in China oder Amerika.«

»Ich habe noch nie von chinesischen Mördern gehört«, witzelte Randver.

Víkingur lächelte.

»Heißt es nicht, dass Mao Tse-tung mehr Menschenleben auf dem Gewissen haben soll als jeder andere, der je auf dieser Erde geboren wurde?«

»Das war natürlich nicht Mord, sondern Totschlag«, sagte Randver. »Außerdem hat er diese ganzen Millionen nicht mit eigenen Händen getötet, sondern hat andere die Drecksarbeit erledigen lassen. Was ich meine, ist: Auch wenn nicht mehr als vier dieser Morde uns etwas angehen, finde ich es trotzdem unwahrscheinlich, dass der Täter ein Isländer ist – sofern es sich überhaupt in allen Fällen um denselben Täter handelt.«

»Und woran machst du fest, dass der Täter kein Isländer ist?«

»Wenn wir uns nur auf diese vier Morde konzentrieren, erscheint mir vieles daran ungewöhnlich und fremd.

Erstens wirken sie wie geplante Hinrichtungen. Das sind wir so nicht gewohnt. Meistens werden die Morde im Jähzorn begangen – ohne jede Planung. Wenn der Mörder sieht, was er getan hat, versucht er verzweifelt, die Sache zu vertuschen, meistens, indem er die Leiche versteckt.

Zweitens gab es in Island bisher keinen Mörder, der irgendwelche Zeichen oder Botschaften am Tatort hinterlassen hat, außer in dem einem Fall, wo es sich um einen geistesgestörten Mann handelte.

Drittens diese Pfählung. Woher sollten Isländer plötzlich eine solche Idee haben?«

»Aus Kinofilmen, Comics, Computerspielen. Aus der modernen Zeit, die sich immer weiter von unserer eigenen Erfahrungswelt entfernt«, sagte Víkingur. »Die Mode oder, mit anderen Worten, der Zeitgeist spielt in vieles mit hinein.«

»Das kann gut sein«, sagte Randver. »Worauf ich hinauswill, ist, dass dieser Mord eher auf organisierte Kriminalität hinweist als auf den Stil der Einzeltäter, mit denen wir es bisher zu tun hatten. Organisierte Kriminalität ist so gut wie unbekannt in Island, wenn man die kurzfristige Zusammenarbeit verschiedener Beteiligter beim Schmuggel und Verkauf von Drogen mal ausnimmt.«

»Da bist du, glaube ich, beim Kern der Sache angelangt«, sagte Víkingur. »Was alle diese Fälle verbindet, außer Symbolen und Runen, ist, dass sie auf die eine oder andere Weise mit Rauschgift zu tun haben.«

Randver nickte, fragte dann aber:

»Wie verbindest du den Torso, der im Rotterdamer Hafen gefunden wurde, mit Drogen?«

Víkingur winkte ab.

»Da hast du recht. Ich habe dafür keine Beweise. Können wir uns nicht darauf einigen, dass eine Leiche von dreizehn die Ausnahme ist, die die Regel bestätigt?«

»Aber Auður Sörensen hat doch nicht mit Drogen gehandelt?«

»Nein, aber sie war die Anwältin eines Mannes, dem Drogenhandel nachgesagt wird. Das ist der Zusammenhang.«

»Wenn dieser Zusammenhang sie das Leben gekostet hat, ist es dann nicht ein Hinweis darauf, dass diese Morde sich um etwas anderes drehen als Machtkämpfe auf dem Drogenmarkt?«

»Nein, nicht unbedingt. Auður hat Elli vom Octopussy eventuell in der einen oder anderen Angelegenheit seines Unternehmens beraten und deswegen vielleicht etwas gewusst, das mit Rauschgift zu tun hat.«

»Ja, das ist komplex«, sagte Randver und rieb sich die Nase.

»Wie verläuft die Untersuchung ansonsten?«

»Die offizielle Antwort darauf ist, dass die Untersuchung ihren normalen Gang nimmt, was bedeutet, dass nichts vorangeht und wir überhaupt nichts wissen.«

»Was habt ihr denn so gemacht?«

»Wir stecken bis zum Hals im ganz normalen Verfahren – Zeugen verhören, Zeugen suchen, die Finanzen von Elli und der Juristin untersuchen, Telefongespräche protokollieren und unterwegs jeden Stein umdrehen.«

»Und?«

»Was ich merkwürdig finde, ist, dass wir keine Anhaltspunkte dafür finden, dass diese Gewalttaten in der Luft lagen. Keinerlei Streitigkeiten. Keine Drohungen. Keine Anzeichen dafür, dass Elli oder Auður glaubten, in Gefahr zu schweben. Das kommt wie … wie …«

»Ein Blitz aus heiterem Himmel?«

»Wie ein Blitz aus allen Wolken, hätte ich beinahe gesagt«, sagte Randver und lachte. Wunderbar, wieder so mit Víkingur dazusitzen und ein gutes Gespräch über die Themen des Tages zu führen.

»Was gibt es sonst noch Neues?«, fragte Víkingur.

Randver zögerte mit der Antwort.

»Hier im Haus, meine ich«, fügte Víkingur hinzu. »Hat Marinó dem neuen Polizeipräsidenten schon eine anständige Kaffeemaschine abgerungen?«

»Nein, das glaube ich nicht«, antwortete Randver. »Ich glaube, wir bekommen so lange keine neue Kaffeemaschine, bis hier eingebrochen und die alte gestohlen wird.«

Das war ein Running Gag auf der Wache. Víkingur lächelte aus alter Gewohnheit.

Randver schaukelte in seinem Sessel.

»Was traust du dich nicht, mir zu sagen?«, fragte Víkingur. »Ich kenne doch das unglückliche Gesicht, das du machst.«

Randver stöhnte.

»Es ist nichts, was wir jetzt dringend besprechen müssten. Ich wollte es nicht ansprechen, bevor Þórhildur sich erholt hat.«

»Ist es etwas, das mit ihr zu tun hat?«

»Vielleicht nicht direkt. Eigentlich dreht es sich mehr um dich, wenn man so sagen kann.«

»Mich?«

Jetzt begann ein ziemliches Gefasel. Randver hatte Schwierigkeiten, für das, was er seinem Freund sagen wollte, Worte zu finden. Schlussendlich fand er aber in die richtige Spur.

»Ja also … Schau mal. Es ist eigentlich zweierlei. Aber es ist eigentlich dieselbe Sache. In erster Linie habe ich erfahren, dass beschlossen worden ist, deine Stelle auszuschreiben.«

Víkingur reagierte nicht auf diese Information.

»Ich habe schon erfahren, dass das zu erwarten ist«, sagte er. »Und zweitens?«

»Hm?«

»Erstens ist beschlossen worden, dass jemand anderes meine Stelle übernimmt. Und was wolltest du mir zweitens sagen?«

»Die Belegschaft hier ist befragt worden, wie du in den vergangenen Monaten gewesen bist.«

»Wie ich gewesen bin?«

»Ja. Irgendwer bei der Landespolizeichefin soll ausgegraben haben, dass deine Frau in den letzten drei bis vier Monaten ziemlich viel Ritalin und Valium auf deinen Namen verordnet haben soll. Sogar ich bin gefragt worden, wie du mir vorgekommen seiest, ob ich irgendeine Veränderung an dir bemerkt hätte.«

Víkingur begriff augenblicklich, wie es dazu gekommen war, doch obwohl er mit Randver im Vertrauen sprach, konnte er ihm den Grund nicht nennen. Er konnte sich nicht damit entschuldigen, dass seine Frau ein rückfälliger Junkie war und seinen Namen missbraucht hatte, um Medikamente für sich selbst zu besorgen.

»Und?«, fragte er.

»Und was?«

»Hast du an mir irgendeine Veränderung bemerkt?«

»Nein, natürlich nicht. Außer vielleicht, dass du in den letzten Wochen eher düsterer Stimmung warst.«

»Es ist nicht, dass ich selbst Medikamente missbraucht habe. Es hat andere Gründe.«

»Ja, natürlich. Das mit Þórhildurs Sohn und den ganzen Sorgen.«

Die ganzen Sorgen. Ja, das war richtig. Soweit es eben ging.

»So, mein Lieber«, sagte Víkingur. »Ich mache mich mal schnell auf den Weg zurück ins Krankenhaus. Ich bin schon länger hiergeblieben, als ich wollte.«

»Was wirst du denn in der Angelegenheit mit deiner Stelle unternehmen?«, fragte Randver.

»Überhaupt nichts. Wenn ich abgelöst werden soll, weil ich Medikamente nehme, dann soll das so sein. Ich mache nichts in der Angelegenheit. Ich habe mich um anderes zu kümmern.«

»Das stimmt natürlich, aber denk mal drüber nach, wenn du Zeit hast. Das kann man doch so nicht hinnehmen.«

»Das Leben ist, wie es ist; nicht unbedingt so, wie wir es haben wollen.«

»Das kann gut sein, aber man muss trotzdem versuchen, seine klare Linie beizubehalten.«

Víkingur stand auf und lächelte.

»Wir bleiben in Kontakt.«

»Ja, bleiben wir«, sagte Randver und blickte Víkingur nach, der mit hängendem Kopf davonging. Auch wenn ihr Gespräch für kurze Zeit aufgelebt war, solange es sich um die Mordfälle drehte, hatte Randver es nie schwerer

gefunden, eine Verbindung zu seinem Freund herzustellen.

*****

Alles nimmt ein Ende. Auch das Warten darauf, dass
Þórhildur aufwachen möge.

Víkingur wich nicht von ihrem Bett, außer die kurzen
Male, wenn die Krankenschwestern ihm geradezu befah-
len, aufzustehen und sich zu bewegen. Auch dann verließ
er das Krankenhaus nur widerwillig, tat so, als mache er
einen Spaziergang, schlich sich aber in den Aufenthaltsraum und versuchte, die Zeit totzuschlagen, indem er
desinteressiert im Internet herumklickte.

Er schämte sich dafür, dass er das Wort »Koma« bei
Google eingab, und blickte sich verlegen um, als mache
er sich einer unsittlichen Handlung schuldig.

Laut Guinness-Buch der Rekorde hat niemand länger im Koma gelegen als Elaine Esposito. Im Alter von
sechs Jahren musste sie sich einer Blinddarmoperation
unterziehen, das war am 6. August 1941. Sie verstarb am
25. November 1978, im Alter von vierundvierzig Jahren,
und war nach der Narkose nie mehr aufgewacht. Das
Koma dauerte siebenunddreißig Jahre und einhundert-
elf Tage.

Ein anderer US-Amerikaner, Terry Wallis, erwachte
am 11. Juni 2003 aus dem Koma, in dem er fast zwanzig
Jahre lang gelegen hatte. Er glaubte, er sei immer noch
neunzehn Jahre alt und Ronald Reagan wäre Präsident
der Vereinigten Staaten.

Þórhildur starb, nachdem sie fast zwölf Tage und
Nächte im Koma geruht hatte. Sie starb, ohne noch einmal zu Bewusstsein gekommen zu sein.

Ihr Herzschlag war unregelmäßig, und je länger sie im Koma lag, desto trüber wurden die Aussichten auf Genesung. Ganz langsam ebbten ihre Kräfte ab, obgleich die Ärzte alles zu tun versuchten, was in ihrer Macht stand.

Als Víkingur auf seinem Weg aus dem Krankenhaus den Gang entlangtrudelte, hörte er Lärm aus dem Aufenthaltsraum der Patienten: Der Tag hatte sich dem Abend zugeneigt. Im Fernsehen begannen die Nachrichten.

23

Víkingur maß die vergehende Zeit, indem er sein Gesicht betastete. Eine Rasur reichte für zwei Tage und zwei Nächte. Die Dunkelheit hatte Sommerferien und die Nächte waren in Tageslicht gebadet.

Er ging nicht ans Telefon und nicht zur Tür, außer wenn er Randver oder Hinrik erwartete. Randver kam mindestens zweimal am Tag, manchmal öfter. Hinrik kam in der Mittagspause oder morgens zu der Zeit, zu der sie sich normalerweise im Fitnessstudio getroffen hatten.

Hinrik war sein ältester Freund. Ein Psychiater.

»Ich wähle die Wissenschaft, du den Glauben«, sagte er, als ihre Wege sich nach dem bestandenen Abitur trennten, und schrieb sich an der medizinischen Fakultät ein, während Víkingur sich für die Theologie entschied.

Beides war jetzt wenig nützlich, der Glaube und die Wissenschaft. Der Glaube war aus seinem Leben verschwunden. Er war so lange glücklich gewesen, dass er aufgehört hatte, an Gott zu glauben, und die Depressionen hielt Hinrik mit Medikamenten in Schach.

Víkingur wusste, dass der Glaube mit dem Beten kommt, aber er konnte sich nicht aufraffen, es zu versuchen. Er genierte sich, wahrscheinlich vor sich selbst, und konnte sich nicht dazu durchringen, um die Gnade zu bitten, die er vormals so erstrebenswert gefunden hatte. Und dann war er auch wütend auf Gott, dass er ihm Þórhildur weggenommen hatte – und weil Gott nicht existierte, war er gerade deswegen wütend auf ihn.

Ansonsten spielte die Existenz Gottes für ihn keine Rolle. Auch wenn Gott existierte und wenn er Víkingur gnädig gesonnen wäre, könnte er ihm nicht das Einzige gewähren, um das er hätte bitten wollen. Er spürte, wie die Depression vorrückte. Seine Gedanken wehten unkontrolliert von hier nach da oder wirbelten im perfekten Chaos umher. Dazwischen legte sich der Sturm und hinterließ ihn in endloser Stille und Leere, und er hörte Randver nicht, der mit ihm sprach. Schaute ihn verständnislos an, als wäre er von einem anderen Stern.

»Du musst etwas essen«, sagte Randver. »Du darfst nicht aufgeben. Es ist schmerzhaft, aber der Schmerz klingt mit der Zeit ab. Alles hat ein Ende.«

Randver hatte recht. Alles nimmt ein Ende, und jetzt war sein Leben zuende. Ohne dass er etwas dagegen tun konnte, war sein Leben aus der Spur geraten.

Ein junger Mann hatte die Kontrolle über sein Leben verloren und seine Mutter mit sich in den Tod gerissen, und Víkingur blieb zurück, saß auf dem Rand des Steilhangs, seelisch verwundet und körperlich betäubt.

»Was ist das eigentlich, diese schreckliche Sucht?«, fragte er seinen besten Freund.

Hinrik versuchte zu antworten:

»Alkoholismus ist die Art Abhängigkeit, die am längsten und häufigsten untersucht worden ist«, sagte er. »Sie wird definiert als körperliche, seelische und soziale Krankheit oder Störung. Körperlich ist die Abhängigkeit, weil sie mit bestimmten chemischen Reaktionen zu tun hat, seelisch, weil sie zu unseren psychologischen und psychiatrischen Untersuchungen gehört, und sozial, weil sehr viele der Meinung sind, dass unsere Gesellschaftsform daran beteiligt ist, eine Sucht auszulösen. Ob Abhängigkeit eine Krankheit ist, das ist immer noch ein Zankapfel der Wissenschaftler. Wenngleich die Definition als Krankheit Unzähligen zur Genesung verholfen hat, kommt es mehr und mehr in Mode, das Wort Störung anstelle von Krankheit zu verwenden.«

»Warum beschäftigen sich Wissenschaftler mit solchen Wortspielen, während die Sucht die Menschen um sie herum einen nach dem anderen umbringt?«

Hinrik freute sich, dass Víkingur überhaupt reagierte.

»Abhängigkeit kann so viele Erscheinungsbilder haben. Abhängigkeit von irgendwelchen berauschenden Mitteln wie Alkohol oder Drogen ist allseits bekannt. Ein Leitsymptom der Sucht ist unkontrolliertes Verhalten. Im Leben eines Süchtigen wird die Abhängigkeit der Mittelpunkt, um den sich alles dreht, aber es gibt weit mehr als Abhängigkeit von bestimmten Substanzen, was Kontrollverlust und zwanghaftes Verhalten hervorrufen kann. Wenn wir uns umschauen, sehen wir Menschen, die von Glücksspielsucht, Esssucht, Anorexie, Bulimie, Abenteuersucht, Kaufsucht, Arbeitssucht, Hypersomnie, Verschwendungssucht, Sexsucht oder religiösem bzw. atheistischem Fanatismus geplagt sind. Niemand kann genau unterscheiden, wo die Störung endet und die Krankheit beginnt.«

Víkingur schwieg.

»Nicht nur die Wissenschaftler sind hier uneins«, fuhr Hinrik fort. »Sehr viele Menschen haben ganz falsche Vorstellungen von Abhängigkeit. Manche glauben, sie sei ein Zeichen von Willensschwäche oder sogar mangelnder Intelligenz. Ganz im Gegenteil weist vieles darauf hin, dass Süchtige sowohl über mehr Willenskraft als auch über mehr Intelligenz als der Durchschnitt verfügen. Merkwürdig. Und noch merkwürdiger ist es, dass Sucht wirklich die einzige Krankheit der Welt ist, die der Patient selbst begreifen muss, um eine Chance auf Genesung zu haben, obwohl unser Verständnis von Abhängigkeit ja sehr gering ist. Daraus folgt, dass die Aussichten auf Genesung ebenfalls gering sind.«

Hinrik sah, dass es Víkingur schwerfiel, aufmerksam zuzuhören, und entschloss sich deshalb, die Sache direkt anzusprechen.

»Weißt du«, sagte er, »wo Abhängigkeit ist, findet man auch eine andere Störung, die fast genauso schwerwiegend ist. Weißt du, von welcher Störung ich spreche?«

Víkingur schüttelte den Kopf.

»Co-Abhängigkeit. Was ist das erste Wort, das dir einfällt, wenn ich Co-Abhängigkeit sage?«

Eine geraume Zeit verging, ehe Víkingur antwortete: »Mir fällt nichts Besonderes ein.«

»Denk ein bisschen genauer nach. Co-Abhängigkeit. Welches Wort fällt dir als Erstes ein?«

»Unterordnung?«

»Ich habe mir schon gedacht, dass du etwas in die Richtung sagen würdest. Früher wurde der Begriff Co-

Abhängigkeit eigentlich ausschließlich für die Angehörigen von Alkohol- bzw. Drogenkonsumenten verwendet und bedeutete, dass der Co-Abhängige sich zum Teil selbst für das Verhalten des Süchtigen verantwortlich machte und alles tat, um ihn friedlich zu stimmen. Die Definition ist heute viel weiter gefasst. Das erste Symptom ist nicht Unterordnung, sondern Herrschsucht. Seltsam, aber Co-Abhängigkeit zeigt sich oft im starken Bedürfnis, seine nächste Umgebung, seinen Partner, Kinder, und Kollegen zu kontrollieren. Co-Abhängigkeit ist es, wenn man glaubt, für alles Mögliche verantwortlich zu sein. Kennst du das?«

»Ich bin nicht co-abhängig«, sagte Víkingur. »Þórhildur war nur während eines ganz kleinen Teils unserer Beziehung süchtig, einige Wochen höchstens.«

»Co-Abhängige sind in der Regel vollkommen blind für alle Anzeichen von Co-Abhängigkeit, wenngleich die meisten anderen sie klar erkennen können.«

Víkingur zuckte mit den Schultern.

»Was für eine Milchmädchenrechnung ist das denn? Auf dieselbe Art und Weise könnte man alle, die sich für gesund halten, als Kranke definieren.«

»Nein«, sagte Hinrik. »Verleugnung ist in erster Linie ein Zeichen für Abhängigkeit und Co-Abhängigkeit. Ein Mann mit Blinddarmentzündung wird nicht wütend, wenn er gefragt wird, ob ihm der Bauch wehtut.«

»Ich bin nicht wütend.«

»Gut.«

»Und ich bin nicht co-abhängig.«

»Du bist immer noch derselbe Dickkopf.«

»Also«, sagte Víkingur. »Was sagte der Teufel noch mal, als er seine Großmutter traf?«

»Dass sie co-abhängig sei?«, fragte Hinrik und begann

zu lachen. »Nein, das traute er sich nicht zu sagen. Er wusste, dass die alte Frau immer ausflippte, wenn er die Wahrheit sagte.«

Víkingur lächelte.

»Warum sprichst du das an?«

»Weil ich dich dazu bekommen möchte, mit mir zu sprechen.«

»Ja, entschuldige. Ich bin im Moment einfach nicht so richtig in Plauderstimmung.«

»Ich habe mich vielleicht umständlich ausgedrückt«, sagte Hinrik. »Ob man co-abhängig ist oder nicht, kommt vielleicht aufs Gleiche heraus, aber man muss akzeptieren, dass es für alles bestimmte Grenzen gibt.«

»Zitiert der Doktor da das Gelassenheitsgebot?«

»Wie meinst du das?«

»Dass man sich mit dem abfinden soll, was man selbst nicht verändern kann.«

»Mit sich selbst im Reinen zu sein und von sich selbst nicht zu viel zu erwarten, ist sehr wichtig. Man muss das loslassen können, was man nicht festhalten kann.«

»Das ist völlig richtig«, sagte Víkingur. »Man kann ja die meisten Dinge akzeptieren. Man lernt, sich mit seinen Fehlern und sogar den Fehlern anderer zu arrangieren. Trotzdem glaube ich, dass es schwer ist, es von ganzem Herzen gutzuheißen, wenn einem alles genommen wird.«

Die Trauer erfüllte den Raum.

Hinrik schwieg geraume Zeit und stand dann auf und legte die Hand auf die Schulter seines Freundes.

»Ich schaue vielleicht heute Abend noch mal bei dir vorbei«, sagte er.

»Nein, mach dir keine Umstände«, sagte Víkingur. »Du hast dich schon genug um mich gekümmert. Ich danke dir dafür.«

»Ich kann dir auf jeden Fall etwas mitbringen, damit du schlafen kannst«, sagte Hinrik. »Das macht mir nichts aus.«

»Mit mir ist alles in Ordnung«, sagte Víkingur. »Mach dir keine Sorgen. Schau einfach morgen mal vorbei, wenn du mit der Arbeit fertig bist, falls du Zeit hast.«

»Abgemacht«, sagte Hinrik. »Aber du musst auch an deine Ernährung denken.«

»Mach ich«, sagte Víkingur und stand auf.

Hinrik hielt im Flur inne und wandte sich Víkingur zu.

»Ich weiß, dass es schwer ist, darüber zu sprechen, was du durchmachst. Ich möchte nur, dass du weißt, dass ich bereit bin, dir zuzuhören, sobald du etwas erzählen möchtest. Bis dahin wird es eine schwere Zeit für dich. Kannst du nicht wenigstens mit Gott sprechen, bis du so weit bist?«

»Gott ist leider tot«, sagte Víkingur.

»Jetzt überraschst du mich«, sagte Hinrik. »Ich dachte, die Theologen zitieren nicht gern Nietzsche.«

»Ich habe überhaupt niemanden zitiert. Ich habe ihn getötet.«

Hinrik schwieg. Er glaubte zu wissen, was Víkingur meinte.

Sie waren Freunde.

*****

Die Tage vergingen wie im Nebel.

Bis zur letzten Minute spielte Víkingur mit dem Gedanken, nicht zur Beerdigung zu gehen. Es überstieg seine Kraft, sich von Þórhildur verabschieden zu müssen, und die Vorstellung, von Menschen umgeben zu sein, erfüllte ihn mit Entsetzen, aber jetzt saß er auf der vordersten Bank in der Kirche und blickte auf zwei weiße Särge.

Þórhildur.

Magnús.

Er versuchte, seine Aufmerksamkeit auf etwas anderes zu lenken, und bemerkte dann, dass er der Einzige in der Kirche war, der noch stand. Alle anderen hatten sich nach einem Hinweis des Pfarrers gesetzt, nachdem er aus der Bibel gelesen hatte:

Die Könige der Erde lehnen sich auf, und die Herren ratschlagen miteinander wider den Herrn und seinen Gesalbten: »Lasset uns zerreißen ihre Bande und von uns werfen ihre Seile!« Aber der im Himmel wohnt, lacht ihrer, und der Herr spottet ihrer.

Verstört setzte er sich, ohne ein einziges Wort verstanden zu haben, und war der Letzte, der beim nächsten Hinweis wieder aufstand.

Wahrlich, wahrlich ich sage euch: Wer an mich glaubt, der hat das ewige Leben. Ich bin das Brot des Lebens. Eure Väter haben Manna gegessen in der Wüste und sind gestorben. Dies ist das Brot, das vom Himmel kommt, auf dass, wer davon isset, nicht sterbe. Ich bin das lebendige Brot, vom Himmel gekommen. Wer von diesem Brot essen wird, der wird leben in Ewigkeit. Und das Brot, das ich geben werde, ist mein Fleisch, welches ich geben werde für das Leben der Welt.

Er konzentrierte sich darauf, an Þórhildur zu denken, die gegangen war, und daran, dass sich in den Särgen nur ihre irdischen Überreste befanden, verlor aber bei den Worten

»irdische Überreste« sofort die Kontrolle über seine Gedanken, so als wäre das Irdische nur eine Art Restsumme, die im Vergleich zur fremdartigen Hoheit des Himmels keine Rolle spielte. Wenn er mit einem Wort hätte ausdrücken müssen, warum er Þórhildur geliebt hatte, wäre dem Wort »irdisch« sicher eine Hauptrolle zugefallen. Sie war irdisch, lebte im Jetzt – bis das Unglück seinen Lauf nahm – und schaffte es, alle Dinge zu umfassen und sie in ihrer weichen Hand zu halten, während seine Gedanken in den Wolken schweiften und zwischen vergangenen und kommenden Dingen vor und zurück pendelten, bis Þórhildur ihn wieder zurück zu sich auf die Erde zog.

Irdische Liebe, dachte er. Die irdischen Überreste der Liebe in einem weißen Sarg. Wie kann die Liebe irdische Überreste hinterlassen? Dann fiel ihm auf, dass er begonnen hatte, sich mit sich selbst über die Bedeutung eines Wortes auseinanderzusetzen, das für ihn keine Bedeutung mehr hatte. Er war hierhergekommen, um Þórhildur – und Magnús – zu verabschieden, Magnús vielleicht zum letzten Mal. Þórhildur würde er niemals endgültig verabschieden können.

Und ganz plötzlich stand er auf dem Friedhof und betrachtete einen weißen Sarg, der in einem schmalen Grab versank. Þórhildur liegt in dem Sarg, dachte er voller Entsetzen. Sie ist nicht tot. Du musst sie retten.

Alle Augen ruhten auf ihm, und er ging zum Grab und blieb an seinem Rand stehen.

Er stand still und hoffte, dass dieser Augenblick nie vergehen möge. Dann tastete er in seiner Tasche nach einem weißen Umschlag, beugte sich herab und ließ den Umschlag auf den Sarg fallen. Zeichnete ein Kreuz in die Luft und entfernte sich vom Grab.

In dem Umschlag war ein Gedicht, das er für Þórhildur

geschrieben und ihr am Morgen des ersten Sommertags als Geschenk gebracht hatte. Sie hatte sich so gefreut, dass man hätte glauben können, die Welt habe noch nie derartige Poesie gesehen. Sie hatten sich auf den Sommer gefreut und beschlossen, endlich die lang geplante Wanderung in Hornstrandir zu machen, solange die Nächte noch hell waren.

Es war das erste Gedicht, das er jemals verfasst hatte, und das letzte.

Bei der anschließenden Feier drückte er unzählige Hände von Menschen, die ihr Beileid bekundeten, auch wenn die Trauer, die seine Existenz ausfüllte, dem Beileid den Zutritt zu seinem Herzen verweigerte.

Randver und Hinrik waren immer in Sicht, wenn er sich umblickte. Sie beobachteten ihn wie Leibwächter.

Die Chefsekretärin der Polizei, eine Frau in den Vierzigern, mit der er eigentlich nie gesprochen hatte, ergriff seine Hand und sagte: »Mein herzliches Beileid.«

»Ich danke dir.«

Die Frau blieb stehen und hielt seine Hand fest, als wolle sie noch etwas sagen, und fügte dann rasch hinzu: »Ja, und dann bedaure ich natürlich diesen Fehler, den ich gemacht habe.«

Fehler? Welchen Fehler meinte die Frau? Víkingur blickte Randver fragend an, der auszuweichen versuchte, aber nicht schnell genug war. »Du weißt, von welchem Fehler sie sprach?«

»Sie meinte wahrscheinlich die Anzeige, die heute in den Zeitungen erschienen ist. Deine Stelle ist heute ausgeschrieben worden«, antwortete Randver mit gequältem Blick.

»Warum bedauert sie das? Als würde es irgendeine Rolle spielen.«

Unzählige ausgestreckte Hände. Unzählige Gesichter, die zusammenflossen in einen einzigen ernsten, angespannten Mitleidsausdruck. Verwandte, Freunde, Kollegen. Menschen, von denen er nicht wusste, dass er sie kannte. Menschen, die er noch nie gesehen hatte. Was waren das für Menschen? Vielleicht kannte Þórhildur sie. Zu spät, um sie zu fragen.

Danke dir, danke dir.

Eine Gruppe Geister, die einer anderen Welt angehörten als er. Nimmt dieser Tag kein Ende?

*****

Es war Brynjar, der zu ihm kam. Natürlich hätte es andersherum sein müssen.

Man sah Brynjar nicht an, dass er sich gerade von der Mutter seines Kindes und seinem einzigen Sohn verabschiedet hatte. Er lächelte und begrüßte ihn mit beiden Händen. Er war offenbar bis in die Fingerspitzen ein Partylöwe, und trotz des traurigen Anlasses dieser Begegnung gelang es ihm, alle, die er begrüßte, spüren zu lassen, dass die Nähe jedes Einzelnen in seiner Erinnerung fortleben und ihm Kraft gegen die Trauer spenden würde.

Brynjar drückte Víkingur fest die Hand und umarmte ihn anschließend. Víkingur war erstaunt, als er feststellte, dass es ihm nicht missfiel. In dem Moment, wo er Brynjar umfasste und spürte, wie dürr und schwach er war, wurde ihm klar, dass der Mann kurz vor der Verzweiflung stand, ungeachtet seines aufgeräumten Auftretens.

»Ich weiß nicht, was ich sagen soll«, sagte Víkingur. »Außer, dass ich dir mein herzliches Beileid aussprechen möchte.«

»Ich danke dir. Gleichfalls«, sagte Brynjar.

Man konnte nicht behaupten, dass sie sich gut kannten, aber in den vergangenen Monaten hatte Þórhildur ihren früheren Ehemann wegen Magnús ein paarmal kontaktiert.

Brynjar war zweimal zu ihnen nach Hause in die Mjóstræti gekommen und hatte sich dagegen ausgesprochen, dass Þórhildur öffentlich nach dem Jungen suchen lassen wollte.

»Er ist volljährig, der Junge, und er entscheidet selbst, ob er sich bei seinen Eltern melden will oder nicht«, sagte Brynjar. »Du standest doch damals auch nicht in ununterbrochenem Kontakt zu deinen Eltern.«

Víkingur fand den Gedanken, dass Þórhildur und dieser Mann einmal verheiratet gewesen waren und eine gemeinsame Vergangenheit hatten, jedes Mal aufs Neue seltsam. Brynjar teilte Víkingur ungefragt mit, dass er wegen seines Drogenkonsums arbeitsunfähig sei und sich in einem sogenannten Substitutionsprogramm befände, was bedeute, dass er nach Bedarf Methadon bekäme.

Þórhildur sagte ihm, dass Brynjar sein Einkommen aufbesserte, indem er Groschenromane aus dem Englischen für irgendeinen kleinen Verlag übersetzte, der damit einverstanden war, den Übersetzungslohn nicht beim Finanzamt anzugeben, um das Sozialamt nicht durcheinanderzubringen. Darüber hinaus pflege er normalerweise Beziehungen zu alleinstehenden Frauen, solange deren Finanzen es zuließen.

Ursprünglich hatte Víkingur es verlockend gefunden, das ganze Unglück auf diesen Mann, der als Ehemann und Vater vollkommen versagt hatte, zurückzuführen. Þórhildur merkte schnell, woher der Wind wehte, und nahm sich Víkingur zur Brust.

»Niemand will bewusst vor die Hunde gehen und Brynjar hatte das bestimmt auch nicht vor. Dass ich anfing, zu trinken und zu dopen, war nicht seine Schuld. Ich habe mir einen Mann gesucht, von dem ich fand, dass er sich so amüsieren konnte, wie ich es auch wollte. Ich war genauso versessen auf den Rausch wie er, und es ist nicht mein Verdienst, dass ich davon losgekommen bin und er nicht.«

»Wenn doch die Misere deine eigene Schuld war, warum kannst du dir dann nicht auch selbst danken, dass du den Charakter gehabt hast, aufzuhören?«

»Das hat mit Charakter nichts zu tun«, sagte Þórhildur. »Niemand weiß, wie jemand es schafft, von der Sucht loszukommen. Dasselbe gilt dafür, wie Menschen süchtig werden. Manche sind von Anfang an dem Alkohol verfallen, andere werden es peu a peu. Genauso ist es mit dem Ende des Konsums. Manchen genügt es, den Job zu verlieren. Andere verlieren eine Familie nach der anderen. Manche sinken so tief, dass sie nie wieder auftauchen. Man kann Brynjar genauso wenig wie anderen Kranken die Schuld daran geben, dass er krank geworden ist. Und er ist sehr krank.«

»Kann es nicht sein, dass Abhängigkeit ansteckend ist?«, fragte Víkingur.

Þórhildur lachte. »Jetzt verstehe ich, worauf du hinauswillst. Der Polizist sucht irgendeinen Schuldigen. Das Problem ist nur, dass Abhängigkeit eine Krankheit und keine Straftat ist. Versuch, das ein für alle Mal in deinen Kopf zu bekommen.«

Es dauerte eine Weile, bis Víkingur seine Einstellung geändert hatte – und vielleicht war es ihm nicht vollständig gelungen. Als er Brynjar auf der Beerdigung begegnete, verspürte Víkingur Mitgefühl mit diesem Mann, der strahlend lächelte, aber dessen Augen wie die eines verletzten Tieres waren, das einen Fluchtweg sucht, aber keinen findet.

»Der Pfarrer hat gut gesprochen«, sagte Brynjar.

»Ja. Sehr gut«, bestätigte Víkingur.

»Jedenfalls hat mir das jemand gesagt«, fuhr Brynjar fort. »Ich selbst war in weiter Ferne und habe nichts davon mitbekommen, was der Pfarrer gesagt hat.«

»Das ging mir genauso. Ich war auch weit weg.«

»Seltsam, dass es vorbei sein soll.«

»Ich bin eigentlich ganz froh darüber, auch wenn ich nicht weiß, was als Nächstes kommt«, sagte Víkingur.

»Ich meinte eigentlich nicht das Begräbnis«, erwiderte Brynjar. »Es ist nicht wichtig.«

»Entschuldige, was meintest du?«

»Magnús und Þórhildur. Dass sie von uns gegangen sind. Jedenfalls Magnús, meine ich. Es ist nicht so, dass ich viel von Þórhildur mitbekommen hätte. Eigentlich von Magnús auch nicht. In letzter Zeit. Wenn man es genau nimmt. Und dann ist man selbst quicklebendig, obwohl ich schon seit langer Zeit tot sein sollte. Kaffee und Zigaretten sind wohl das Gesündeste, was ich zu mir nehme. Sagte Magnús. Er wusste, wie ich bin. Þórhildur auch. Jetzt kennt mich niemand mehr.«

»Es sind viele gute Leute hier um uns herum«, sagte Víkingur und wunderte über sich selbst. Wollte er diesem Mann Mut zusprechen, der in gewisser Weise ein ungebetener Gast in seinem Leben war?

»Ja, das weiß ich«, sagte Brynjar. »Daran mangelt es nicht. Ich weiß nicht einmal, wer diese Beerdigung organisiert hat. Das ist wahrscheinlich alles an dir hängen geblieben. Das wollte ich nicht. Ich wollte immer Kontakt aufnehmen, aber ich habe es irgendwie nie geschafft –

aber was die Kosten betrifft, will ich meinen Teil dazu beisteuern – für Magnús –, das ist das Mindeste, was ich tun kann.«

»Mach dir darüber keine Sorgen«, sagte Víkingur. »Ich hatte eigentlich nicht mehr damit zu tun, als darum zu bitten, dass keine Orgel gespielt wird.«

»Ach so? Warum hast du das getan?«

»Wegen Þórhildur. Sie konnte Orgelmusik nicht leiden …«

»Ach so?«, wiederholte Brynjar. »Seit wann konnte sie Orgel nicht leiden?«

Víkingur freute sich im Stillen, dass Brynjar keine Ahnung von Þórhildurs Aversion gegen dieses großartige Instrument hatte.

»Das weiß ich nicht. Jedenfalls seit wir uns kennen.«

»So verändern sich die Menschen«, sagte Brynjar. »Aber es ist mein Ernst. Ich möchte die Hälfte der Beerdigungskosten übernehmen. Definitiv.«

»Wir reden später darüber«, sagte Víkingur. »Wir wollen uns jetzt nicht darum kümmern.«

Brynjar hörte auf zu lächeln und nahm einen ernsten Gesichtsausdruck an. Er senkte die Stimme, sodass Víkingur sich vorlehnen musste, um zu hören, was er sagte.

»Ich will das so schnell wie möglich abschließen, solange ich Geld in den Händen habe. Man weiß ja nie, wie lange es mir erhalten bleibt. Ich möchte abrechnen, bevor es verschwindet.«

»Das macht nichts«, sagte Víkingur. »Es ist nicht wichtig.«

»Doch. Es ist sehr wohl wichtig. Magnús hat mir dieses Geld gegeben. Er kam zu mir, vor etwas mehr als drei Monaten, mit den Taschen voller Geld und bat mich, es für ihn aufzubewahren. Seither habe ich ihn nicht mehr gesehen. Das Geld habe ich nicht angefasst. Noch nicht. Das Mindeste, was ich tun kann, ist, die Beerdigung mit diesem Geld zu bezahlen. Magnús war kein Trottel. Er hätte in Geld waten können.«

»War es viel Geld?«

Brynjar sah sich um, als wolle er sichergehen, dass niemand sie belauschte. Dann flüsterte er so leise, dass Víkingur die Antwort von seinen Lippen ablesen musste.

»Vier Millionen.«

»Wie bitte?«

»Ja, er kam zu mir und war sehr aufgeregt. Sagte, er habe seine Behandlung gerade hinter sich und alle Drogenschulden beglichen. Er sagte, er sei mit einem Mädchen verlobt und dieses Geld sollte die erste Rate für eine Wohnung für die beiden sein.«

»Und dann?«

»Dann fragte er, ob ich nicht mal den Arsch hochkriegen wolle, um meine Angelegenheiten in den Griff zu kriegen, und ich sagte ihm, wie es war – dass es ihn nichts anginge. Ich fand das gut von ihm. Vier Millionen. Nur schade, dass ich Þórhildur nichts davon gesagt habe. Sie hätte es verdient gehabt, wenigstens ein Mal auf den Jungen stolz zu sein.«

Víkingur war nicht sicher, ob Þórhildur auf diese unerwarteten finanziellen Mittel ihres Sohnes stolz gewesen wäre. Er hatte den Verdacht, dass ihr Kredit dabei eine Rolle gespielt hatte. Gegenüber Brynjar ließ er sich nichts anmerken.

»Dieses Mädchen, mit dem er verlobt gewesen sein soll, kannst du mir etwas über sie sagen?«

»Gar nichts«, erwiderte Brynjar. »Er hat ihren Namen nicht genannt und ich habe versäumt zu fragen. Doch er sagte, sie wäre vom Land, Bauernprinzessin nannte er sie.«

»Du weißt nicht, wie sie sich kennengelernt haben?«

»Ich fragte, ob sie sich während der Behandlung kennengelernt hätten. In der Regel sind es nämlich keine glückverheißenden Beziehungen, die so beginnen. Sie lernten sich wohl in der Entzugsklinik Vogur kennen. Magnús nahm an einer Reha-Maßnahme teil, aber sie nicht. Ich fragte ihn, ob sie dann nicht einen ernsthaften Entzug machen müsse. Er sagte, das sei in Planung.«

»In Planung?«

»Ja.«

»Was meinte er damit?«

»Das weiß ich nicht. Ich habe es so aufgefasst, dass sie einen Entzug machen wollte. Das war alles. Er gab mir das Geld und bat mich, es sorgsam aufzubewahren und ihm vor allem keine einzige Krone zu geben, wenn er wieder etwas nehmen sollte. Keinen gottverdammten Cent, sagte er. Das war das letzte Mal, dass ich ihn sah.«

»Aber warum …?« Bevor Víkingur sich zurückhalten konnte, hatte er die Frage schon gestellt. Diese beleidigende Frage.

Brynjar lächelte.

»Warum er gerade mir das Geld gab? Ist doch ganz normal, dass du fragst. Ich bin nicht bekannt dafür, den Leuten ihr Geld zu verzinsen. Er sagte einfach, dass er es mir anvertrauen wolle, und was hätte ich da antworten sollen? Dass ich mir nicht einmal selbst vertraue? Natürlich habe ich es für ihn getan. Was tut man nicht für seine Kinder?«

24

»Ist es ein gewöhnlicher oder ein interessanter Zufall, dass zwei der Polizei wohlbekannte Männer, die beide bei Elli im Octopussy gearbeitet haben, im Playboy-Club übernachtet haben, und zwar in derselben Nacht, in der Þórhildurs Sohn Selbstmord begangen hat?«

Terje stand mit dem Gästebuch der Unterkunft in der Hand an Dagnýs Schreibtisch und blickte auf sie herab. Kurz spielte sie mit dem Gedanken, aufzustehen und sich auf ihren Stuhl zu stellen, um auf ihn herunter zu blicken, bevor sie antwortete, aber sie blieb sitzen. Spontane Einfälle ohne Nachdenken umzusetzen entsprach nicht Dagnýs Naturell.

»Was meinst du mit gewöhnlichem Zufall? Sind nicht alle Zufälle eher ungewöhnlich?«, fragte sie und hoffte, dass Terje nicht auf die Idee käme, auf ihrer Schreibtischkante Platz zu nehmen.

»Ein gewöhnlicher Zufall ist es, wenn du deinen Erzfeind triffst, und er dir ein paar aufs Maul gibt«, sagte Terje, ließ sich mit einer Pobacke auf die Schreibtischkante nieder und warf einen Becher mit Stiften um. »Ein ungewöhnlicher Zufall ist es, wenn du deinen Erzfeind triffst, ihm ein paar aufs Maul gibst – und dir dann den Kopf an einer Tür stößt, wenn du weggehst.«

»Also ich weiß nicht«, sagte Dagný und versuchte Terje mit Blicken zu verstehen zu geben, dass sein Hinterteil auf ihrem Schreibtisch nicht willkommen war.

Zwar hätte der Blick Sommer in Winter verwandeln können, aber Terje las in ihm wohlwollendes Interesse und versuchte es sich entsprechend auf dem Schreibtisch bequemer zu machen.

»Okay«, sagte er. »Wenn diese beiden Typen, die bekannt dafür sind, sich die Nächte um die Ohren zu schlagen, an dem Morgen, an dem Magnús gefunden wird, in aller Herrgottsfrühe aufstehen, um auszuchecken, ist das dann ein Zufall?«

»Das ist schwer zu sagen«, sagte Dagný. »Aber man kann es näher untersuchen.«

»Nicht genug damit, dass die beiden beim ersten Hahnenschrei aufgestanden sind, sondern sie beschlossen auch noch, zusammen zu verreisen, und kauften sich ein Flugticket nach Kopenhagen am nächsten Tag. Auch ein Zufall?«

Dagný gab die Hoffnung auf, Terje ihre Unzufriedenheit allein mit Blicken zu verstehen geben zu können.

»Siehst du den Stuhl da? Willst du nicht ausprobieren, ob man darauf besser als auf meinem Schreibtisch sitzen kann?«

»Ich habe es ganz bequem«, sagte Terje. »Mach dir keine Gedanken darum, wie es mir geht. Denk lieber mal an all diese Zufälle. Weißt du, wer gesagt hat: ›Once is happenstance. Twice is coincidence. The third time it's enemy action‹? Ein Mal ist kein Mal. Das zweite Mal ist Zufall. Beim dritten Mal ist was faul.«

»Ich hab Harry Potter nicht gelesen«, sagte Dagný. »Oder ist das aus Star Wars?«

Die Unverschämtheit und die Rücksichtslosigkeit ihres Kollegen waren es, die sie nervten – weit mehr als die Pobacke auf dem Schreibtisch, die zugegebenermaßen nicht übel aussah.

»Bond«, sagte Terje. »James Bond. Genau genommen war es kein geringerer als Auric Goldfinger, der das sagte. Der berühmteste Bösewicht der Filmgeschichte.«

»Ich bewundere dich dafür, wie belesen du bist«, sagte Dagný. »Schaust du auch alle Verfilmungen?«

»Ich rede von Zufällen«, sagte Terje. »Als sich die Mitarbeiter vom Octopussy treffen, stirbt Magnús und die anderen beiden verlassen das Land. Wie soll man das nennen?«

»Einen interessanten Zufall?«, fragte Dagný. »Jetzt lass mich bitte diese Liste mit Telefonnummern in Ruhe fertig machen. Wir können dann in der Mittagspause weiterreden.«

»Wow!«, sagte Terje. »Ein Date! Mama hat mir immer gesagt, dass ich unwiderstehlich bin.«

*****

»Nein und wieder nein. Ich lasse weder dich noch irgendeinen anderen Mann eine Schnur um meinen Hals knüpfen.«

»Und wenn ich eine Krawatte von jemandem besorgen würde? Ein Gürtel wäre natürlich am allerbesten.«

»Nein, nein, nein. Verstehst du nicht, dass ›nein‹ einfach ›nein‹ heißt?«

Dagný wunderte sich über sich selbst und wusste eigentlich gar nicht mehr, wie Terje sie überhaupt dazu gebracht hatte, mit ausgestreckten Beinen auf dem schmutzigen Büroboden zu sitzen und sich mit dem Rücken an die Tür zu lehnen. Als er eine Schnur aus seiner Tasche hervorgezogen und sich angeschickt hatte, diese um ihren Hals zu legen, hatte sie genug.

»Aber dann ist unsere Arbeit nicht wissenschaftlich«,

sagte Terje. »Ich wusste gar nicht, dass du so etepetete bist.«

Dagný machte Anstalten, aufzustehen, aber Terje drückte von oben fest auf ihren Kopf und hielt sie dadurch unten.

»Bleib still sitzen. Wir sind noch nicht fertig, auch wenn wir das Aufknüpfen sein lassen. Sei ganz kraftlos.«

»Erwartest du, dass ich mich platt auf den Boden lege?«

»Nein, du könntest nicht zu Boden sinken. Du hast einen Gürtel um den Hals und der Gürtel ist an der Türklinke über dir befestigt.«

»Okay. Versteh ich.«

»Jetzt bist du schon bewusstlos und ich will nicht, dass man mich hier drin vorfindet. Ich muss raus, und dann lehnst du dich an die Tür, wenn ich hinter mir schließe.«

»Okay.«

Terje zog an der Tür und versuchte, sie zu öffnen. Dagný wollte sich vorbeugen, sodass er hinausschlüpfen könnte.

»Warum kannst du nicht still sitzen bleiben, Mensch? Hast du Springwürmer? Du sollst vollkommen bewusstlos sein. Erschlafft. Verstehst du?«

»Okay.«

Dagný versuchte, sich auf ihre Rolle zu konzentrieren. Lehnte sich kraftlos an die Tür. Spürte, wie die Tür gegen ihren Rücken drückte, als Terje sie einen kleinen Spalt öffnete. Sie neigte sich vor und war kurz davor, sich nach vorn fallen zu lassen, als sie sich daran erinnerte, dass sie an einem eingebildeten Band an der Klinke hing. Lehnte sich wieder gegen die Tür und wäre fast zur Seite gerollt, als Terje die Tür schloss.

»Halt still«, rief Terje von draußen. »Jetzt komme ich wieder rein. Denk dran, ganz erschlafft zu sein.«

Die Tür begann sich wieder nach innen zu bewegen. Terjes Kopf erschien.

»Prima«, sagte er. »Verstehst du jetzt, was ich meine?«

»Darf ich aufstehen?«

»Bitte sehr.«

Terje streckte seine Hand aus, aber Dagný gab vor, sie nicht zu sehen, und richtete sich ohne Unterstützung wieder auf.

»Das beweist doch gar nichts«, sagte sie.

»Es beweist, dass zweifellos jemand den Kerl mit einem Gürtel erwürgt hat, dann rausgeschlichen ist und die Leiche dazu verwendet hat, um die Tür hinter sich zu schließen. Oder glaubst du etwa, dass sich jemand an einer Türklinke erhängt? Das ist genauso praktisch wie sich umbringen zu wollen, indem man die Luft anhält. Ich bin mir hundertprozentig sicher, dass der Kerl umgebracht worden ist. Ich sage Randver, dass ich das ohne deine Hilfe nie hätte herausfinden können.«

»Nein, erwähn mich nicht«, sagte Dagný. »Du darfst die gesamte Ehre für diesen Einfall für dich beanspruchen.«

»Natürlich sage ich, dass du mich auf die Fährte gebracht hast. Unter der Sonne ist genug Platz für uns beide.«

*****

Sogar der Gentleman Randver konnte grantig werden.

»Was willst du damit eigentlich andeuten?«, fragte er und schaute Terje erbost an. »Wir haben hier mehr Morde und Totschläge als jemals zuvor in der Geschichte der isländischen Polizei um die Ohren, und du, was machst du? Du kommst mit irgendwelchen Spinnereien, dass ein

Selbstmord, der bereits als solcher bestätigt wurde, kein Selbstmord gewesen sein soll, sondern Mord. Damit erweist du uns doch einen Bärendienst.«

»Du hast mir doch selbst den Auftrag gegeben, mich der Sache anzunehmen«, sagte Terje. Ihm war völlig egal, dass Randver gerade schlechte Laune hatte. Er wollte recht bekommen.

»Das habe ich nicht gesagt«, widersprach Randver. »Ich habe dir nicht gesagt, dich hineinzusteigern und aus einem Selbstmord einen Mord zu machen. Ich habe dir klar und deutlich gesagt, genau zu untersuchen, wie es passieren konnte, dass niemand Magnús' Leiche identifiziert hat, und wie es dazu kam, dass seine Mutter ihm bei der Autopsie begegnete.«

»Das lief wie jeder andere Murks auch«, sagte Terje. »Menschliches Versagen und so weiter. Keiner hat etwas davon, wenn ich jetzt irgendwelche Berichte darüber schreibe, welche Polizisten Dienst hatten und zuerst den Leichnam sahen. Irgendwelche Sündenböcke zu benennen, ist einfach nicht mein Ding. Gewiss bist du mein Vorgesetzter und ich tue ja auch, was du mir sagst – innerhalb vernünftiger Grenzen.«

»Innerhalb welcher Grenzen?«, fragte Randver und war überrascht, wie unverfroren der Kerl war.

»Bis du mir sagst, dass ein Mord kein Mord ist und wir es auf sich beruhen lassen sollen.«

»Und was willst du dann machen?«, fragte Randver.

»Ich kann zum Beispiel mit Víkingur sprechen. Er würde nicht lange brauchen, um zu sehen, dass ich recht habe.«

»Er ist beurlaubt«, sagte Randver.

»Ich weiß, wo er wohnt«, sagte Terje. »Ein guter Polizist ist nie im Urlaub, wenn es um Mord geht.«

»Du lässt Víkingur in Frieden«, sagte Randver. »Seine Frau hat sich das Leben genommen. Verstehst du das, Junge?«

Randver war vom Schreibtisch aufgestanden, sodass Terje es vorzog, einen geordneten Rückzug anzutreten.

»Deswegen glaube ich ja, dass er Interesse hätte, der Sache auf den Grund zu gehen.«

»Kümmere du dich nur darum, das zu tun, worum du gebeten wirst«, sagte Randver.

»Das ist ja akkurat das, was ich versuche«, sagte Terje. »Findest du es wirklich nicht seltsam, dass der Kerl sich am selben Tag, an dem er aus dem Ausland nach Hause kommt, in ein Zimmer im Playboy-Club einschließt und das Leben aus sich herausquetscht, indem er sich an einer Türklinke erhängt?«

Randver konnte nie lange wütend sein. »Von wo kam Magnús denn?«

»Er kam mit der Abendmaschine aus Kopenhagen und war während seiner Auslandsreise sowohl in Holland als auch in Estland gewesen.«

»Woher weißt du das?«

»Ich hab das einfach überprüft.« Das war allerdings übertrieben. Ein Angestellter eines Reisebüros erinnerte sich daran, dass ein Mann, der Magnús gewesen sein könnte, nach den Kosten einer Reise nach Tallinn und Amsterdam über Kopenhagen gefragt hatte. Der Grund, weshalb der Mann sich daran erinnerte, war, dass er sich dafür schämte, so bequem gewesen zu sein, dass er dem Mann gesagt hatte, er könne ja selbst im Internet nach billigen Flügen suchen.

»Da sagst du was.«

»Mit dem Zeitpunkt, zu dem Ársæll auf dem Flughafen Schiphol getötet wurde, stimmt das überein. Magnús war zur selben Zeit im Ausland. Bei der Leiche in Rotterdam ist es schwieriger zu sagen. Wir wissen nicht exakt, wann sie im Hafen gelandet ist. Dennoch halte ich es für wahrscheinlich, dass Magnús auch da am Werk war.«

»Jetzt warte erst mal ab. Erst kommst du und behauptest, Magnús habe keinen Selbstmord begangen, sondern sei ermordet worden, und kaum hast du das begründet, behauptest du, dass Magnús selbst zwei Morde in Holland begangen haben könnte.«

»Und eine Menge Menschen in Estland hat er auch umgebracht«, fügte Terje hinzu. Er war erfreut, dass er Randvers Interesse hatte wecken können.

»Jetzt bin ich aber baff«, sagte Randver. »Machst du das alles daran fest, dass der Kerl nach Kopenhagen gereist ist? Oder welchen Grund sollte Magnús haben, sich in großem Stil dem Totschlag zu widmen – in Holland und in Estland?«

»Und in Island«, murmelte Terje. »Er könnte die Morde im Sommerhaus verübt haben, auch wenn er selbst getötet wurde, bevor die Leichen gefunden wurden.«

»Setz dich«, sagte Randver und zeigte auf den Stuhl vor dem Schreibtisch. »Wir wollen das noch einmal durchgehen. In aller Ruhe.«

Terje tat so, als sähe er den Stuhl nicht, und ließ sich stattdessen auf der Schreibtischkante von seinem Vorgesetzten nieder.

»Setz dich auf den Stuhl, Junge. Was sind das denn für Manieren, einem auf den Schreibtisch zu klettern?«

»Entschuldige«, sagte Terje und setzte sich um.

»Also?«

»Weißt du, ich habe mich für den Jungen interessiert, seit du mir gesagt hast, ich solle mir die Sache mal genauer anschauen.«

»Ich weiß noch genau, worum ich dich gebeten habe.«

»Ich fand diesen Selbstmord so merkwürdig. Eine Türklinke befindet sich in einhundertzehn Zentimetern Höhe vom Boden. Sich in ein Gästezimmer zu schleichen, um sich an einer Türklinke zu erhängen, ist absolut hirnverbrannt. Es stehen genug leere Neubauten herum. Ich fand das total abstrus. Natürlich ist mir trotzdem völlig klar, dass Drogensüchtige wesentlich selbstmordgefährdeter sind als andere, vielleicht zwanzigmal mehr. Die Sache war nur die, dass dieser Kerl ziemlich frisch aus einem Entzug kam, von dem man ausging, dass er erfolgreich sein würde.«

»Laut Autopsiebericht hatte er etwas im Blut. Man kann sich vorstellen, dass er von absoluter Hoffnungslosigkeit ergriffen wurde, als er rückfällig wurde.«

»Und dass er dann beschlossen hat, in den Playboy-Club zu gehen, um sich dort ein leeres Zimmer zu suchen und sich an der Türklinke zu erhängen?«

»Ja, irgendetwas in der Richtung.« Randver war noch nicht bereit, die Theorie mit dem ermordeten Mörder zu akzeptieren.

»Was sagst du dazu: Magnús hat zufällig zwei Mitarbeiter von Elli vom Octopussy getroffen, die ihn dann ausgefragt haben, ob er wisse, wo Elli sei? Sie haben Magnús mit sich in den Playboy-Club genommen, wo sie beide ein Zimmer hatten. Da ist es zu einer Auseinandersetzung zwischen den Männern gekommen und die Octopussy-Typen haben Magnús erledigt. Um Ärger zu vermeiden, beschlossen sie, es wie Selbstmord aussehen zu lassen, suchten ein leeres Zimmer, haben die Leiche da untergebracht und sich zur Sicherheit mit dem ersten Flug ins Ausland abgesetzt.«

»Ich finde das eine sehr fragwürdige Vermutung. Wenn

Magnús kurz vor seinem Tod in einer Schlägerei gelandet ist, warum steht dann nichts darüber im Autopsiebericht?«

»Weißt du, wie dieser Bericht entstanden ist?«

»Ich gehe davon aus, dass er auf die normale Weise entstanden ist«, sagte Randver. »Gibt es an ihm etwas auszusetzen?«

»Ich würde sagen, dass er sehr schlampig gemacht wurde«, sagte Terje. »Aus verständlichen Gründen ist dieser Bericht nicht von unserer Gerichtsmedizinerin erstellt worden, sondern von einem Arzt, der eine Weiterbildung macht. Außerdem war es seine vierte Autopsie an dem Tag. Ich wusste nicht, dass Obduktionen wie das Filetieren in der Fischfabrik im Akkord gemacht werden. Der Mann hat nämlich versucht, einen Mengenrekord zu setzen statt einen Rekord in Genauigkeit. Dennoch wird im Bericht erwähnt, dass die Leiche Hämatome und geringfügige Verletzungen aufwies.«

»Betrunkene taumeln und stoßen sich und ziehen sich so verschiedenste Verletzungen zu.«

»Dieser Mann hatte null Komma sieben Promille Alkohol im Blut. Wie bei einem Mann, der sich einen Schnaps genehmigt hat. Ich glaube, dass Magnús nüchtern war und die Männer versucht haben, ihm Alkohol zu verabreichen. Sein Hemd war zerrissen und die Kleidung roch stark nach Alkohol.«

»Schön und gut«, sagte Randver. »Ich habe gehört, was du zu sagen hast. Und was ist dann das Motiv für das Ganze?«

»Drogen und Geld. Geld und Drogen.«

»Würde es dir etwas ausmachen, dich etwas präziser auszudrücken? Was genau meinst du mit ›Geld und Drogen‹?«

»Das weiß ich noch nicht genau. Ich habe noch ein paar lose Enden, aber ich bin mir todsicher, dass es sich um Drogen und Geld dreht. Vielleicht haben Magnús und seine Komplizen viel Rauschgift gestohlen, als sie dieses Amphetaminlabor niedergebrannt haben, das Elli in Estland besaß. Vielleicht haben sie die Männer in Holland getötet, um herauszufinden, wo sich das Labor befand? Vielleicht töteten sie Elli, um zu verhindern, dass er herausfindet, dass sie sein Labor zerstört haben. Wenn meine Vermutung stimmt, haben wir nur noch ein bisschen Fleißarbeit vor uns.«

»Du sagtest ›Magnús und seine Komplizen‹. Hast du Magnús etwa zum Mafiaboss gemacht?«

»Nein, es ist ja nicht sicher, ob er der Anführer war, und das habe ich auch nie gesagt. Ich sprach auch nicht von einer ganzen Mafiatruppe, aber es ist ja offensichtlich, dass man mehr als einen Komplizen braucht, um die Morde im Sommerhaus zu begehen.«

»Weißt du von irgendeinem Begleiter von Magnús?«

»Ja und nein«, antwortete Terje. »Ich habe den Namen des Mannes, der auf dem Weg nach Kopenhagen neben ihm saß.«

»Und das findest du verdächtig?« Sarkasmus war nicht Randvers Art, er meinte die Frage ernst, weil es ihm zu weit ging, wie Terje aus wenigen Fakten einen komplizierten Tathergang zusammenflocht. Das Gegenteil traf auf die große Ermittlung zu. Bei der hatte man viele Fakten gesammelt, ohne dass es bisher gelungen war, sie zu einem schlüssigen Tathergang zu verbinden.

»Ja, besonders in Hinsicht darauf, dass derselbe Mann auch auf dem Rückweg neben ihm saß.«

»Und was sagt dieser Mann zu der Reise?«

»Ich habe ihn noch nicht befragt.«

»Warum nicht?«

»Weil dieser Mann nicht in Reykjavík lebt, sondern auf dem Land.«

»Wo?«

»Weiter östlich in Rangárvellir. Auf dem Hof Steinkross.«

»Was für ein Mann ist das?«

»Er ist in einem ähnlichen Alter wie Magnús, taucht aber nicht im Vorstrafenregister auf. Ich dachte, ich düse heute Nachmittag mal Richtung Osten und unterhalte mich mit ihm.«

»Mach das«, sagte Randver. »Weil du dich ja ohnehin schon so lange damit beschäftigt hast.«

»Prima«, sagte Terje und stand auf.

»Und nimm Dagný oder jemand anderen mit.«

»Mach ich.«

»Warte mal«, sagte Randver. »Wie heißt dieser Mann, den du in Steinkross treffen willst?«

»Er heißt Karl Viktor Ágústsson.«

25

Randver war nicht gerade überzeugt davon, dass Terje auf die richtige Spur gelangt sein könnte. Nichtsdestotrotz war er zufrieden mit dem Kerl. Ungeachtet seines Trotzes und seines Leichtsinns hatte er auch Selbstständigkeit und Initiative gezeigt, was gute Eigenschaften eines Polizisten waren. Jedenfalls in Maßen.

Randver dachte daran, das Büro zu verlassen und bei Víkingur vorbeizuschauen, bevor er nach Hause ging, als das Telefon klingelte.

»Hallo«, sagte er und hoffte, dass es nicht schon wieder Teitur von ›Menschen und Meldungen‹ wäre, der fragte, wie es um die Untersuchung des Mordes an Auður Sörensen bestellt sei.

Sein Wunsch wurde ihm erfüllt.

»Hallo, hier ist Guðrún Sólveig von der technischen Abteilung. Bist du an deinem Computer?«

»Ja, der ist hier auf dem Schreibtisch. Warum fragst du?«

»Ich will, dass du dir etwas ansiehst. Gib mal ›wohlverdientestrafe.com‹ ein, in einem Wort.«

»Jetzt?«

»Ja, wenn du so lieb wärst.«

»Dann muss ich das Ding erst anmachen«, sagte Randver und schämte sich zugleich, dass er so unabhängig vom Computer war, dass er ihn manchmal tagelang vergaß – zum großen Verdruss derjenigen, die darauf warteten, dass er ihre E-Mails beantwortete.

»In Ordnung, ich warte solange.«

Randver legte den Hörer ab und schaltete das Gerät ein. Er zuckte zusammen, als es laute Geräusche von sich gab, und suchte hektisch nach einer Möglichkeit, den Ton leiser zu stellen.

Er nahm den Hörer wieder auf: »So. Was sollte ich noch mal tun?«

Guðrún Sólveig wiederholte: »Geh auf ›wohlverdientestrafe.com‹, alles zusammengeschrieben, und schau mal, was du dann siehst.«

Randver starrte auf den Bildschirm und suchte einen Hinweis darauf, in welchem Ordner ›wohlverdientestrafe‹ zu finden sei.

»Hör mal, also, ich sehe das hier gerade auf meinem Computer nicht.«

»Das ist eine Internetseite. Du musst den Browser verwenden. Du öffnest den Explorer und schreibst die URL www.wohlverdientestrafe.com hinein.«

»Ja. Ja, natürlich. Da hätte ich draufkommen müssen. Einen Moment.«

»Was siehst du?«

»Da kommt nur: »*Internet Explorer cannot display this webpage.* Und dann darunter: *Most likely causes: You are not connected to the Internet.* Wohl bin ich connected. *The website is encountering problems.* Das könnte die Erklärung sein. *There might be a typing error in the address.* Nein, die Adresse ist genauso, wie du sagtest, wohlverdiente Strafe Punkt is.«

»Punkt com, habe ich gesagt.«

»Hm, Punkt com. Okay, spielt es denn eine Rolle, ob man Punkt com oder Punkt is schreibt?«

»Ja, das spielt eine Rolle.«

»Das scheint mir nicht so. Genau dieselbe Meldung

wieder. *What you can try: Connection Problems, More information.* Ja, es ist einfach wieder dasselbe. Ich glaube aber, dass ich alles richtig gemacht habe.«

»In Ordnung. Ich bringe meinen Laptop mit und zeige es dir«, sagte Guðrún Sólveig. »Ich bin in ein paar Minuten da.«

»Was ist es denn, was du mir unbedingt zeigen willst?«, fragte Randver, aber seine Gesprächspartnerin hatte schon aufgelegt.

»Warum meinst du, dass du auf die Seite kommst, die sich bei mir nicht öffnet?«, fragte Randver, als Guðrún Sólveig mit ihrem Laptop unter dem Arm erschien.

»Weil ich die Seite gespeichert habe. Ich bin nicht online«, sagte sie. »Schau mal.«

Der Bildschirm war blutrot. In der Mitte stand in schwarzen Buchstaben: WOHLVERDIENTE STRAFE.

Darunter waren Porträts von Menschen, aber weiter unten auf der Seite fehlten offenbar Fotos, denn dort erschienen nur Umrisse. Unter ihnen standen die Namen:

Andrus Xxxxx

Auður Sörensen

Ársæll Jódísarson

Baldur Jónsson

Elías Elíasson

Jóhann Baker

Reelikka Nuul

Steingrímur Steingrímsson

Ævar Guðbergsson

»Was ist denn das für eine Sekte?«, fragte Randver und beugte sich näher zum Bildschirm.

»Siehst du, was auf alle Fotos gekritzelt worden ist?«, fragte Guðrún Sólveig.

»Nein, ist das möglich? Was zur …«

Auf jedes Gesicht oder jeden Umriss war mit blutroter Farbe gemalt:

»Was ist das für eine Seite?«, fragte Randver. »Von wem ist die?«

»Ich weiß es nicht«, antwortete Guðrún. »Ich habe sie zufällig gefunden, als ich bei Google nach Auður Sörensen gesucht habe. Dann ist die Seite verschwunden und nicht wieder aufgetaucht. Bis mir heute einfiel, es wieder zu probieren, und glücklicherweise konnte ich sie bei mir abspeichern.«

»Jetzt warte mal«, sagte Randver. »Was sind das eigentlich für Leute? Andrus Xxxxx und nur ein Umriss. Den kenne ich nicht. Da ist Auður Sörensen. Ein gutes Bild von ihr. Ársæll Jódísarson. Kein Foto. Ja, natürlich, Sæli ›Hangaround‹ mit der Motorradmacke. Baldur Jónsson. Ich kann mich gut an ihn erinnern. Ich dachte, er sei schon lange tot. Und da ist der Meister selbst, Elías Elíasson, wie immer von einem Ohr zum anderen grinsend. Mehr Fotos gibt es nicht, nur Silhouetten von den anderen. Jóhann Baker, oh ja. Reelikka Nuul, ein ausländischer Name. Steingrímur Steingrímsson. Da klingelt bei mir irgendetwas.«

»Steini ›Stoned‹«, sagte Guðrún Sólveig.

»Ja, Steini, natürlich. Und dann ein Ævar.«

»Goldköpfchen«, sagte Guðrún Sólveig.

»Sieh an, sieh an«, sagte Randver. »Wer hat sich denn den Spaß gemacht, diese Fotos ins Netz zu stellen?«

»Ich weiß es nicht. Das herauszufinden ist der nächste Tagesordnungspunkt«, erwiderte Guðrún Sólveig.

»Das ist nicht irgendein Journalist«, sagte Randver. »Wir haben keine Informationen über die Runen, die wir gefunden haben, herausgegeben. Verflixt noch eins, wie ist das nach außen gedrungen?«

»Teitur Jónsson, der Journalist, hat das Zeichen auf der Stirn von Auður Sörensen gesehen. Er hat davon sicherlich auch Fotos.«

»Das ist aber sicher nicht dieses Foto«, sagte Randver. »Als dieses Bild gemacht wurde, lebte sie ja noch.«

Randver ließ seinen Blick über den Text schweifen, der den oberen Teil der Internetseite einnahm. Weiße Buchstaben auf einer roten Fläche:

WOHLVERDIENTE STRAFE ist die neu gegründete Island-Abteilung einer internationalen Verbindung von Menschen, die nicht länger untätig zusehen können, wie Mörder frei herumlaufen und unsere Kinder mit Rauschgift umbringen, um sich daran zu bereichern.

Wenn der Arm des Gesetzes nicht bis zu den Mördern reicht, dann ist es unsere Pflicht, dafür zu sorgen, dass sie ihre WOHLVERDIENTE STRAFE bekommen, um die Gesellschaft so von diesen gefährlichen Raubtieren zu befreien.

Gemeinsam vollbringen wir, was keiner von uns allein schaffen kann.

Alle, die einen großen Verlust wegen eines Überträgers der Rauschgiftseuche zu beklagen haben, können uns beim Kampf dafür unterstützen, dass die kommenden Generationen aufwachsen können, ohne dass ihr Leben bedroht wird. Jeder, der die Gerechtigkeit liebt, kann mitmachen.

Räumen wir die Händler des Todes aus!

In einem Land, in dem die öffentliche Hand ihre Bürger nicht ausreichend beschützt, müssen die Bürger sich selbst und ihre Nächsten schützen. WOHLVERDIENTE STRAFE ist Gerechtigkeit und keine Vergeltung.

Die, die unseren Kindern das Leben nehmen, sollen dafür mit ihrem eigenen Leben bezahlen nach dem ältesten Gesetz der Menschheit. AUGE FÜR AUGE. LEBEN FÜR LEBEN.

Wenn du dieser Botschaft zustimmst, drücke

ENTER

»Was passiert, wenn man auf Enter drückt?«, fragte Randver.

»Dann kann man sich in der Gemeinschaft registrieren, indem man eine E-Mail sendet.«

»An wen?«

»Das weiß ich nicht. Die E-Mail-Adresse des Empfängers ist nicht angegeben.«

»Meinst du, das sind irgendwelche Kinder, die sich einen Jux machen?«, fragte Randver.

»Ich habe keine Ahnung«, antwortete Guðrún Sólveig.

»Ich bin ja kein großer Computerfachmann«, sagte Randver. »Aber mir scheint, dass im Netz alle möglichen Deppen herumhängen, nur um Schaden anzurichten, Viren zu erschaffen und sich in diese und jene Computersysteme zu hacken, sodass ich nicht beurteilen kann, wie ernst man so etwas nehmen muss. Was meinst du?«

»Weißt du, ich weiß es eigentlich auch nicht«, erwiderte Guðrún. »Ich halte es für sehr wahrscheinlich, dass es irgendein Scherz sein soll, aber gehört es nicht zu unseren Aufgaben, alle Drohungen ernst zu nehmen? Sonst hätte ich es dir nicht gezeigt.«

»Wie sollten wir uns deiner Meinung nach verhalten?«

Zwischen Guðrún Sólveig und Randver lagen nur anderthalb Jahrzehnte Altersunterschied, aber sie erlebten Computer auf so verschiedene Weise, als wäre es ein ganzes Jahrhundert. In Randvers Augen waren Computer eine bedeutende technische Neuerung, die Kurse mit Hausaufgaben erforderte. Für Guðrún Sólveig waren sie ein selbstverständlicher Teil ihrer Umwelt.

»Ich kenne einen Computerfreak in der Innenstadt, den ich gebeten habe, rauszukriegen, was hinter dieser Website steckt, wo sie gehostet wird und so weiter«, sagte Guðrún Sólveig. »Wenn er sich nützlich machen kann, ist es dann in Ordnung, wenn wir ihm einen kleinen Lohn zahlen? Es gibt andererseits auch viele Wege, um IP-Nummern zu verbergen.«

»Selbstverständlich«, sagte Randver. »Was meinst du, wie lange er braucht?«

»Er will es heute Nacht angehen. Er sagt, dass Nerds und Geeks erst nach Einbruch der Dunkelheit aus ihren schummrigen Winkeln kriechen.«

»Die Nacht ist nicht gerade lang zu dieser Jahreszeit«, bemerkte Randver.

»Ich glaube, er hat das nur so gesagt«, sagte Guðrún Sólveig. »Er hat selbst die Angewohnheit, bis zum Abendessen zu schlafen. Er ist mein Neffe. Seine Mutter, also meine Schwester, hat Panik, dass er mit irgendwelchen Drogen angefangen hat. Ich glaube, er hat die Teenagerkrankheit. Aber man weiß es nie.«

»Also machen wir es so«, sagte Randver. »Du, sag mal, kann man diese Seite als E-Mail verschicken?«

»Ja. An wen soll ich sie senden?«

»Schick sie an meine Adresse – und auch eine Kopie an Víkingur. Ich möchte, dass er sich das ansieht.«

»Kein Problem.«

»Das hast du gut gemacht.«

»Es war ein absoluter Zufall. Bleibt Víkingur lange in Urlaub?«

»Wenn ich das nur wüsste«, sagte Randver. »Ich glaube, er weiß es selbst nicht.«

26

Die Sonne strahlte vom blauen Himmel herab und das Land war friedlich und schön. Sogar die Hellisheiði zeigte sich in ihrem schönsten Sommerschmuck.

»Super, mal kurz aus der Stadt zu kommen«, sagte Terje, froh, einen Anlass gefunden zu haben, dem Büro zu entkommen. »Macht mich wahnsinnig, drinnen zu hängen, wenn das Wetter so gut ist.«

»Erzähl mir ein bisschen mehr über diese Fahrt. Karl Viktor, was für ein Mann ist das und was wollen wir ihn denn fragen?«

Dagný war nicht weniger froh als Terje, dem Büro entkommen zu sein, aber sie wollte ihm bewusst machen, dass sie in beruflicher Mission unterwegs waren und nicht auf einer Kaffeefahrt.

»Nein, schau mal, die Schafe«, sagte Terje und zeigte auf eine kleine Herde. »Ich dachte, die Hellisheiði sei ein Schutzgebiet und kein Weideland. Sollen wir sie verhaften?«

»Sie sind ungefährlich, solange man mit der erlaubten Geschwindigkeit fährt.«

Terje fuhr einhundertzehn.

»Der Tacho von diesem Auto muss kaputt sein. Ich dachte, wir fahren achtzig«, sagte Terje und verringerte die Geschwindigkeit. »Wir haben ja keine Eile. Sollen wir in Hveragerði einen Kaffee trinken?«

»Lass uns das lieber auf dem Rückweg machen.« Dagný wusste, dass man sich auf dem Rückweg meistens beeilt, nach Hause zu kommen, statt zu bummeln. »Ich hatte dich etwas über diesen Karl Viktor gefragt.«

»Tja, es ist nicht gerade viel, was ich über ihn weiß, abgesehen von dem, was ich dir schon erzählt habe«, sagte Terje. »Er ist um die dreißig und wohnt mit seiner Mutter in Steinkross. Die Mutter heißt Edda und ist Deutsche oder Österreicherin. Sie ist vor sehr langer Zeit eingewandert und leitet einen Pferdebetrieb. Sie reitet Pferde ein, gibt Reitunterricht und veranstaltet Reittouren, und dann hat sie früher wohl Reiterferien für Kinder angeboten, aber soweit ich es verstanden habe, macht sie das nicht mehr.«

»Sind sie nur zu zweit dort, also Mutter und Sohn?«

»Alles, was ich weiß, stammt von der Polizei in Hvolsvöllur. Die haben mir gesagt, dass es sehr unterschiedlich sei, wie viele Leute sich auf dem Hof aufhielten. Manchmal wimmelt es dort von Menschen, Mädchen mit Pferdetick, die aus Deutschland kommen, um hier zu reiten, und dann Bereiter und so weiter, aber manchmal sind sie auch nur zu zweit. Der Polizist, mit dem ich gesprochen habe, meinte, im Moment sei dort niemand außer den beiden. Die pferdebegeisterte Tochter ist vor einigen

Jahren ausgezogen und seitdem ist der Betrieb wohl ein wenig erlahmt. In der Pferdebranche gibt es natürlich wie in anderen Branchen gute und weniger gute Phasen.«

»Wenn diese Edda da allein mit ihren Kindern wohnt, wo ist dann der Vater?«

»Er ist gestorben. Er war wohl auch Deutscher oder Österreicher. Hieß August. Ist vor mehr als zwanzig Jahren in einem der beiden Rangá-Flüsse ertrunken. Ich weiß nie, welche die Eystri-Rangá und welche die Ytri-Rangá ist.«

»Ytri-Rangá ist näher bei uns, also westlicher. Das ist der Fluss, der durch Hella fließt. Eystri-Rangá ist östlicher, ganz in der Nähe von Hvolsvöllur. Ich verstehe nicht, wie man die verwechseln kann.«

»Nein, das verstehe ich auch nicht«, sagte Terje.

Da begann ein Mobiltelefon zu klingeln.

»Das muss dein Telefon sein«, sagte Terje.

Dagný nahm ab und Terje hörte dem Gespräch mit Interesse zu.

»Ja, hallo. Stimmt etwas nicht? Nein, was sagst du da? Und wann? Wie ist das passiert? In einem Krankenwagen? Wahrscheinlich gebrochen? Ach du je. Ich bin bei der Arbeit. Ich bin mitten auf der Hellisheiði, Fahrtrichtung Osten. Seine Oma wollte ihn abholen. Die Frage, ob sein Papa nicht kommen kann? Das Telefon ist ausgeschaltet? Oha. Dann muss ich es natürlich versuchen. In etwa einer halben Stunde, höchstens Dreiviertelstunde. In der Ambulanz. Ja.«

Als das Gespräch beendet war, blickte Dagný mit finsterer Miene zur Windschutzscheibe hinaus. Sagte dann:

»Es tut mir leid, aber ich muss dich wohl bitten, umzudrehen. Das war die Kindergartenleiterin. Mein Sohn ist von einem Klettergerüst gefallen und musste in die

Notaufnahme gebracht werden. Sie glauben, dass er sich das Bein gebrochen hat. Ich hätte gewünscht, dass sein Vater hinfahren kann, aber sein Telefon ist ausgeschaltet. Wärst du so lieb, umzudrehen und mich schnell ins Krankenhaus zu fahren?«

»Wenn es weiter nichts ist«, sagte Terje und erhöhte die Geschwindigkeit auf einhundertvierzig.

»Jetzt! Ich bin in Eile«, sagte Dagný.

»Wir sind in weniger als einer halben Stunde da«, sagte Terje.

Plötzlich wurde Dagný klar, dass sie sich bereits in die richtige Richtung bewegten, nämlich nach Reykjavík. Terje musste gewendet haben, als sie noch telefonierte.

Er hat verborgene Qualitäten, dachte sie, und dann spürte sie einen Angstknoten im Bauch, als sie daran dachte, dass ihr kleiner Sohn umringt von fremden Menschen mit einem gebrochenen Bein und Schmerzen in der Notaufnahme lag.

*****

Víkingur fühlte sich nicht wie im Urlaub, sondern als hätte er aufgehört zu arbeiten. Aufgehört, sich für irgendetwas in der Welt zu interessieren. Als hätte er mit allem aufgehört, außer zu atmen. Er versuchte, auch mit dem Atmen aufzuhören. Schaffte es nicht. Er versuchte, sich vorzustellen, er sei eine Pflanze irgendwo droben in den Bergen. Angelika. Oder Sauerampfer. Wenn Sauerampfer überhaupt in den Bergen wächst. Es ging nicht. Dann versuchte er sich auszumalen, er sei ein Stein, der aus den Bergen herunter aufs Flachland gerollt war. Das ging besser.

Ein schwerer Stein, der atmet.

»Und, wie geht es dir heute?«, fragte Randver, nachdem sie sich begrüßt hatten. »Irgendwelche Neuigkeiten?«

»Ganz gut«, antwortete Víkingur. »Wie sieht es bei dir aus?«

»Alles wie immer.«

»Wie geht es voran?«

»Überhaupt nicht«, sagte Randver und seufzte.

»Man fühlt sich manchmal, als wäre man bei einem Computerspiel in einem Level stecken geblieben und das Spiel würde nie aufgehen. Dann passiert etwas und schwupps ist man im nächsten Level gelandet.«

»Computerspiel?«, fragte Randver. »Spielst du Computerspiele?«

»Manchmal«, sagte Víkingur. »Einige sind richtig genial.«

»Ich lege Patiencen«, sagte Randver.

»Ja.«

»Am Computer.«

»Ja.«

»Es ist aber nicht dasselbe Gefühl, wie wenn man Patiencen mit echten Karten legt.«

»Nein.«

»Und Schach? Hast du Schachspielen ausprobiert?«

»Meinst du Computerschach?«

»Ja.«

»Nein.«

Nur Ja und Nein. Was für eine Art Gespräch war das eigentlich? Randver beschloss, das Risiko einzugehen und herauszufinden, ob er Víkingur aus der Reserve locken konnte.

»Guðrún Sólveig ist der Meinung, dass es eventuell eine Geheimgesellschaft im Internet ist, die hinter dem

Ganzen steht. Sie ist auf irgendeine Website gestoßen, die ›Wohlverdiente Strafe‹ heißt.«

»Aha«, sagte Víkingur, als wäre er mit den Gedanken woanders und hätte nicht gehört, was Randver gesagt hatte.

»Sie hat dir die Website per E-Mail geschickt.«

»Mir?«

»Ja.«

»Wozu?«

»Ich würde mich freuen, wenn du sie dir anschaust und mir sagen würdest, was du davon hältst.«

»Ja«, sagte Víkingur zögernd. »Ich mache zurzeit nicht viel am Computer.«

Er stand dennoch auf und ging zu seinem Rechner.

»Und dann kam Terje heute zu mir.«

»Ja?«

»Er hat sich da reinverbissen, dass Magnús keinen Selbstmord begangen hat.«

Víkingur schaute vom Computer auf. Die Website »wohlverdientestrafe.com« schien von jemandem gemacht worden zu sein, der begrenzte Computerkenntnisse und noch begrenztere Isländischkenntnisse hatte. Das Netz ist ein Versammlungsort für alle Sonderlinge, Scharlatane, Schaumschläger und Neurotiker der Welt.

»Na ja«, sagte er. »Terje ist nicht so verkehrt.«

»Er behauptet, der Junge sei erwürgt und dann mit dem Gürtel aufgehängt worden.«

»Warum glaubt er das?«

»Er sagt, dass es fast ausgeschlossen ist, Selbstmord zu begehen, indem man sich an einer Türklinke in einhundertzehn Zentimetern Höhe über dem Boden erhängt.«

»Das stimmt nicht. Es gibt Beispiele dafür, dass Menschen sich an Leitungen von Zentralheizungen erhängt haben, die noch niedriger sind.«

»Ja«, sagte Randver. »Ich habe ihm auch gesagt, dass das völliger Blödsinn ist.«

»Warum hast du das gesagt?« Víkingur schaute Randver fragend an.

»Ach, du weißt, wie er ist, der Terje. Hat immer neue Einfälle.«

»Nun, das ist seine größte Stärke.«

»Das stimmt vielleicht, aber er kann auch sehr ermüdend sein mit seinen Geistesblitzen.«

»Was wichtig ist, ist die Idee selbst. Die muss man beurteilen, ohne sich davon stören zu lassen, von wem sie stammt.«

»Das sehe ich ganz genauso«, sagte Randver. »Ich fand die These nur recht weit hergeholt.«

»Welche These?«, fragte Víkingur. »Dass Magnús keinen Selbstmord begangen hat? Was findest du an der Vermutung weit hergeholt?«

»Also, das mit dem Selbstmord war nicht alles. Er hatte noch weitere Theorien.«

»Welche denn?«

»Terje behauptet, dass alle Morde, die wir untersucht haben, miteinander in Verbindung stehen. Er ist der Meinung, dass Magnús an dem Mord an Sæli in Holland beteiligt war und auch bei dem Brand im Amphetaminlabor in Estland mitgemacht hat.«

»Terje hat schon verrücktere Vermutungen als diese angestellt«, sagte Víkingur. »Um ehrlich zu sein, habe ich mir auch überlegt, ob Magnús der zentrale Punkt in diesem Fall gewesen sein könnte. Terje muss doch irgendwelche Anhaltspunkte haben. Er wird wohl kaum einfach ins Blaue geraten haben.«

»Er sagt, Magnús sei zum passenden Zeitpunkt im Ausland gewesen«, antwortete Randver. »Das allein heißt noch nicht viel, aber er hat einen Mann ausfindig gemacht, von dem er sagt, dass er mit Magnús unterwegs war.«

»Was ist das für ein Mann? Jemand, den wir kennen?«

»Nein. Ich habe seinen Namen noch nie gehört. Karl Viktor Ágústsson. Hast du schon mal von ihm gehört?«

Víkingur dachte nach.

»Karl Viktor Ágústsson. Irgendetwas sagt mir der Name. Ja, von da unten. Es wird aber kaum derselbe Mann sein.«

»In Rangárvellir. Aus Steinkross.«

»Das ist unfassbar«, sagte Víkingur. »Du weißt, dass ich aus der Gegend stamme?«

»Kennst du dich in Steinkross aus?«

»Nein. Ich bin noch nie dort gewesen. Es ist aber ein Ort, über den viel gesprochen wurde.«

»Wegen der Pferde?«

»Ja, neuerdings deswegen, aber vor allem, weil sich dort gemäß irgendeiner rätselhaften Symbolik, die der mittlerweile verstorbene Einar Pálsson untersucht hat, besonders magiegeladene Energieströme kreuzen sollen. In Steinkross hat jahrhundertelang niemand gelebt, bis ein ausländisches Ehepaar das Land gekauft und einen Neubau errichtet hat. Der Mann ist allerdings schon vor vielen Jahren gestorben. Er ertrank, als er zu Pferd die Ytri-Rangá durchqueren wollte. Karl Viktor Ágústsson. Ja, August hieß er. Das passt. Welche Verbindung soll es zwischen Magnús und Karl Viktor geben?«

»Sie saßen zusammen im Flugzeug.«

»Das ist doch kaum alles?«

»Sie reisten gemeinsam nach Kopenhagen und auch

gemeinsam wieder zurück. Saßen auf beiden Strecken nebeneinander.«

»Sollte man dann nicht mit diesem Mann sprechen?«

»Doch, Terje kümmert sich darum. Er und Dagný sind jetzt bestimmt schon dort angekommen.«

»Es wird interessant zu erfahren, was dabei herauskommt.«

Dem stimmte Randver zu. Am besten bringe ich das Ganze hinter mich, dachte er, und sagte:

»Übrigens denkt Terje, dass Magnús sich auch an dem Horror im Sommerhaus beteiligt hat.«

Die Reaktion von Víkingur verblüffte ihn.

»Das ist nichts weiter als eine logische Folgerung – vor allem, wenn er an dem Laborbrand in Estland beteiligt war.«

»Ja. Wenn, wenn, wenn«, sagte Randver.

*****

Die Ärzte der Unfallstation hatten nicht die geringsten Zweifel, dass der kleine Bursche einen Beinbruch hatte. Das Röntgenbild bestätigte, dass beide Knochen knapp oberhalb des Knöchels gebrochen waren.

»Du bleibst natürlich mit ihm hier«, sagte Terje. »Ich fahre wieder da runter und rede mit dem Bauernlümmel.«

»Fahr an der Wache vorbei und nimm jemanden mit«, sagte Dagný. »Ich kann mir nicht vorstellen, dass Marinó sehr beschäftigt ist.«

»Ja, ich schau mal«, sagte Terje. »Hoffentlich erholt sich der Kurze schnell.«

Er dachte nicht daran, sich damit aufzuhalten, einen Zwischenstopp auf der Polizeistation einzulegen und irgendjemanden zu bezirzen, mit ihm nach Rangárvellir zu fahren.

Er setzte sich die Kopfhörer auf, wählte Bruce Springsteen, »Born to Run«, auf seinem iPod aus und vergaß schnell, den Tacho zu beachten, als »Thunder Road« sein Gehör erfüllte.

*****

Dagný schloss gerade die Haustür hinter sich und ihrem Jungen, als ihr Handy zu klingeln begann.

Es war Randver.

»Was gibt es Neues bei euch?«

»Ich bin mit dem Jungen gerade nach Hause gekommen. Er hat natürlich einen Gips und darf den Fuß vierzehn Tage lang nicht belasten. Das Gute daran ist aber, dass es kein offener Bruch ist.«

»Hat sich Terje den Fuß gebrochen?«

»Ach Gott, was rede ich. Du fragst nach ihm. Ich dachte, du meintest meinen Sohn, der sich vorhin im Kindergarten das Bein gebrochen hat. Terje ist nicht hier. Er ist nach Rangárvellir gefahren. Ich glaube, er wollte Marinó mitnehmen, weil ich natürlich bei dem Jungen bleiben musste. Er war schon mehr als zwei Stunden in der Notaufnahme.«

»Ja, verstehe ich«, sagte Randver. »Terje geht nämlich nicht an sein Telefon. Deswegen habe ich dich angerufen. Ich hoffe, mit deinem Sohn kommt alles wieder in Ordnung.«

Als Nächstes rief er Marinó an, der beim ersten Klingeln antwortete.

»Wo bist du?«, fragte Randver.

»Ich bin eigentlich mit meiner Frau im Baumarkt. Wir

schauen uns Gartenmöbel an«, sagte Marinó. »Warum fragst du?«

»Bist du dann also nicht mit Terje losgefahren?«

»Nein, ich bin nicht darum gebeten worden. Ist nicht Dagný mit ihm unterwegs? Die beiden sind im Moment ganz unzertrennlich.«

»Nein, bei ihr ist etwas dazwischengekommen, sodass sie nicht konnte.«

»Was ist dazwischengekommen?« Marinó wollte über alles informiert sein.

»Ihr Sohn hatte das Pech, sich das Bein zu brechen. Du hast Terje also nicht gesehen?«

»Nicht seit kurz nach Mittag, als er und Dagný sagten, dass sie wegfahren.«

»Er geht nämlich nicht ans Telefon«, erklärte Randver.

»Das überrascht mich nicht«, sagte Marinó. »Er hat den ganzen Tag diesen iPod in den Ohren und antwortet einem nicht, wenn man mit ihm zu sprechen versucht.«

Randver dankte Marinó und beendete das Gespräch. Er sah Víkingur besorgt an.

»Dagný ist verhindert, also ist der Kerl allein da runtergefahren. Marinó sagt übrigens, er habe immer dieses Musikgerät am Ohr und antworte deswegen nicht. Mir ist das aber trotzdem nicht egal. Unsere Leute sollen sich auf keinen Fall allein herumtreiben.«

»Der elende Strolch«, sagte Víkingur und lächelte.

»Du findest das vielleicht in Ordnung«, sagte Randver. »Du hast es der Mannschaft selbst oft genug vorgemacht.«

»Bist du sicher, dass dort unten überall eine Netzverbindung besteht?«, fragte Víkingur. »Die Höfe am Fuß der Hekla sind so weit verstreut und abgelegen. Ich glaube kaum, dass die Telefonanbieter Relaisstationen errichtet haben, die das gesamte Gebiet abdecken.«

»Dann düse ich schnell runter, um nach ihm zu schauen«, sagte Randver. »Scheiß Trara ist das.«

»Wen willst du mitnehmen?«, fragte Víkingur.

»Jetzt sind schon alle zu Hause im Feierabend«, sagte Randver. »Dann fahre ich halt allein.«

»Entspricht nicht gerade den Vorschriften«, sagte Víkingur. »Vorgesetzte sollten Vorbild sein.«

Randver hatte keine Moralpredigt von seinem Freund erwartet, schon gar nicht auf diesem Gebiet.

»Das musst gerade du sagen«, sagte er.

»Ja«, sagte Víkingur. »Ich habe so einiges auf dem Gewissen, aber dich allein nach Rangárvellir fahren zu lassen gehört nicht dazu. Ich fahre mit.«

»Das ist absolut nicht nötig«, sagte Randver.

»Das weiß ich«, sagte Víkingur. »Vielleicht spielt nichts, was wir tun, eine Rolle.«

»Was für ein pessimistisches Gewäsch ist das denn?«, fragte Randver. »Wenn es irgendein Zitat ist, dann hoffe ich, dass du nicht an so einen Unfug glaubst. Natürlich spielt es eine Rolle, was man tut. Wo wären wir denn sonst?«

»Wenn du das sagst«, sagte Víkingur. »Dann ist es vielleicht an der Zeit, dass ich wieder zur Arbeit erscheine. Sollten wir uns nicht auf den Weg machen, bevor sich der Kerl bequemt, sich zu melden? Wir nehmen mein Auto.«

27

Es war nicht Bruce Springsteen, sondern Karl Viktor Ágústsson, der die Verantwortung dafür trug, dass Terje nicht ans Telefon ging.

Vom Küchenfenster in Steinkross aus hatte er gesehen, wie das Auto sich langsam die Straße entlangschlängelte, dann auf den Abzweig abbog und Richtung Hof fuhr. Dass es sich um einen Kleinwagen handelte, erschien ihm kurios. Wie konnte jemand auf die Idee kommen, diesen Weg einzuschlagen, wenn er nur einen Kleinwagen fuhr?

Terje hätte es seinem eigenen Wagen kaum zugemutet, aber er fuhr ein Auto im Staatsbesitz und fand, dass das in diesem Fall bestimmte Vorteile hatte.

Die Fahrt war schnell und glatt verlaufen. Er hatte keinerlei Probleme, den richtigen Weg zu finden: Straße Nummer 1 Richtung Osten bis nach Hella, den Ort durchqueren und nach einem Kilometer links auf einen Weg abbiegen, der nach Gunnarsholt führt, das Gelände ebenfalls durchqueren und wieder links abbiegen auf eine unbeschilderte Fahrspur, die in Richtung Hekla führt, und ihr folgen, bis man zum einzigen Hof kommt, der an ihr liegt. Das ist Steinkross.

Das Straßenbauamt schien diese Straße vergessen zu haben. Der gesamte Straßenbelag war vor langer Zeit schon weggeweht worden, und übrig geblieben waren nur die Steine, an denen nicht einmal die schärfsten Windböen von Rangárvellir rütteln konnten. Der Abzweig, der nach Steinkross führte, war besser, denn er war mit Erde aufgeschüttet und verwandelte sich sicher bei Regen in einen Morast.

Das Haus war einstöckig und aus Beton. Weiße Wäsche hing an einer Leine seitlich des Hauses, auf der anderen Seite standen ein paar krumme Birken.

Nichts war zu hören, als Terje auf die Klingel drückte, also klopfte er kräftig an die Tür. Keine Geräusche. Terje schaute sich um. Kein Auto. Vielleicht war niemand zu Hause.

Als er kurz davor war, ein zweites Mal zu klopfen, ging die Tür auf. Drinnen im Hausflur stand ein großer, beleibter Mann in Socken, unrasiert und mit zerzaustem Haar. Er schien gerade aufgewacht zu sein. Sein dicker Bauch hing über den Hosenbund seiner Jeans, die weite Hosenbeine hatte.

Terje betrachtete den Mann. Etwas in seinem Auftreten erweckte gleich den Verdacht, dass er nicht wie die meisten anderen Menschen sei. Die stumpfen Augen, der aufgeschwemmte Körper und die schneckenartigen Bewegungen ließen vermuten, dass der Mann große Mengen Psychopharmaka nahm. Riesengroße.

»Guten Tag«, sagte Terje. »Karl Viktor Ágústsson? Den suche ich.«

Der Mann zeigte keinerlei Reaktion. Er schaute den Gast an, als dächte er darüber nach, ob er ihm eine Antwort gönnen oder die Tür vor seiner Nase zuschlagen sollte.

»Ich bin von der Kriminalpolizei. Ich heiße Terje Joensen.«

Der Mund des Mannes begann sich zu bewegen, aber kein Ton kam ihm über die Lippen. Wie ein Fisch an Land, dachte Terje.

»Er ist nicht ...«, sagte der Mann nach einem langen Anlauf. Die Stimme war eigenartig dünn. »Er ist nicht hier.«

Die Antwort überraschte Terje. Er war sehr sicher, dass sein Gesprächspartner kein anderer als Karl Viktor war.

»Ach so? Na gut – aber weißt du, wo er ist?«

Die Atemübungen begannen erneut. Der Mann öffnete und schloss den Mund abwechselnd, bis die Antwort kam:

»Er ist im Schloss.«

Terje wusste nicht, ob der Mann im Wahn sprach oder ob eines der Gebäude des Hofes Schloss genannt wurde.

»Im Schloss? Kannst du mir vielleicht sagen, in welchem Schloss er ist?«

»Bran.« Die Atemübungen waren beendet. Die Antwort folgte auf dem Fuße.

»Bran?« Terje glaubte, etwas falsch verstanden zu haben. »Wo ist das?«

Der Mann stieß ein abgehacktes Lachen aus. »Ha!« Als hielte er die Frage für ein Zeugnis unvorstellbarer Dummheit.

»Bist du allein zu Hause?«, fragte Terje. »Wo ist deine Mutter?«

Über das aufgequollene Gesicht huschte ein verschlagener Ausdruck.

»Warte«, sagte der Mann und warf die Tür zu.

Das Warten währte nicht lange, denn wenige Augenblicke später wurde die Tür aufgerissen und der Mann erschien erneut.

Genauso schnell, wie Terje wahrnahm, dass die Stumpfheit aus den Augen des Mannes verschwunden war, verspürte er einen schneidenden Schmerz, der jeden einzelnen Nerv in seinem Körper umschloss. Sein Bewusstsein zersplitterte mit Feuerstrahlen, dann wurde alles rot.

*****

Ein fünfzigtausend Volt starker Stromschlag verursacht einen Kurzschluss im Nervensystem, Muskelkontraktionen, enorme Schmerzen und vorübergehende Bewusstlosigkeit.

Karl Viktor wusste aus eigener Erfahrung, dass die Taser-Pistole ein humanes Gerät war. Das hatte er herausgefunden, indem er sie an einem alten Pferd ausprobierte. Beachtlich zu sehen, wie dieses große Tier, etliche Zentner schwer, sofort zu Boden ging, einen Moment lang zappelte und dann mausetot liegen blieb. Um sicherzustellen, dass es sich nicht um einen Zufall handelte, hatte er das an mehr als einem Pferd ausprobiert.

Menschen, die einen Taser-Schuss abbekommen, fallen ebenfalls um und verlieren das Bewusstsein, aber sie bleiben in der Regel am Leben und kommen nach kurzer Zeit, vielleicht einer halben Minute oder auch bis zu einer Viertelstunde, wieder zu sich. Allerdings behauptet Amnesty International, dass Schüsse aus Taser-Pistolen schon mehr als zweihundertfünfzig Menschen das Leben gekostet haben.

Ein junger Mann in guter Form wie dieser hier käme zweifelsohne schnell wieder zu Bewusstsein. Am sichersten wäre es, noch einmal auf ihn zu ballern.

Karl Viktor setzte einen neuen Schuss in den Taser ein. Der Mann lag auf dem Bauch, sodass Karl Viktor ihn umdrehte, sich über ihm postierte und abwartete, bis er sich regte. Dieses Mal zielte er zwischen die Beine des Mannes. Er hatte gelesen, dass die Geschlechtsteile und die

Brustwarzen von Menschen besonders empfindlich für einen Elektroschock seien, und wollte den Wahrheitsgehalt dieser Aussage überprüfen.

Taser-Pistolen sehen aus wie missgebildete Nachkommen eines Elektrorasierers und einer Pistole. Die Munition besteht aus kleinen stromführenden Projektilen, die mit der Pistole durch hauchdünne isolierte Drähte verbunden sind. Die Pfeile selbst müssen die Kleidung nicht durchdringen, damit die elektrischen Impulse in das Muskelgewebe desjenigen, auf den geschossen wird, eindringen können, sondern sie leiten den Strom sogar durch einen fünf Zentimeter dicken Mantel. Ein Taser der besten Bauart, das Modell M26, wie es Karl Viktor in den Händen hielt, hat eine Reichweite von 10,6 Metern und ist beim Militär mit sehr guten Erfolgen eingesetzt worden.

Nach nur siebzehn Sekunden begann Terje sich zu rühren. Als er die Augen geöffnet hatte und sich langsam zu orientieren schien, feuerte Karl Viktor einen zweiten Schuss aus kurzer Distanz ab und traf ihn direkt in die Geschlechtsteile, die sich unter der Jeans abzeichneten.

Der gequälte Schrei war so schneidend, dass Karl Viktor erschrak und den Taser beinahe fallen gelassen hätte. Der Mann schien sich im Todeskampf zu befinden, und obwohl es spaßig gewesen wäre, das unwillkürliche Zucken und die Krämpfe zu beobachten, riss sich Karl Viktor zusammen und eilte nach drinnen, um etwas zu holen, womit er den Mann fesseln könnte. Nach einer kurzen Zeit kam er wieder raus und sah, dass er sich gar nicht hätte beeilen müssen. Der Mann war vollkommen bewusstlos.

Karl Viktor drehte ihn auf den Bauch und band seine Hände hinter seinem Rücken mit Kunststofffesseln zusammen, die *plasticuffs*, *flexicuffs* oder Zip-Riemen heißen und Handschellen gegenüber den Vorteil haben, dass sie leichter und einfacher zu handhaben sind. Der Nachteil an den Zip-Riemen ist, dass sie natürlich nicht so stark sind wie herkömmliche Handschellen, dafür sind sie gefährlicher, weil sie viel eher bleibende Schäden an Nerven und Gewebe des Gefesselten verursachen.

Karl Viktor machte sich darum keine Gedanken, fesselte auch Terjes Beine an den Knöcheln und verband die Fesseln der Füße und Hände miteinander.

Als Nächstes durchsuchte er die Taschen des Mannes und nahm die Autoschlüssel und den Ausweis heraus, der bestätigte, dass der Mann Terje Joensen hieß und Kriminalpolizist war. Er dachte darüber nach, ob er kurz ins Haus zurückkehren sollte, um etwas zu suchen, womit er den Mann knebeln könne, betrachtete das aber als unnötigen Umstand.

Wenngleich er vom Aussehen her nicht gerade vor Gesundheit zu strotzen schien, war Karl Viktor ein bärenstarker Mann. Er hob Terje Joensen mit Leichtigkeit hoch, ging mit ihm zum Auto und schaffte es, den Kofferraum aufzuschließen, ohne seine Bürde abzulegen. Mit einiger Geschicklichkeit gelang es ihm, den bewusstlosen Mann in den Kofferraum zu wuchten. Dann setzte er sich ans Steuer und ließ den Motor an. Karl Viktor war ein Auto mit Kupplung nicht gewöhnt. Als er zurücksetzte, um auf dem Vorplatz zu wenden, drehten die Reifen durch und ließen einen Hagel von Kies auf das Haus niedergehen. Karl Viktor kuppelte aus, schaltete vom Rückwärtsgang in den ersten, ließ den Gang diesmal vorsichtig kommen und begann, den Abzweig herunterzufahren.

*****

Nach unzähligen Versuchen gelang es Randver endlich, beim Telefonanbieter Síminn durchzukommen und mit einem Mann verbunden zu werden, der ihm Auskunft geben konnte, ob man auf dem Land von Steinkross in Rangárvellir GSM-Empfang hat. Man hatte keinen. Randver versuchte auch, den Reitbetrieb Steinkross über Festnetz zu erreichen, aber es nahm niemand ab.

»Seltsam, dass keiner ans Telefon geht«, sagte Randver.

»Daran muss gar nichts seltsam sein«, sagte Víkingur. »Die Leute auf dem Land sitzen nicht den ganzen Tag im Haus und warten darauf, dass das Telefon klingelt.«

»Du kannst auf der Heide ein bisschen auf die Tube drücken«, sagte Randver. »Wenn uns die Kollegen aus Selfoss stoppen, rede ich mit ihnen.«

»Schau mal auf den Tacho«, sagte Víkingur.

Randver kniff die Augen zusammen, um den Tacho besser ablesen zu können.

»Ui, verdammt«, sagte er. »Das ist ja eine Luxuskarosse. Man spürt die Geschwindigkeit überhaupt nicht. Aber wir müssen sicher nicht rasen, als ginge es um Leben oder Tod«, fügte er hinzu.

*****

Terje war noch nicht wieder zu Bewusstsein gekommen, als Karl Viktor ihn aus dem Kofferraum hob und ihn wie ein Kind auf seinen Armen in den Thronsaal des Schlosses Bran trug.

Er legte seinen Gefangenen auf einer Bank ab, die an der Wand stand, und schnitt die Fesseln an seinen Händen auf. Manövrierte ihn in eine sitzende Position mit dem Rücken an die Wand gelehnt. Holte dann Werkzeug und begann, die rechte Hand des Gefangenen an die Wand zu nageln.

Terje erwachte durch einen schneidenden Schmerz in seiner rechten Hand, dann in seiner linken. Die Qual war unerträglich, und er schrie aus voller Kehle. Dann verlor er wieder das Bewusstsein. Für einige Sekunden oder einige Minuten.

Karl Viktor nahm auf dem Thron Platz und betrachtete seinen Gefangenen.

Er spricht isländisch und sieht wie ein Isländer aus, dachte er. Sollte ich nicht nachsehen, ob er beschnitten ist? Nein. Das bringt nichts. Das ist ein Kundschafter, ein Schnüffler, den die Feinde gegen mich ausgesandt haben. Sie sind viel zu clever, mir jemanden zu schicken, der ihnen ähnlich sieht. Ich muss herausfinden, wer ihn geschickt hat. Ist der Feind bereits nach Island gekommen? Der Feind ist natürlich überall nah, aber hat er schon einen Posten in Island? Der Kampf wird härter. Mit dem Hammer von Karl Martel kreuzige ich sie. Mit der Lanze von Vlad Tepes pfähle ich sie. Im Namen des Heiligen Römischen Kaiserreichs besiege ich sie.

Die Gedanken flogen wie Kometen durch Karl Viktors Gehirn. Er zog mit Karl Martel in die Schlacht von Tours am 10. Oktober 732 und stoppte die Invasion der dunklen Feinde aus dem Süden. Er stand Seite an Seite mit Admiral Don Juan de Austria auf der Heckplattform bei der Seeschlacht von Lepanto am 7. Oktober 1571 und stoppte die Invasion aus dem Osten. Und er stürmte mit den Helden Jan Sobieski, dem König der Polen, und Karl V. von Lothringen am 11. September 1683 gegen die Muslime, um ihre Belagerung Wiens zu durchbrechen und ihre Pläne, Europa zu erobern, zunichtezumachen.

Sie gaben dennoch nicht auf, diese Teufel. Sie hielten nur eine Weile inne und leckten ihre Wunden.

Nach geraumer Zeit, am 11. September 2001, erklärten sie erneut den Krieg und ihr Vorhaben, sich die westliche Welt zu unterwerfen und die westliche Kultur auszurotten.

Das Datum war symbolträchtig. 11/9 oder 9/11 war eine heilige Zahl. Sie wollten die Niederlage bei Wien am 11. September 1683 in einen Sieg ummünzen. Die Ziffer »1« steht für einen Anfang und die Ziffer »9« für das Ende. »1« und »1« bedeutet einen erneuten Beginn. Neuer Beginn. Anfang und Ende. Alpha und Omega. Islam und Christentum.

Die Helden waren verschwunden. Karl Martel, Don Juan, Jan Sobieski und Karl V.

Karl Viktor war allein zurückgeblieben. Die Zahl der Feinde war Legion. Tausend Millionen stürmten gegen ihn an.

Er allein hielt die Stellung im Norden, Carol Viktor Maximilian Meinrad de Plantagenet Anjou, Herzog von Staufen-Hohenzollern, Prinz von Habsburg-Siebenbürgen, Kronprinz des Heiligen Römischen Kaiserreichs, in seinem Thronsaal im Schloss Bran, und spürte, dass die Feinde sich näherten.

Er stand auf und ging zu seinem Gefangenen, der zu Bewusstsein zu kommen schien und wie ein Säugling greinte.

»Wer hat dich geschickt?«, fragte Karl Viktor.

28

Als Edda von ihrem Einkauf in Hella zurückkam, rief sie nach ihrem Sohn, um ihn zu bitten, ihr mit den Einkaufstaschen zu helfen. Sie war überrascht, dass der Junge nicht im Haus war. Ohne Auto entfernte er sich gewöhnlich nicht weit. Sie schaute hinter der Scheune nach. Der Traktor stand an seinem Platz. Was hatte er sich jetzt vorgenommen?

Sie musste zweimal gehen, um die Taschen hineinzutragen. Sie auszuräumen und die Einkäufe in den Kühlschrank und die Speisekammer zu stellen dauerte nicht lang. Sie hatte diesmal auch daran gedacht, eine Großpackung Djæf-Eis am Stiel für Karl Viktor zu kaufen, wie er ihr schon so oft aufgetragen hatte.

Sie schaute auf die Uhr in der Küche. Es war noch Zeit, sich einen Schluck Tee zu genehmigen und sich kurz an den Computer zu setzen, bevor sie sich um das Abendessen kümmern musste.

Siedewurst und Kartoffelpüree aus der Packung mit Ketchup und geschmolzener Margarine. Edda war nicht dazu erzogen worden, ihr Leben mit dem Zubereiten von Mahlzeiten zu verbringen.

*****

Soweit jemand, der einem Elektroschock von fünfzigtausend Volt ausgesetzt und an eine Wand genagelt worden

324

ist, sich überhaupt seiner Lage bewusst werden kann, gelang es Terje langsam, sich zu orientieren.

»Wo sind wir?«, stöhnte er.

»Du bist ein Gefangener des Schlosses Bran«, antwortete Karl Viktor. »Wie du hörst, beantworte ich deine Fragen, und jetzt beantwortest du meine. Ich habe dich gefragt, wer dich geschickt hat?«

»Ich bin von der Kriminalpolizei«, sagte Terje. »Wir suchen Leute, die Magnús Brynjarsson kennen.«

»Er ist im Krieg gefallen«, sagte Karl Viktor und fügte zur Erklärung hinzu: »Im Kampf gegen die Feinde.«

»Welche Feinde?«, fragte Terje. »Du musst mich losmachen, damit ich sie verhaften kann.«

Sein Bewacher kicherte. »Du hast vor, tausend Millionen Menschen zu verhaften, wo du dich nicht einmal bewegen kannst?«

»Sind es so verdammt viele?«, fragte Terje. »Dann sollten wir wohl besser zusammenhalten. Verstehst du nicht, dass ich dir helfen kann, wenn du mich losmachst?«

Trotz brennender Schmerzen in jedem Nerv seines Körpers und den Schmerzwellen, die seine Hände mit jedem Herzschlag aussandten, erkannte Terje, dass sein Quäler vollkommen geistesgestört sein musste. Die einzige Möglichkeit, zu entkommen, bestand darin, sich freizureden.

»Weißt du, dass allein in der EU sechzehn Millionen Feinde dabei sind, uns mit allen verfügbaren Mitteln zu zerstören?«

»Sag mir, welche Leute das sind, damit ich diese Informationen an Interpol weiterleiten kann. Das ist ein internationaler Zusammenschluss der Polizei aus fast zweihundert Ländern.«

Wieder kicherte sein Wärter.

»Einhundertsechsundachtzig Ländern. Glaubst du, ich weiß nicht, was Interpol ist? Glaubst du, ich wüsste außerdem nicht, dass sich der Feind bei Interpol eingenistet hat? Was glaubst du, wer ich bin?«

»Sag es mir«, bat Terje. »Wer bist du? Welche Rolle spielst du in dieser Angelegenheit? Sag mir, wie ich dir helfen kann.«

Karl Viktor musterte seinen Gefangenen einen Moment lang, als ob er sich darüber klar werden wollte, ob dessen Unterstützungsangebot von ganzem Herzen käme. Dann sagte er:

»Du kannst mir nicht helfen. Niemand kann mir helfen. Niemand außer mir versteht den großen Zusammenhang. Nicht einmal meine Mutter will ihn begreifen. Sie glaubt, es dreht sich alles nur um Rauschgift. Aber sie ist eben nur eine Frau, auch wenn sie meine Mutter ist.«

Wäre er nicht an eine Wand genagelt und dem Gutdünken dieses Irren ausgesetzt, hätte Terje es verlockend gefunden, zu fragen, ob denn seine Mutter etwas anderes als eine Frau sein könne. Stattdessen sagte er:

»Ich kann nicht ganz einordnen, wo wir uns befinden. Du sagst, wir sind im Schloss Bra. Wo sind wir genau?«

»Schloss Bran«, korrigierte Karl Viktor. »Du verstehst gar nichts. Du weißt gar nichts. Du kannst gar nichts.«

»Hilf mir, zu verstehen«, sagte Terje. »Ich hätte gedacht, dass jemand wie du, der so viele Feinde hat, es gern annehmen würde, wenn ihm jemand zur Seite stehen will.«

Diese Argumentation schien eine gewisse Wirkung zu zeigen.

»Das Schloss ist nach der Festung benannt, die mein Vorfahr errichtet hat, um Europa vor den Angriffen der Feinde zu schützen. Er tötete sie zu Tausenden und hat ganze Armeen gepfählt, um andere abzuschrecken und seine Untertanen zu schützen.«

»Wer war dieser gute Vorfahr von dir?«

»Er hieß Vlad Tepes und war Woiwode über die Wallachei und ein Ritter aus dem Orden des Drachens. Weißt du, was das für ein Orden ist?«

»Nein, sag es mir.«

»Der Orden des Drachens wurde gegründet, um den östlichen Teil Europas und das Heilige Römische Kaiserreich gegen die Invasionen des türkischen Osmanenreiches zu beschützen. Die Leiter des Ordens waren Sigismund von Luxemburg, der Kaiser des Heiligen Römischen Reiches, die Könige von Polen und Serbien und mein Urahn, Vlad Tepes, der den Titel Draculea von der *Societas Draconis* bekam. Das ist der Orden des Drachens auf Latein.«

Terje stöhnte, weil die Schmerzen ihm zusetzten, aber auch, weil er nie geahnt hätte, dass er sein Leben in einem Verlies aushauchen würde, in der Gewalt eines Psychopathen, der sich einbildete, ein Nachkomme des Grafen Dracula zu sein.

*****

Víkingur stellte voller Verwunderung fest, dass ihm die Schläge, wenn der BMW auf dem Weg nach Steinkross aufsetzte, durch Mark und Bein gingen. Dieses Gefühl überraschte ihn, denn in letzter Zeit hatte er sich vollkommen versteinert gefühlt.

Ist mir vielleicht alles auf der Welt egal, außer meinem Auto?, dachte er und versuchte, an den größten Steinen auf der Straße vorbeizusteuern. Dann muss ich ein richtig schlechter Mensch sein.

Auf dem Parkplatz vor dem Hof stand ein ziemlich neuer Mercedes-Benz-Geländewagen.

»Ich wusste nicht, dass man mit Pferden so viel verdienen kann«, sagte Randver und machte eine Kopfbewegung in Richtung des Geländewagens.

Edda hatte die beiden bemerkt und stand in der Haustür, als sie sich dem Haus näherten. Sie war groß, dunkelhaarig und stark gebaut. Víkingur musterte sie. Trotz ihrer Größe war etwas Feines an dieser Frau und sie schien junggeblieben zu sein. Könnte zwischen vierzig und fünfzig sein, dachte er, obwohl sie eigentlich eher sechzig sein musste.

Edda lächelte sie an und grüßte mit Neugier im Blick.

»Guten Tag. Von wo kommt ihr?«

Sie sprach makelloses Isländisch, außer dass sie das R nicht rollte.

Víkingur nannte seinen Namen und Randver tat es ihm nach.

»Wollt ihr noch weit?«, fragte Edda. »Mit dem Auto kommt ihr auf diesem Weg nicht mehr weiter.«

»Nein, wir wollten nicht weiter als bis hierhin«, sagte Víkingur, nachdem er aufgegeben hatte, darauf zu warten, dass Randver das Wort ergreifen möge. Schließlich war Randver dienstlich unterwegs. Víkingur war nur als Begleiter mitgekommen.

»Ich habe momentan keine Pferde im Stall, die ich euch zeigen könnte. Wenn ihr angerufen hättet, hättet ihr euch die Fahrt sparen können.«

»Wir hatten gar nicht vor, Pferde anzusehen«, sagte Víkingur. »Wir suchen eigentlich unseren Kollegen, dessen Mobiltelefon aus ist.«

»Wenn er hier langgefahren ist, ist es kein Wunder, dass er nicht antwortet. Hier hat man so gut wie keinen Netz-

empfang, außer manchmal an einem Punkt im Wohnzimmer, exakt wenn man am Kamin steht.«

»Du hast ihn also nicht gesehen?«, fragte Randver. »Er
heißt Terje Joensen.«

»Kriminalpolizist«, fügte Víkingur an.

»Seid ihr also von der Kriminalpolizei?«

»Er fährt einen weißen Toyota, einen alten«, sagte
Randver.

»Wollte er hierher zu uns?«

»Ja, das dachten wir«, sagte Víkingur.

»Ich habe niemanden gesehen«, sagte Edda. »Aber das
heißt nichts, weil ich gerade erst aus der Stadt nach Hause
gekommen bin.«

»Reykjavík?«, fragte Randver.

»Nein, unsere Stadt zum Einkaufen ist Hella«, sagte
Edda. »Aber ich kaufe auch manchmal in Hvolsvöllur
ein. Nein, ich habe ihn nicht gesehen und auf dem Weg
hierher auch niemanden getroffen. Seid ihr sicher, dass er
den Weg hierher gefunden hat?«

»Nein, eigentlich nicht«, sagte Randver. »Aber er geht
nicht ans Telefon, also haben wir beschlossen, uns nach
ihm umzusehen.«

»Er ist jedenfalls nicht hier, wie ihr seht«, sagte Edda.
»Kommt doch trotzdem einen Augenblick herein und
trinkt einen Kaffee, bevor ihr zurückfahrt.«

»Das können wir unmöglich annehmen, danke. Es ist
fast schon Abendessenszeit«, sagte Randver.

»Ich würde eine Tasse Kaffee nicht ausschlagen«, sagte
Víkingur. »Wenn es nicht zu viel Umstände macht?«

»Das macht überhaupt keine Umstände«, sagte Edda.
»Bitte, kommt herein.«

Nach isländischer Gewohnheit wollten sie im Ein-
gangsbereich ihre Schuhe ausziehen, aber die Dame des

Hauses forderte sie mit Nachdruck auf, sich damit nicht weiter abzugeben.

»Es ist natürlich ein guter Brauch, die Häuser nicht in Schuhen zu betreten, aber ich habe mich daran nie gewöhnen können. Ich finde Menschen auf Socken nicht komplett angezogen. Auch wenn ich schon lange in Island lebe.«

»Wie lange lebst du schon hier?«, fragte Randver.

»Wir sind '69 hierhergekommen. Ausrechnen musst du es selbst. Ich zähle meine Jahre nicht.«

»Woher kommst du, wenn ich fragen darf?«

»Natürlich wissen alle Isländer, woher jeder kommt. Aus dem Westen, dem Osten oder dem Norden des Landes. Ich sage immer, ich komme aus dem Süden, also aus dem Süden von Europa.«

»Und woher?«

»Woher meine Familie stammt?«, sagte Edda. »Das ist auch eine nette Sitte, die Familien der Menschen Jahrhunderte zurückzuverfolgen. Ich bin in Wien geboren, aber meine Familie stammt aus Ungarn und Rumänien. Mein Mann war Deutscher. Er hat mich ein kleines bisschen zu spät erwischt, denn als wir uns kennenlernten, war ich bereits anderweitig verliebt.«

»Du bist also mit einem Isländer hierhergezogen?«

»Nein, das verstehst du falsch. Ich drücke mich auf Isländisch vielleicht nicht ganz klar aus. Ich meinte, dass ich schon verliebt ins Islandpferd war, als ich meinen Mann kennenlernte. Deswegen sind wir nach Island ausgewandert. Glücklicherweise hat sich nämlich auch mein Mann in … in das Pferd der Götter verliebt. Es hat uns hierhin getragen.«

Im Auftreten dieser Frau lag etwas Bezauberndes, sodass sie ihren Erzählungen aufmerksam folgten.

Sie sah die Romantik in ihren Augen, lachte auf und sagte:

»Pfui, was schwätze ich. Jetzt geh ich aber und hole den Kaffee.«

Sie drehte auf dem Absatz um und ließ die beiden allein im Wohnzimmer zurück.

»Großartige Frau«, sagte Randver leise.

Víkingur nickte. Ohne jeden Zweifel war die Frau etwas Besonderes. Sie hatte eine enorme Präsenz. Er war sicher, sie schon einmal irgendwo gesehen zu haben, konnte sich aber nicht erinnern, wo.

Randver nahm sein Mobiltelefon und versuchte erneut, Terje anzurufen.

»Jetzt klingelt es immerhin«, sagte er und wartete mit dem Hörer am Ohr. »Aber er antwortet nicht. Was denkt sich der Kerl eigentlich? Was sollen wir jetzt machen?«

»Wir können wenig anderes machen als das, was wir gerade tun«, sagte Víkingur. »Wir schauen uns nach ihm um.«

Edda kam mit dem Kaffee in der Hand wieder und goss ihn in ihre Tassen. Dann schaute sie sie abwechselnd an und sagte:

»Ja, was ich noch fragen wollte, welches Anliegen hatte euer Kollege denn hier?«

Randver schaute Víkingur in der Hoffnung an, irgendeinen Hinweis zu bekommen, wie er antworten sollte, aber Víkingurs Gesicht zeigte keine Regung.

»Wir untersuchen, wie es zum Tod eines jungen Mannes kam, und wir wissen, dass Karl Viktor, dein Sohn, und er vor nicht allzu langer Zeit gemeinsam eine Auslandsreise gemacht haben.«

»Magnús?« Sie nannte den Namen mit leiser Stimme und nahm einen ernsten Ausdruck an.

»Ja, Magnús Brynjarsson.«

Plötzlich fiel Víkingur ein, wo er die Frau schon einmal gesehen hatte. Auf der Beerdigung. Auf der Beerdigung von Þórhildur und Magnús hatte er sie kurz gesehen, ohne ihr besondere Aufmerksamkeit zu schenken. Er kannte ohnehin nur einen Bruchteil der Anwesenden.

»Ich habe dich auf seiner Beerdigung gesehen«, sagte Víkingur. »Meine Frau war seine Mutter.«

»Mein ganz herzliches Beileid«, sagte Edda mit Anteilnahme in der Stimme. »Ich habe dich natürlich auch gesehen, aber ich wollte es nicht ansprechen, als ihr ankamt. Man will keine Wunden aufreißen, die begonnen haben, zu heilen.«

»Wie hast du mit Magnús Bekanntschaft geschlossen?«, fragte Víkingur.

»Ich habe ihn erst diesen Frühling kennengelernt. Nachdem meine Tochter starb. Sie waren Freunde. Er kam zur Beerdigung hier runter und war ein paar Wochen bei uns. Er und Karl Viktor, mein Sohn, verstanden sich gut. Magnús ist sogar diesen Sommer mit uns nach Dänemark gefahren. Nach unserer Rückkehr blieb er in Reykjavík, und einige Tage später erfuhren wir hier, dass er gestorben sei.«

»Du sagst, dass deine Tochter und Magnús Freunde gewesen seien. Meinst du damit, dass sie eine Beziehung hatten?«

»Sie waren sehr eng befreundet und mit der Zeit habe ich zu hoffen begonnen, dass sie ein Liebespaar werden könnten. Ich glaube, sie waren verliebt.«

»Dein Sohn, Karl Viktor, wo befindet er sich zurzeit?«, fragte Randver.

»Er wohnt hier. Aber im Moment ist er nicht zu Hause. Er muss rausgegangen sein.«

»Du sagst, ihr seid diesen Sommer nach Dänemark gefahren. War das das Ziel eurer Reise, oder seid ihr von da aus noch weitergefahren?«, fragte Víkingur.

»Nein, wir waren nur in Dänemark die ganze Zeit. Wir haben einen Leihwagen genommen und in kleinen Dörfern übernachtet. Es war wunderschön dort und ganz toll, dass Magnús mitgekommen ist. Ich sollte vielleicht dazusagen, dass Karl Viktor nicht ganz so ist wie die meisten anderen. Er lebt in seiner eigenen Welt und geht seinen Interessen nach.«

»Was sind denn seine Interessen?«

»Er sitzt viel am Computer. Und dann interessiert er sich für Geschichte und Ahnenforschung. Er stöbert gern herum.«

»Ist er schon immer so gewesen?«

Edda musterte die beiden Männer. Vielleicht schätzte sie ab, wie viel Vertrauen sie ihnen schenken sollte. Dann seufzte sie und sagte:

»Nein, er ist nicht immer so gewesen. Als Kind und Jugendlicher war er ausgesprochen lebhaft und munter, aber er hat sich verändert, so wie es alle tun, die mit Rauschgift zu tun haben. Als er neunzehn Jahre alt war, hat er eine Psychose bekommen, wurde in die Psychiatrie gebracht und hat einen Entzug gemacht. Seitdem hat er keine Drogen mehr genommen, aber die Persönlichkeitsveränderung ist geblieben und es besteht wenig Hoffnung auf Besserung. Eigentlich überhaupt keine Hoffnung. Die Ärzte haben viele Erklärungen. Vielleicht ist es Schizophrenie und hat mit Drogen gar nichts zu tun. Vielleicht haben die Drogen die Veränderung hervorgerufen. Vielleicht rührt sie auch ausschließlich vom Drogenkonsum her. Vielleicht hat er zu viel Haschisch geraucht. Vielleicht hat er sein Hirn mit LSD durcheinandergebracht. Niemand weiß es genau. Aber ich weiß, dass es die Schuld des Rauschgifts ist. Ich habe das schon einmal gesehen.«

Edda verstummte. Sie war allem Anschein nach sehr betroffen und gab sich größte Mühe, ihre Empfindungen im Griff zu behalten. Dann bekam sie sich selbst unter Kontrolle und sagte kühl:

»Schutzlos habe ich zusehen müssen, wie die Drogen meinen Mann und meine Tochter getötet und meinen Sohn in einen Zombie oder Schlafwandler verwandelt haben. Ich, die ich mich für Tiere und die Natur, für ein friedliches und schönes Leben interessiere, bin inzwischen Spezialistin in Sachen Horror, Verbrechen und Erniedrigung. Ich wähle Politiker, die das Land regieren sollen, und bezahle Steuern, damit die Polizei für die Einhaltung der Gesetze sorgen kann. Ich dachte, dass irgendjemand meine Kinder vor den Kriminellen aus dem Drogenmilieu schützt, aber so ist es nicht. Niemand beschützt mich oder meine Kinder.«

»Leider scheint es so, dass man Verbrechen nicht ausrotten kann«, sagte Randver. »So ist die menschliche Natur halt.«

Er hatte den Satz kaum beendet, als Edda ihn scharf anblickte und langsam und deutlich sagte:

»Ich habe nicht davon gesprochen, Verbrechen auszurotten oder die Natur der Menschen zu ändern. Das erwarte ich nicht. Ich erwarte von der Gesellschaft, dass sie mich und meine Kinder und alle Kinder und Jugendlichen in diesem Land davor beschützt, lebensgefährliche Stoffe zu konsumieren, die mehr junge Menschen in der Welt umbringen als alle Unfälle und Krankheiten zusammen. Ihr wisst vielleicht nicht, dass alle Schulkinder und Jugendlichen, eigentlich bis sie verheiratet sind, unter einem enormen Druck stehen, Drogen zu nehmen. Achtzig Prozent derjenigen, die sie ausprobieren, überstehen es, ohne abhängig zu werden. Dann haben wir noch zwanzig Prozent, die Entzug um Entzug machen, arbeitsunfähig werden oder sterben. Kann man sich damit abfinden, dass jedes fünfte Kind geopfert wird? Ist das nicht ein zu großes Opfer?«

Sie starrte sie anklagend an.

»Ich weiß, was ihr denkt«, fuhr sie fort. »Ihr denkt, dass es nicht eure Schuld ist. Ihr tut euer Bestes und mehr könne man nicht erwarten. Die Politiker taugen nichts. Der Zoll taugt nichts. Die Polizei taugt nichts. Ärzte und Therapien taugen nichts. Unsere Gesellschaft hat aufgegeben. Nach dem Aufgeben kommt dann das Stockholm-Syndrom. Das Volk beginnt die Drogen zu lieben, die seine Kinder töten. Es ist modern, mit ihnen zu liebäugeln. Die Neoliberalen sagen, dass jedes Individuum die Freiheit haben soll, sich selbst zu quälen. Das ist eine Lüge. Jeder von uns trägt Verantwortung für den anderen. Es gibt nichts, das Freiheit heißt, außer der Freiheit, gute Taten zu vollbringen.«

Wenngleich sie scharfe Worte wählte und entschlossen sprach, schien sie nicht erregt oder hysterisch zu sein. Víkingur und Randver schwiegen.

Edda beendete ihre Rede mit der Frage: »Wenn nichts funktioniert, um uns vor der Gefahr zu schützen, was bleibt dann noch?«

Keiner der beiden Polizisten machte sich für eine Antwort bereit.

»Notwehr«, sagte Edda. »Notrecht. Wenn man angegriffen wird, hat man das Recht, sich mit allen möglichen Mitteln zur Wehr zu setzen, bis die Polizei an den Tatort kommt, um einen zu retten.«

»Wie würdest du dich schützen?«, fragte Víkingur.

Die Frau lächelte.

»Ich muss mich nicht mehr schützen. Ich habe alles verloren, was ich hatte, außer meinem eigenen Leben, das allen egal ist – und mir selbst auch. Draußen ist Sommer, aber ich bewege mich in schwarzer Finsternis. Das einzige Licht, das hell genug ist, für mich zu leuchten, ist das Licht der Gerechtigkeit. Wer soll es entzünden? Will es etwa niemand tun?«

Víkingur schaute die Frau an und verstand ihre Trauer und ihren ohnmächtigen Zorn. Ihm war nicht bewusst gewesen, wie wütend er selbst war. Das hatte er erst jetzt gespürt. Seine Trauer hatte wie eine Bürde auf ihm gelastet. In seiner Ohnmacht und Resignation hatte er nicht gemerkt, wie der Zorn in seinem Inneren brannte. Wut auf sich selbst, Wut über Leere, Tatenlosigkeit, Resignation.

»Was ist deiner Tochter zugestoßen?«, fragte er.

»Ihr ist nichts weiter zugestoßen, als dass sie umgebracht worden ist. Durch Drogen.«

»Weißt du, wer es getan hat?«

Edda schaute ihn an und dachte nach, bevor sie antwortete:

»Sie haben … ihre wohlverdiente Strafe bekommen.«

29

Terje schwebte in einem Land zwischen Leben und Tod herum. Manchmal war er bei Bewusstsein und sah und hörte den Koloss, der vor ihm stand und unaufhörlich plapperte. Manchmal wurde ihm schwarz vor Augen, das Bewusstsein entschwand und kehrte mit Funkenregen und quälendem Schmerz zurück. Manchmal war der Körper taub und er spürte seine Hände nicht und der Mann, der vor ihm stand, war weit entfernt und hatte nichts mit ihm zu tun.

Zu Beginn hatte er gehofft, dass jemand kommen würde, um ihn zu retten. Oder dass es ein Albtraum sei, aus dem er jeden Augenblick aufwachen werde.

Die Schmerzen in seinen durchbohrten Händen überzeugten ihn davon, dass er sich in der Realität befand. Es ist unmöglich, eine solche Tortur mitzumachen, ohne aufzuwachen.

Es nervte Karl Viktor, wie apathisch und weggetreten sein Gefangener war. Er versuchte den Polizisten mit ein paar Ohrfeigen aufzumuntern.

»Du hörst nicht zu«, sagte er. »Du sollst zuhören, was ich sage. Siehst du das Wappen da über dem Thron?«

Der Thron war ein alter Sessel, der auf einem niedrigen Holzpodest am anderen Ende des Raumes stand. An der Wand über dem Sessel hing eine gelb gestrichene Platte, die mit dem Bild eines Vogels und dem Runenzeichen 4R geschmückt war.

»Weißt du, was das bedeutet? 4R?«, fragte Karl Viktor und zeigte darauf.

»Das Vierte Reich«, nuschelte Terje. »Wenn du mich losmachst, werde ich dir helfen, es zu gründen.«

»Du brauchst mir nicht zu helfen«, sagte Karl Viktor. »Das Vierte Reich ist die nächste Blütephase des Heiligen Römischen Kaiserreichs und es wird bald kommen. Der Adler, das bin ich, Carol Viktor Maximilian Meinrad de Plantagenet Anjou, Herzog von Staufen-Hohenzollern, Prinz von Habsburg-Siebenbürgen, Kronprinz des Heiligen Römischen Kaiserreichs.«

»So ist das also«, stöhnte Terje. »Ich dachte, Eure Hoheit sei ein Nachkomme Draculas.«

Karl Viktor blickte ihn mit ernstem Ausdruck an:

»Das bin ich auch. Aber das ist mütterlicherseits. Weißt du, wer meine Mutter ist?«

»Edda heißt sie? Edda Erdély?«

»Das ist richtig. Weißt du, was Erdély bedeutet?«

Terjes Kopf sank auf seine Brust, weshalb Karl Viktor ihn mit der flachen Hand ohrfeigte.

»Du sollst wach bleiben. Das habe ich schon einmal gesagt.«

»Dann mach mich los. Ich bin so müde.«

Karl Viktor dachte einen Moment lang nach. Schaute sich um und schien abzuwägen, ob er die Nägel aus den Händen des Gefangenen ziehen sollte.

»Das lohnt sich nicht«, sagte er. »Dann muss ich dich nur wieder festmachen. Du musst dich wach halten. Ich habe dich gefragt: Weißt du, was Erdély bedeutet?«

»Weiß nicht«, murmelte Terje undeutlich.

»Erdély ist die ungarische Bezeichnung des Landes, das auf Deutsch Siebenbürgen heißt, das Siebenburgenland, aber die meisten kennen es als Transsylvanien, das

Land hinter dem Wald. Meine Mutter heißt mit vollem Namen Fürstin Edda Dszenifer Ottilie del Pilar von Schäßburg-Erdély. *Fürstin* – das ist eine Prinzessin, verstehst du? Schäßburg ist der deutsche Name einer Stadt, die auf Rumänisch Sighişoara heißt. Dort steht das ursprüngliche Schloss Bran. Da ist Vlad Tepes geboren. Er war es, der die Grenzen des Heiligen Römischen Kaiserreichs vor den Muslimen beschützte.«

»Hat er gut gemacht«, flüsterte Terje.

Karl Viktor schwieg und betrachtete ihn. Wollte der Gefangene ihn verspotten? Dann sah er, dass dem Mann wohl kaum nach Lachen zumute war, und fuhr fort:

»Meine Mutter versteht nicht, dass es darum geht, das Heilige Römische Kaiserreich vor Angriffen zu schützen. Sie glaubt, es geht alles nur um Rauschgift. Sie versteht die Prophezeiung Mohammeds nicht, die die Al-Qaida und die Imame wieder aufgerollt haben. Weißt du, von welcher Prophezeiung ich spreche?«

Der Gefangene gab keine Antwort, sodass Karl Viktor ihn erneut ohrfeigen musste.

»Im Jahr 2002 gab Yousef Al-Qaradhawi den bevorstehenden Sieg des Islam bekannt. Der Prophet Mohammed wurde gefragt: Welche Stadt werden wir zuerst erobern, Konstantinopel oder Romiyya? Er antwortete, die Stadt Hirqils wird zuerst fallen. Die Stadt Hirqils ist die Stadt des Heraklius, des Kaisers des Oströmischen Reiches, Konstantinopel, die ein dreiundzwanzig Jahre alter Anführer des Osmanenreichs am 29. Mai 1453 besiegte, er hieß Mehmed und nannte sich anschließend Kayzer-i Rum, römischer Kaiser, aber in der Geschichte wurde er als Mehmed der Siegreiche bekannt.

Die andere Stadt, Romiyya, ist Rom, oder besser gesagt, das heilige Römische Kaiserreich, also Europa.

Christen bekehren andere zum Christentum, indem sie die Botschaft der Liebe verbreiten. Mohammedaner werden die Welt dem Islam unterwerfen, aber nicht mit einer Liebesbotschaft, sondern mit *Dschihad* – das ist ein heiliger Krieg! Verstehst du? Hörst du auch zu, was ich sage?«

»Ja«, ächzte Terje. »Nicht noch mal schlagen. Ich höre, was du sagst. Botschaft der Liebe. *Dschihad*. Was hast du über deine Mutter und Rauschgift gesagt?«

»Sie sieht nur die Drogen und versteht den großen Zusammenhang nicht. Jetzt setzen die Mohammedaner andere Methoden im Krieg gegen uns ein. Sie müssen nicht länger mit uns kämpfen, um uns zu besiegen. Weißt du, was sie machen? Sie versorgen uns mit Rauschgift und wir sorgen selbst dafür, uns zu quälen. Hast du das gehört?«

»Ja, Eure Hoheit«, stöhnte Terje und verlor das Bewusstsein.

*****

Als Dagný eine gelbe Flagge mit einem Adler auf einem Siloturm am Ende der Heuwiese wehen sah, traute sie ihren Augen kaum. Das war ein seltsamer Zufall.

Sie befand sich auf dem Weg, der von der National-straße Nummer 1 nach Gunnarsholt führt. Sie hielt den Wagen an, nahm ein Fernglas aus dem Handschuhfach und stieg aus, um die Fahne in Augenschein zu nehmen.

Die Oma väterlicherseits hatte sich bereit erklärt, beim Jungen zu bleiben. Er hatte Schmerzmittel bekommen und schlief.

Als Randver anrief und nach Terje fragte, hatte sie ein schlechtes Gewissen bekommen. Sie hatte sich durch Familienangelegenheiten von der Arbeit abhalten lassen – was vielleicht verzeihlich war –, aber sie hatte damit ihren Kollegen im Stich gelassen und ihn allein ins Ungewisse fahren lassen. Sie hatte ihn zwar gebeten, jemanden mitzunehmen, aber natürlich war Terje ein zu großer Starrkopf, um ihren Rat befolgen zu können. Sie hatte ständig versucht, ihn anzurufen, aber mal war das Telefon außerhalb des Versorgungsbezirks, mal antwortete er nicht.

Schließlich hatte sie versucht, Randver anzurufen, aber als auch er nicht antwortete, war sie unruhig geworden, hatte die Oma des Jungen angerufen und sich, nachdem diese eingetroffen war, auf den Weg gemacht.

Der Hof, über dem die Fahne wehte, schien unbewohnt. Der Anstrich blätterte von den großen Gebäuden ab, oder vielleicht waren sie nie gestrichen gewesen. Dunkelgraue, finstere Betonhäuser wie eine alte Festung.

Es gab kein Vertun. Die Flagge war gelb und auf ihr prangte ein roter Adler, der die Flügel halb ausbreitete. Der Reichsadler, hatte Theódór gesagt.

Das ist ein zu seltsamer Zufall, um ein Zufall zu sein, dachte Dagný und beschloss, dem Hof einen Besuch abzustatten.

Sie fand keinen Abzweig, bevor sie Gunnarsholt passiert hatte. Dort sah sie einen Fahrweg, der laut Schild zwar angeblich nach Steinkross führte, aber in genau entgegengesetzter Richtung verlief. Sie fuhr weiter, und schneller, als sie gedacht hatte, kam sie zu einer Abzweigung, die nach rechts führte. Dagný hatte keine besonders gute Orientierung und sprach in der Regel nur von zwei Richtungen, nämlich rechts und links. Dieser Abzweig wies in die richtige Richtung, also bog sie rechts ab und merkte sich den Namen des Hofes, der auf dem Schild stand: Ketilhúshagi.

Der Weg führte über eine sandige Hügelkuppe und dann erschienen die Gebäude wieder. Sehr undeutlich sah sie etwas Weißes, das vor einem der Gebäude stand. Sie hielt an und nahm das Fernglas heraus. Es war das Heck des weißen Toyotas.

Dagný wollte näher heranfahren, überlegte es sich aber anders, warf das Fernglas auf den Beifahrersitz, stieg aus und ging auf die Gebäude zu. Ihr kam gar nicht in den Sinn, dass Terje sich in Schwierigkeiten befinden könnte, aber sie wollte herausfinden, was hier los war, und hielt es daher für unnötig, ihre Ankunft mit Motorgeräuschen anzukündigen. Sie ging an den Gebäuden entlang, bemerkte aber nichts Besonderes. Der Silageturm, auf dem die Fahne wehte, war offenbar leer und seine Tür mit Hängeschlössern versperrt. Sie waren verrostet, sodass ihre Geschicklichkeit im Aufbrechen von Schlössern nicht gefragt war. Als sie zu einem länglichen, niedrigen Gebäude kam, sah sie eine Tür, die halb offen stand. Sie schaute vorsichtig hinein, sah aber niemanden. Obgleich Dagný ein Stadtkind war, vermutete sie, dass es ein Kuhstall hätte werden sollen, auch wenn alle Einrichtungen fehlten und es auch nicht so aussah, als sei er jemals von einem Tier betreten worden. Der Kuhstall war mit einem weiteren Gebäude verbunden, und am gegenüberliegenden Ende entdeckte sie zwei Türen.

Scheune und vielleicht Garage, dachte sie und ging darauf zu, um nachzusehen, ob man die Türen vielleicht öffnen konnte. Als sie sich dem Ende des Kuhstalls näherte, glaubte sie den Klang von Stimmen zu hören. Sie schlich sich zu der Tür, die ihr am nächsten war, und legte das Ohr daran. Doch sie hörte nichts außer ihrem eigenen Atem und dem Herzschlag, der viel schneller als gewöhnlich war.

Sie atmete tief ein und schlich zur anderen Tür. Es gab keinen Zweifel. Da drin sprach jemand mit Feuereifer. Zwischen Rahmen und Tür war ein kleiner Spalt, aber als sie hindurchlugte, war niemand zu sehen, nur ein altmodischer Ledersessel auf irgendeiner Art von Podest und über dem Sessel ein großes Bild, ein roter Adler auf gelbem Grund, amateurhaft gemalt.

Sie legte ihr Ohr an den Spalt und spürte, wie die Tür nachgab. Hielt vor Schreck den Atem an und hoffte inständig, dass niemand das Quietschen der Scharniere gehört haben möge. Es schien tatsächlich so. Der Sprecher fuhr mit seinem Vortrag fort, ohne dass sie die Worte verstehen konnte.

Sie wurde von Panik erfasst. Sie glaubte, ihr Herzschlag müsse zu hören sein, und ihr rascher Atem machte sie verrückt.

Was ist los mit dir, Frau?, sagte sie sich. Du hast überhaupt nichts gesehen. Wovor fürchtest du dich eigentlich? Terje wird dich dauernd aufziehen, wenn er ahnt, dass du Todesangst hattest, weil der Kuhstall so gruselig war.

Sie verfluchte sich auch im Stillen, dass sie so dumm gewesen und überhastet aufs Land gefahren war, nur weil ihr Kollege verbummelt hatte, ans Telefon zu gehen. Und auch dafür, dass sie unbewaffnet war – allerdings wäre sie auf der Wache ausgelacht worden, wenn sie gesagt hätte, sie brauche eine Pistole, um nach Terje zu suchen.

Sie drückte vorsichtig die Tür auf, Millimeter um Millimeter, ohne dass auch nur ein Ton zu hören war. Sie behielt den Rahmen im Blick, an dem die Scharniere der Tür befestigt waren. Als sie sah, dass sich eine winzige Ritze zwischen Tür und Rahmen aufgetan hatte, schaute sie hindurch.

Am Kopfende des Saals stand ein großer Mann und beugte sich über einen anderen Mann. Der saß zusammengesunken auf eine Bank an der Wand und breitete die Arme aus. Sie erkannte die braune Lederjacke. Das war Terje. Von dem anderen sah sie nur den Rücken und konnte ihn nicht einordnen. Er war es offenbar, der sprach. Nicht laut genug, dass sie die Worte hätte verstehen können. Er bewegte die Hände merkwürdig, und als sie sich besser am Spalt postierte, sah sie, dass er ein Messer in der einen Hand hatte und in der anderen einen langen Stab hielt, an dem er zu schnitzen schien.

Unterhalten sie sich einfach nur? Warum macht Terje nichts als mucksmäuschenstill mit ausgebreiteten Armen dazusitzen?, dachte sie und hielt abrupt die Luft an, als ihr klar wurde, dass Terje die Arme nicht bewegte, weil seine Hände an die Balken in der Wand hinter ihm genagelt worden waren.

Plötzlich verstand sie, was der Mann mit dem Stab vorhatte, den er schnitzte.

Gelähmt vor Angst hielt sie den Atem an.

Ich muss etwas tun. Sofort. Bevor es zu spät ist. Ich habe nicht genug Zeit, um rauszuschleichen und Unterstützung anzufordern. Das Sondereinsatzkommando bräuchte eine Stunde, um hier zu sein. Die Polizei von Hvolsvöllur könnte eine halbe Stunde brauchen. Ich habe keine halbe Stunde. Ich muss etwas tun. Jetzt. Was kann ich tun? Was?

*****

Wollte die Frau sie provozieren? War es Zufall, dass sie die Formulierung »wohlverdiente Strafe« für diejenigen gewählt hatte, die den Tod ihrer Tochter verursacht hatten? Allerdings konnte man in ihrer Miene keinen Hinweis entdecken, dass sie eine Reaktion von ihnen erwartete.

»Wohlverdiente Strafe«, sagte Randver. »Kennst du eine Website mit dem Namen?«

»Selbstverständlich kenne ich sie«, sagte Edda ruhig. »Mein Sohn kümmert sich um sie. Ich kann nicht gut mit Computern umgehen.«

»L und T«, sagte Víkingur. »LT. Sagt dir diese Abkürzung etwas?«

Sie blickte ihn erstaunt an, wie ein Lehrer einen ungewöhnlich begriffsstutzigen Schüler anschaut.

»Das wird der internationale Name der Website. Nur Isländer verstehen ›wohlverdiente Strafe‹. Diese Website betrifft die ganze Welt. LT bedeutet *Lex Talionis*. So einfach ist das.«

»Wohlverdiente Strafe«, sagte Víkingur. »*Lex Talionis* bedeutet wohlverdiente Strafe.«

Edda nahm einen zufriedenen Ausdruck an.

»Ein Polizist, der Latein kann! Das ist ja ein Ding!«

Randver war stolz auf seinen Freund und konnte sich nicht zurückhalten, leise anzufügen: »Víkingur hat nämlich Theologie studiert.«

»Das freut mich zu hören«, sagte Edda. »Dann solltest du wissen, dass die *Lex Talionis* das älteste Gesetz der Welt ist. Es begleitet das Menschengeschlecht seit dem Beginn der Zeit. Es waren die ersten Gesetze, die die Menschen aufschrieben, nachdem die Schriftzeichen erfunden wurden. *Anu und Bel haben mich, Hammurabi, den edlen Prinz, der Gott fürchtete, auserwählt, um Gerechtigkeit im Land herzustellen, um die bösen Menschen und Taten auszuräumen, und damit die Starken nicht denjenigen Schaden zufügen, die über weniger verfügen.*

Dieses Gesetz kommt von Gott, da sind sich alle einig, man findet es in der Tora der Juden, im Alten Testament, im Koran. Das ist das Gesetz, das es jedem, dem Unrecht getan worden ist, gestattet, eine wohlverdiente Strafe zu fordern. Dieses Gesetz ist ins Herz eines jeden Menschen geschrieben. Auge für Auge. Leben für Leben.«

Víkingur schaute die Frau an. Ihre Worte wiesen darauf hin, dass sie seelisch nicht im Gleichgewicht war, ihr Auftreten aber auf das Gegenteil. Sie strahlte die Souveränität desjenigen aus, der sich seiner Sache sehr sicher ist. Es gab keinen Zweifel an ihrer Beteiligung an dem Fall, den sie untersuchten. Dem Fall, den Randver untersuchte. Es war die Frage, ob es vernünftiger war, sie sofort zu verhaften und zum Verhör zu bringen, oder bis morgen zu warten.

Edda selbst nahm ihm diese Entscheidung ab.

»Noch Kaffee?«, fragte sie, stand auf und hob die Kaffeekanne an.

Nein, danke, sie wollten keinen Kaffee mehr. Víkingur warf einen Blick auf Randver und sah, dass der offenbar auch darüber nachdachte, ob sie die Frau verhaften sollten.

Als Edda mit der Kaffeekanne in die Küche ging, flüsterte Randver: »Entweder ist die Frau verrückt oder wir müssen sie verhaften.«

Víkingur nickte und im selben Moment war ein Schuss zu hören und die Zuckerdose auf dem Tisch zwischen ihnen zersprang. Víkingur warf sich auf den Boden und stieß den Tisch um, indem er dessen Beine ergriff. Randver saß mucksmäuschenstill auf seinem Stuhl und schaute Edda an, die mit einer Pistole in der Hand in der Küchentür stand.

Augenblicklich nahm Randver wahr, dass es sich um

die berühmte Pistole Walther PPK handelte, mit acht oder neun Schuss, wahrscheinlich neun, einer im Lauf, acht im Magazin. Edda hielt die Waffe mit beiden Händen und richtete sie abwechselnd auf Randver, der bewegungslos dasaß, und auf die Tischplatte, hinter der Víkingur sich verschanzt hatte.

»Entschuldigt«, sagte sie. »Das war ein Warnschuss, um euch zu zeigen, dass ich mit einer Waffe umgehen kann. Víkingur, du kannst aufstehen. Die Tischplatte ist nicht dick genug, um dich zu schützen. Habt ihr Schusswaffen dabei?«

Randver schüttelte den Kopf und Víkingur stand langsam auf.

»Hände hoch. Ich will sie sehen.«

Sie taten wie geheißen.

»Keine Schusswaffen?«

»Wir laufen nicht mit Waffen herum«, sagte Randver.

»Und Handschellen?«

Randver nickte. Víkingur gab keine Antwort.

»Nimm die Handschellen. Aber langsam.«

Randver griff nach den Handschellen, die hinten an der Hüfte über seinen Gürtel hingen.

»Jetzt befestigst du die Handschellen an deiner linken Hand und an seiner rechten. Und machst fest zu. Ja, so. Und dann will ich den Schlüssel haben.«

Randver warf ihr ein Lederetui zu.

»Er ist da drin, zusammen mit meinen Autoschlüsseln«, sagte er.

Edda bemühte sich nicht, das Etui vom Boden aufzuheben.

»Also«, sagte sie. »Dann wollen wir uns mal aufmachen. Randi geht vor, dann Víkingur. Aber langsam.«

Sie taten, wie sie es ihnen befahl. Auf dem Platz vor

dem Hof zeigte sie auf den Geländewagen. »Du fährst«, sagte sie zu Víkingur.

Der Schlüssel steckte.

Sie machte es sich auf der Rückbank bequem und hielt die Pistole hoch.

»Wohin soll ich fahren?«, fragte Víkingur.

»Weiter runter bis nach Gunnarsholt. Ganz ruhig. Dann sage ich dir, wie es weitergeht.«

Víkingur fuhr los.

»Ganz ruhig«, wiederholte sie. »Lass dir bloß nicht einfallen, vom Weg abzubiegen oder das Auto in den Graben zu setzen.«

Langsam fuhren sie den steinigen Weg Richtung Gunnarsholt entlang.

»Randver«, sagte Randver plötzlich.

»Ja, was?«, fragte Edda.

»Ich heiße Randver und nicht Randi.«

»Es ist mir völlig gleich, wie du heißt. Du spielst für mich keine Rolle«, sagte Edda. »Wenn ihr am Leben bleiben wollt, macht ihr genau das, was ich euch sage, und dann kommt alles in Ordnung.«

»Glaubst du wirklich, dass du damit durchkommst? Spätestens Mitternacht wird nach uns gesucht.«

»Dann bin ich bereits im Ausland«, sagte Edda. »Glaubt ihr, ich habe euch nicht erwartet? Ich bin nur erstaunt, dass ihr so lange gebraucht habt.«

»Vor morgen früh geht kein Flug«, sagte Randver. »Du kommst nirgendwohin. Hör jetzt mit diesem Unfug auf, Mensch. Wir werden diese Sache mit Vernunft lösen.«

»Mach dir keine Sorgen«, sagte Edda. »Diese Sache wird mit aller Vernunft gelöst. Ich habe euch schon lange erwartet. Als ich gesehen habe, dass ihr unterwegs seid, habe ich in Deutschland angerufen. Jetzt ist schon ein

Privatjet unterwegs, um mich abzuholen. Wenn ihr freikommt, bin ich weit, weit weg. Hier im Auto ist alles, was ich brauche, der Pass, das Geld. Nach diesen vielen Jahren in Island muss ich nichts weiter mitnehmen als die Trauer.«

*****

Dagný sah, wie der Mann aufhörte zu schnitzen. Er beugte sich vor und sagte etwas zu Terje. Das Sichtfeld durch den Spalt zwischen Rahmen und Tür war begrenzt, sodass sie beschloss, es zu riskieren, ihren Standort zu wechseln, die Tür etwas weiter aufzumachen und direkt in den Raum zu sehen, denn der Mann drehte ihr immer den Rücken zu.

Vorsichtig lugte sie in den Saal. Wie sie vermutet hatte, war niemand außer Terje und seinem Peiniger dort. Fieberhaft zerbrach sie sich den Kopf, was sie tun könnte, aber sie sah nichts, was sie als Waffe hätte verwenden können.

Es war, als spürte der Mann, dass ihn jemand beobachtete, denn plötzlich richtete er sich auf, schaute über seine Schulter und ließ den Blick durch den Saal gleiten. Als er sich davon überzeugt hatte, dass keine Störung zu erwarten war, wandte er sich wieder Terje zu, beugte sich vor und sagte etwas, das sie nicht verstehen konnte.

Als Dagný es wieder riskierte, durch die Tür zu schauen, traf sie der mit Entsetzen erfüllte Blick Terjes. Für den Bruchteil einer Sekunde schauten sie sich in die Augen.

Mit der ganzen Kraft seiner Verzweiflung trat Terje nach dem Mann, der über ihn gebeugt stand. Der Tritt traf sein Gesicht und er stürzte zu Boden.

»Dagný, erschieß das Schwein. Schieß«, kreischte Terje.

Dagný drückte die Tür auf und stürmte in den Saal. Sie lief zu dem Mann, der sich auf alle viere aufgerappelt hatte und dabei war, aufzustehen, und trat ihm mit aller Kraft an den Kopf. Sie traf schlecht und verlor beinahe das Gleichgewicht, während der Mann auf den Knien war und nach ihr grabschte.

»Da ist ein Taser auf dem Sessel«, schrie Terje. »Da, da.«

Dagný verstand nicht, was er sagte, aber sie lief in Richtung des Sessels. Der Mann kam ihr nach und versuchte, mit dem Stab, an dem er geschnitzt hatte, nach ihr zu schlagen.

Dagný begriff, sobald sie den Taser sah, den Karl Viktor auf seinem Thron hinterlassen hatte. Sie nahm die Elektropistole vom Sitz, drehte sich blitzschnell um und zielte auf den Mann, der ihr auf den Fersen folgte. In dem Moment, als sie schoss, setzte er zum Sprung über den Sessel an und wollte sich auf sie werfen. Sie wich ihm aus, aber der schwere Körper schaffte den Sprung nicht ganz, sondern krachte herunter und landete bäuchlings auf dem Thron.

Jähe Zuckungen durchfuhren Karl Viktor, doch es gelang ihm, sich auf die Seite zu wälzen. Der Stab, der Speer, den er Terje zugedacht hatte, hatte ihn im Sprung behindert, sich in die Lehne des Sessels gebohrt und dann seine Brust durchdrungen. Mit starrem, verwundertem Blick tastete Karl Viktor nach dem Speer. Seine Füße vollführten einen unheimlichen Tanz in der Luft und Blut quoll zwischen seinen Fingern hervor. Der Mund öffnete sich in einem lautlosen Schmerzensschrei, während sein Leben verebbte, und die aufgesperrten Augen starrten in die Dunkelheit, die ihn in Empfang nahm.

Dagný fiel die Elektropistole aus der Hand. Scheppernd schlug sie auf dem Boden auf.

Vom anderen Ende des Saals kreischte Terje. »Die Handschellen. Die Handschellen. Mach ihm die Handschellen dran, bevor er aufwacht.«

Sie ging zu ihrem Kollegen, der sie warnen wollte und ihr zurief: »Du musst ihn fesseln. Er ist irre, total wahnsinnig.«

Dagný schüttelte den Kopf. »Er tut niemandem mehr etwas. Ich glaube, er ist tot.«

»Wie hast du das Schwein umgebracht?«, stöhnte Terje.

»Das habe ich nicht. Es war ein Unfall.«

»Bist du sicher, dass er tot ist? Er ist lebensgefährlich.«

»Er ist sicher tot. Er landete auf dem spitzen Stab, als er mich anspringen wollte.«

»Du musst etwas finden, um mich loszumachen. Ich bin kurz davor, kaputtzugehen.«

Dagný schaute die Hände an, die mit großen Nägeln an die Wand genagelt worden waren. Auch wenn sie Werkzeug gehabt hätte, um die Nägel herauszuziehen, hätte sie sich geweigert.

»Ich habe nichts, um dich damit loszumachen.«

»Dann telefonier um Hilfe, schnell«, sagte Terje.

»Da muss ich rausgehen. Ich habe mein Telefon im Auto vergessen.«

»Frauen«, sagte Terje und stöhnte.

»Sagt wer?«, fragte Dagný. »Ich lasse mich immerhin nicht von irgendwelchen Volldeppen kreuzigen.«

»Sorry.«

»Tut es sehr weh?«

»Nur wenn ich lache«, sagte Terje. »Willst du jetzt rausgehen und das Telefon holen, oder sollen wir uns einfach weiter gemütlich unterhalten?«

»Entschuldige«, sagte Dagný. »Lass dir bloß nichts zustoßen in der Zeit.«

Sie eilte durch den Kuhstall nach draußen an die frische Luft. Als sie um die Ecke des Gebäudes kam, sah sie einen grauen Geländewagen näher kommen. Gott sei Dank kommt jemand, dachte sie. Dann wurde ihr bewusst, dass der Mann, der Terje gefangen genommen hatte, wahrscheinlich auch Komplizen hatte. Sie ging in Deckung und beobachtete den Geländewagen, wie er auf den Vorplatz fuhr. Beinahe hätte sie einen Freudenschrei ausgestoßen, als sie Víkingur auf der Fahrerseite aussteigen sah, wunderte sich dann aber, dass kurz darauf Randver erschien und auf derselben Seite des Autos ausstieg. Sie blieben, scheinbar Hand in Hand, stehen.

Dann öffnete sich die Beifahrertür und es erschien eine große ältere Frau, die den Männern mit der Faust zu drohen schien. Dagnýs Herz machte einen Sprung, als ihr klar wurde, dass die Frau sie mit einer Pistole bedrohte. Die Mutter der Bestie?

Dagný versuchte, klar zu denken – aber sie bekam ihre Gedanken nicht in den Griff. Das Herz schlug wild in ihrer Brust. Die Lebensgefahr, von der sie gedacht hatte, ihr entgangen zu sein, war zurückgekehrt. Sie sprintete los und rannte so schnell sie konnte durch den Kuhstall.

Terje sah erstaunt auf, als Dagný durch die Tür geschossen kam und sie hinter sich zumachte. Sie schaute ihn an und legte ihren Zeigefinger an die Lippen: »Psst.«

Sie sah sich um. Der Taser war ohne Munition wertlos. Sie traute sich nicht, den Speer aus dem Leib des toten Mannes zu ziehen, und außerdem war er gegen eine Pistole keine beeindruckende Waffe. Hinten aus dem Kuhstall hörte sie Menschen näher kommen.

Eine Frauenstimme rief: »Karl Viktor! Karl Viktor!«

S-c-h-e-i-i-i-i-ße!

Dagný hätte sich am liebsten auf den Boden gelegt und geheult.

✳✳✳✳✳

Als Edda fragte, ob sie das Auto von Dagný kannten, verneinten beide. Durch das Fenster sah Edda, dass eine Damentasche auf dem Beifahrersitz lag. Sie griff nach dem Türgriff und wollte die Tür öffnen, um in die Tasche zu schauen. Die Tür war verschlossen. Sie zog in Betracht, die Scheibe einzuschlagen, ließ es dann aber doch bleiben.

Sie trat dicht hinter die beiden Männer, legte den linken Arm um Víkingurs Taille und drückte die Pistole mit der rechten Hand in Randvers Rücken.

»Wenn du mich auch nur zu berühren versuchst, erschieße ich deinen Kollegen«, sagte sie zu Víkingur. »Erst ihn, dann dich. Jetzt vorwärts. Da hinein.«

Randver spürte die Pistole in seinem Rücken. Er hoffte, dass niemand stolperte. Die Frau machte sich anscheinend Sorgen, dass jemand irgendwo mit einer Schusswaffe auf der Lauer läge. Deswegen klebte sie förmlich an ihnen, damit man keineswegs auf sie schießen konnte, ohne das Leben der beiden anderen zu gefährden.

Als sie in das Gebäude eingetreten waren, erschraken sie beide, als die Frau plötzlich zu rufen begann:

»Karl Viktor! Karl Viktor!«

Keine Antwort.

»Stopp«, flüsterte sie.

Sie hielten inne und lauschten. Grabesstille.

»Los.«

Das Grüppchen schritt langsam auf eine der beiden Türen am Ende des Raumes zu.

»Wir treten alle gemeinsam ein«, flüsterte sie. »Jetzt.«

Víkingur und Randver quetschten sich gleichzeitig durch die Tür und Edda folgte ihnen dichtauf, ohne den Griff um Víkingurs Taille zu lockern.

Sobald Edda durch die Tür getreten war, ließ Dagný sich auf ihre Schultern fallen. Sie griff mit der einen Hand nach Eddas Haar, zerkratzte mit der anderen ihr Gesicht und hoffte, dass sie die Augen erwischte.

Ein Schuss knallte.

Edda schüttelte Dagný ab, die ungünstig fiel. Sie konnte sich nicht mit ihren Händen schützen, sodass sie auf dem Gesicht landete und spürte, wie die Zähne in ihrem Mund brachen. Im gleichen Moment fiel Randver zu Boden. Die Handschellen rissen an Víkingurs Hand, sodass er das Gleichgewicht verlor und ebenfalls stürzte.

Edda rieb sich die Augen und versuchte, das Blut abzuwischen, das ihr die Sicht vernebelte, während im selben Moment Víkingur mit großer Kraft gegen ihr linkes Knie trat, sodass sie hintenüber stürzte und mit dem Kopf gegen die Tür knallte.

Dagný hielt beide Hände vor den Mund, der mit Blut gefüllt war, und traute sich nicht, die Zunge zu bewegen, vor Angst, zu spüren, dass die Schneidezähne abgebrochen waren.

»Dagný!«

Es war Terje, der schrie.

»Dagný. Nimm die Pistole.«

Durch einen roten Nebel sah Dagný, dass die Frau, deren Kopf an der Tür ruhte, sich aufstützte und verwirrt um sich blickte. Dann war es, als würde ihr klar, dass sie irgendetwas in der Hand hielt. Es war eine kleine Pistole mit einem kurzen Lauf und sie hob den Arm.

Bevor die Frau die Pistole hochgehoben hatte, war es

Dagný gelungen, zu ihr zu rennen und gegen ihren Arm zu treten. Die Pistole wurde an die Wand geschleudert und fiel mit metallischem Klang zu Boden. Die Frau stöhnte.

Dagný hob die Pistole auf, richtete sie auf die Frau und sah, dass sie wahrscheinlich nicht aufstehen würde. Ihr linkes Bein war gebrochen oder ausgerenkt. Der Unterschenkel bildete fast einen Neunzig-Grad-Winkel zum Oberschenkel, wie das Bein einer Puppe.

Jetzt rief Víkingur: »Dagný, Dagný. Hast du dein Telefon? Sie hat uns die Telefone abgenommen. Sie sind im Geländewagen.«

Víkingur saß mit ausgestreckten Beinen auf dem Boden und hielt Randver im Arm. Er war kreidebleich, aber bei Bewusstsein. Sie sah, dass auf dem Boden eine Blutlache entstand.

»Ich laufe schnell zum Auto«, sagte sie, hielt aber an und drehte sich um, als sie zur Tür gekommen war. Sie legte die Pistole neben Víkingur hin.

»Sag ihnen, sie sollen einen Arzt von Hvolsvöllur aus schicken und einen Helikopter von Reykjavík und eine Zange oder irgendetwas, um Terje loszumachen, ja, und die Handschellen. Wir hängen wohl aneinander, lieber Randver.«

»Unzertrennlich«, flüsterte Randver mühsam und begann dann zu husten, als hätte er sich verschluckt.

Dagný zögerte nicht länger. Lieber Gott, mach, dass ich hier eine GSM-Verbindung habe, mach bitte, bitte, ich bitte dich, dachte sie und begann vor Erleichterung und Anspannung zu weinen, als sie hörte, wie jemand sagte:

»Notruf 112, guten Abend.«

Als sie antworten wollte, fiel es ihr schwer zu sprechen. Sie blutete aus dem Mund und den Lippen.

»Ich heiße Dagný Axelsdóttir und bin eine Polizistin aus Reykjavík. Ich befinde mich in Ketilhúshagi in Rangárvellir. Ich bin verletzt, nicht betrunken, deswegen rede ich so undeutlich.«

Als das Telefongespräch beendet war, versuchte sie, sich Blut und Tränen abzuwischen. Sie lehnte sich ans Auto. Es herrschte absolute Windstille und nie zuvor hatte sie bemerkt, wie schön die Welt an einem Sommerabend, in Zauberlicht und Unschuld gebadet, sein kann.

Sie fürchtete sich davor, wieder nach drinnen in die Schreckenswelt zurückzukehren, die sie gerade erst verlassen hatte. Zufällig sah sie ihr Gesicht im Rückspiegel des Autos und zwang sich, näher zu treten und dieses blutige Antlitz mit den ängstlichen Augen anzusehen.

Es hätte schlimmer sein können, schien ihr. Drei Schneidezähne waren abgebrochen. Nur einer davon schien lose zu sein. Die Oberlippe war stark geschwollen und ihre Nase, Stirn und Wangen waren zerschrammt.

Ihre Augen füllten sich erneut mit Tränen, nicht, weil es sie schmerzte, wie sie aussah, sondern aus unbändiger Freude über das Leben in ihrer Brust.

Die Hilfe muss in etwa zehn Minuten eintreffen, höchstens einer Viertelstunde. Am liebsten würde ich hier draußen warten. Ich kann mich da drin sowieso nicht nützlich machen, dachte sie, als sie sich anschickte, ins Gebäude zurückzukehren, in dem sich der Tod aufhielt.

*****

»Hilfe ist unterwegs«, sagte Dagný, sobald sie wieder in den Saal eintrat.

Niemand schaute auf. Niemand freute sich über diese gute Nachricht.

Terje schien dem Schlaf näher als dem Wachsein.

Die Frau vergrub ihr Gesicht in den Händen.

Víkingur saß noch an derselben Stelle mit seinem Freund im Arm. Die Blutlache an seiner Seite war das Einzige, was sich bewegte. Die Augen Randvers waren geschlossen und der glückliche Ausdruck auf seinem Gesicht gab zu erkennen, dass sein Schlaf tief und gut war.

Víkingur blickte auf und schaute Dagný an. Tränen liefen seine Wangen herab.

»Zu spät«, sagte er. »Zu spät.«

30

Er lachte. Es war einmalig, wie dieser Mann lachen konnte.

»Nur, wenn ich lache«, hatte er gesagt, als ein Geisteskranker ihn an eine Wand genagelt hatte. Damals war ihnen beiden nicht nach Lachen zumute gewesen, aber dennoch hatte er sich bemüht, einen alten Witz hervorzukramen, um sie aufzumuntern und ihr Mut zu machen.

»Ich sehe wie eine Mumie aus«, sagte Terje und hob die Hände. »Eine junge, sexy Mumie. Wo wir gerade vom Aussehen sprechen, ich bin mir gar nicht sicher, ob du dir deine Zähne reparieren lassen solltest. Ich habe Bilder von Kannibalen gesehen, die sich die Zähne schleifen lassen, um einen Mund wie den deinen zu bekommen.«

Dann lachte er laut, als wäre alles unwirklich gewesen.

»Ich verstehe nicht, wie du das so auf die leichte Schulter nehmen kannst«, sagte Dagný.

»Wer sagt denn, dass ich es auf die leichte Schulter nehme?«

»Du kannst doch sogar lachen.«

»Ich habe nie gesagt, dass ich keine Fehler habe«, sagte Terje. »Wärst du so lieb, mir das Saftglas mit dem Strohhalm zu reichen? Wir Mumien sind wahnsinnig unselbstständig.«

Nach einem Tag und einer Nacht entließ sich Terje selbst aus dem Krankenhaus und ging zur Arbeit.

»Mir ist egal, was alle sagen, ich möchte das Verhör dieser Frau auf keinen Fall verpassen«, sagte er. Und dabei blieb es.

*****

»Es ist egal, was ihr mit mir macht«, sagte Edda. »Ihr könnt die Idee nicht töten. Mein Gerichtsverfahren wird viel Interesse wecken, nicht nur hier, sondern auf der ganzen Welt. Überall gibt es Menschen, die Kummer haben wegen des Rauschgiftkonsums ihrer Kinder, Verwandten oder Freunde. Mich könnt ihr einsperren. Aber Ideen kann man nicht ins Gefängnis werfen.«

Nach und nach stellte sich heraus, dass die Idee der Wohlverdienten Strafe, *Lex Talionis*, entstanden war, als Karl Viktor und Magnús gemeinsam überlegten, wie man Bryndís, die Schwester von Karl Viktor, rächen könne. Zuerst kam für sie nichts anderes infrage, als Elli vom Octopussy und all diejenigen, die ihr das Rauschgift verschafft hatten, zu töten.

Die Informationen zu bekommen, die sie brauchten, war nicht schwer – indem sie nach Holland fuhren und mit Leuten sprachen, die Island hatten verlassen müssen, als Elli expandierte. Zu Beginn waren die Männer nicht sehr redselig, aber wenn man sich nur Mühe gibt, kann man jeden dazu bringen, kein Blatt vor den Mund zu nehmen. Der eine Dealer, den Elli von Island verdrängt hatte, war sogar so begeistert von der Idee, das Labor in Estland zu zerstören, dass er darum bat, bei der Operation mitmachen zu dürfen. Was natürlich willkommen war.

Das Vorgehen hier zu Hause war kinderleicht. Das Einzige, was sie überraschte, war, dass Elli versuchte, sich sein Leben zu erkaufen, indem er seinen Vorgesetzten verriet. Allerdings machten ihnen die anderen einen Strich durch die Rechnung, indem sie Magnús erwischten.

Edda berichtete, dass es ohne Magnús viel schwerer war, mit Karl Viktor zurechtzukommen; dass er sich in den Spekulationen um seine historische Rolle als Beschützer Europas gegen die Invasion der Muslime verloren habe. »Ich konnte ihn nicht mehr dazu bringen, die Website weiterzuentwickeln«, sagte sie, »aber das macht nichts. Der Prozess, den ihr gegen mich führen wollt, wird so viel Aufmerksamkeit erregen, dass mich jetzt andere ablösen werden.

Die Idee ist diese:

Im Internet gibt es eine Website, die Wohlverdiente Strafe oder *Lex Talionis* heißt. Dorthin können sich alle wenden, die um Gerechtigkeit betrogen wurden. Sie stellen dort den Sachverhalt dar und veröffentlichen den Namen desjenigen, der ihnen Unrecht getan hat. Zum Beispiel kann eine Frau, die vergewaltigt wurde, dieses Verbrechen dort anzeigen. Ein Freiwilliger, der weder mit der Frau noch ihrem Vergewaltiger in Zusammenhang steht, wird dann die wohlverdiente Strafe vollstrecken.

So wird die Website *Lex Talionis* das höchste Gericht der Erde und die Knute der Vergeltung derjenigen, die über eure schwächlichen Versuche, Gesetze und Regeln durchzusetzen, nur lachen.«

»Das ist ja alles gut und schön«, sagte Terje. »Jetzt möchte ich dich bitten, uns zu sagen, warum Auður Sörensen umgebracht worden ist.«

Edda betrachtete Terje mit Gleichmut.

»Ich habe natürlich keine Ahnung, wer Auður Sörensen umgebracht hat. Wenn ich raten soll, würde ich sagen, die wahrscheinlichste Erklärung ist die, dass sie getötet worden ist, weil sie die Haupteigentümerin des Amphetaminlabors in Estland war. Ich würde vermuten, sie wurde getötet, weil die Polizei in Island so unbeholfen ist, dass sie die offenbaren Fakten nicht erkannt hat, nämlich dass Elías vom Octopussy so dämlich war, dass er im Ausland nicht einmal einen Hotdog-Stand hätte betreiben können, und schon gar nicht eine Rauschgiftproduktion. Ich würde vermuten, dass Elli ein Strohmann dieser intelligenten, aber unmoralischen Person war. Er ging das Risiko ein und wurde gut dafür bezahlt. Sie besaß die Firma und kassierte den Gewinn.«

»Hat Elli dir das im Sommerhaus gesagt?«, fragte Terje.

»Ich bin mit ihm in keinem Sommerhaus gewesen. Was ich gesagt habe, war nur meine Vermutung. Ich habe niemanden umgebracht.«

»Ist Randver etwa wieder lebendig? Ich habe gesehen, wie du ihn erschossen hast.«

»Das war keine Absicht«, sagte Edda bedacht. »Unfälle können immer vorkommen. Der Schuss löste sich aus der Pistole, als das Mädchen, das neben dir sitzt, mich zuerst angriff. Ich wollte dem Mann keinen Schaden zufügen.«

»Was meinst du, wer dir das glaubt?«

»Ich mache mir darüber keine Gedanken, ob mir jemand etwas glaubt oder nicht. Ich weiß, dass die Wahrheit normalerweise so unglaublich ist, dass die Menschen lieber die Lüge glauben. Ich könnte euch eine wahre Geschichte erzählen, die so unwahrscheinlich ist, dass ihr sie nicht glauben würdet. Was keine Rolle spielt. Die Geschichte ist gleich wahr, ob sie jemand glaubt oder nicht.«

»Welche Geschichte ist das?«

»Meine Pistole heißt Walther PPK, 7,65 Millimeter Kaliber, hergestellt von Carl Walther GmbH Sportwaffen in Deutschland im Jahr 1931. PPK ist eine Abkürzung für Polizeipistole Kriminalmodell. Alle Beamten der Nationalsozialisten von Hitler abwärts trugen Pistolen dieser Art. Am 30. April 1945 beging Adolf Hitler mit dieser Pistole Selbstmord, als das russische Militär nur noch etwa fünfhundert Meter bis zum *Führerbunker* brauchte – wie sagt man das auf Isländisch?«

»Unterirdischer Schutzraum des Anführers, erzähl unbedingt weiter«, sagte Terje spöttisch.

»Martin Bormann gab meinem Schwiegervater diese Waffe zum Dank dafür, dass er ihm half, nach dem Krieg aus dem Land zu fliehen.«

»Wer war dein Schwiegervater?«

»Er lebt immer noch und heißt Rudolph Joseph Maximilian Friedrich Leopold de Plantagenet Anjou, Herzog von Staufen-Hohenzollern, Prinz von Habsburg, de jure – das heißt per Gesetz – Josef II., Kaiser des Heiligen Römischen Reiches Deutscher Nation.«

»Erwartest du, dass dir das jemand glaubt?«, fragte Terje.

»Es spielt keine Rolle, ob mir jemand glaubt oder nicht«, sagte Edda. »Es ist einfach zu beweisen. Rudi, wie mein Schwiegervater genannt wird, war gemeinsam mit Otto Skorzeny einer der Initiatoren der ›Spinne‹, die etlichen hochrangigen Deutschen nach dem Krieg aus dem Land half. Ein anderer Name für ›Die Spinne‹, den mehr Menschen kennen dürften, ist O. D. E. S. S. A. oder Organisation der ehemaligen SS-Angehörigen. Rudi ist inzwischen achtundachtzig Jahre alt und lebt in Göppingen. Er war Adjutant bei Otto Skorzeny und hat Hitler oft getroffen. Er ist kein Nazi, aber er glaubt daran, dass es die historische Aufgabe der Hohenstaufen ist, ein vereinigtes europäisches Reich zu lenken, das Vierte Reich. Sein einziger Sohn, mein Mann August, hatte daran kein Interesse. Um der Fuchtel dieses strengen Vaters zu entkommen, beschlossen August und ich, nach Island auszuwandern und unser Leben in der unverdorbenen Natur zu verbringen, mit den Pferden, die Reittiere der Götter sind.

Das ist vielleicht schon eine unglaubliche Geschichte, aber ich selbst finde das, was danach kommen sollte, noch viel unglaublicher. Mein Mann brach sich die Hüfte, als er versuchte, ein wildes Pferd einzureiten. Viele Monate war er ans Bett gefesselt und bekam starke Medikamente gegen seine Schmerzen und Beschwerden. Danach konnte er nicht mehr ohne Tabletten leben. Er, seinem Vater und dessen irrsinnigen Großmachtphantasien entkommen war und die Freiheit gefunden hatte, war unfreier als je zuvor geworden. Den Medikamenten konnte er nicht entfliehen und deswegen nahm er sich das Leben, weil er nicht weiter in dieser Knechtschaft leben wollte.

Wir haben zwei Kinder bekommen, Bryndís und Karl

Viktor, schöne, liebe, ganz normale isländische Kinder, die ganz nah an der Natur aufwuchsen. Dann mussten sie beide den Hof verlassen, um auf die weiterführende Schule zu gehen. Wie allen Jugendlichen wurde ihnen die Frage gestellt, ob sie Drogen probieren wollten. Beide hatten ein gutes Selbstvertrauen und dachten, ihnen drohe keine Gefahr. Karl Viktor entschwebte in irgendeine Parallelwirklichkeit und kam nie wieder daraus zurück. Bryndís starb diesen Winter. Sie wurde sechsundzwanzig Jahre alt.

Diese Geschichte finde ich viel unglaublicher als die erste. Beide sind sie gleich wahr. Ihr glaubt das, was ich sage, vielleicht nicht, andererseits seid ihr aber bereit, etwas zu glauben, was tausendmal unglaublicher ist als alles, was ich erzählen kann.«

»Was könnte unglaublicher sein als das?«, fragte Terje.

»Zum Beispiel, dass ältere Herren in schwarzen Umhängen sich darum kümmern, dass Menschen Gerechtigkeit erfahren.«

»Wenn du Richter meinst, dann wirst du sehen, dass sie blaue Roben tragen«, sagte Terje.

Edda fuhr fort: »Ihr lebt in einer Illusion. Ihr lebt mit dem Unrecht, glaubt aber an die Gerechtigkeit. Ihr glaubt an Gleichberechtigung und lasst dennoch andere eure Existenz lenken. Es toben Kriege überall um euch herum und ihr glaubt an Frieden. Ihr schlaft, obwohl ihr träumt, dass ihr wach seid. Ich wollte, ich hätte weiterschlafen dürfen wie ihr, aber es war mir nicht vergönnt. Grausamkeit und Unrecht haben mich geweckt. Jetzt bin ich erwacht und sehe, dass es nur eine Wahrheit gibt, und die lautet so: Auge für Auge. Leben für Leben.«

»Les Talionis«, sagte Terje.

»*Lex Talionis*«, sagte die Frau mit Nachdruck.

»Ich gestehe, dass mir nicht ganz klar wird, was du meinst«, sagte Terje, »aber einer Sache bin ich mir hundertprozentig sicher. Ob die Welt vollkommen ist oder nicht, du bringst bis auf weiteres keinen Menschen mehr um, auch wenn du eine Prinzessin bist, dein Opa Kaiser und Dracula dein Schwiegervater.«

Terje stand auf und hob seine verbundenen Hände.

»Schau dir meine Hände an. Sie sind im Moment nicht gerade ansehnlich, aber dennoch sind es diese Hände und die Hände von Randver und die Hände unserer Kollegen und die Hände normaler Menschen, die mit matter Kraft unsere Gesellschaft zusammenhalten, um zu verhindern, dass solche Bestien wie du und dein Sohn hier ihr Unwesen treiben können.«

Terje hielt inne und schaute Dagný zaghaft an. Setzte sich dann wieder. Der Verband wies Blutflecken an den Handflächen auf.

Stigmata, dachte Dagný. Ein Zeichen der Gerechtigkeit? Und kicherte unwillkürlich bei dem Gedanken.

Terje sah sie perplex an. Er war es nicht gewohnt, Dagný aus dem Nichts heraus plötzlich auflachen zu hören.

»Ich habe nichts mehr zu sagen. Die einzige Zeugenaussage, die ich unterschreiben werde, ist folgende …«, sagte Edda.

»Auge für Auge. Leben für Leben«, sagte Terje. »Wie fändest du es, wenn ich dich da an der Wand festnageln würde?«

Kjell Eriksson im <u>dtv</u>

*»Spannend und behutsam erzählte Ann-Lindell-Krimis
mit Stil und Intelligenz.«*
Literaturportal Schwedenkrimi

Nachtschwalbe
Kriminalroman
Übers. v. Paul Berf
ISBN 978-3-423-**21081**-2

In der Nacht zum 10. Mai
wird die Fußgängerzone von
Uppsala verwüstet. Ein junger
Mann liegt tot in einer Buch-
handlung. Was ist passiert?
Ali, ein fünfzehnjähriger
Junge aus dem Iran, glaubt
den Mörder zu kennen…

Die grausamen Sterne
der Nacht
Kriminalroman
Übers. v. Paul Berf
ISBN 978-3-423-**21149**-9

Zwei Morde in Uppsala ohne
erkennbares Motiv. Ein ver-
schwundener Petrarca-
Forscher. Ann Lindell und
ihre Kollegen tappen im
Dunkeln. Da kommt der
Hinweis, der Fall erinnere an
eine berühmte Schachpartie.

Rot wie Schnee
Kriminalroman
Übers. v. Sigrid Engeler
ISBN 978-3-423-**21180**-2

Ein Mann wird mit durch-
schnittener Kehle im Fluss
gefunden. Die Ermittlungen
führen Ann Lindell und ihr
Team in die Sümpfe der internationalen Drogenkriminalität
und in das trendige Restaurant
»Dakar«, in dem jeder verdächtig zu sein scheint.

Schwarze Lügen, rotes Blut
Kriminalroman
Übers. v. Gisela Kosubek
ISBN 978-3-423-**21253**-3

Ausgerechnet Anders Brant,
der neue Mann in Ann Lindells
Leben, ist Hauptverdächtiger
in dem Mord an einem
Obdachlosen und seitdem wie
vom Erdboden verschluckt.
Während Ann verzweifelt nach
Erklärungen sucht, geschehen
weitere Morde.

Bitte besuchen Sie uns im Internet: www.dtv.de

Ilkka Remes im <u>dtv</u>

»Intelligente Unterhaltung der Extraklasse.«
Jil Malin

Ewige Nacht
Thriller
ISBN 978-3-423-**20939**-7
Die Nachricht von einer noch
nie dagewesenen Bedrohung
erschüttert Europa. Für den
Sicherheitsexperten Timo
Nortamo beginnt ein Wettlauf
mit der Zeit.

Das Hiroshima-Tor
Thriller
ISBN 978-3-423-**21044**-7
ISBN 978-3-423-**40113**-5 (eBook)
Timo Nortamo ermittelt gegen
die geheimsten operativen
Einheiten der Großmächte…

Blutglocke
Thriller · <u>dtv</u> premium
ISBN 978-3-423-**24605**-7
Der deutsche Innenminister
wird ermordet. In einem Wald
findet man seine Leiche, nackt
und auffallend weiß…

Die Geiseln
Thriller · <u>dtv</u> premium
ISBN 978-3-423-**24638**-5
ISBN 978-3-423-**40110**-4 (eBook)
Am finnischen Unabhängig-
keitstag versammelt sich die
Elite des Landes im Präsiden-
tenpalast. Da bringen schwer
bewaffnete Männer die Gäste
in ihre Gewalt…

Höllensturz
Thriller
ISBN 978-3-423-**21252**-6
ISBN 978-3-423-**40576**-8 (eBook)
Drei Frauen werden im äußer-
sten Norden Finnlands ermor-
det aufgefunden. Die Spuren
führen in den Nahen Osten…

Das Erbe des Bösen
Thriller
ISBN 978-3-423-**21228**-1
Ilkka Remes' großer Thriller
über Atomwaffen- und Men-
schenversuche der Nazis, deren
Folgen bis in die Gegenwart
reichen.

Hochzeitsflug
Thriller
ISBN 978-3-423-**21117**-8
Ein Flugzeug verschwindet
vom Radar. Das Wrack wird
gefunden, doch keine Passagiere. Mit an Bord war eine
junge Frau – auf dem Weg zu
ihrer Hochzeit…

Tödlicher Sog
Thriller · <u>dtv</u> premium
ISBN 978-3-423-**24760**-3
Der Tod einer Schülerin. Ein
geheimnisvolles Bankschließ-
fach. Ein dunkles Geheimnis um
den Untergang der Estonia…

Alle Titel übersetzt von Stefan Moster
Bitte besuchen Sie uns im Internet: www.dtv.de